SAIDS GESCHICHTE

oder

Der Schatz in der Wüste

SIGRID HEUCK

SAIDS GESCHICHTE
oder
Der Schatz in der Wüste

Schulausgabe mit Materialien

Thienemann

Die Deutsche Bibliothek – CIP-Einheitsaufnahme

Heuck, Sigrid:
Saids Geschichte oder Der Schatz in der Wüste /
Sigrid Heuck. – Schulausg. – Stuttgart; Wien: Thienemann.
Schulausg. [Hauptbd.]. Mit Materialien von Ulrich Kernen. – 1995
ISBN 3 522 16927 1

Umschlaggestaltung: Jindra Čapek
Innenillustrationen aus dem Skizzenbuch der Autorin
Karte: Hans Meier-Freiberg in München
Schrift: Palatino
Satz: Bruno Leingärtner in Nabburg
Reproduktionen: Reisacher Repro in Regensburg
Druck und Bindung: Friedrich Pustet in Regensburg

5 4 3 2 1 95 96 97 98

Seit jeher bedeutet
das Weben der Wolle das gleiche
wie der Austausch von Worten im Gespräch.

Abinu, ein Dogon-Hirte

Kurz bevor die Sonne ihren höchsten Stand erreichte, ritten sie an der geheimnisvollen Lehmburg vorbei, und von da an bis zu dem Augenblick, als der fremde Reiter zu ihnen stieß, mußte Abouli an die goldene Taube denken. Immer nur an sie und an nichts anderes. Wer sie auf der Stange befestigt haben könnte und warum?

Im heißen Licht begann der Sand zu flimmern. Der Wind scheuchte die feinen Körner über die Dünenbuckel und ließ sie in langen Fahnen über die Kanten schwirren. Alles war in Bewegung. Wie ein Hirte seine Schafe, so trieb der Wind die Dünen vor sich her und zwang sie, zu wandern. Nur selten gönnte er ihnen eine Ruhepause.

Aboulis Vater Achmed führte die kleine Karawane nach Südwesten. Die hohen Dünen umging er, weil er wußte, daß die Kamele weder den mühseligen Anstieg, noch das Rutschen des Sandes beim Abstieg liebten. Beides kostete Kraft. Achmed war der Anblick der Sandbuckel, denen der Wind Wellen in die Haut blies, vertraut. Er kannte die Wüste mit ihrer unendlichen Weite, die Stille, die Einsamkeit und die tödliche Gefahr, die demjenigen drohte, der sich täuschen ließ und den richtigen Weg verfehlte. Ein Karawanenführer mußte mit allem sparsam umgehen, mit dem Wasser, dem Futter für die Kamele, der Nahrung, dem Feuerholz und der Kraft des Schwächsten unter ihnen. Der Schwächste in Achmeds Karawane war Abouli, sein jüngster Sohn. Für ihn war es der erste lange Wüstenritt. Sie hatten die Kel Adjer besucht, einen Stamm, der seine Herden weit im Norden weiden ließ, viele

Tagesritte von ihren eigenen Weidegründen entfernt. Die Kel Adjer gehörten wie Achmed und seine Familie zum Volk der Tuareg.

Ein heftiger Windstoß peitschte den Sand in das Gesicht des Jungen. Rasch zog er sich seinen Gesichtsschleier über die Nase, so daß nur ein kleiner Sehschlitz offen blieb. In seinem am Sattel befestigten Wasserkanister gluckerte es. Er war fast leer, aber morgen abend sollten sie einen Brunnen erreichen.

In cha'allah, wie Allah es fügt, dachte Abouli. Hoffentlich ist er nicht ausgetrocknet.

Er war zwölf. Dreimal so alt wie Arusha, seine Kamelstute. Sein Vater hatte sie ihm als Fohlen geschenkt, und Abouli hatte sie selbst aufgezogen. Als sie alt genug war, hatte er sie unter der Anleitung Khalids, seines älteren Bruders, zugeritten. Abouli hing sehr an Arusha. Sie war sein kostbarster Besitz.

»Urd! Urd!« feuerte sie der Junge an. »Vorwärts! Schneller!«

Arusha beschleunigte ihre Schritte und verringerte so den Abstand, der zwischen ihr und Khalids zweitem Kamel entstanden war. Alle außer Abouli hatten ein zweites Mehari dabei, dessen Nasenzügel so lang war, daß es sich hinter dem Reitkamel einordnen konnte. Das vergrößerte den Abstand von einem Reiter zum nächsten und machte eine Unterhaltung unmöglich.

Vor Khalid ritt Abdullah, Aboulis Großonkel. Er war ein alter weiser Mann, den alle um Rat fragten, wenn sie Sorgen hatten. Er hatte junge, wachsame Augen, denen nichts entging und denen man ansehen konnte, ob er gerade lachte oder böse war, auch wenn er den Schech über die Nase gezogen hatte. An der Spitze des Zuges ritt Achmed und am Schluß Takajedu, der Bruder von Aboulis Mutter, dem sie, seiner gebogenen Nase wegen, den Spitznamen ›Geier‹ gegeben hatten. Manchmal trieb Abouli Arusha an, ritt an Khalid und Abdullah vorbei zu seinem Vater nach vorne, doch Achmed war schweigsam. Er hatte auf den Weg zu achten. Da redete er nicht gern.

Die Sonne stieg höher. Achmed verzichtete auf eine Rast. Er trieb zur Eile. Sie hatten nur noch wenig Wasser. Ab und zu ließ er sich aus dem Sattel gleiten. Dann ging er mit weiten wiegenden Schritten vor seinem Kamel her. Wie immer beobachtete er seinen Schatten, achtete auf die Richtung des Windes und die Neigung der Dünen, suchte nach Landmarken, einem Kameldornbusch, einem besonders geformten Fels oder einem Hügel in der Ferne, der, zuerst nur als Schemen erkennbar, über dem wabernden See aus erhitzter Luft auftauchte. Erst wenn Achmed glaubte, daß er dem Tier sein Gewicht wieder zumuten konnte, zog er im Gehen den großen Kopf zu sich herunter, setzte mit einem langen Schritt den linken Fuß in den Kamelnacken und schwang sich hoch, ohne den Fluß der Vorwärtsbewegung zu stören. Es war ein fließendes Heraufschwingen, ein leichtes In-den-Sitz-gleiten, weich, ohne zu stoßen, ein Ergebnis jahrelanger Übung, das Abouli sehr bewunderte, und das er sich vergeblich nachzuahmen bemühte.

Allmählich ließen sie das Dünengebiet hinter sich. Die Gegend wurde flacher und war bald von vielen Steinen übersät, zwischen denen ab und zu gelbe Grasbüschel wuchsen.

So war es auch am Morgen gewesen, der wabernde See war zurückgewichen und ein Hügel, den Achmed schon lange erspäht hatte, nahm deutliche Formen an. Abouli konnte sich nicht daran erinnern, die großen, von Sand und Wind rundgeschliffenen Felsbrocken auf dem Hinweg gesehen zu haben. Erst als sie näher gekommen waren, hatte er die Lehmburg erkannt. Eine langgestreckte, zerbröckelnde Mauer verband drei Türme miteinander. Einer von ihnen verjüngte sich nach oben und endete in einer von Eckzinnen begrenzten Plattform. Alles sah so aus, als sei es unbewohnt, die zerbröckelnden Mauern und verfallenen Türme, sowie ihre Farbe, die sich kaum von der Farbe des Felsfundaments unterschied. Aber da war die Taube gewesen, die goldglänzende, an einer Stange befestigte Taube. Die Stange stand auf der Plattform des höchsten Turmes. Das sah aus wie ein Zeichen, das nur der verstand, dem es galt. »Sieh mal!« hatte Abouli seinem Vater zugerufen. »El Hamama! Wohnt da jemand?«

Doch Achmeds Antwort mußte der Wind verschluckt haben.

Die Karawane ritt in einem Bogen um den Hügel herum.

»Niemand weiß genau, ob da jemand wohnt«, erklärte der alte Abdullah später dem Jungen. »Wir Kel Air meiden diese Stelle, weil viele von uns die Türme für eine Geisterburg halten, für die Behausung der Kel Essouf, der Leute des Windes und der Einsamkeit. Sie wollen in Frieden gelassen sein. Niemand darf sie stören.«

Während dieser Unterhaltung war ein anhaltender Ton an ihre Ohren gedrungen. Zuerst schien er nur wie entferntes Weinen, das an- und abschwoll. Doch kurze Zeit darauf hatte es sich zu einem Jaulen verstärkt, das plötzlich abbrach, dann wieder begann und schließlich in einem langen Seufzer erstarb.

»Hört ihr den Wind?« hatte Khalid den anderen zugerufen. »Wie er sich in den Felsen fängt?«

Doch Abouli war es so vorgekommen, als sängen die Geister. Im grellen Licht unter dem fast weißen Himmel waren die Mauern mit den darunter liegenden Steinen zu einer Einheit verschmolzen. Obwohl Abouli die Füße vom Nacken seines Kamels nahm, ein Bein über das Sattelhorn schlug und schließlich seitlich im Sattel gesessen hatte, konnte er nichts anderes erkennen als zerbröckelnde Mauern, Türme und darüber die goldglänzende Taube. Trotz der sie umgebenden Helligkeit und Weite hatte das alles auf ihn einen geheimnisvollen, fast unheimlichen Eindruck gemacht. Waren sie nicht mindestens einen Tagesritt von einem Brunnen und viele Tagesritte von der nächsten Siedlung entfernt?

Abouli nestelte den weißen Plastikkanister vom Sattel und nahm einen Schluck. Er rollte das Wasser eine Weile im Mund hin und her, um die trockene Zunge aufzuweichen. Mehr als einen Schluck gönnte er sich nicht. Daß es abgestanden und scheußlich nach heißem Plastik schmeckte, nahm er nicht zur Kenntnis. Natürlich ist das Wasser aus einem Ziegenhautsack kühler und schmackhafter, aber die Gerbas hingen an Achmeds Hand-Kamel. Nur am Abend erhielt jeder von ihnen eine Ration Wasser daraus. Unterwegs mußten sie aus den Kanistern trinken.

Sie ritten weiter. Der Steinhügel mit der verfallenden Burg war hinter ihnen im Dunst verschwunden. Solange den Reitern die Sonne auf den Rücken schien, brachte der Wind etwas Kühlung. Doch bald stand sie schräg vor ihnen, und ohne die weiten Baumwollgewänder und ohne den Schech wäre die Hitze nur schwer zu ertragen gewesen. Der alte Abdullah begann einzudösen. Khalid erging sich in Erinnerungen an ihren Besuch bei den Kel Adjer und an ein Mädchen, das er dort kennengelernt hatte. Abouli hing ebenfalls seinen Gedanken nach, und der ›Geier‹ summte ein Lied vor sich hin. So verging Stunde um Stunde. Der wabernde See aus heißer gleißender Luft umgab sie nun auf drei Seiten. Wer seinen Anblick nicht gewöhnt war, konnte annehmen, er befände sich auf einer Halbinsel. Aber sie schienen nicht vorwärts zu kommen. Ständig wich er vor ihnen zurück.

Abouli hatte die nackten Füße locker auf Arushas Nacken gelegt. Er blickte über ihren Kopf nach vorne, aber er schaute in die Ferne, ohne etwas zu erkennen. Abdullah hatte von den Kel Essouf gesprochen, von denen er annahm, daß sie die verfallene Burg bewohnten. Die Kel Essouf waren keine Menschen aus Fleisch und Blut, so wie es die Kel Air oder die Kel Adjer, die sie gerade besucht hatten, waren. Es waren Geister, Unsichtbare oder Djinn, wie sie auch genannt wurden. Doch was hatte die Taube mit ihnen zu tun? Es war eine Taube im Flug, wie sie die Falken zu jagen lieben. Aber sie sah aus, als sei sie aus Gold. Eine Stange hielt sie am Boden fest.

Erst durch einen Ausruf des ›Geiers‹ schreckte Abouli hoch und entdeckte die schwarze Gestalt, die aus dem flirrenden See auf sie zukam.

Achmed, der gerade zu Fuß ging, schwang sich rasch in den Sattel. Im schrägen Licht erschien ihm der fremde Reiter nur als dunkle Silhouette, deren Ränder von der flimmernden Luft in ständiger Bewegung gehalten wurden. Es schien, als löse sich die Gestalt gleich wieder auf, als flösse sie auseinander, würde durchsichtig und verschmelze mit den Hügelketten im Hintergrund. Sie tauchte aus dem spiegelnden See auf, als käme sie von unten aus dem Nichts. Der Fremde näherte sich rasch. Achmed hielt an und erwartete ihn.

»Assalamu aleikum! Friede sei mit dir!« sagte der Fremde. Sein schwarzer, über die Nase gezogener Schech ließ weder erkennen, wie alt er war, noch, ob er gute oder böse Absichten hatte.

»Aleikum assalam!« grüßte Achmed zurück.

»Darf ich den Weg mit euch teilen?« Die weite indigoblaue Gandoura des Reiters wurde mit einem Gürtel zusammengehalten, in dem ein silberner Dolch steckte. Noch nie hatte Achmed ein ähnlich schönes Stück zu Gesicht bekommen.

»A'kid«, antwortete er. »Gewiß.« Es gab keinen Grund, die Begleitung des Fremden abzulehnen. Er ritt ein starkes weißes Kamel, das außer dem Reiter und der fast leeren Gerba noch eine prall gefüllte Satteltasche trug. An ihren Nähten hingen lange Fransen. Der fremde Reiter setzte sich an den Schluß des Zuges. So verlangte es die Ordnung.

Nur mit Mühe unterdrückte Abouli seine Neugier. Er hätte gern gewußt, wer der Reiter war, woher er kam und warum er allein unterwegs war. Allein durch die Wüste zu reiten erforderte große Erfahrung. Vielleicht war er ein großer Caid, ein Stammesführer? Oder ein Räuber? Er hätte ihm gern einige Fragen gestellt, doch er hielt sich zurück. Er wußte, daß sein Vater dies nicht billigen würde.

Allmählich senkte sich die Sonne im Westen. Es würde nicht mehr lange dauern, bis sie hinter den Hügeln verschwand. Der See aus heißer Luft hatte sich aufgelöst. Der weiße Himmel färbte sich wieder blau, und Achmed begann sich nach einem Lagerplatz umzusehen. Er fand ihn in einer Senke, am Rande eines Wadis.

»Usch-sch-sch!« zischte er seinem Kamel zu, das sich gehorsam niederlegte. Da forderten alle anderen ebenfalls ihre Kamele zum Hinlegen auf. Sie nahmen ihnen die Sättel und Packtaschen ab, auf denen die Gerbas, das Brennholz, die Grasbündel sowie die Säcke mit Hirse, Datteln und Trockenfleisch festgebunden waren. Dann knoteten sie die Zügel vom Nasenring und banden damit den Tieren die Beine zusammen. Kaum waren sie mit allem fertig, berührte die Sonne die oberste Kante der Hügelkette im Westen. Es wurde Zeit für das Abendgebet. Sie wendeten sich nach Osten. Mekka lag dort, das größte Heiligtum aller Muselmanen.

Dann hoben sie die Hände mit den Handflächen nach außen und beteten still.

»Allahu akbar«, beteten sie. »Gott ist groß. Eshadu la allah illa'allah! Ich bezeuge, daß nur Gott der Herr ist. Allahu akbar! La allah illa'allah!« Sie knieten sich hin und verbeugten sich dreimal so tief, daß ihre Stirnen den Sand berührten, und jeder fügte noch eine ganz persönliche Bitte an sein Gebet.

Khalid bat ihn um Hilfe bei der Gewinnung einer Braut.

Takajedu, der ›Geier‹, wünschte sich eine fette Ziege, die er nach ihrer Heimkehr schlachten könnte.

Achmed hoffte, daß die Brunnen auf ihrem Weg nicht ausgetrocknet wären und Abouli auf eine Gelegenheit, mit dem Fremden in ein Gespräch zu kommen.

»Oh Allah«, betete der Fremde. »Der erbärmlichste deiner Diener sagt dir Dank dafür, daß er diese Reiter getroffen hat. Die Einsamkeit ist oft schwer zu ertragen.«

Danach stand Achmed auf und gab damit das Zeichen, an die Zubereitung des Abendessens zu denken.

Khalid zündete ein Feuer an, während der ›Geier‹ die Kamele fütterte. Abouli schleppte einen Sack mit der Hirse und den getrockneten Datteln herbei und reichte seinem Vater alles zu, was er sonst noch brauchte.

Nur der alte Abdullah blieb mit untergeschlagenen Beinen auf dem Boden sitzen. Er beobachtete mit müden Augen, wie sich das Licht hinter die Berge zurückzog, wie sich der Himmel über ihnen allmählich verdunkelte und dort, wo die Sonne gerade untergegangen war, ein rosafarbener Schimmer den Horizont erhellte. Der alte Abdullah genoß den Vorzug des Alters, sich von den Jungen bedienen zu lassen.

Die Wüstennacht umgab sie wie ein schwarzes Zelt. Nur die schmale, auf dem Rücken liegende Mondsichel und ein paar Sterne standen über dem Lager. Der Wind hatte sich gelegt und es war still. »Du bist unser Gast«, sagte Achmed zu dem Fremden, als er sah, daß dieser Anstalten machte, sich sein eigenes Feuer anzuzünden.

»Shukran«, antwortete er. »Danke.«

Sie hatten ihre Gesichtsschleier gelockert und sie bis unter das Kinn rutschen lassen. Auch der Fremde hatte das getan, und Abouli sah ihn zum erstenmal unverschleiert im kärglichen Schein des kleinen Lagerfeuers. Es war das Gesicht eines Mannes, der nicht mehr jung und noch nicht alt genannt werden konnte. Und doch hatte er gerade so viele Jahre gelebt, daß seine wesentlichen Charakterzüge ihre Zeichen darin hinterlassen hatten. Mut, aber auch Unmut, Geduld, aber nur bis zu einer gewissen Grenze, Entschlossenheit und vergangener Kummer waren aus den Falten und Fältchen um Augen, Nase und Mund abzulesen. Er lächelte selten, und wenn er es tat, entblößte er eine Reihe weißer Zähne. Er trug keinen Bart, so wie es viele Männer seines Alters taten, und wenn man von dem silbernen Dolch in seinem Gürtel absah, trug er auch keinen Schmuck. Nur eine kleine Amulettasche hing um seinen Hals. Sie war verziert mit bunten Lederflecken und langen Fransen.

Abouli fühlte sich zu ihm hingezogen. Er wußte nicht, warum. Irgendwie ging ein Zauber von ihm aus. Vielleicht war es auch nur das Fremde an ihm. Er war aus dem See auf sie zugeritten, dem See, der nur eine Luftspiegelung war. Vielleicht war er ebenfalls nur eine Luftspiegelung?

Allmählich wurde es kühler. Sie warteten darauf, daß die Hirse gar würde.

»Ich heiße Achmed.« Aboulis Vater wendete sich dem Gast zu. »Das«, er zeigte auf Abdullah, »ist Hadji Abdul Rachman ibn Machmoud und neben ihm sitzen Takajedu, den wir den ›Geier‹ nennen, sowie Khalid und Abouli, meine Söhne.« Er machte eine Pause. »Und wer bist du?« fragte er dann.

»Suleiman el Hakayati«, erwiderte der Fremde.

»El Hakayati, ein Märchenerzähler«, flüsterte Khalid seinem Bruder zu, worauf Abouli herausplatzte: »Erzählst du uns eine Geschichte?«

»Jimkin«, antwortete Suleiman. »Vielleicht, irgendwann.«

Als die Hirse endlich gar war, holte jeder einen Holzlöffel aus der Tasche. Sie aßen den leicht gesalzenen Hirsebrei gemeinsam aus einem Topf. Dazu gab es Wasser aus der Gerba. Danach bereitete der ›Geier‹ noch Tee zu. Er goß ihn in Gläschen, von denen sich jeder eines nahm. Sie schlürften das süße heiße Getränk in kleinen Schlucken.

Später suchte sich jeder einen Schlafplatz, der möglichst frei von Steinen war. Auch Abouli wickelte sich in seine Satteldecke und legte sich in die Nähe des Feuers. Eine Weile starrte er noch in die Glut, beobachtete, wie sie beim leisesten Luftzug aufglomm und gleich wieder in sich zusammenbrach. Dann schlief er ein.

Abdullah weckte sie noch vor Sonnenaufgang. Nachdem sie Tee und einige getrocknete Datteln zu sich genommen hatten, teilte Achmed jedem noch etwas Wasser zu. Sie verrichteten ihr Morgengebet, sattelten die Kamele und stiegen auf.

»Urd! Urd!« riefen sie. »Vorwärts!« Und ritten los, dem nächsten Brunnen entgegen.

An diesem Morgen ergab es sich, daß der Fremde hinter Abouli ritt. Der ›Geier‹ zog es vor, am Schluß zu reiten. Es war ihm lieber so. Deshalb brauchte Abouli Arusha nur ein wenig aus der Spur treten zu lassen und sie dann zurückzuhalten, bis Suleimans Mehari mit ihm auf gleicher Höhe lief.

Mit der steigenden Sonne verschwand die Kühle der Nacht. Wieder trieb der Wind den Sand hoch und schlug ihn den Männern ins Gesicht. Wie die anderen zog auch Abouli den Schech über die Nase. In seinem Kopf schwirrten viele Fragen herum, doch er wußte nicht, wie er ein Gespräch anfangen könnte.

»Du reitest ein schönes, starkes Kamel«, sagte er schließlich.

»Du auch«, gab Suleiman das Lob zurück.

Abouli hörte es gern, wenn jemand Arusha bewunderte. Für ihn war sie das schönste Kamel auf der Welt. Er schwieg eine Weile und versuchte dann, das Gespräch von neuem in Gang zu setzen. »Lebst du vom Geschichtenerzählen?« fragte er schließlich. Suleiman nickte.

»Dann geben dir die Leute Geld dafür, daß du sie unterhältst?«

»Geld oder etwas zu essen«, erklärte der Hakayati. »Ich ziehe von Souk zu Souk, stelle mich dort an eine Straßenecke und fange an. Zuerst bleibt nur einer stehen, dann werden es immer mehr. Je nachdem, wie spannend meine Geschichte ist, sammeln sich oft viele Zuhörer um mich herum. Manchmal werde ich auch in die Khaimas eingeladen, oder ein vornehmer Sayid bittet mich in seinen Palast.«

»Und woher kennst du die Geschichten, die du erzählst?« wollte Abouli wissen.

»Ich ging bei einem alten Mann in die Lehre. Er war ein berühmter Hakayati.«

»Und von wem hatte sie dein Lehrer?«

»Von einem anderen Meister.«

»Und der?«

»Wieder von einem anderen.«

»Aber irgend jemand muß sie doch einmal erfunden haben?«

»Das glaube ich nicht. Ich glaube, sie sind mit der Zeit von selbst entstanden.«

»Von selbst? – Einfach so?« Abouli wischte mit einer großen Handbewegung über die sich vor ihm ausbreitende Wüste. Etwas, das aus dem Nichts entstand, war für ihn gleichbedeutend mit Zauberei.

Vielleicht hatten die Kel Essouf damit zu tun?

»Du meinst, sie stammen von Geistern?«

Obwohl er schon oft zugehört hatte, wenn eine der Frauen am Feuer ein Märchen erzählte, hatte er sich doch noch nie überlegt, woher die Erzählerinnen ihre Geschichten kannten, und ob es da jemanden gab, der sie irgendwann einmal erfunden hatte.

»Nein, nein, mit Geistern hat das nichts zu tun«, erklärte Suleiman ihm. »Der Anfang kann ein Ereignis gewesen sein, vielleicht auch nur ein Traum, den jemand erzählte, und in dem wundersame Dinge geschehen waren.«

»Ein Traum!« rief Abouli ungläubig.

»Ja, ein Traum«, wiederholte Suleiman. »Mein Lehrer erzählte mir einmal die Geschichte von einem Chinesen, der träumte, er sei als ein Schmetterling über die Wiese geflattert. Und als er wieder aufwachte, wußte er nicht mehr, ob er ein Mensch war, der nur träumte, er sei ein Schmetterling gewesen, oder ob er vielleicht ein Schmetterling war, der gerade träumte, er sei ein Mensch. Lange grübelte er darüber nach. Doch er kam zu keinem Ergebnis. Weil es vielen Leuten so wie ihm erging, erzählten sie sich ihre Träume gegenseitig. Diejenigen aber, die wenig träumten, erzählten die Träume der anderen, so, als hätten diese sie wirklich erlebt. Die Geschichten gingen von Mund zu Mund, und mit der Zeit veränderten sie sich.«

Suleiman holte sich eine kleine lederne Feldflasche, die an einem Riemen über dem Sattelhorn hing. Er schob mit einer Hand den Schech zur Seite und trank. Abouli wartete geduldig, bis er fertig getrunken hatte.

»Dann ist jedes Märchen einmal ein Traum gewesen?« fragte er.

»Nicht jedes«, sagte Suleiman. »Es kann auch eine wahre Geschichte gewesen sein.«

»Aber wie kommt dann Zauberei hinein?« Ohne Zauberei, ohne Geister, Feen und durch die Luft fliegende Teppiche war ein Märchen kein Märchen für ihn.

»Das geht ganz schnell.« Der Junge sah an Suleimans Augen, daß er lächelte. »Erzähl mir irgend etwas!«

»Was?« fragte Abouli.

»Irgendein Erlebnis, ein Abenteuer, das irgend jemandem in deiner Nähe kürzlich zugestoßen ist!«

Der Junge überlegte eine Weile. Mit weichen Tritten folgte Arusha einem Pfad, der über den mit Kieselsteinen bedeckten Boden führte. Dieser Pfad war das erste Anzeichen dafür, daß sie sich dem Wasserloch näherten. Ali fiel ihm ein, ein Junge der Kel Adjer, dem sein Kamel davongelaufen war. Ali hatte ihm erzählt, was er erlebt hatte, bis er es wiederfand. Abouli berichtete Suleiman davon.

»Wissen das auch die anderen?« fragte der Hakayati, als Abouli geendet hatte. Der Junge schüttelte den Kopf. »Das ist gut. Erzähle dem ›Geier‹ die Geschichte und warte dann, was weiter geschieht!«

Abouli hielt Arusha zurück, bis sie neben Takajedus Kamel herlief. »He, Abouli«, rief der ›Geier‹ erstaunt. »Was gibt mir denn die Ehre?«

»Hab ich dir schon erzählt, was Ali mit seinem Kamel passiert ist? Du erinnerst dich doch an Ali, den Jungen bei den Kel Adjer?«

»Aber natürlich«, brummte der ›Geier‹, der gerade wieder an die fette Ziege dachte, die er schlachten wollte. »Was war denn so Besonderes mit ihm?«

Und Abouli versuchte, dem ›Geier‹ die Geschichte so wahrheitsgetreu wie möglich zu erzählen.

»Als Ali eines Morgens erwachte, war sein Kamel verschwunden. Alle anderen Kamele waren da, nur seines nicht. Ali fand die Fußfessel im Sand. Wahrscheinlich war der Knoten aufgegangen. Da stellte er sich vor, was er machen würde, wenn er ein Kamel wäre, dessen Fessel sich gelöst hatte. Weglaufen würde er, irgendwohin, wo es fettes Gras oder Kameldornbäume gäbe. Also machte er sich gleich auf den Weg, weil er eine Stelle kannte, wo so etwas wächst. Unterwegs scheuchte er eine Gazelle auf. Ach, wenn ich sie nur fragen könnte, ob sie mein Mehari gesehen hat, dachte er. Dann ging er weiter. Auf einmal flog ein großer, schwarzer Vogel vor ihm hoch. Er hatte einen roten Schnabel. Mal sehen, wo er hinfliegt, dachte Ali. Der Vogel flog hinter den nächsten Hügel, und Ali folgte ihm. Und dort, hinter dem nächsten Hügel, fand er das Kamel. Es stand unter einem großen Kameldornbaum und fraß die Äste ab. Neben ihm stand ein zweites Kamel. Eines, das niemand gehörte. So bekam Ali sein Mehari zurück und noch ein Kamel dazu. Hamdulillah, Allah sei Dank!«

»Da hat er aber Glück gehabt«, sagte der ›Geier‹, als Abouli schwieg.

»Das finde ich auch«, antwortete Abouli. Er trieb Arusha wieder an und zwängte sie hinter Suleimans Mehari in die Reihe der anderen.

Die Sonne stieg höher. Der Himmel wurde weiß, und in dem See aus heißer Luft spiegelten sich die fernen Hügel. Ab und zu kamen sie an niederen Dornbüschen vorbei, aus denen kleine Vögel aufflogen. Eine Wüstenspringmaus hüpfte in komischen Sprüngen davon. Suleiman gab dem Jungen einen Wink anzuhalten. Takajedu zog vorbei. Er ritt an Khalids Seite.

»Hast du die Geschichte schon gehört von Ali, dem Sohn des Amenokal der Kel Adjer?« fragte er Khalid.

»Nein, erzähl!« Khalid war um jede Abwechslung froh, die ihm die Zeit verkürzte.

»Eines Morgens vermißte Ali sein Kamel. Es hatte in der Nacht seine Fesseln abgestreift und war davongelaufen. Ali überlegte, was er tun könnte, um es wiederzubekommen. Da kam er sich auf einmal selbst wie ein Kamel vor. Er lief davon und begegnete einer Gazelle. ›Hast du mein Mehari gesehen?‹ fragte er die Gazelle. Aber sie flüchtete ohne zu antworten. Da flog ein riesengroßer, schwarzer Vogel vor ihm auf. Er hatte einen blutroten Schnabel. Ali folgte ihm, so schnell er konnte. Und wirklich, hinter dem nächsten Hügel fand er sein Mehari und neben ihm ein zweites Kamel.«

»Und der riesengroße, schwarze Vogel, wo war der?« wollte Khalid wissen.

»Der war verschwunden. Doch ich vermute, es war der Vogel Greif.«

»Kennt unser Vater diese Geschichte schon?«

»Das glaube ich nicht«, sagte der ›Geier‹.

»Dann muß ich sie ihm gleich erzählen.« Khalid trieb seine Kamele an, bis er Achmed erreicht hatte, der wieder einmal zu Fuß ging. »Der ›Geier‹ hat mir eben eine Geschichte erzählt, die vor ein paar Tagen bei den Kel Adjer passiert sein soll«, begann er. »So«, sagte Achmed ohne große Begeisterung. Er behielt einen auffallend geformten Hügel im Blick, der ihm die Richtung anzeigte, die er einhalten mußte.

»Willst du sie nicht hören?«

»Doch, doch.«

»Also«, begann Khalid. »Bei den Kel Adjer gibt es einen Jungen, der heißt Ali ...« Und er erzählte seinem Vater die Geschichte, so wie er sie im Gedächtnis behalten hatte.

»Das muß ich Abdullah erzählen«, rief Achmed, als Khalid geendet hatte. »Solche Geschichten hört er gern.« So gab er Alis Abenteuer an Abdullah weiter.

Wieder einmal veränderte sich die Wüste. Das Land wurde flacher. Hie und da hatte der Wind ein paar Sicheldünen zusammengeblasen. In der Gluthitze des Mittags waren die fernen Berge nur noch als Schattenrisse erkennbar. Das rhythmische Knarren der Sättel und das Schleifen und Knirschen der Kamelfüße auf dem harten Boden beherrschten die Stille.

Der alte Abdullah hing seinen Gedanken nach. Die Geschichte, die Achmed ihm erzählt hatte, beschäftigte ihn sehr. Es war eine wunderliche Geschichte. Zuerst ging ein Kamel verloren, dann verschwand auch noch eine Gazelle, dafür tauchte ein Riesenvogel auf, dessen Schnabel blutverschmiert war. Er verschwand ebenfalls, und an seiner Stelle war auf einmal das verlorengegangene Kamel wieder da und ein zweites auch noch.

Der alte Abdullah schüttelte seinen Kopf so sehr, daß sein Schech ins Rutschen kam. Er zog ihn wieder hoch. Die Hitze setzte ihm zu. Manchmal hatte er Mühe, seine Gedanken in Ordnung zu halten. Vieles vergaß er, manches verwirrte sich, kreiselte durcheinander und ließ sich nicht mehr einfangen. Am schlimmsten war es, wenn es heiß wurde. Dann fiel es ihm schwer, sich zu erinnern. Also, was hatte Achmed erzählt: Ein Kel Adjer-Junge verwandelte sich in ein Kamel, das von einem Vogel Greif angegriffen wurde. Der schwarze Vogel konnte nur der Vogel Greif gewesen sein. Was denn sonst? Aber halt, da war doch noch eine Gazelle. Was hatte die damit zu tun? Abdullah fühlte sich schläfrig. Er nickte ein. Sein Kopf sank nach vorne.

Er hatte sein Leben lang Zeit gehabt, sich darin zu üben, nicht aus dem Sattel zu rutschen, wenn er schlief. Bald bemerkte er nichts mehr, was um ihn herum vorging. Er spürte nicht, daß die Kamele auf einmal ihre Schritte beschleunigten, sah nicht, daß zwischen den Büschen ab und zu Bäume standen und eine Vielzahl ausgetretener Pfade auf einen bestimmten Punkt hinliefen. Erst als das Mehari stehenblieb, riß er die Augen wieder auf. Die kleine Karawane hatte auf einer von Kameldornbäumen umgebenen Lichtung haltgemacht. In der Mitte des Platzes bezeichneten drei gegeneinandergestellte Stangen die Stelle, an der sich das Wasserloch befand.

»Sieh nach, ob Wasser drin ist!« befahl Achmed seinem Sohn. »Usch-sch-sch!« sagte Abouli zu Arusha. Sie legte sich hin. Der Junge sprang aus dem Sattel und lief zu dem Brunnen. Jemand hatte das Loch notdürftig mit ein paar verdorrten Ästen abgedeckt. Abouli räumte sie zur Seite und sah hinunter. Aber er konnte nichts entdecken, nur finstere Tiefe. Da legte er sich auf den Bauch und hängte den Kopf hinein, und als sich seine Augen an die Dunkelheit gewöhnt hatten, sah er tief unten die dunkle, glänzende Wasseroberfläche. Er erkannte den Himmel in ihr und sich selbst. Doch als ein kleiner Sandbrocken vom Rand abbröckelte und nach einem atemzuglangen Sturz ins Wasser platschte, liefen der Himmel und sein Gesicht in immer größer werdenden Ringen auseinander.

»Wasser ist da!« rief Abouli seinem Vater zu, und mit einem erleichterten Seufzer sagte Achmed: »Das ist gut. Hamdulillah! Allah sei Dank!«

Sie stiegen ab und fesselten die Kamele. Khalid holte einen an einem langen Seil hängenden Beutel aus einer Tasche, die sein Lastkamel schleppte. Er fädelte das Tau durch die an der Spitze der drei Stangen angebrachte hölzerne Rolle und ließ das Schöpfgefäß hinunter.

Mindestens zwölfmal mußte er nachfassen, um es wieder hochzuziehen. Doch dann war Wasser darin, köstliches, frisches Wasser. Allahs Geschenk an alle Wüstenbewohner.

Zuerst wurden die Kamele getränkt. Sie hatten vor vier Tagen das letzte Mal ihren Durst löschen können, und deshalb drängelten sie sich um den vollen Wassersack. Einige von ihnen brauchten zwölf Säcke, bevor sie genug hatten. Takajedu und Achmed lösten Khalid ab, als er müde wurde, und Suleiman und Abouli holten das Wasser für ihre Kamele selbst herauf.

»Wir bleiben da«, sagte Achmed. »Die Tiere brauchen Ruhe und wir auch.«

Die weitausladenden Äste der Bäume warfen einen von flirrenden Sonnenflecken durchsetzten Schatten auf den Boden. Abouli liebte es, die Mittagshitze unter einem Baum zu verdösen. Nachdem er Arushas Fesseln so weit gelockert hatte, daß sie sich mit zusammengebundenen Füßen langsam hüpfend vorwärtsbewegen konnte, breitete er seine Satteldecke im Schatten aus und legte sich hin.

»Abouli!« rief der ›Geier‹ empört. »Wir brauchen Holz, oder willst du keinen Tee?«

Natürlich wollte Abouli Tee, und er wußte auch, daß hier, wo überall abgestorbene Äste herumlagen, nichts von dem Brennholz verbraucht werden durfte, das die Kamele mitschleppten. Suleiman half ihm, und bald hatten sie genug Holz zusammengesammelt.

Takajedu machte Feuer und wartete, bis es heruntergebrannt war. Dann stellte er eine kleine blaue Emailkanne auf die Glut. Für ihn war die Zubereitung des Tees so etwas wie eine heilige Handlung. Nachdem er die vor ihm stehenden Gläschen gefüllt hatte, lud er mit einer stolzen Handbewegung alle ein, sich zu bedienen. Abouli holte sich sein Glas mit Daumen und Zeigefinger der rechten Hand und führte es zum Mund. Er schlürfte das heiße Getränk in kleinen Schlucken.

Hamdulillah, war das gut!

Es schmeckte süß. Der Pfefferminzgeruch stieg in seine Nase, und er sog ihn ein, so tief er konnte. So genoß er den Tee zweimal, einmal auf der Zunge und das andere Mal als köstlichen Duft. Davon wurde sogar der alte Abdullah wach.

»Habt ihr schon die Geschichte von dem verzauberten Kamel gehört?« fragte er. »Achmed hat sie mir vorhin erzählt, und ich finde, daß sie es wert ist, weitererzählt zu werden.« Alle waren mit ihrem Tee beschäftigt. Niemand antwortete ihm. Nur Suleiman warf Abouli einen raschen Blick zu, und Abouli zwinkerte zurück.

»Es war einmal ein Prinz. Eines Nachts wurde ihm sein Lieblingskamel gestohlen, und weil er eine Peri zur Patin hatte, konnte er sich selbst in ein Kamel verwandeln und auf die Suche machen. Zuerst begegnete er einer Gazelle. ›Hast du mein Lieblingskamel gesehen?‹ fragte er. Aber bevor ihm die Gazelle antworten konnte, stürzte sich der Vogel Greif auf sie und trug sie davon. Blut tropfte aus seinem Schnabel. Der Prinz verfolgte ihn, so schnell es ihm möglich war. Der Vogel Greif flog weit über die Wüste. Erst hinter den steinigen Bergen des Djadogebirges ließ er sich nieder. Doch als der Prinz glaubte, ihn endlich eingeholt zu haben, war er verschwunden, und sein Lieblingskamel stand vor ihm. Mitten in einem Wald aus Kameldornbäumen stand es, und neben ihm fraß eine weiße Kamelstute die Blätter von den Ästen. ›Wo ist der Vogel Greif?‹ fragte der Prinz sein Lieblingskamel. Da blickte es schnell auf die Gefährtin an seiner Seite und schüttelte den Kopf. Und der Prinz erkannte, daß sich der Vogel Greif in das zweite Kamel verwandelt hatte und daß es ein Zauberkamel sein mußte. Rasch nahm er seine menschliche Gestalt wieder an. Er warf einen Strick um den Hals des fremden Meharis. Daraufhin verwandelte es sich in eine wunderschöne Prinzessin. Er nahm sie mit heim und heiratete sie. Und nachdem sein Vater gestorben war, wurde sie seine Königin.«

»Das war eine gute Geschichte«, sagte Suleiman, als der alte Abdullah geendet hatte. »Eine sehr gute sogar.«

Doch Abouli zog schnell seinen Schech über die Nase, weil er lachen mußte.

»Irgendwie kommt sie mir bekannt vor«, murmelte Khalid. Doch es war ihm zu heiß, um weiter darüber nachzudenken.

Allmählich ließ die Wirkung des Tees nach. Mit schläfrigen Augen beobachtete Abouli, wie ein kleiner roter Fink zutraulich näherhüpfte. Er suchte Krumen oder verlorengegangene Körner. Aber er fand nichts. Der Junge wollte sich hinlegen, doch der Schatten eines Baumes reichte nicht für sechs liegende Menschen.

Deshalb suchte sich jeder einen anderen Baum mit einem Schatten ganz allein für sich selbst. Abouli legte sich auf den Rücken und sah in die Äste. Die Sonne schoß Lichtblitze auf ihn herunter, aber sie konnte ihm nichts anhaben. Vögel huschten von Zweig zu Zweig. Die langen, gefährlichen Dornen störten sie nicht. Das leise Vogelpiepsen war das einzige Geräusch in der Mittagsstille. Der Wind hatte sich gelegt. Abouli fielen die Augen zu, und er schlief ein.

In einem Traum verwandelte sich die weißgoldene Sonnenscheibe in eine Taube. Sie flatterte in den Himmel, aus dem ein dunkler Schatten auf sie herunterschoß und sie mit riesigen

Krallen packte. Der durch die Wüste reitende Hakayati schleuderte einen Dolch nach dem Riesenvogel. Er stürzte ab, doch die Taube in seinen Fängen war tot. Suleiman weinte. Dort, wo seine Tränen auf den Boden tropften, entstand ein See, in dessen Oberfläche sich der Himmel widerspiegelte. Aber als ein Stein ins Wasser fiel, lief die Spiegelung in ringförmigen Wellen auseinander. Über dem Wasser stürzten die Dünen zusammen.

Da schrak Abouli hoch. War das ein Traum, aus dem eine Geschichte werden konnte? Hatte das Suleiman gemeint, als sie über den Ursprung der Märchen sprachen? Und als er so wach war, daß ihm einfiel, wo er sich befand, entdeckte er den Hakayati neben sich. Er hockte mit untergeschlagenen Beinen auf dem Boden. Den Rücken hatte er an den Stamm des Kameldorns angelehnt. So nah war er dem Jungen, daß dieser den silbernen, in seinem Gürtel steckenden Dolch unmittelbar vor Augen hatte.

»Gefällt er dir?« Und als Abouli nickte, fuhr er fort: »Er hat auch eine Geschichte.«

Der Junge sah ihn erstaunt an.

»Es gibt viele Dinge, die Geschichten erzählen können. Hast du das nicht gewußt?«

Nein, das hatte Abouli noch nie überlegt.

»Du kannst es auf zwei Arten sehen«, sagte Suleiman. »Einmal von seiner Herkunft her. Irgendwo in einem fremden Land hat ein Silberschmied einen Dolch geschmiedet. Wer weiß, ob mit ihm nicht schon einmal ein Mensch getötet wurde. Eine Vogelspur stammt von einem roten Finken, der vielleicht gerade einer Schlange entkommen ist. Und das Wüstengrasbüschel hat schon viele Sandstürme erlebt. Alle diese Dinge erleben viel bis zu dem Augenblick, an dem ich sie beachte. Es gibt aber noch einen anderen Gesichtspunkt.«

»Was für einen?« fragte Abouli neugierig.

»Betrachte die Dinge so, als seien sie verzaubert, als stellten sie etwas anderes dar. Etwas, das ihnen ähnlich ist.«

»Das verstehe ich immer noch nicht«, murmelte Abouli verwirrt. »Wie soll daraus eine Geschichte werden?«

»Also gut«, erklärte ihm Suleiman. »Du hast erfahren, wie aus einer wahren Begebenheit ein Märchen entstehen kann. Über die Traumgeschichten haben wir schon geredet. Die dritte Möglichkeit ist die erfundene Geschichte.«

»Aber wie machst du das?« fragte Abouli. »Eine Geschichte erfinden.« Er setzte sich auf, weil er Suleiman ins Gesicht sehen wollte. Doch der Fremde hatte den Schech hochgezogen. Bloß die Augen konnte der Junge erkennen. Sie erinnerten ihn an das dunkle Wasser des Brunnens. Nur daß weit hinten ein kleines Licht zu leuchten schien. Ein Licht wie ein Sonnenstrahl, der durch die Äste des Baumes auf den Boden fiel.

»Es ist nicht schwierig, wenn du weißt, wie du anfangen mußt. Und wenn du steckenbleibst, dann sieh dich um. Um dich herum gibt es viele Dinge, die dir helfen, die Handlung weiterzuspinnen.«

Doch Abouli verstand ihn immer noch nicht.

Die Sonne tauchte die Bäume in Gold. Die Schatten wurden länger und schmolzen zusammen.

Es war Zeit für das Abendgebet.

»Allahu akbar! Eshadu la allah illa' allah!«

Wie die anderen verneigte sich Abouli gegen Osten. Er küßte den Boden, bis er Sandkörner zwischen seinen Lippen spürte.

»Oh, Allah, danke für diesen Tag, alle vergangenen und alle, die uns noch bevorstehen. Laß es bitte regnen, wenn es Zeit dafür ist, damit unsere Herden genug Gras finden und damit alle Brunnen mit Wasser versorgt sind. Allahu akbar!«

Außer ihnen kam niemand zu dem Brunnen, um Wasser zu holen. Das bedeutete, daß die Hirten, die sonst unter den Bäumen ihre Ziegen und Schafe weiden ließen, weitergezogen waren.

An diesem Abend kochte Suleiman für alle Reis, den er aus seiner Packtasche holte. Es war eine willkommene Abwechslung und etwas Besonderes für Achmed und seine Familie, denn in den kargen Air-Bergen gab es zu wenig Wasser und zu viele Steine, um Reis anzubauen. Für Abouli war es der erste Reis seines Lebens. Genüßlich zerquetschte er die Körner mit der Zunge am Gaumen, bevor er sie hinunterschluckte. Niemand sprach, während sie aßen, und als sie ihre Mahlzeit beendet hatten, schwiegen sie weiter, satt und zufrieden. Nur das Feuer knisterte leise.

»Du wolltest uns eine Geschichte erzählen«, sagte Achmed zu Suleiman.

»Wollte ich das?«

»Bitte, ja!« bettelte Abouli.

»Gut, aber nur, wenn du mir hilfst.«

»Kann ich das?«

»Ich werde es dir zeigen. Dann weißt du, wie so etwas anfängt und kannst später auch einmal dein Geld als Geschichtenerzähler verdienen.«

Takajedu warf ein neues Holzstück auf die Glut.

»Ihr müßt mir nur sagen, was ihr gerne hören würdet!«

Der Hakayati legte sich auf die Seite und stützte den Ellbogen auf. Der Schein des Feuers beleuchtete sein Gesicht und ließ die Falten um Nase und Augen scharf hervortreten.

»Es sollte eine spannende Geschichte sein!« rief Abouli schnell.

»Aber auch ein bißchen lustig«, wünschte sich Achmed.

»Weise«, murmelte der alte Abdullah. »Ich möchte noch etwas dazulernen.«

»Liebe muß drin vorkommen«, forderte Khalid, weil er an seine Brautsuche dachte.

Nur Takajedu knurrte: »Mir ist alles recht.«

Suleiman stützte den Kopf in die Hand und sah nach oben. Er schwieg lange, und Abouli kam es so vor, als zähle er die Sterne oder als lese er in ihnen wie in einem Buch.

Und als er schließlich zu sprechen begann, schien es, als redete er mehr mit sich selbst als mit den anderen.

»Zuerst brauchen wir einen Helden«, sagte er. »Jemanden, der unsere Geschichte erlebt.«

»Könnte das nicht ein Prinz sein?« schlug Abouli vor.

»Warum gerade ein Prinz?«

Doch darauf wußte der Junge keine Antwort. In den meisten Märchen, die er kannte, spielte ein Prinz die Hauptrolle. Das hätte er sagen können. Aber wenn er gefragt würde, warum das so war, hätte er keine Antwort gewußt.

»Nehmen wir einmal an«, sagte der Hakayati, »unser Held sei ein Junge wie Abouli. Irgend jemand hat ihn irgendwann irgendwo ausgesetzt, und irgend jemand anderes hat ihn dann gefunden.«

»Das klingt gut«, stimmte Khalid ihm zu. »Das ist geheimnisvoll. Alles könnte er dann sein: Prinz oder Schafhirt.«

»Und wie soll er heißen?«

»Raschid«, schlug der ›Geier‹ vor, dessen großes Vorbild der berühmte Harun-al-Raschid war.

»Aladin!« rief Abouli, und der alte Abdullah murmelte leise: »Ich fände Said schön.« Sein Lieblingssohn hatte diesen Namen getragen. Doch er war schon als Kind an der Cholera gestorben.

»Said, das bedeutet ›der Glückliche‹.«

»Said ist ein guter Name«, entschied Suleiman. »Nennen wir ihn Said.«

»Aber Zauberei sollte in unserer Geschichte auch vorkommen. Ohne Zauberei ist ein Märchen langweilig.«

Der Junge sah Suleiman neugierig an. »Geht das?«

»Alles ist möglich. Wir geben Said einfach eine Fee als Patin, eine Peri. Sie schenkt ihm eine Fähigkeit, die uns gewöhnlichen Menschen fehlt, und außerdem lassen wir ihn Hexen und anderen Geistern begegnen.«

»Was für eine Fähigkeit?« fragte der alte Abdullah. »Soll er fliegen können wie ein Vogel, sich unsichtbar machen oder stark sein, daß er eine ganze Armee allein besiegen kann?«

Sie überlegten. Jeder hing seinen Gedanken nach.

In diesem Augenblick klagte ein Kamel in der Nähe. Abouli fuhr hoch. War das nicht Arusha gewesen? Doch Achmed beruhigte ihn gleich: »Es ist nichts. Sie ruft nach den anderen.«

Es wäre schön, wenn ich verstehen könnte, was sie gerufen hat, dachte der Junge, und gleich darauf sagte er laut: »Wie wäre es, wenn Said alle Sprachen sprechen und verstehen könnte, nicht nur die von anderen Völkern, sondern auch die von den Tieren?«

»Mir ist es recht.« Suleiman war damit einverstanden.

»Alles, was uns jetzt noch fehlt, ist der Beweggrund seines Handelns.«

»Könnte das die Suche nach seinen Eltern sein?« fragte Achmed.

»Das wäre möglich.«

»Oder die Suche nach einem Goldschatz?« Für Abouli war ein Goldschatz das Erstrebenswerteste auf der Welt.

»Vielleicht wird er auch verfolgt und muß fliehen«, sagte der ›Geier‹. Doch Khalid fand, daß er unbedingt auf der Suche nach einem ganz bestimmten wunderschönen Mädchen sein müsse, einem Mädchen, das von einem bösen Zauberer gefangen gehalten würde.

»Nehmen wir doch einfach an«, schlug der alte Abdullah schließlich vor, »er wäre auf der Suche nach dem Glück. Das könnten sowohl seine Eltern als auch eine Braut oder ein Goldschatz sein, vielleicht aber auch eine große Herde fetter Ziegen auf grünem Weideland.« Wieder schwiegen sie eine Weile und dachten nach. Doch gerade, als Suleiman tief Luft holte, um endlich mit der Geschichte zu beginnen, fiel Abouli noch etwas ein. »Ich finde, daß unsere Geschichte nicht irgendwann früher spielen soll«, sagte er. »Sie müßte heute geschehen können. Autos sollten drin vorkommen, Flugzeuge und elektrisches Licht!«

Einmal hatte ihn sein Vater schon nach Agadez mitgenommen. Agadez war eine große Stadt für ihn gewesen. Er hatte den Flughafen gesehen und viele Autos, und er hatte beobachtet, daß die Menschen abends an einem Schalter drehten, damit es innen, in ihren Häusern, hell würde.

»Wie du willst«, sagte der Hakayati schmunzelnd. »Es werden Autos drin vorkommen und Flugzeuge und elektrisches Licht. Aber jetzt sollten wir beginnen!«

Er sah alle der Reihe nach forschend an. »Irgendwo wird Said ausgesetzt. Wer findet ihn und wo?« Er kratzte sich am Kinn. »Ich weiß das auch nicht. Dazu brauche ich eure Hilfe.«

»Aber wie können wir dir helfen?«

»Wir müssen uns umsehen. Vielleicht liegt hier etwas herum, das uns einen Hinweis darauf gibt, wo unser Held das erste Mal auftaucht.«

»Und was soll das sein?«

»Irgend etwas, das dir gerade auffällt. Es kann ein besonders geformter Stein sein, ein Tier, ein Windhauch oder eine Wolke. Irgend etwas, das uns zufällig begegnet und das doch kein Zufall zu sein braucht, sondern eine Vorbestimmung. Solche Dinge treiben die Handlung vorwärts. Sie können entscheiden, wie alles weitergeht.«

Abouli überlegte, wie er in der Dunkelheit ein Ding entdekken könnte, von dem er nicht wußte, wie es aussah. Er stocherte mit einem Stöckchen in der Glut. Da fing auf einmal das Stöckchen zu brennen an. Die kleine Flamme beleuchtete einige Reiskörner, die Suleiman verschüttet hatte, als er das Abendessen zubereitete. Der Junge ließ das Stöckchen fallen und sammelte die Körner auf.

»Könnte es so etwas sein?« fragte er und hielt dem Hakayati die Hand hin.

»Aber ja, das ist gut. Sehr gut sogar.«

Es waren zehn oder zwölf längliche braunweiße Körner, die Abouli in Suleimans Hand schüttete. Er sah sie an, und es war, als ob sie ihn an etwas erinnerten, an etwas, das weit zurücklag. Da begann er zu erzählen:

Wer von hier aus immer nach Westen reitet, an den Air-Bergen vorbei und weit über Agadez hinaus, kommt nach einigen Wochen an einen großen Strom. »Issa-Beer« nennen ihn die schwarzen Fischer, die dort leben. »Issa-Beer« heißt soviel wie »Vater der Flüsse«, und er trägt seinen Namen zu Recht. Doch die weißen Männer, die ihn vor vielen hundert Jahren zum ersten Mal sahen, haben ihn »Niger« getauft. Von dorther kommt dieser Reis. Er ist das Zeichen, daß dort unsere Geschichte anfängt. Jener Strom fließt eine weite Strecke der aufgehenden Sonne entgegen, nur einmal weicht er in einem großen Bogen nach Norden aus. Später wendet er sich nach Südosten und durchfließt Wüsten, Steppen, Ackerland und Urwald, bis er schließlich das Meer erreicht. Doch da, wo er zu dem Bogen ansetzt, verzweigt sich der Hauptstrom in mehrere Wasserläufe, die eine Unzahl von kleinen und großen Inseln einschließen. Auf diesen Inseln gibt es viele Dörfer. Gelblichbraune Lehmhäuser scharen sich um eine Moschee, deren Dach mit vielen Zinnen gekrönt ist. Die Menschen, die dort wohnen, leben vom Fischfang und vom Reisanbau. Der Vater der Flüsse schenkt ihnen das Wasser dafür. Solange der Reis in den schlammigen Feldern gedeiht, braucht niemand Hunger zu leiden.

In einem dieser Lehmdörfer lebte ein Fischer, den wir Samaki nennen wollen. Vielleicht hieß er auch Koniko oder Sekou, aber Samaki ist ein besserer Name. Seine Frau hieß Kita. Die beiden hatten keine Kinder. Samaki fing nur soviele Fische und baute nur soviel Reis an, wie er für sich und seine Frau zum Leben brauchte. Sein eigentlicher Beruf war Weber. Er war berühmt dafür, daß er die schönsten wollenen Kassa-Decken weit und breit webte. Er webte Muster in sie hinein, die die bösen Geister vertrieben und die guten anzogen. Es waren Zaubermuster, die sein Vater ihm beigebracht hatte. Der Vater des Vaters, so erzählte man sich im Dorf, soll ein-

mal eine Peri beim Weben beobachtet haben, und ohne daß sie ihn entdeckte, hatte er sich das Muster eingeprägt und webte es nach. Schnell verbreitete sich der Ruf, den Samakis Großvater durch seine Decken errang, flußauf- und flußabwärts. Jeder, der es sich leisten konnte, wollte eine Decke von ihm haben. Bald stellte sich ein gewisser Wohlstand ein. Das Haus wurde vergrößert. Dicke Lehmwülste verzierten die Außenfassaden und endeten in spitzzulaufenden Zinnen über dem flachen Dach.

Samakis Vater übernahm die Muster, die ihm sein Vater gezeigt hatte. Auch er verkaufte seine Kassa-Decken gut. Reisende Händler brachten sie mit ihren Booten flußaufwärts bis nach Djenné und flußabwärts bis weit hinter Timbuktu.

Erst als die Dürrejahre Hunger und Elend über das Land brachten, als viele Flußläufe austrockneten, die Fische starben und der Reis verdorrte, hatte kaum jemand noch genug Geld, um sich eine teure Decke zu kaufen. Damals tauschten die Frauen ihre riesigen goldenen Ohrringe und Bernsteinperlen gegen ein Schüsselchen Reis oder Hirse für ihre Kinder. Doch auch die Jahre der Dürre gingen vorüber.

So lebten Samaki und Kita zwar in einem schönen Haus, aber sonst besaßen sie auch nicht mehr als alle anderen Dorfbewohner. Ab und zu tauschten sie eine Decke bei einem Händler gegen Salz, Cola-Nüsse, Palmöl oder andere lebensnotwendige Dinge. Das genügte ihnen.

Eines Tages fand eine Frau, die in Wirklichkeit eine Peri war, ein Kind im Fluß. Die Frau stand mit hochgeschürztem Rock im Wasser und spülte Wäsche, als das weinende, auf einem Schilfbündel liegende Kindchen in der Strömung an ihr vorbeitrieb. Sie zog es heraus. Und weil sie selbst ein gleichaltriges Kind auf dem Rücken trug, bot sie ihm gleich ihre Brust an. Der kleine Junge beruhigte sich schnell. Seine Haut war etwas heller als die Haut der Menschen, die in diesem Landstrich lebten. Er hatte ein schmales Gesicht und eine feine Nase. Seine dunklen Haare waren nur schwach gelockt.

»Armes Schäfchen«, bedauerte ihn die Peri. »Was mach ich bloß mir dir? Behalten kann ich dich nicht. Ich hab selbst schon acht

Kinder.« Sie dachte eine Weile nach und beschloß dann, das Kind unter einem Baum in der Nähe des Dorfes auszusetzen. Dort würde es sicher bald gefunden werden.

Doch weil sie eine sehr erfahrene Fee war, wollte sie ihm noch ein paar Geschenke dazulegen. Diese Geschenke sollten ihm sein späteres Leben erleichtern. Sie sollten ihm helfen und ihn beschützen, wenn es nötig sein würde. Nachdem sie sich dazu entschlossen hatte, dachte die Peri ziemlich lange darüber nach, was es sein könnte.

Suleiman schwieg. Das Feuer war fast heruntergebrannt. Sie saßen im Dunkeln.

»Was würdet ihr dem Kind schenken, wenn ihr an ihrer Stelle wäret?« fragte er schließlich.

»Ist das wichtig für die Geschichte?« fragte Abouli.

»Sehr wichtig.«

Der ›Geier‹ legte ein Aststück auf die Glut. Für einen kurzen Augenblick schossen einige Flammen in die Höhe. Doch sie sanken schon bald wieder in sich zusammen.

Achmed griff nach seiner Satteldecke. »Auch am großen Issa-Beer kann es kühl werden, und ein nacktes Kind braucht eine Decke.« Es war eine Decke, wie sie die Tuareg-Frauen herstellten. Die Mutter von Achmeds Mutter hatte die selbstgesponnenen Wollfäden in den Farben der rotbraunen Felsblöcke eingefärbt und sie dann in einem feinen Muster verwebt. »Eine Decke wärmt, sie dient als Sitzkissen, als Sattelunterlage und als Gebetsteppich, als Wandbehang und als Bett. Ohne sie ist das Kind arm. Mit ihr ist es gut ausgestattet.«

Khalid kramte aus seiner Packtasche einen kleinen messinggerahmten, achteckigen Spiegel heraus. »Meine Patin hat mir diesen Spiegel geschenkt, damit ich ihn den bösen Geistern vorhalten kann, wenn sie mich einmal bedrohen sollten. Sie erschrecken nämlich vor ihrem eigenen Bild und laufen davon. Wenn ich die Peri wäre, würde ich dem Kind so einen Spiegel schenken.«

»Und was würdest du ihm mitgeben?« fragte Suleiman den ›Geier‹. Takajedu überlegte. Die Mittagshitze fiel ihm ein und daß Achmed keine Rast machte, wenn er keinen Schattenplatz fand. »Ich würde dem Kind Schatten schenken«, sagte er schließlich.

»Schatten?« Achmed sah ihn verständnislos an.

»Es soll, solange es lebt, immer einen Schattenplatz finden, an dem es sich ausruhen kann.«

»Von mir bekäme es ein Gebet geschenkt«, murmelte der alte Abdullah. »Ein Gebet, das es später einmal in einem Amulett um den Hals tragen kann. Was ist das Leben ohne ein Gebet?«

Sie schwiegen eine Weile. Keiner dachte mehr an Abouli.

»Ich würde dem Kind meine Glasperle schenken«, rief er auf einmal fröhlich. »Die Perle, die mir Abu Achmed von einem Ritt mitgebracht hat.« Er griff in den Halsausschnitt seiner Gandoura und zerrte eine schwarze Kordel heraus, an der eine Glasperle hing. »Mit ihr kann das Kind immer spielen, wenn es Lust dazu hat.«

»Zeig mir die Perle!« sagte Suleiman. Abouli streifte die Kordel über den Kopf und gab sie ihm. Das schwache Licht des langsam verlöschenden Feuers beleuchtete eine unregelmäßige runde, braune Glasperle, in die ein winzigkleiner Blumenkranz eingebrannt war.

»Wo hast du sie her?« fragte er Achmed.

»Irgendwoher aus dem Westen von einem Mann, der Salz bei mir kaufte. Und weil sein Geld nicht ausreichte, es zu bezahlen, gab er mir die Perle dazu.«

Suleiman legte sie in die Hand des Jungen zurück.

Gut, begann er von neuem. *Jetzt wissen wir, was die Peri dem Kind mitgab, als sie es in der Nähe von Samakis Dorf im Schatten des Baumes aussetzte. Sie legte es auf Achmeds Satteldecke und hängte ihm Aboulis Perle um den Hals. Den kleinen Spiegel brachte sie an einem Ast über seinem Kopf an, damit seine Augen etwas hätten, mit dem sie sich beschäftigen konnten, und Abdullahs Gebet schrieb sie auf einen Zettel, den sie mit einem langen Dorn an die Decke steckte. »Du wirst es schaffen«, sagte sie dann zum Abschied. »Vielleicht wird es nicht leicht sein, aber du schaffst es.« Dann ging sie mit ihrem Kind auf dem Rücken zu ihrer Wäsche zurück.*

Der kleine Junge lag auf dem Rücken und sah nach oben in die Äste des alten Baumes. Es war die Zeit der größten Mittagshitze. Vögel hüpften zwischen den Blättern hin und her, und manchmal bewegte ein Windhauch die Zweige, zwischen denen der Spiegel steckte. Dann huschte ein Sonnenstrahl über die Decke, den das Kind mit seinen kleinen Händchen zu fangen versuchte. Das Summen der Insekten schläferte es allmählich ein.

Suleiman unterbrach seine Erzählung für einen Augenblick, um sich einen Schluck Wasser aus der Gerba zu holen. Umgeben von der Dunkelheit der Wüstennacht, spürte Abouli selbst die Mittagshitze unter dem Baum, und er lauschte auf das Gesumme der Insekten über ihm.

Doch bevor jemand das Kind fand, wurde es von einem Djinn entdeckt. Es war ein Djinn, der an diesem Tag noch nichts Böses getan hatte und der sich deshalb nicht wohl fühlte. Er war unsichtbar, wie alle Djinn, die nicht gerade eine andere Gestalt angenommen hatten, doch jetzt, in der Zeit des höchsten Sonnenstandes, fand er nicht so leicht jemanden, dessen Gestalt ihm so gefiel, daß er in sie schlüpfen konnte. Er war unzufrieden und schlechter Laune. Als er das Kind auf dem Teppich liegen sah, stürzte er sich auf es, um es zu fressen. Doch plötzlich hielt er inne. Er hatte sich in dem kleinen Spiegel entdeckt, der in den Zweigen steckte. Aufheulend vor Wut ergriff er den nächsten Gegenstand und schleuderte ihn danach.

Aber er verfehlte den Spiegel. Der Gegenstand fiel auf die Decke. Das Kind erschrak und begann zu schreien. Und als sich der Djinn noch immer in dem Spiegel erkannte, wirbelte er außer sich vor Zorn davon.

Samaki war den ganzen Morgen über mit seinem flachen langen Boot den Fluß entlang gestakt und hatte gefischt. Doch seine Ausbeute war mäßig gewesen. Nur wenige Fische gingen ihm ins Netz. Gerade war er auf dem Weg zu dem großen alten Baum, um darunter seinen Mittagsschlaf zu halten, als er das Kind schreien hörte. »Oh, Allah!« stieß er keuchend vor Schreck hervor. »Ein Kind! Wie kommt denn das hierher?« Er sah sich um, weil er annahm, daß irgendwo eine Frau auf dem Feld arbeitete, eine Frau, die ihr Kind abgelegt haben könnte. Aber weit und breit war niemand zu sehen. Kita und er hatten sich schon so lange ein Kind gewünscht, und da lag es nun, so, als sei es wie eine reife Frucht vom Baum gefallen. »Hamdulillah! Hamdulillah!« Er wiederholte den Dank an Allah gleich mehrere Male hintereinander. Dann wickelte er das Kind in die Decke, und als es mit einem Jammerlaut nach dem Spiegel griff, nahm er außer dem Zettel, auf dem etwas geschrieben stand, das er nicht lesen konnte, auch noch den Spiegel mit. Das Wurfgeschoß des Djinn blieb zurück, aber das änderte nichts mehr daran, daß seine unheilvolle Wirkung das Kind sein ganzes Leben lang begleiten sollte …

»Was war das für ein Ding?« unterbrach Abouli den Hakayati.

»Das weiß ich auch nicht. Wir werden es schon noch herausfinden.« Dann fuhr er fort:

Nachdem Samaki das Kind in sein Boot gelegt hatte, stieß er vom Ufer ab und stakte heim, so schnell er konnte. Er brachte den Jungen nach Hause, ohne daß ihn jemand aus dem Dorf sah, denn in der Zeit der größten Hitze fühlten sich alle wie gelähmt. Dann dösten sie in den schattigen Innenhöfen vor sich hin, und niemand achtete darauf, was draußen vor sich ging.

Kitas Freude über den Jungen kannte keine Grenzen. Und als Samaki ihr vorschlug, er wolle sich umhören, wo der Junge zu Hause wäre, vielleicht wüßte auch der Händler Bescheid, der einmal in der Woche mit seinem Boot anlegte, schrie sie nur: »Nein, nein! Ich will ihn behalten! Allah hat ihn mir geschenkt!«

»Aber wie erklären wir es den Nachbarn?« fragte Samaki sie. »Du hast keinen dicken Bauch gehabt und keine Frau geholt, damit sie dir bei der Geburt helfe!«

»Wir sagen einfach, das Kind gehört meiner Schwester, die in Mopti verheiratet ist. Sie hat schon neun Kinder und das reicht ihr. Das zehnte hat sie uns gegeben.«

Dagegen wußte Samaki nichts einzuwenden.

Also blieb der Junge bei ihnen. Sie nannten ihn Said, und weil er unter dem alten Baum gefunden worden war, nannten sie ihn Said ibn el-Shaggra, was so viel wie Said, Sohn des Baumes hieß.

Samaki und Kita schätzten sein Alter auf einige Monate. So war er nicht mehr auf Muttermilch angewiesen. Kita gab ihm verdünnte Ziegenmilch zu trinken, und bald fütterte sie ihn auch schon mit Hirse- oder Reisbrei, den sie ihm vorkaute und dann mit zwei Fingern in den Mund stopfte.

Tagsüber band sie ihn sich in einem Tuch auf den Rücken und nahm ihn mit, wenn sie auf dem Reisfeld arbeitete. Dann machte das Kind jede Bewegung mit, auf und nieder oder hin und her, je nachdem, ob sie hackte oder sichelte. An den warmen Abenden, wenn die Sonne wie ein riesiger rotgoldener Ball in den Fluß getaucht war, gurrte und spielte Kita mit Said.

Dann streichelte sie ihn zärtlich, brachte ihm einfache Fingerspiele bei oder sang ihm etwas vor. Als er größer wurde, baute Samaki ihm eine eigene kleine Bettstatt unter ein niederes Schattendach. Er richtete es unweit ihres eigenen Lagers her, das der großen Hitze wegen vor dem Haus stand. Nur während der kurzen Regenzeit schliefen sie drinnen.

Said lernte in dem von bröckligen Lehmmauern umgebenen Innenhof laufen, und er krähte vor Glück, als er es das erste Mal von einer Wand zur anderen geschafft hatte. Kurz darauf versetzte er Kita in große Aufregung, weil er den Hof verließ und die schmale, sandige Gasse zum Fluß hinunterstolperte. Sie holte ihn zurück, und zum ersten Mal erhielt er einen Klaps auf den Po.

So wuchs er zwischen Hühnern, Ziegen und den Nachbarskindern auf. Staunend betrachtete er immer wieder die großen Damp-

fer, die nur den Fluß hochstampften, wenn genügend Wasser da war. Die riesigen verrosteten Ungetüme quollen fast über vor Menschen mit ihrem Viehzeug. Nachts strahlte das Licht aus den Decks bis hinüber zum Dorf, und der Klang einer fremden aufpeitschenden Musik kribbelte in den Beinen der Dorfbewohner. Freitags nahm Samaki Said mit in die Moschee. Er zeigte ihm, wie man zu Allah betet und daß man still sein muß, wenn der Imam seine Predigt hält. Immer wenn die alten Männer sich unter dem Baum am Ufer trafen, um ihre Sorgen miteinander zu besprechen, drückte sich der Junge an die Umfassungsmauer der Moschee und hörte ihren Reden zu. Er lernte den Kummer kennen, den ihnen das ständig fallende Wasser machte, und die Sorgen über die Cholera, von der immer mehr Menschen befallen wurden. Doch manchmal versammelten sich auch die jungen Leute dort. Dann machten sie Musik, sangen, klatschten in die Hände und tanzten miteinander.

Die Dorfbewohner erkannten schon bald, daß Said nicht vom Stamm der Bozo war, so wie sie. Er war auch kein Songhai, denn seine Haut war heller als ihre und seine Haare waren glatt. Samaki hatte ihnen die Geschichte von Kitas Schwester aus Mopti erzählt. Niemand kannte sie, und niemand wußte, mit wem sie verheiratet war. Mit der Zeit gewöhnten sie sich an Saids Anblick und dachten nicht mehr weiter über seine Herkunft nach.

Wenn ein Fremder ins Dorf kam, der ihn nach seinem Namen fragte, sagte er: »Ich bin Said. Mein Onkel heißt Samaki. Samaki, der Weber.« Niemand zweifelte daran, daß Said auch einmal Weber werden würde und daß Samaki ihm die alten Zaubermuster beibringen würde, die das Gute anzogen und das Böse vertrieben.

Kita achtete sorgfältig darauf, daß er immer seine Glasperle trug. Einmal hatte sie schon eine neue Kordel eingefädelt, weil die alte sich langsam durchscheuerte. Die Decke lag auf Saids Bett, und den Spiegel sowie den Zettel mit der Schrift verwahrte Samaki in einem Kästchen, das er hinter einem losen Lehmziegel in der Hausmauer versteckte. Er hätte gern gewußt, was auf dem Zettel stand, aber er hatte Angst, ihn jemandem zu zeigen, der lesen konnte. Vielleicht steht da, wer Saids Eltern sind, dachte er. Und dann kä-

men sie und würden ihm und Kita den Jungen wegnehmen. Er hatte ihn so liebgewonnen, daß er ihn nie mehr hergeben wollte.

Als Said etwa sechs Jahre alt war, fand er in Mamadou, dem Händler, der Samakis Decken gegen Lebensmittel eintauschte, einen großen Freund. Mamadou schenkte ihm manchmal eine Cola-Nuss, oder er schnitzte ihm kleine Pfeifchen aus Bambusrohr. »Nimm mich mit!« verlangte der Junge jedesmal, wenn Mamadou alle seine Geschäfte in Samakis Dorf abgewickelt hatte. Dann begleitete er ihn ans Ufer und sah zu, wie der schwere Mann das Boot abstieß, hineinsprang und mit der langen Stange zum nächsten Dorf stakte, weil die Strömung zu schwach war, um das Boot dorthin zu treiben. »Wenn du älter bist, gern«, versprach Mamadou Said.

Da wünschte sich der Junge, schnell älter zu werden, damit sein großer Freund ihn eines Tages mitnähme. Das hörte einmal Samaki. »Wenn du willst, kannst du mich morgen zum Fischen begleiten«, versuchte er ihn zu trösten. Was ihm auch gelang. Said fuhr mit hinaus auf die Wasserläufe des Issa-Beer. Er sah zu, wie Samaki das Netz auswarf und wieder einholte. Er sammelte mit ihm die Fische aus dem Netz, und manchmal durfte er auch mit der langen Stange ins Wasser stechen. Er stocherte dann hinunter, bis er den Grund fühlte, legte sich mit seinem Körpergewicht gegen das Holz in seinen Händen, aber er war noch zu schwach, um das lange Boot gegen die Strömung vorwärts zu bewegen.

Samaki brachte ihm bei, wie die Vögel hießen, die sie über das Wasser flattern sahen, oder die im Uferschlick nach Fröschen und kleinen Larven suchten.

»Das ist ein Ibis«, sagte er, als sie einmal einen weißen großen Vogel mit einem nach unten gebogenen Schnabel im Bambusdickicht entdeckten. »Und das dort«, er zeigte auf einen langbeinigen schwarzen, der ein Krönchen auf dem Kopf trug, »ein Kronenkranich.«

Einmal fanden sie einen besonders großen silbergrauen Fisch in ihrem Netz. Da freute sich Samaki. »Das ist ein Kapitän. Allah sei Dank!«

Die Jahre vergingen, und viele Male führte der Issa-Beer Hochwasser, aber ebenso oft sank der Wasserspiegel so tief ab, daß die Menschen am Fluß nur wenig oder gar keinen Reis ernten konnten. Die Cholera breitete sich aus, und manch einer starb, obwohl er noch viel zu jung dafür war.

Damals weihte Samaki Said in das Geheimnis der Webkunst ein. »Die anderen versuchen, statt Reis Wassermelonen anzubauen«, erklärte er Said. »Das bedeutet, daß die Felder mit Dornenzweigen eingezäunt werden müssen, weil sonst die Ziegen alles abfressen. Überschwemmte Reisfelder läßt das Vieh in Ruhe.«

»Aber von Wassermelonen allein kann doch niemand leben«, gab der Junge zurück.

»Nein. Aber sie sind eine Ware für die Händler. Frag Mamadou! Er tauscht sie gegen Hirse oder Weizen.«

»Und was machen wir?« fragte Said, der wußte, daß Samaki und Kita nicht vorhatten, auf dem ausgedörrten Reisacker Melonen anzupflanzen.

»Wir weben Decken.«

»Wir?« Es war Said bekannt, daß am Issa-Beer nur die Männer webten und niemals die Frauen.

»Ja«, erwiderte Samaki. »Du und ich.«

Und damit war es beschlossene Sache, daß Said groß genug war, um weben zu lernen.

Zuerst bauten sie ein neues, größeres Schattendach. Sie gruben mehrere mittelstarke Äste in die Erde und verbanden sie an ihren oberen Enden durch ein Geflecht von Zweigen, auf das sie Schilfbündel schichteten.

Der Webstuhl bestand aus zwei in den Boden getriebenen senkrechten Ästen, die einige Handbreit über der Erde durch eine Querlatte miteinander verbunden wurden. Über diese Latte liefen die Kettfäden. Wenn Samaki auf seinem Holzbrett saß, dann befand sich vor ihm eine zweite Latte, an der er die Fäden an nur drei Punkten befestigte. Sie waren acht bis zehn Schritte lang und wurden fast in der Mitte des kleinen Innenhofes um einen schweren Feldstein geschlungen und straffgehalten. Die beiden Schäfte be-

diente Samaki über einfache Pedale mit den Füßen. Immer wenn er das Schiffchen mit dem Schußfaden durch die Kettfäden gejagt hatte, stieß er einen Kamm heftig nach unten und festigte so sein Gewebe. Eine Decke bestand aus zwei oder drei schmalen Streifen, deren Muster sich fadengenau zu einem wunderbaren Ornament zusammenfügten, nachdem Kita sie aneinandergenäht hatte.

Samaki arbeitete ohne Vorlage. Er hatte seine Muster im Kopf. Faden für Faden.

»Weiß ist der Tag und schwarz die Nacht«, erklärte er Said. »Dazwischen spielt sich das Leben ab.«

Der Junge beobachtete, wie er schwarze, gezackte Dreiecke und Zickzacklinien in bestimmten, immer wiederkehrenden Gruppen auf den weißen Grund webte.

»Die schwarzen Dreiecke wehren das Böse ab. Es sind Waffen gegen die Geister, genauso wie die Lehmzinnen auf unseren Häusern oder die silbernen Schmuckstücke der Frauen. Der weiße Grund bedeutet Licht und Tag und alles, was gut ist.«

Zuerst reichte ihm Said nur die Wolle zu und half ihm beim Spannen der Fäden. Doch bald durfte er das Weberschiffchen bedienen, wenn eine Stelle glatt und ohne Muster war.

»Bei uns ist Sechs eine magische Zahl«, erklärte Samaki weiter. »Zweimal sechs Dreiecke senkrecht, dann eine Zickzacklinie mit zwölf Zacken, gefolgt von zweimal sechs Dreiecken waagrecht und so fort. Weiter im Süden, erzählte mir Mamadou, glauben die Menschen an die Zahl Acht, und für die Tuareg ist die Fünf eine Zauberzahl.«

Said hörte ihm voll Staunen zu. Er nahm es in sich auf und übte fleißig. Wenn Mamadou sie besuchte, tauschten sie die fertigen Decken gegen Wolle, gegen Hirse, und wenn noch etwas übrig blieb, gegen ein paar Cola-Nüsse, denn Cola-Nüsse kauten sie alle für ihr Leben gern. Durch sie wurde alles freundlicher, die Welt heller und die Zukunft nicht mehr so wichtig.

Said machte bald gute Fortschritte. Er hätte sicher in einigen Jahren Samakis Meisterschaft erreicht, hätten nicht zwei kurz hintereinander eintretende Ereignisse sein Leben völlig verändert.

Suleiman schwieg. Die Nacht war dunkler geworden. Der Mond hatte den Himmel verlassen. Das leise hüpfende Getapse eines gefesselten Kamels drang überlaut bis zu den um das erloschene Feuer lagernden Männern.

»Was waren das für Ereignisse?« unterbrach Abouli die Stille.

»Das weiß ich auch nicht«, erwiderte Suleiman. »Das werden wir erst morgen erfahren.«

»Warum hörst du gerade dann auf, wenn es spannend wird?« Aboulis Stimme klang vorwurfsvoll.

»Jeder Geschichtenerzähler hört so auf, daß seine Zuhörer neugierig darauf sind, wie es weitergeht. Schließlich lebt er davon, daß sie wiederkommen.«

»Oh!« seufzte der Junge. Er konnte sich nur schwer damit abfinden.

»Es ist gut so«, sagte Achmed in seine Enttäuschung hinein. »Morgen geht es früh los. Wir haben noch einige Tagesritte vor uns.«

In dieser Nacht schlief Abouli tief und traumlos, und als Khalid ihn kurz vor Sonnenaufgang weckte, weil es Zeit für das Morgengebet war, sprang er gleich auf und suchte mit den Augen den Hakayati, um sich zu versichern, daß er noch da war und nicht heimlich in der Nacht das Lager verlassen hatte.

»Oh, Allah!« betete er. »Laß uns heute Schatten finden, damit Abu Achmed eine Mittagsrast macht! Bitte, Allah!«

Während er mit Khalid die Kamele zusammentrieb, die sich während der Nacht über das Wäldchen verteilt hatten, füllten der ›Geier‹ und Achmed alle Gerbas voll Wasser. Mindestens zwei Tage würde es dauern, vielleicht auch drei, bis sie den nächsten Brunnen erreichten. Nur Allah wußte, ob sie auch Wasser darin finden würden. Sie sattelten die Kamele, zogen sich den Schleier wieder vors Gesicht, stiegen auf und ritten los.

Achmed folgte einem Wadi. Die Kamele liebten den flachen, sandigen Boden. Die Ruhepause hatte ihnen gutgetan, sie hat ten sich satt getrunken und gefressen, deshalb liefen sie mit weitausgreifenden Schritten hintereinander her.

Abouli betrachtete eine Weile Arushas Nacken mit den kleinen, aufmerksam nach vorne gestellten Ohren. Mit zunehmender Hitze erschienen zwischen ihnen feuchte Stellen. Manchmal, wenn Arusha den Kopf ein wenig zur Seite drehte, sah er auch die Wölbung über ihren Augen und die langen Wimpern. Die Augen selbst saßen so, daß Arusha mit hocherhobenem Kopf immer den Boden beobachten konnte. Das gab ihr ein stolzes, selbstbewußtes und vielleicht auch etwas hochnäsiges Aussehen.

An den Rändern des Wadi wuchsen Tamariskenbüsche. Ihre schmalen länglichen Blättchen bewegten sich bei jedem Windhauch anmutig hin und her. Weit hinten kreiste ein Raubvogel über den Hügeln. Wie immer ritt Abouli hinter Khalid. Ihm folgte Suleiman, und den Schluß machte Takajedu. Abouli dachte über Saids Geschichte nach. Er hätte zu gerne gewußt, wie sie weiterging. Als seine Neugier zu groß wurde, lenkte er Arusha aus der Spur und hielt sie zurück, bis Suleiman aufgeholt hatte. Doch bevor er ihn fragen konnte, sagte dieser: »Ich weiß, was du wissen willst. Aber ich weiß auch nicht, wie es weitergeht.«

»Du meinst, wir müssen wieder etwas suchen, das dir hilft, die Geschichte weiter zu erfinden?«

»Genau das«, bestätigte Suleiman.

Von da an hielt Abouli Ausschau nach etwas, das für Saids Geschichte wichtig sein könnte. Aber er fand nichts.

Als sie das Wadi verließen und die Kamele die Böschung hinaufkletterten, stand die Sonne schon hoch. Die Mittagshitze brannte auf die Hände und die bloßen Füße der Reiter. Doch immer wieder kamen sie an Baumgruppen vorbei, und der See aus wabernder Luft zeigte sich nicht.

Unter einem dieser Bäume hielt Achmed an.

»Gönnen wir uns etwas Ruhe«, sagte er. »Ein Tee wird uns guttun.«

Die Kamele wurden abgesattelt und die Decken im Schatten ausgebreitet. Abouli sammelte Holz für ein Feuer. Und dabei fand er unerwartet etwas, über das er sich erst Gedanken machte, als er es in der Hand hielt. Gleich fiel ihm ein, daß das Suleiman gebrauchen könnte. Schnell nahm er sein aufgesammeltes Holz unter den Arm und lief zu den anderen zurück.

»Da«, sagte er und zeigte dem Fremden seinen Fund. Suleiman nahm es ihm ab und betrachtete es lange. Es war ein altes Aststück. Termiten hatten ihre Gänge hineingefressen. Sie ergaben ein eigenartiges Muster, liefen auseinander, kamen wieder zusammen und bildeten ein irrgartenähnliches Gewirr.

»Das Wurfgeschoß des Djinn«, murmelte der Hakayati. »Das ist es. Es hätte auch ein Stein oder ein Tamariskenzweig sein können. Dann wäre Said in die Berge oder den Unterlauf des Issa-Beer verschlagen worden. Aber es ist ein Irrgarten. So wird er immer wieder in die Irre laufen müssen. Er wird sich oft zwischen zwei Wegen zu entscheiden haben, dem, der ihn seinem Ziel näher bringt und dem falschen, der in einer Sackgasse endet. Armer Said!«

»Und was passiert jetzt?« wollte Abouli wissen.

»Said wird sich verirren. Es wird das erste Mal sein. Doch später muß er lernen, sich in einem Irrgarten zurechtzufinden.«

Abouli hörte ihm erstaunt zu, doch er mußte warten, bis der ›Geier‹ den Tee zubereitet hatte, bevor Suleiman weitererzählte:

Seit Samaki Said unter dem alten Baum gefunden hatte, war mindestens zehnmal die Regenzeit vorübergegangen und mindestens dreimal war sie ausgeblieben. Samaki bestritt ihren Lebensunterhalt durch Weben. Mamadou brachte ihm alles, was er zum Leben brauchte, und Samaki bezahlte mit seinen Kassa-Decken dafür. Viele Dorfbewohner litten Hunger. Die Alten wurden so dürr wie verdorrte Blätter, und den Kindern schwoll der Bauch, weil sie nichts Richtiges zum Essen bekamen. Wenn sie Said besuchten, steckte ihnen Kita immer etwas zu, aber sie tat es heimlich, denn Samaki sah es nicht gern.

»Wir haben selbst zu wenig«, sagte er dann. Doch Kita wollte das Wenige, das sie besaßen, mit denen teilen, die nichts hatten. Said half überall, so gut er konnte. Samaki schickte ihn oft allein zum Fischen aus, da er jetzt kräftig genug war, um das Boot mit Hilfe der Stange vorwärts zu bewegen. Doch im näheren Umkreis des Dorfes war der Issa-Beer fast leergefischt, und wenn das alljährliche Hochwasser ausblieb, blieben auch die Fische aus. So wagte sich Said immer weiter in die verzweigten Wasserläufe hinein, in den Irrgarten aus Flüssen, Lagunen und Wasserlachen. Manchmal endeten sie an einer Sandbank, andere mündeten in kleine Seen. Said versuchte, sich die Richtung an Unregelmäßigkeiten zu merken, die über den flachen Horizont herausragten, an einem Baum, einer verlassenen Strohhütte, deren Gerüst aus Ästen wie ein riesiges Gerippe aussah, oder einem übermannshohen Termitenbau. Aber es gab viele solcher Bauten und viele verlassene Strohhütten, und der Junge mußte oft weite Strecken zurückstaken, bis er den richtigen Heimweg wiederfand.

Manchmal entfernte er sich so weit, daß er über Nacht draußen bleiben mußte. Dann zog er das Boot an einer flachen Stelle ans Ufer. Er sammelte trockenes Schwemmholz, machte ein Feuer und kochte sich Tee oder briet sich einen Fisch, während die Sonne schon hoch über dem Bambusdickicht im milchigen Dunst versank und das schrille Krächzen der Reiher über den Fluß schallte. Danach wickelte er sich in seine Decke und schlief ein. Oft träumte er davon, daß er sein Netz auswarf und prall mit Fischen gefüllt wieder einholte, dann wachte er auf, weil er glaubte, das Platschen eines großen Fisches gehört zu haben, vielleicht eines »Kapitäns«, des Königs der Fische am Issa-Beer.

Eines Tages aber stakte er das Boot noch weiter hinaus als sonst, und als er umdrehen wollte, fand er nicht mehr zurück. Er übernachtete auf einer kleinen Insel und versuchte am nächsten Tag, den Rückweg zu finden. Aber er verirrte sich immer mehr. In der zweiten Nacht schlief er schlecht. Auf einmal störte ihn das Quaken der Frösche, dem er sonst gerne zugehört hatte. Mückenschwärme plagten ihn, und als er nach ihnen schlug, wichen sie ihm aus und griffen ihn nur noch wütender an. Der Mond wanderte über den Himmel, und Said sah ihm dabei zu. Es kam ihm so vor, als sei die Dunkelheit ein grosses schwarzes Tuch mit vielen Löchern, einem großen und unzähligen kleinen. Wenn das stimmte, dann müßte hinter dem Tuch eine große Helligkeit sein, ein Glanz und eine Lichtfülle, die kein Lebewesen ertragen könnte. Allah hat es gut gemacht, dachte er. Er zeigt uns den wahren Himmel nur in kleinen Ausschnitten, damit wir ahnen, welche Pracht uns nach unserem Tod erwartet. Said mußte irgendwann doch eingeschlafen sein, denn auf einmal weckte ihn eine Stimme.

»Der Mensch dort ist dumm«, sagte jemand, und das schnarrte und krächzte ein bißchen, klang einmal heller und dann wieder dunkler

»Warum?« fragte eine zweite Stimme zurück. »Meinst du, weil er nicht weiß, was das für eine Perle ist, die er um den Hals trägt?«

»Ja, ja, das auch, aber vor allem, weil er nicht mehr heimfindet.«

Said hielt die Augen geschlossen und hörte zu.

»Da schenkt ihm die Peri vom Fluß die kostbare Glasperle, die er nur über den Rücken herabhängen lassen muß, um unsere und alle anderen Sprachen zu verstehen, und er ist zu dumm, um das zu wissen.«

Als der Junge das hörte, tastete er nach der Perle und stellte fest, daß sie, während er sich schlaflos hin- und hergewälzt hatte, nach hinten gerutscht war. Er öffnete die Augen einen Spalt und entdeckte am Ufer, unweit des Bootes, zwei Kuhreiher. Sie standen auf einem Bein und hatten die Hälse eingezogen. Ab und zu öffnete einer der beiden den Schnabel ein wenig und blickte den anderen an. Sie waren weit und breit die einzigen Lebewesen.

»Und wenn er es wüßte, brauchte er uns bloß zu fragen, wie er wieder heimkäme. Wir könnten ihm schnell den richtigen Weg zeigen.«

Der Junge fuhr auf, und dabei rutschte die Perle wieder um seinen Hals nach vorne. Da erschraken die beiden Reiher. Sie hüpften in die Höhe, schlugen mit den Flügeln, und als sie spürten, daß die Luft sie trug, flogen sie mit langen, bedächtigen Bewegungen davon. So erfuhr Said, was es für eine Bewandtnis mit der Perle hatte. Er versuchte, einen Vogel zu finden, der ihm den Heimweg zeigen könnte, und entdeckte einen großen Seeadler auf einem Affenbrotbaum. Er hatte den weißen Kopf unter den Flügel gesteckt und schlief.

Doch er schlief so fest, daß er Said nicht bemerkte, der unten stand und »He, kannst du mir eine Frage beantworten?« zu ihm hinaufschrie, und dabei hatte der Junge nicht vergessen, die Perle wieder nach hinten zu drehen.

Ein Stück weiter flußabwärts wuchsen Dornenhecken am Ufer. Aus ihnen zwitscherte, sang, pfiff und gurrte es so, daß Said beschloß, dort sein Glück zu versuchen. Doch die Vögel huschten davon, bevor er die Hecken erreichte.

Da setzte er sich auf die Böschung und starrte traurig ins Wasser. Träge, mit fast nicht sichtbarer Bewegung strömte es dahin. Gegen die Mitte des Flusses hin sprangen ab und zu kleine Fische hoch und platschten wieder zurück, und wenn ein Windhauch die Wasseroberfläche kräuselte, schwabbten kleine Wellen über die Steine am Böschungsrand. Das flache, am Ufer vertäute Boot schwankte langsam hin und her. Said stand auf und ging zu ihm zurück. Er achtete nicht darauf, wohin er trat, und wäre beinahe über ein brütendes Kiebitzweibchen gestolpert. Es duckte sich tief über seine Eier, um nicht entdeckt zu werden.

»Oh, Allah, welch ein Glück!« seufzte Said. Er schob sich rasch die Perle nach hinten und sagte: »Friede sei mit dir! Du brauchst keine Angst vor mir zu haben.«

»Dann ist es gut«, piepste das Kiebitzweibchen erleichtert und blickte zutraulich zu ihm hoch. Said hockte sich auf die Fersen.

»Ich habe mich verirrt«, sagte er. »Könntest du mir vielleicht helfen, wieder heimzufinden?«

»Ich könnte schon, aber ich darf meine Eier nicht verlassen. Wenn du wartest, bis mein Mann zurückkommt, kann er dir helfen.« Da legte sich Said neben dem brütenden Vogel auf den Boden, und obwohl die Sonne ihren höchsten Stand schon wieder erreicht hatte, kam es ihm so vor, als läge er im Schatten. Er mußte eingeschlafen sein, denn ein leises Schwirren und der Windhauch eines landenden Vogels weckten ihn wieder.

»Komm her!« rief das Kiebitzweibchen seinem Mann zu. »Er ist harmlos und dumm. Schließlich trägt er die Perle der Peri und hat gerade erst entdeckt, daß er mit ihr alle Sprachen verstehen kann, die der Menschen und die der Tiere.«

Da hüpfte das Männchen näher, und Said klagte ihm sein Leid.

»Es gibt viele Dörfer auf den Inseln im Strom«, sagte der Kiebitz.

Der Junge beschrieb ihm Samakis Dorf, die Moschee mit den Zinnen auf dem Dach und den in der Nähe stehenden alten Eukalyptusbaum.

»Warte hier!« Der Vogel flog auf. Schwarzweiß leuchtete sein Gefieder, als er immer höher flatterte. Dann ließ er sich wieder fallen und landete sanft neben dem Nest.

»Jetzt kenne ich den Weg«, sagte er. »Komm mit!« Und Said stieg in sein Boot und folgte seinen Anweisungen.

So kam er zurück, und als er Kita und Samaki die ganze Geschichte erzählen wollte, sahen sie ihn nur besorgt an und sagten: »Geh in den Schatten. Die Sonne hat dich verwirrt. Deine Haut ist zu hell für das Land am Issa-Beer!«

Von da an begrub Said das Geheimnis der Perle tief in seinem Inneren.

Seit dieser Zeit fuhr er immer, wenn Samaki ihn nicht beim Weben brauchte, allein mit dem Boot hinaus. Bald lernten ihn die Vögel kennen, und sie flogen nicht mehr davon, wenn sie ihn kommen sahen. Den »Jungen mit der Perle« nannten sie ihn und erzählten ihm viele Geschichten vom Vater aller Flüsse, von der Zeit, bevor Menschen dort siedelten, von der Fluß-Peri und dem Fischkönig.

»Die Perle hat dir die Peri geschenkt«, erklärte ihm ein Kronenkranich. »Zusammen mit der Decke, dem Spiegel, dem Gebet und dem Schatten, wenn du ihn brauchst.«

Said lernte das Geschenk des Schattens zu schätzen. Was es mit der Perle für eine Bewandtnis hatte, wußte er. Nun hätte er gern auch noch das Geheimnis der Decke, des Spiegels und des Gebetes gekannt.

»Alle diese Dinge werden eine große Rolle in deinem Leben spielen. Du wirst ihnen immer wieder begegnen, doch immer in anderer Gestalt«, sagte der Kronenkranich und drehte sein Köpfchen so rasch hin und her, daß die Federkrone ins Wippen kam. »Eine Eigenschaft des Spiegels ist es, böse Geister zu vertreiben, wenn sie dir zu nahe kommen. Vor einem Spiegel laufen sie weg, weil sie vor ihrem eigenen Anblick erschrecken.«

»Und die Decke? Und das Gebet?« fragte Said.

»Darüber weiß ich auch nichts«, erwiderte der Vogel. »Das wirst du schon irgendwann selbst herausfinden.«

Einige Male stürzten Gewittergüsse über den Fluß und die Inseln. Die durstige Erde trank den Regen und gab ihn an die Pflanzen weiter. Überall begann es zu grünen. Die Ufer bedeckten sich mit großen, lilafarbenen Winden, und in den Wasserlachen strebten die Knospen der Lotosblumen nach oben, wo sie sich zu strahlenden Blüten öffneten.

Das Wasser stieg, und mit dem steigenden Wasser kamen die Fische. Samaki und alle anderen Dorfbewohner pflanzten wieder Reis in die überschwemmten Felder, und die großen Dampfer stampften auf ihrem Weg von Segou nach Gao den Fluß hinunter und wieder zurück. Sie stanken nach Öl und Ziegen und schwitzenden Menschen. Samaki beobachtete Said einmal, wie er ihnen sehnsüchtig nachblickte, aber er sagte nichts.

Said war nicht mehr bei der Sache, wenn er webte. Er hatte andere Dinge im Kopf, und Samaki merkte das. Er wird sich schon wiederfinden, dachte er und schwieg.

Eines Tages besuchte Mamadou wieder einmal das Dorf. »Ich werd allmählich alt«, ächzte er, als er an Land watete und die vollbeladene Piroge hinter sich herzog. »Der Rücken tut mir weh. Wie wär's, Said, hättest du nicht Lust, mich zu begleiten und mir zu helfen?«

Da stand Said auf einmal vor einer schweren Entscheidung. Sollte er dableiben und ein Weber werden wie Samaki? Oder sollte er mit Mamadou den Fluß hinauf und hinab fahren und ihm bei seinem Handel zur Hand gehen?

Samaki hatte Mamadous Frage gehört, doch er ließ Said die Entscheidung allein treffen. Er würde keine guten Decken weben, wenn er nicht freiwillig dablieb. Auch Kita mischte sich nicht ein. Said entschied sich rasch. Er ahnte, daß er Samakis Meisterschaft nie erreichen würde. Er war zu ungeduldig, und außerdem fehlte ihm der Sinn für die Schönheit der Muster. Das Gefühl der Unvollkommenheit lähmte ihn. Die Dampfer fielen ihm ein und die berühmten Städte, an deren Molen sie anlegten: Djenné, Mopti und Timbuktu, die Sagenumwobene.

Da sagte er: »Ich fahre mit dir, Mamadou.« Und Samaki und Kita nahmen traurig Abschied von ihm.

Bevor er das Haus verließ, holte Samaki den Spiegel und den Zettel mit der Schrift aus dem Versteck. Kita nähte eine Amulett-tasche aus Ziegenleder und verzierte sie mit eingefärbten Lederstücken. Sie steckte die beiden Geschenke der Peri hinein und hängte Said die Tasche um den Hals. »Von nun an ist das dein Cri-Cri. Es wird dich beschützen«, sagte sie, strich ihm über die Haare und fügte noch hinzu: »Vergiß die Decke nicht!« Dann ging sie mit ruhigen Schritten davon, der Arbeit im Reisfeld entgegen.

»Wir werden euch oft besuchen«, versprach Mamadou Samaki,

weil er sah, daß ihm der Abschied schwerfiel. »Jedesmal, wenn wir an eurem Dorf vorbeikommen, legen wir an und besuchen Kita und dich. Es ist kein Abschied für immer.«

Das tröstete Samaki.

Diesmal half Said mit, als das schwere Boot ins Wasser geschoben werden mußte. Sie sprangen hinein. Said ergriff die Stange und trieb es in die Strömung. Erst als es sich von allein vorwärts bewegte, kletterte der Junge über die Ballen und Körbe bis in den Bug und setzte sich neben Mamadou, der das Steuer bediente.

Sie zündeten in einer kleinen Pfanne Feuer an und kochten Tee, während das Boot von der Strömung an flachen, unbewohnten Inseln vorbeigetrieben wurde.

»Kennst du das?« fragte Mamadou und holte einen kleinen schwarzen Kasten heraus, der unter seiner Bank gestanden hatte. Er drückte auf einen Knopf. Zuerst knisterte und krachte es bloß, doch dann kam plötzlich Musik heraus. Eine Frau sang ein langgezogenes, schwermütiges Lied.

»Das ist ein Kofferradio«, erklärte der Händler dem Jungen. »Es spielt nur, solange die Batterien reichen.«

Doch Said wußte weder, was ein Kofferradio war, noch, was Batterien bedeuteten.

»Ist es Zauberei?« fragte er etwas ängstlich.

Da lachte Mamadou ihn aus. Er drehte an einem anderen Knopf, daraufhin redete ein Mann, danach kam wieder Musik. Said hörte Trommeln heraus und eine Kalimba. Er erkannte das Rasseln von Kalebassen, in die man eine Handvoll kleine Kieselsteine gefüllt hatte, und den Klang einer Gitarre. Das waren Instrumente, die sie im Dorf gespielt hatten. Sie klangen vertraut und erinnerten ihn an Zuhause.

Mamadou drehte solange an dem Knopf, bis er die Sängerin wieder fand, und Said versenkte sich ins Zuhören. Das Lied machte ihn traurig. Er hätte zu gern gewußt, von was es handelte, aber die Sängerin sang es in einer fremden Sprache. Da fiel ihm die Perle ein. Er schob sie nach hinten, und auf einmal verstand er alles. Vom Fluß handelte das Lied und von den vielen schönen Mädchen, die dort ihre Wäsche wuschen. Von den jungen Männern, die in die Städte zogen, um Arbeit zu finden, und die Mädchen zurücklassen mußten. Er lauschte und achtete nicht mehr auf das Ufer, an dem die niederen Böschungen sich oft hinter einem Bambusdickicht versteckten, wo die Silberreiher auf einem Bein standen und die Nester der Webervögel bis dicht auf die Wasseroberfläche hingen. Über die Sandbänke huschten Kiebitze und Regenpfeifer.

Mamadous Boot trieb an Häusern vorbei, bewohnten und verlassenen. Manchmal weidete Vieh auf den Inseln im Fluß, dann winkten die Hirten zu ihnen herüber.

Da wußte Said, daß seine Entscheidung, den Händler zu begleiten, richtig gewesen war, denn er war glücklich.

Wenn sie an einem Dorf anlegten, reichte er Mamadou die Waren zu und nahm die eingetauschten Wassermelonen und Wolldekken in Empfang. Nachts schliefen sie in dem mit einer Strohmatte überdachten Boot oder auf einer Sandbank. Dann redeten sie oft lange miteinander oder hörten der Musik aus dem Kofferradio zu.

»Als ich so jung war wie du«, erzählte Mamadou eines Abends, »da wollte ich immer in die Wüste und den Schatz suchen, der dort liegen soll.«

»Ein Schatz?« fragte Said erstaunt. »Ein richtiger Schatz? So einer aus Gold und Silber und Bernstein?«

»Wie er aussieht, weiß ich nicht.« Mamadou kratzte sich etwas verlegen hinter dem Ohr. »Ich hab immer nur zugehört, wenn die Leute davon erzählten. Er befände sich irgendwo in der Wüste, haben sie gesagt. Tief unter dem Erdboden. Aber die Wüste ist groß, wo soll man da anfangen zu suchen?«

»Und was hättest du mit dem Schatz gemacht, wenn du ihn gefunden hättest?« fragte Said.

»Zuerst hätte ich mir einen Motor gekauft.« Mamadou seufzte tief auf. »Einen Außenbordmotor, der das Boot flußaufwärts bringt, ohne daß man einen Finger krumm zu machen braucht. Bei Allah, das ist eine elende Schinderei, wenn du nur mit der Stange und immer in Ufernähe das Boot gegen die Strömung vorwärts bewegen mußt. Da spürst du jeden Knochen im Leib.«

Ab und zu schob sich Said die Perle auf den Rücken. Dann rief er den Kiebitzen etwas zu oder unterhielt sich mit den Reihern, die mit ruhigen Flügelschlägen den Fluß überquerten. Für Mamadou krächzte und pfiff, gurrte und flötete er dann, doch der alte Händler hielt es für ein Spiel und sagte nichts.

Mit der Zeit lernte der Junge nicht nur die weitverzweigten Flußarme kennen, sondern auch alle Dörfer und die Menschen, die dort lebten. »Da wohnen Bozo-Fischer«, erklärte ihm der Händler und fügte dann stolz hinzu: »Bozo, wie ich.« Bei einem anderen Dorf mit sehr ärmlichen Lehmhütten sagte er, nicht ohne einen verächtlichen Unterton, daß dort Songhai lebten. »Die Leute in Timbuktu sind Peul oder Fulbe, wenn sie schwarze Haut haben, aber wenn ihre Haut so hell ist wie deine und sie das Gesicht mit einem Schech bedecken, dann sind es Tuareg.«

Vielleicht bin ich einer von ihnen, überlegte Said. Aber es fiel ihm nicht ein, wie er es herausfinden könnte. Natürlich hatte Samaki ihm erzählt, wie und unter welchen Umständen er aufgefunden worden war, doch das brachte ihn auch nicht weiter.

Aber er dachte nicht allzu lange darüber nach. Die Geschichte von dem Schatz in der Wüste beschäftigte ihn mehr. Er malte sich aus, was er tun würde, wenn er ihn gefunden hätte. Natürlich würde er gleich Samaki und Kita besuchen und dabei einen so prächtigen Bou-Bou anziehen, daß sie ihn darin kaum mehr wiedererkennen würden.

Samaki bekäme einen neuen größeren Webstuhl und Kita einen Mörser, in dem sie nicht mehr die Körner mit dem Stößel zerstampfen mußte, sondern so einen, in dem sie gemahlen werden. Er selbst würde sich gleich ein Kofferradio kaufen. Ein großes und dazu viele Batterien, so viele, daß er sein ganzes Leben lang Musik hören könnte. Und natürlich bekäme Mamadou seinen Außenbordmotor. Wie konnte er das vergessen!

»Du hast wirklich keine Ahnung, in welchem Teil der Wüste der Schatz vergraben sein soll?« fragte er Mamadou wieder und wieder. Aber der Händler wußte es nicht.

Nach vielen Wochen Handelsfahrt erreichten sie Kabara, den

Hafen von Timbuktu. Sie stakten mit dem Boot durch einen Kanal in das künstlich angelegte Hafenbecken und legten dort an. Und hier sah Said zum erstenmal ein Auto. Für ihn war es ein Ding aus verrostetem Blech, das auf vier Gummirädern fuhr, ohne daß ein Zugtier davorgespannt worden war. Es war ein kleines Auto, und Mamadou verlangte gleich von dem Fahrer, daß er ihm half, die eingehandelten Waren umzuladen, weil er sie nach Timbuktu auf den Markt bringen mußte.

»Fahr ruhig mit«, sagte er zu dem Jungen. »Das Auto tut dir nichts, und das leere Boot stiehlt niemand.« Und als Said sah, wie Mamadou mit großer Selbstverständlichkeit neben dem Fahrer Platz nahm, zwängte er sich schließlich daneben.

Seine erste Autofahrt war ein schreckliches Abenteuer für ihn. Das klapperte und rüttelte, stieß, schwankte, qualmte und brummte so, daß ihm fast die Sinne schwanden vor Angst. Aber er kam, obwohl er es nicht mehr erwartet hatte, lebendig und unverletzt in Timbuktu an.

Mamadou fand einen Platz vor der großen Markthalle, neben einer Frau, die Filigranschmuck aus Stroh anbot. Dieser Schmuck diente den Mädchen als billiger Ersatz für die goldenen Ohrgehänge, die sie früher getragen hatten. Früher, das war, bevor immer wieder die Regenzeit ausblieb. Auf der anderen Seite verkaufte ein Mann große Salzplatten. Sie waren in einem wochenlangen Marsch mit einer Kamelkarawane durch die Wüste hierher gebracht worden.

Mamadou hängte die Decken an die Hallenmauer und stapelte davor die Wassermelonen auf. Für die Früchte fand er schnell Abnehmer. Doch der Verkauf der Wolldecken dauerte länger. Ein weißhäutiger Mann kaufte ihm schließlich seine teuerste Decke ab.

»Das war ein Tourist«, erklärte Mamadou Said. »Touristen erkennst du daran, daß sie in ihrem Cri-Cri Geld mit sich herumtragen. Wir stecken die Verse des heiligen Koran hinein!«

Said lachte. Seine Hand griff schnell nach der kleinen Ledertasche, die Kita ihm genäht hatte und in der sich der Spiegel und der Zettel befanden.

Während sie so im Schatten der Halle auf dem Boden hockten und auf Kunden warteten, brachte Mamadou dem Jungen die Zahlen bei. »Zählen muß man können«, sagte er. »Sonst können dich die anderen zu leicht betrügen.« Und Said übte die Zahlen und wie man zusammenzählt oder eine Summe von der anderen abzieht. Er kaute dabei ein Fladenbrot, das Mamadou ihm gekauft hatte, und der Geruch von Zwiebeln und Pfefferminze gaukelte ihm eine köstliche Mahlzeit vor mit einem Tee als Abschluß. Und als er endlich die Zahlen zu können glaubte, hatte Mamadou die letzte Decke verkauft. Said half ihm, neue Waren einzuhandeln. Cola-Nüsse, Tee, Salz, bunte Stoffe, Medikamente gegen Kopfschmerzen, Kochtöpfe, Zündhölzer, Plastiksandalen und vieles mehr. Sobald sie alles beieinander hatten, winkten sie ein Auto herbei. Doch in dem Auto saßen schon andere Fahrgäste. Nur der Händler paßte noch hinein, und die Waren kamen aufs Dach, wo schon eine Ziege festgebunden war.

»Geh zu Fuß! Ich warte auf dich!« schrie Mamadou aus dem Wagen heraus. Dann stand Said mitten in einer Staubwolke allein da.

Er lief durch die ungepflasterten Straßen der Stadt, in denen der Wind kleine Sandwehen angehäuft hatte, vorbei an den ehemals prächtigen Palästen der Scheichs und der Gelehrten. Sie waren das einzige, das noch an die Zeit erinnerte, in der Timbuktu die berühmteste Stadt im Westen Afrikas gewesen war, die geheimnisvolle, die sagenumwobene. Said bewunderte die messingbeschlagenen Türen, doch sonst fand er wenig Bewundernswertes. Sogar die alte Moschee bröckelte zusammen, weil niemand mehr ihre Mauern verputzte. Als er an einer Tankstelle vorbeikam, standen mehrere große Lastautos davor. Ihre Fahrer warteten darauf, Benzin kaufen zu können. Der Gestank, den die Autos verbreiteten, erinnerte ihn an den der Flußdampfer.

Dann ließ er die letzten Häuser hinter sich und folgte der von alten Ölbäumen gesäumten Straße, bis er schließlich müde und verstaubt den Hafen Kabara erreichte, wo Mamadou schon auf ihn wartete. »Steig ein«, sagte er, »und mach die Leine los!«

Sie stakten zurück zum Issa-Beer.

»Wir bleiben hier und ruhen uns aus«, sagte Mamadou. »Ab morgen geht's flußaufwärts.«

Sie schliefen auf einer sandigen Halbinsel neben der Mündung des Kanals. Doch das, was Said am nächsten Tag erwartete, übertraf seine schlimmsten Befürchtungen. Da stakten sie das vollbeladene Boot gegen den Strom. Mamadous Haut glänzte vor Schweiß, und Said glaubte schon nach kurzer Zeit, die Arme nicht mehr heben zu können. Die Innenflächen seiner Hände bedeckten sich mit blutigen Schwielen.

Sie hielten das Boot in Ufernähe, weil das Wasser dort so flach war, daß sie mit der Stange den Grund erreichen konnten. Jede Stangenlänge kostete Kraft und Ströme von Schweiß, der dem Jungen in die Augen lief und dort so brannte, daß er nicht mehr aufhören konnte, sie zu reiben. An diesem ersten Abend waren sie so müde, daß keiner von ihnen etwas aß. Sie machten das Boot am Ufer fest, warfen sich auf die Tuchballen und waren schon eingeschlafen, bevor das Geschwätz der Frösche begann. Aber wenn sie gewußt hätten, was ihnen bevorstand, hätten sie sicher nicht so ruhig geschlafen. Doch niemand, außer einem Orakel, kann in die Zukunft sehen und, bei Allah, das ist gut so.

Suleiman schwieg. Alle hatten ihm aufmerksam zugehört, nur der alte Abdullah war eingenickt. Er war es gewohnt, in der Mittagshitze ein Schläfchen zu machen und davon konnte ihn keine noch so spannende Geschichte abhalten.

»Was stand Said und Mamadou denn bevor?« wollte Abouli wissen. Da schüttelte Suleiman den Kopf. »Das weiß ich nicht. Ich weiß nicht mal, ob es etwas Gutes oder Schlechtes ist, etwas das die Peri ihnen schickt oder der Djinn. Nur wenn wir unsere Umgebung beobachten, erfahren wir es.«

Damit mußte sich Abouli zufriedengeben.

Sie sattelten die Kamele und ritten weiter.

»Urd! Urd!« versuchte der Junge Arusha aufzumuntern. Sie war müde und ließ den Kopf hängen. Das war für Abouli sehr unbequem, weil er dann mit seinen Füßen Arushas Nackenbogen nicht mehr erreichte. Für einen guten Kamelreiter ist das sehr wichtig. Nicht nur, weil es bequemer ist, die Füße aufzustützen, sondern auch, weil sie neben dem Nasenzügel die wichtigste Verbindung zwischen Reiter und Reittier sind. Mit ihnen treibt er es nicht nur an, sondern gibt ihm auch den Befehl zum Hinlegen.

»Urd! Urd! Urd!« rief Abouli wieder. Da nahm Arusha den Kopf hoch und verlängerte ihre Schritte.

Sie verließen das Gebiet der Kameldornbäume. Vereinzelt trafen sie noch auf ausgebleichte Baumskelette, aber vor ihnen begann schon wieder die Wüste.

Auf einem dürren Stamm hockte ein Geier. Als die kleine Karawane ihm zu nahe kam, flog er davon. Abouli sah seinem Schatten nach, der als flüchtiger dunkler Fleck über den Boden huschte. Am frühen Nachmittag war die Hitze am schwersten erträglich. Der Wind hatte sich gelegt. Abermals schien ihnen der See aus heißer Luft den Weg zu versperren. In dem sandigen Boden wuchsen noch einige Grasbüschel. Dazwischen entdeckte Abouli Cram-Cram. »Allah möge es vernichten!« sagte er leise, als er es sah. Die feinen Stacheln der Wüstenpflanze bohrten sich jedem, der barfuß ging, in die Sohlen und das tat weh.

Zwischen Abouli und Suleiman war eine Lücke entstanden. Da ließ der Junge Arusha einen Kreis gehen und als er den Ausgangspunkt wieder erreichte, befand er sich neben dem Hakayati.

»Hast du schon etwas entdeckt, das uns hilft, unsere Geschichte weiterzuspinnen?« fragte der Fremde den Jungen.

»Nein«, antwortete Abouli. »Aber woher weißt du, daß an dieser Stelle etwas Entscheidendes passiert?«

»Das ist ein Gesetz beim Geschichtenerfinden«, sagte Suleiman. »Es ist wie beim Teppichweben. Wenn du zu lange die gleiche Farbe verwendest, wird es langweilig. Doch braucht er auch bestimmte Wiederholungen.«

Abouli sah ihn verständnislos an.

»Das ist so«, erklärte Suleiman, »wenn du rechts unten mit einem roten Fleck anfängst, dann sollte das Rot irgendwo links wieder auftauchen, sonst ist das Muster nicht im Gleichgewicht. Vielleicht entscheidet sich der Weber auch dafür, das Rot noch einmal rechts und wieder links erscheinen zu lassen, und kurz bevor der Teppich fertig ist, einen Fleck ganz oben in die Mitte zu setzen. Mit allen anderen Farben macht er es genauso. Nur wenn er dies beachtet, wird sein Werk ausgeglichen und harmonisch.«

»Aber was hat das alles mit Saids Geschichte zu tun?« wollte Abouli wissen.

»Du erfindest eine Person, in unserem Fall ist es Said, das sind die Kettfäden, die die Geschichte oder den Teppich zusammenhalten. Die Farben und Muster, die je nach Laune des Webers wechseln können, kommen durch die querlaufenden Schußfäden hinein. Im Fall von Saids Geschichte ist so ein Muster die Satteldecke, die Achmed ihm geschenkt hätte, wenn er die Fee gewesen wäre. Sie muß eine wichtige Rolle in unserer Geschichte spielen.«

»Und weiter?« fragte Abouli.

»Weiter sind wir noch nicht.«

»Und was für Muster kommen noch darin vor?«

»Der Spiegel, die Perle, das Wurfgeschoß des Djinn ...«

»Meinst du das Holz mit den Irrgängen?«

»Ja. Sie alle kehren immer wieder und haben ihre Bedeutung.«

»Und jetzt, glaubst du, ist es bei unserer Teppichgeschichte an der Zeit, die Farbe zu wechseln?«

»Genau das«, bestätigte der Hakayati.

Abouli trieb Arusha wieder vorwärts. Er hatte es auf einmal sehr eilig. Achmed würde, wie er es immer tat, noch vor Sonnenuntergang das Lager aufschlagen. Den richtigen Zeitpunkt für das Abendgebet versäumte er selten. Bis dahin mußte Abouli das gefunden haben, was Suleiman zum Weitererzählen brauchte.

Hinter den Ohren Arushas erschienen wieder die feuchten Flecken. Arusha bemühte sich sehr, den Anschluß an Khalids Kamele nicht zu verlieren, doch wenn das Gelände leicht anstieg, konnte sie nicht verhindern, daß der Abstand immer größer wurde. Der Himmel war weiß, und die Berge am Horizont verschwammen im Dunst.

Plötzlich ließ ein kleiner Windstoß die Gandouras der Reiter flattern. Er scheuchte vor ihnen den Sand auf und sog ihn wirbelnd nach oben. Das lose Gebilde aus kleinen Körnern drehte sich nicht nur rasend schnell um sich selbst, sondern wanderte auch weiter, wobei es mit dem Fuß auf dem Boden blieb, während der Kopf in den Himmel wuchs. Es schien ein Sandgeist zu sein, der vorwärts eilte, bis er sich schließlich auflöste und wieder in sich zusammenfiel. Abouli wußte, daß das eine Sandhose war. Er hatte es schon oft gesehen. Doch erst als Suleiman sein Kamel neben Arusha trieb und ihm »Das ist ein im Wind tanzender Djinn!« zurief, wurde ihm die Bedeutung des Sandwirbels klar.

»Glaubst du das wirklich?« sagte er erschrocken.

»Du weißt ja, daß ein Djinn eigentlich unsichtbar ist. Er kann sich aber unter gewissen Umständen auf verschiedene Weise sichtbar machen. Einmal, indem er in eine andere Gestalt schlüpft. Das kann ein Mensch oder ein Tier sein. Zum anderen, wenn er sich schnell um sich selbst dreht und den Sand hochwirbelt. Die Mitte einer Sandhose ist immer ein Djinn. Das kannst du mir glauben.«

»Heißt das, daß Said jetzt ein Unglück bevorsteht?« fragte Abouli.

»Vielleicht. Auf jeden Fall schickt der Djinn ihm Wind, vielleicht nur wenig, vielleicht auch Sturm.«

Da konnte der Junge es kaum erwarten, bis Achmed das Zeichen zum Lagern gab.

»Allahu akbar!« betete Abouli und verneigte sich tief. »Oh Allah, gib, daß Said nichts geschieht. Bitte!« Leider vergaß er, Mamadou in sein Gebet mit einzuschließen.

Zum Abendessen gab es Hirse in einer Soße, die Takajedu aus getrockneten Zwiebeln herstellte. Erst nachdem sich jeder von ihnen sein volles Teeglas genommen hatte, erzählte Suleiman die Geschichte weiter:

Mamadou und Said schliefen den Schlaf der Erschöpfung auf den Stoffballen, die der Händler für die Frauen am Fluß eingekauft hatte. Nur einmal spürte der Junge, daß die nächtliche Kühle in seine Knochen kroch. Da griff er im Halbschlaf nach seiner Decke und wickelte sich hinein. Danach weckte ihn nichts mehr. Auch nicht der kleine Wind, der in der dunkelsten Stunde der Nacht über das Wasser daherkam und das Boot ins Schwanken brachte. Es zog und zerrte an der Leine, die Said um einen dicken Stein gewickelt hatte. Wie es geschah, daß es loskam, ist nicht mehr zu klären. Vielleicht lockerte sich die Leine und rutschte über den Stein, vielleicht riß sie auch. Auf einmal trieb das Boot hinaus, und die Strömung nahm es flußabwärts mit sich. Dabei drehte es sich einige Male um sich selbst. Das Wasser gluckerte leise an der Bootswand, und wenn Said oder Mamadou aufgewacht wären, so hätte sie dieses Geräusch gleich wieder in den Schlaf gesungen.

Doch auf einmal wurde die über dem Wasser liegende Finsternis durch Lichter erhellt. Der Wind verbreitete den Gestank von Dieselöl, und das laute Stampfen von Schiffsmotoren vermischte sich mit der Musik aus einem Lautsprecher. Einer der großen Dampfer kam dem steuerlosen Boot flußaufwärts entgegen. Als sie zusammenprallten, riß der scharfe Bug des Schiffes Mamadous Boot in der Mitte auseinander und drückte es in einem schäumenden Wasserwirbel auf den Grund des Flusses. Das Knirschen und Bersten von Holz, das Gurgeln und der Aufschlag von aus dem Boot geschleuderten Waren schreckte die Mannschaft des Dampfers auf. Alles stürzte an die Reling.

»Beim Barte des Propheten!« schrie der Kapitän. »Das war ein Boot! Dort schwimmt etwas!«

Im Schein der Lichter, die die Decks beleuchteten, trieb ein heller Fleck an der Schiffswand entlang.

»Ein Mensch! Holt ihn heraus!«

Zwei Männer sprangen ins Wasser und retteten den bewußtlosen Said, den die Decke der Peri vor dem Ertrinken bewahrt hatte. Unter ihr hatte sich eine Luftblase gehalten, die den Jungen so lange trug, bis die Matrosen ihn aus der Strömung zogen. Sie pack-

ten ihn an den Beinen und schüttelten ihm das Wasser aus den Lungen. Dann warteten sie, bis er erwachte.

Als Said endlich die Augen öffnete, sah er über sich viele besorgte Gesichter, ganz vorne das Gesicht eines Mannes, der eine schmuddelige Uniformjacke trug. Wenn er sprach, entblößte er eine Reihe gelber Zähne. Said schüttelte den Kopf zum Zeichen, daß er nichts verstand. Gleich darauf fiel ihm Mamadou ein und daß etwas Schreckliches geschehen sein mußte.

»Mamadou, Mamadou«, flüsterte er.

Wieder sprach ihn der Mann an. Da erinnerte sich Said an die Perle. Er griff sich mit der Hand an den Hals und fand sie unter Kitas kleiner Tasche. Mit klammen Fingern schob er sie nach hinten.

»Mamadou«, sagte er dann. »Wo ist er?« Da verstanden sie ihn.

»Wer ist das? Du warst allein.«

»Nein, nein, da war noch Mamadou!«

Da gab der Kapitän den Befehl, nach Mamadou zu suchen. Aber die dunklen Wasser des Flusses gaben ihn nicht mehr her.

»Vielleicht hat er sich ans Ufer gerettet?« versuchte der Steuermann Said zu trösten.

»Dann muß ich zu ihm!«

»Das geht nicht«, sagte der Kapitän. »Entweder hat sich dein Mamadou in Sicherheit bringen können oder er ist ertrunken. Wie dem auch sei – in jedem Fall muß ich das alles in Mopti melden, und du bist mein Zeuge, daß wir unschuldig sind.«

So mußte Said auf dem Schiff bleiben, ob er wollte oder nicht. »Wieso kann der Junge französisch?« hörte er den Kapitän fragen, als er mit dem Steuermann ins Ruderhaus zurückging.

»Er wird auf eine Missionsschule gegangen sein«, entgegnete der Steuermann.

Verzweifelt und traurig und immer in der Hoffnung, Mamadou doch noch zu finden, durchforschte der Junge am nächsten Morgen das große Schiff. Er entdeckte, daß es Glasbehälter gab, in denen Licht aufbewahrt werden konnte. Sie waren an den Decken befestigt. Wenn jemand an einem Knopf drehte, leuchtete es auf oder verschwand wieder. Das erschien ihm wie Zauberei. Es störte ihn, daß ihn die Fahrgäste angafften, doch er versuchte, es nicht zu beachten. Überall hockten die Menschen in kleinen Gruppen am Boden, redeten, tranken Tee und hörten Radio. Frauen säugten ihre Kinder. Alte lagen auf ihrem Gepäck und schliefen. Dazwischen standen und lagen gefesselte Schafe, Ziegen und Hühner.

Auf dem obersten Deck entdeckte der Junge einen gefangenen Ibis. Ein Matrose erzählte ihm, der Vogel gehöre dem Kapitän, er sei das Maskottchen des Schiffes. Er hing an einer langen Leine, deren Ende um ein Entlüftungsrohr geknotet war. Said schob die Perle nach hinten und hockte sich zu ihm.

»Lebst du schon lange hier?« fragte er.

»Sieh mich an!« erwiderte der Ibis. »Mein Gefieder ist schmutzig und abgestoßen, und ich kann mich kaum noch daran erinnern, daß mein Schnabel im Uferschlick nach Würmern suchte.«

»Kann ich dir helfen?«

»Du kannst mich von der Leine befreien, aber erst in der Nacht, wenn es finster ist, denn ich fühle mich nicht mehr stark genug, um so schnell zu flüchten, daß sie mich nicht mehr einholen können.«

»Gut«, versprach ihm der Junge. »Dann heute nacht.«

»Danke«, sagte der Ibis. »Vielleicht kann ich dir auch einmal etwas Gutes tun. Wir Ibisse stammen nämlich aus einem uralten Geschlecht. In Ägypten verehrten sie uns alle als heilige Vögel, weil sich Thot, der Gott der Weisheit, der Schreiber, der Sterndeuter und der Magie immer nur in unserer Gestalt auf der irdischen Seite der Welt gezeigt hat. Wir sehen oft die Dinge hinter den Dingen.«

»Dann kannst du mir vielleicht auch sagen, wo ich den Schatz in der Wüste finde?« fragte ihn Said.

»Oh, Junge!« seufzte der Ibis und zog sich mit dem Schnabelende eine Feder glatt. »Was willst du mit ihm?«

Da erzählte ihm Said, was er sich von dem Schatz alles kaufen wollte. »Ich weiß nicht einmal, wie er aussieht, gerade nur, daß es ein Schatz sein soll, mehr nicht.«

»Wie er aussieht, weiß ich auch nicht, hab nur gehört, daß es ihn gibt.« Der Ibis hüpfte ein paarmal auf und ab, um seine Beine zu stärken. »Mehr kann ich dir leider nicht sagen. Aber wenn du sonst

einmal meine Hilfe brauchst, dann suche nach mir am südlichen Ende des Debo, des riesigen Sees in der Mitte des Issa-Beer. Er ist der Schlafplatz des Vaters der Flüsse. Dort ruht er, bevor er sich auf den langen und beschwerlichen Weg bis zu seiner Mündung im Meer macht. Oberhalb der Stelle, an der sich sein Hauptstrom in diesen See ergießt, befindet sich eine Insel im Fluß. Sie ist mein Zuhause, und wenn du mich dort nicht gleich findest, dann frag einfach nach Abu el-Rih, dem heiligen Ibis.«

»Abu el-Rih!« rief Said erstaunt. »Vater des Windes! Woher hast du den Namen?«

Da legte der Ibis den kahlen Kopf auf den Rücken und rieb ihn hin und her. Said erschien es, als lachte er ihn aus.

»Abu el-Rih heißt bei uns immer der Älteste der Familie, und weil ich das gerade bin, deshalb trage ich diesen Namen.«

Der Dampfer erreichte den Debosee kurz vor Sonnenuntergang. Nie zuvor hatte Said so viel Wasser gesehen. Nicht einmal, wenn er die Augen zusammenkniff, konnte er das jenseitige Ufer erkennen. Die rote Sonne tauchte als riesiger Ball weit hinter den kleinen, von einem Windhauch bewegten Wellen unter.

Said wartete, bis die meisten Fahrgäste schliefen, bevor er den Ibis befreite. Nachdem er den Knoten gelöst hatte, schlug der große Vogel mit den Flügeln, um sie auf ihre Tauglichkeit zu prüfen.

»Sie werden es schaffen«, sagte er. »Vielen Dank für deine Hilfe. Du weißt ja, wo du mich suchen mußt.« Dann stieß er sich ab und flog davon. Said warf die Leine ins Wasser.

Das wütende Toben des Kapitäns, als er die Flucht des Ibis entdeckte, kümmerte ihn wenig. Niemand hatte ihn gesehen, und deshalb konnte ihn auch niemand verraten.

Der Junge setzte sich an die Reling und starrte ins lehmtrübe Wasser. An Mamadou dachte er und daran, daß er nicht wußte, wie er zurückkehren könnte, zurück zu Samaki und Kita. Oder sollte er doch versuchen, den Schatz in der Wüste zu finden? Kaum hatte er diesen Gedanken zu Ende gedacht, da erschienen über den flachen Ufern die Umrisse einer Stadt. Viele Lehmhäuser umgaben eine große Moschee, die, samt ihrem Minarett, nur aus Zinnen zu beste-

hen schien. »Endlich sind wir in Mopti!« sagte ein Mann hinter ihm. »Da ist schon der Bani.« Ein breiter Fluß mündete in den Issa-Beer. Dann stoppte der Kapitän das Schiff. Sie legten an.

Am liebsten wäre Said sofort an Land gegangen. Mit der zusammengerollten Decke unter dem Arm versuchte er, zwischen einigen Frauen über die Gangway zu entwischen. Doch der Kapitän hielt ihn zurück. »Du kommst mit mir«, befahl er barsch. »Und bezeugst meine Unschuld!« So mußte der Junge erst mit zum Hafenamt, um den Hergang des Unfalles zu berichten.

»Name?« fragte der Beamte.

»Said.«

»Und weiter?«

»Said ibn el-Shaggra.« Der Mann schüttelte den Kopf, aber er schrieb alles fein säuberlich auf.

»Also, wie war das?«

»Ich weiß es nicht«, sagte Said kleinlaut. »Ich hab geschlafen.«

»Wer war dieser Mamadou, mit dem du unterwegs gewesen sein willst?«

»Ein Händler.«

Und so ging es fort und fort. Schließlich entließen sie Said, nachdem sie einem Boot der Flußpolizei, das in Kabara stationiert war, den Auftrag durchgefunkt hatten, nochmals an der Unglücksstelle nach Mamadou zu suchen.

Said stand am Hafen. Er wußte nicht, was er tun sollte. Alles, was er wußte, war, daß er Hunger hatte.

In dem auf drei Seiten begrenzten Hafenbecken lag Piroge neben Piroge und dazwischen einige Pinassen. Auf einer Seite war der Fischmarkt in vollem Gang. Unzählige Familien lagerten unter schattenspendenden Strohmatten. Die Fische, roh oder gebraten, hatten sie vor sich ausgebreitet. Einige Frauen backten Reiskuchen oder Kartoffelkugeln in schwimmendem Fett. Andere boten Erdnüsse oder Zuckerrohr an. Über allem schwebte der Geruch von gebratenem und auch verdorbenem Fisch, nach heißem Öl und menschlichem Schweiß.

Said half einer Frau beim Entladen ihres Bootes. Sie schenkte ihm einen Bratfisch dafür und eine Handvoll Erdnüsse.

Während er aß, näherte sich ihm ein schlaksiger Junge in verwaschenen Jeans.

»Na, Kleiner, hast wohl Hunger?«

Said drehte sich weg und antwortete nicht.

»Na, komm schon. Ich hab's nicht so gemeint. Du bist wohl fremd hier? Wie heißt du?«

»Said. Und du?«

»Moussa natürlich.«

»Warum natürlich?«

»Weil bei uns viele Moussa heißen, so wie Kaiser Kankan Moussa von Mali, der vor langer Zeit mit einem riesigen Gefolge nach Mekka gepilgert ist. Er führte so gewaltige Mengen Gold mit sich und gab es so großzügig aus, daß das Gold in Ägypten noch viele Jahre später seinen alten Wert nicht wieder erreicht hatte. Er war der berühmteste Kaiser des reichen Mali.«

»Woher weißt du das alles?« fragte Said erstaunt.

»Aus der Schule«, erklärte ihm Moussa. »Hat man euch das nicht erzählt?«

»Ich bin nicht in die Schule gegangen.«

»Warum nicht?«

»Weil es bei uns keine Schule gibt.«

Moussa zog ein Stück Zuckerrohr aus der Tasche und begann, sich damit im Mund herumzustochern.

»Da, willst du auch?« Er schnitt es mit einem kleinen Taschenmesser in der Mitte durch. Said nahm es dankbar an. Das Zuckerrohr schmeckte köstlich süß. Es zerfaserte, als er darauf biß, und er bohrte sich mit ihm die Reste der Erdnüsse aus den Zähnen.

»Komm, setz dich her!« Moussa ließ sich auf der Hafenmauer nieder. Nach einigem Zögern setzte sich Said neben ihn.

»Nun erzähl schon! Woher kommst du?« Und weil er ein offenes nettes Gesicht hatte, erzählte ihm Said alles. Von Samaki

und Kita berichtete er und von seiner Fahrt mit Mamadou, von dem Unglück und daß der Kapitän ihn gezwungen hatte, mit nach Mopti zu fahren, um für ihn auszusagen. Nur von Abu el-Rih, dem Ibis, sagte er nichts. Das würde Moussa nicht verstehen.

Als er fertig war, schwiegen sie lange. Jeder hing seinen Gedanken nach.

»Und was jetzt?« fragte Moussa.

»Das weiß ich noch nicht«, erklärte ihm Said. »Entweder suche ich mir ein Boot, das mich bis zu unserem Dorf mitnimmt, oder ...«

»Was oder ...?«

»Ach«, Said zögerte. »Mamadou redete oft von einem verborgenen Schatz in der Wüste, und wenn ich den fände, könnte ich mir ein Radio kaufen und für Samaki einen Webstuhl, und Kita bekäme eine Mühle, damit sie die Hirse nicht immer in einem Mörser zerstoßen muß.«

»Fabelhaft!« schrie Moussa da und sprang hoch. »Das ist das Richtige! Das mußt du machen!«

»Und du?« fragte Said ihn. »Was würdest du dir kaufen, wenn du den Schatz gefunden hättest?«

»Eine Trompete! Tatatata!« brüllte Moussa. »Und dann würde ich lernen, sie so zu spielen wie Louis Armstrong, der Amerikaner!«

Said getraute sich nicht, ihn zu fragen, wer Louis Armstrong war.

»Komm, ich zeig dir den Markt!« Moussa packte Said am Arm und zerrte ihn hoch, ohne seine Antwort abzuwarten. Sie liefen eine Allee alter Eukalyptusbäume entlang und überholten viele Frauen, die auf ihren Köpfen schwere Lasten trugen. Die Säuglinge auf ihren Rücken wackelten bei jedem Schritt hin und her. Viele Menschen hockten im Schatten und ruhten sich aus oder ließen sich die Haare in unendlich kleine Zöpfchen flechten.

Der Markt in den Gassen der Stadt war in vollem Gange.

Moussa und Said drückten und schoben sich durch die Menge. Eine Frau, rund und reif wie die Melonen, die sie verkaufte, keifte hinter ihnen her.

Die Händler hockten in ihren dunklen Läden. Sie boten nicht nur Obst und Gemüse, Brot, Fleisch und Fische an, sondern auch Ketten aus Glasperlen, Bernstein und Korallen, Amulettbehälter, kleine Bronzefiguren, Kassa-Decken, Dosen aus Tierhaut, Bast oder Kalebassenfrüchten und Kästen voll mit Kauri-Schnecken. Armreifen, Anhänger und Silbermünzen standen neben Körben voller Kräuter und köstlich riechenden Essenzen, die beim Kauf in Marmeladegläser gefüllt und mit Öl übergossen wurden. Die Frauen konnten sich den Duft nach ihrem Geschmack zusammenstellen lassen. Die bunten Kleiderstoffe waren mit Blumen bedruckt und mit Bildern: Elefanten weideten unter Affenbrotbäumen, Fischerboote überquerten einen Fluß, Palmen beschatteten Schilfhütten. Der Geruch nach frischem Brot und gebratenem Fleisch erinnerte Said daran, daß er immer noch Hunger hatte.

Moussa zeigte ihm eine Gasse, in der es nur Autoersatzteile, Werkzeuge, Nägel und Schrauben zu kaufen gab. Die reicheren Händler hatten die Schattenseite der Straße gemietet. Die Armen hockten auf der Sonnenseite. Fliegende Händler boten gebrauchte Kleider an, Streichhölzer, Kämme oder Erdnüsse.

Es war Mittag. Auf den Hammelkeulen ließen sich Schmeißfliegen nieder.

»Hast du auch Hunger?« rief Moussa Said zu, ohne sich nach ihm umzudrehen. Rasch griff er in eine Schachtel voller Nüsse, als er sah, daß der Verkäufer ihm den Rücken zukehrte. »Komm schnell!« Er rannte los, stolperte fast über ein kleines Kind, das ihm in die Quere lief und achtete nicht darauf, ob Said hinter ihm war. »Dieb, Dieb!« schrie der Händler hinter ihm her. Said hatte große Mühe, ihm zu entkommen und dabei Moussa nicht zu verlieren. Sie liefen durch mehrere Gassen und blieben erst stehen, als der Händler sie nicht mehr verfolgte. Während sie

die Nüsse unter sich aufteilten, schlug Moussa Said vor, mit ihm nach Hause zu gehen. »Mein Vater ist ein Bauunternehmer«, prahlte er. »So jemand wie dich kann er immer gebrauchen.«

So bekam Said etwas zu essen und eine Arbeit, schneller, als er es sich erträumt hatte.

Es stellte sich heraus, daß Moussas Vater Maurer war. Er bewohnte am Rande der Stadt ein kleines Lehmhaus, das er für sich und seine Familie selbst gebaut hatte. Am Anfang half ihm Said bei der Herstellung von Mörtel. Er mußte in einer Grube die mit zerhacktem Stroh und Wasser vermischte Tonerde stampfen. Diesen Mörtel brauchte der Maurer, um die sonnengetrockneten Lehmziegel miteinander zu verbinden und später auch zu verputzen. Tage mit trockenem Wind waren Maurertage. Dann warf Said den Arbeitern die Lehmkugeln zu, wenn sie auf den Mauern standen, oder er strich mit der Hand den Verputz glatt. Moussas Mutter sorgte dafür, daß er genug zu essen bekam, und sie zeigte ihm auch, in welche Ecke des kleinen Innenhofes er sich zum Schlafen legen durfte. Als seine Hose zerriß, flickte sie sie nicht nur, sondern erhandelte ihm auch eine neue und dazu ein blaues Hemd, das er aber nur freitags anzog, wenn sie alle zusammen in die Moschee gingen. Tag reihte sich an Tag wie Perlen auf eine Schnur, und niemand sprach mehr davon, daß Said eigentlich vorgehabt hatte, sich ein Boot zu suchen, das ihn flußabwärts mitnähme.

Eines Tages erzählte Moussas Vater, daß auf dem Markt ein Gerücht umging, man habe unweit des Hafens Kabara auf einer Sandbank eine Leiche gefunden.

»Mamadou?« rief Said erschrocken.

»Sie wissen nicht, wer es ist. Er hat zu lange im Wasser gelegen.«

Da wußte der Junge, daß Mamadou tot war und daß er nun keinen Außenbordmotor mehr brauchte. Die Suche nach dem Schatz in der Wüste fiel ihm wieder ein. Der Schatz war Mamadous Vermächtnis an Said. Doch jedes Vermächtnis ist zugleich eine Verpflichtung. Und es wurde ihm klar, daß er sich auf den Weg machen mußte, den Schatz zu suchen.

Suleiman schwieg. Die anderen sahen ihn nachdenklich an.

»Und jetzt?« fragte Abouli.

»Jetzt müssen wir bei unserer Teppichgeschichte wieder einmal die Farben wechseln«, erklärte ihm der Fremde.

»Und dazu brauchst du etwas, das dir weiterhilft?«

»Ganz recht.«

»Es ist Zeit«, unterbrach Achmed die Unterhaltung. Er stand auf. »Gehen wir schlafen. Morgen ist wieder ein Tag und – Inch'allah – vielleicht finden wir Wasser in Tschou-m-Adegadeg.«

Es war kühl geworden. Die Hitze des Tages war in den Nachthimmel gestiegen, und die Sterne leuchteten und blinkten wie springlebendige Wesen im Weltall.

»Wir Tuareg glauben, die Sterne seien Kamele, die zu Allah heimgefunden haben«, sagte der alte Abdullah zu Abouli. Der Junge sah nach oben, und es kam ihm so vor, als blitzten Arushas Augen oft genauso wie sie.

In dieser Nacht träumte er von Said und Mamadou. Mamadous rundes freundliches Gesicht wurde zum Mond, während Said mitten in der Wüste stand und ihn bat: »Sag mir doch, wo ich den Schatz suchen muß und wie er aussieht, damit ich ihn auch erkenne!«

Während er träumte, merkte er nicht, daß die Sterne wieder verblaßten und ein heller, rosafarbener Streifen am Horizont einen neuen Tag ankündigte.

An diesem Morgen lag Unruhe in der Luft. Achmed hatte schlecht geschlafen, und deshalb weckte er die anderen früher als sonst.

»Allahu akbar!« betete er und verneigte sich nach Osten gegen das erste Licht der aufgehenden Sonne. »Laß keinen Sandsturm kommen, bevor wir nicht das Gebirge erreicht haben!« Der Himmel bezog sich mit Schleierwolken. Kein Luftzug brachte Kühlung, und es wurde noch heißer als an den Vortagen.

Niemand redete viel. Das Satteln und Bepacken der Kamele ging still vor sich. Achmed füllte die kleinen Plastikkanister nur halb voll. Mit Sorge betrachtete er die leeren Gerbas. Nur Allah wußte, ob es Wasser gab in Tschou-m-Adegadeg.

»Urd! Urd!« Arusha reihte sich folgsam hinter Khalid in die Reihe der Reiter ein. Khalids Kamel hatte gebrüllt, als er aufstieg. Wieder durchquerten sie ein Dünengebiet.

Abouli betrachtete den vom Wind glattgefegten Boden. In der Nacht waren Tiere über den Sand gelaufen. Er erkannte die Hüpfer einer Wüstenspringmaus, deren Spur von der Fährte eines Schakals durchquert wurde. In der Nähe eines Grasbüschels entdeckte er die Abdrücke einer seitwärts sich fortbewegenden Sandviper und einige kreuz- und querlaufende Rillen, die durch den Sand kriechende Käfer hinterlassen hatten. Auf der Suche nach Cram-Cram-Körnern waren Vögel über die Dünen gehüpft, und dort, wo sie aufgeflogen waren, hatten ihre Schwungfedern fächerförmige Einkerbungen hinterlassen. Die Spuren erzählten Abouli viel, sie waren geheimnisvoll, er konnte Geschehnisse aus ihnen ablesen, fast wie aus einer geheimen Schrift. Er beschloß, Suleiman am Mittag zu fragen, ob sie eine Bedeutung für ihre Geschichte hätten.

Doch Achmed machte keine Mittagsrast. Es war auch kein Schatten da, in dem sie sich hätten ausruhen können, und deshalb trieb er die kleine Karawane weiter.

Bald löschte die Hitze jeden Gedanken aus. Ohne den schützenden Schech hätte ihnen die Sonne das Gehirn ausgetrocknet. Sie dösten dahin, nur Achmed ging oft zu Fuß. Immer wieder griff einer der Reiter nach dem Kanister und führte ihn zum Mund, aber keiner getraute sich mehr als einen Schluck zu nehmen.

Das ferne Gebirge schien unerreichbar. Nur die weißen Kalkfelsen an seinem Fuß leuchteten zu ihnen herüber.

»Urd! Urd!« Auch die Kamele schleppten sich dahin. Das Gehen in dem rollenden, rutschenden, weichen Sand war mühsam.

Als die Sonne unterging, erkannte Achmed, daß sie an diesem Tag Tschou-m-Adegadeg nicht mehr erreichen würden. Da gab er das Zeichen zum Lagern, und Abouli war froh, daß es Abend war. Endlos war ihm der Tag erschienen. Er war müde und durstig. Über das knapp werdende Wasser machte er sich keine Sorgen. Dafür war Abu Achmed zuständig. Er freute sich nur auf das Abendessen und darauf, daß Suleiman die Geschichte weitererzählte.

Doch der ›Geier‹ ließ sich viel Zeit mit der Teezeremonie. Immer wieder schüttete er den Tee aus den Gläschen in die Kanne zurück oder auch von einem Glas in ein anderes. Aboulis Geduld wurde auf eine harte Probe gestellt. Doch endlich war es soweit, und der Junge berichtete Suleiman von den Spuren im Sand.

»Du fandest, sie sahen wie eine geheimnisvolle Schrift aus?« fragte ihn der Hakayati.

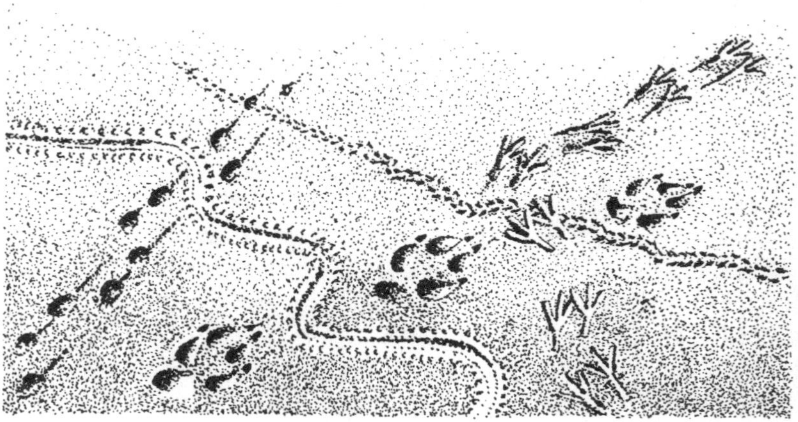

»Vielleicht auch wie ein Bild oder so etwas ähnliches«, erwiderte Abouli.

»Das bedeutet, daß Said ins Dogon-Land kommt.«

»Wo liegt denn das?« fragte Khalid, der nur selten seinen Mund aufmachte.

»Südöstlich von Mopti.«

»Und was gibt es dort, das mit den Spuren im Sand zu tun hat?« wollte der ›Geier‹ wissen.

»Ein berühmtes Orakel, das von den Menschen befragt wird, die nicht mehr weiterwissen. Aber laßt es nur Said erleben, dann erfahrt ihr es!«

Da fragte keiner mehr etwas. Sie setzten sich alle bequem hin und Suleiman begann zu erzählen:

Obwohl Said sich dazu entschlossen hatte, den Schatz in der Wüste zu suchen, ging die Trockenzeit vorüber, ohne daß er etwas unternahm. Während der Regenzeit jedoch gab es für Maurer keine Arbeit. »Allah schicke uns reichlich Regen«, beteten sie. »Damit das Wasser den Verputz herunterschwemmt und wir genügend Aufträge bekommen, ihn wieder zu erneuern!«

So trieben sich Moussa und Said den ganzen Tag auf dem Markt herum, halfen einmal hier aus, dann wieder da, und wenn sich genügend Jungen zusammenfanden, dann spielten sie mit einer alten Kokosnuß Fußball am Hafen. Gegen Ende der Regenzeit beobachtete Said eines Tages einen blinden Greis, der mit einer großen Kiepe voll Zwiebelkugeln die Straße zu überqueren versuchte. Er stolperte in ein Schlagloch, stürzte zu Boden und die trockenen und zu Kugeln geformten Zwiebeln rollten kreuz und quer davon.

Said erschrak über die Hilflosigkeit des Alten, den niemand beachtete. Er stand wieder auf, blieb aber mit hängenden Armen dort stehen, wo er hingefallen war und starrte vor sich auf den Boden, als warte er auf etwas. Wahrscheinlich wußte er selbst nicht, auf was. Da half ihm der Junge. Flink sammelte er alles wieder ein. »Wohin willst du?« fragte er den Greis. Doch er mußte erst die Perle auf den Rücken schieben, bevor der ihn verstand.

»Jamalu nimmt mich mit zurück, wenn ich meine Zwiebeln verkauft habe. Er wartet mit dem Lastauto vor der Moschee auf mich.«

Said hatte Zeit. Deshalb begleitete er den Alten ein Stück. Dabei unterhielt er sich mit ihm. Und weil ein Blinder mehr über die Menschen erfährt, mit denen er redet, als ein Sehender – er hört an ihren Stimmen, ob sie traurig oder fröhlich sind, aufrichtig oder verlogen –, erfuhr der alte Mann in kurzer Zeit alles über den Jungen, was dieser selbst über sich wußte. Vielleicht sogar ein bißchen mehr.

»Wenn du etwas über den Schatz in der Wüste wissen willst«, sagte er, »dann mußt du zu uns ins Dogon-Land kommen und das Orakel befragen. Das Dogon-Orakel weiß alles.«

Daraufhin bat ihn Said, ihn mitzunehmen.

»Das wird Jamalu bestimmen. Er ist mein Sohn und ihm gehört das Auto. Er wird schon noch einen Platz für dich haben.«

Da suchte der Junge Moussa und rannte zu ihm nach Hause, um sich zu verabschieden und die Decke zu holen, denn die Decke war sein Bett und zugleich der Teppich für die täglichen Gebete.

»Mach's gut und komm bald wieder!« sagte Moussas Mutter traurig zu ihm, denn sie hatte ihn so gern wie ihre eigenen Kinder.

Moussa begleitete ihn bis zur Moschee. »Wenn du weißt, wo du den Schatz suchen mußt, begleite ich dich und helfe dir, ihn auszugraben.«

Da lachte Said.

Der Blinde wartete schon. Ein kleiner Junge hatte ihn hergeführt. Bald kam auch Jamalu mit seinem klapprigen Lastauto daher. Seine Geschäfte waren gut gelaufen, er war fröhlich und hatte nichts dagegen, daß Said mitfahren wollte.

»Nur bis Sangha«, sagte Jamalu. »Von dort mußt du über die Felsen hinunter in die Gondo-Ebene. Es gibt viele Zauberpriester, die das Orakel befragen können, doch der Hogon von Ireli soll der beste sein.«

Said schlug Moussa noch einmal auf die Schulter und kletterte dann auf die Ladefläche des Autos. Der Blinde nahm neben seinem Sohn im Führerhaus Platz.

Als Jamalu den Wagen startete und langsam die Gasse hinunterfuhr, beobachtete der Junge, wie Moussa am anderen Ende immer kleiner und kleiner wurde. Es war Saids erste längere Fahrt über Land. Bisher waren der Fluß und alle seine Wasserläufe, die Lagunen, die Ufer und Sandbänke seine Welt gewesen. Doch das Auto entfernte sich immer weiter vom Fluß. Jamalu steuerte es auf einer sandigen Straße, die nur aus Schlaglöchern zu bestehen schien, mitten ins Land hinein. Rechts und links lagen kleine Hirse- und Sesamfelder. Dazwischen wuchsen Sträucher, von deren Zweigen lange Schoten herabhingen, ab und zu auch gelbblühende Mimosenbüsche.

Als der Motor zu tuckern und unregelmäßig zu laufen begann, hielt Jamalu am Straßenrand.

»Immer der Filter«, knurrte er verärgert und legte sich zwischen die Räder auf die Straße. Er hantierte eine Weile mit dem Schraubenschlüssel herum, klopfte, schraubte ab, putzte ein Teil aus, schraubte wieder an, und dann ging es weiter. Die Straße wurde immer schlechter. Der Regen hatte sie untergraben und an vielen Stellen weggeschwemmt. Die halb zusammengebrochenen Brükken konnte das Auto nur in langsamer Fahrt überqueren. Said wurde hin- und hergeworfen auf seinem Platz, manchmal sackte die Ladefläche unter ihm weg, gleich darauf prallte er unsanft auf die harten Bretter. Sie fuhren an kleinen Staubecken vorüber, deren Wasserflächen mit blühenden Lotosblumen bedeckt waren. An den Rändern hatten die Bauern Reis angepflanzt, hinter dem Reis Hirse und zwischen der Hirse Bohnen und Dada, ein Soßengewürz.

Sie fuhren ohne anzuhalten durch einen größeren Ort und immer weiter, bis Said glaubte, die Fahrt würde nie enden und er könne die Qual des Geschüttels nicht länger ertragen. Und dann waren sie da. »Nach Ireli geht's unter Ogul hindurch und über die Felsen abwärts«, erklärte ihm Jamalu zum Abschied, und der blinde alte Mann wünschte ihm viel Glück.

»In drei Tagen muß ich wieder nach Mopti. Wenn du mitfahren willst …« rief Jamalu ihm noch nach und deutete auf ein Tor in einer Mauer, vor dem Said auf ihn warten sollte.

Der Junge klemmte sich seine Decke unter den Arm. Der schmale Pfad nach Ogul führte durch einen Hain uralter Bäume. Dort hockte er sich in den Schatten und ruhte sich aus. Warum hat Jamalu gesagt, ich müße unter Ogul hindurch? dachte er, schlief ein und wachte erst wieder auf, als ihn jemand anstieß. Vor ihm stand ein Mann, umringt von einer Ziegenherde. Er war so hager und knochig wie seine Tiere. Um die Hüften hatte er sich ein Tuch gebunden.

»Was machst du denn da?« fragte er, doch er mußte seine Frage wiederholen, weil Said ihn erst verstand, nachdem er sich die Perle in den Nacken geschoben hatte.

»Ich bin auf dem Weg nach Ireli«, antwortete er.

»Zum Hogon?«

»Wer ist der Hogon?«

»Ein Hogon ist der Weiseste und der Älteste von uns allen. Oft ist er auch ein Zauberpriester.« Der Mann ließ sich neben Said nieder.

»Ich bin Dommo, der Ziegenhirt. Gefällt es dir im Dogon-Land?«

»Ja«, sagte Said und sah bewundernd in das Gewirr der Äste über ihm. »Besonders gefallen mir eure Bäume.«

»Sie sind uns heilig«, erklärte ihm Dommo. Er machte eine Pause, als erwarte er, daß Said ihm eine Frage stelle. »Sie verkörpern unsere Vorfahren. Jeder von ihnen hat einen Namen. Der, unter dem wir sitzen, heißt Ogobara.«

»Danke für deinen Schatten, Ogobara«, murmelte Said.

»Auch der Salamander ist uns heilig. Er bewacht die Toten in den Felshöhlen der Friedhöfe.«

Der Wind raschelte in den Blättern der Hirsepflanzen, und Said zuckte zusammen. Es war ihm, als ginge ein Geist durch das Feld. »Die Teufel, die im Busch sitzen, machen den Wind«, erzählte Dommo, dem Saids Schreck nicht entgangen war. »Der Mond kommt heute nicht. Es wird ganz dunkel sein. Die Ahnen bestimmen unser Leben.« Er malte mit seinem großen Zeh Kreise in den Sand.

»Was willst du vom Hogon in Ireli?«

»Das Orakel. Ich will das Orakel befragen«, sagte der Junge.

»Yurugu spricht immer die Wahrheit. Man muß sie nur zu deuten verstehen.«

»Wer ist Yurugu?«

»Der bleiche Schakal. Er ist ein Sohn der Erde. Die Wahrsager befragen Yurugu. Sie grenzen vor dem Dorf einen rechteckigen Platz ein, glätten ihn und ritzen geheimnisvolle Zeichen in den Boden. In der Nacht kommt der Yurugu. Aus der Spur seiner tanzenden Pfoten liest der Hogon das Orakel.« Dommo schwieg. Dann fiel ihm noch etwas ein: »Aber warum willst du über Ogul nach Ireli? Es gibt einen kürzeren Weg.«

»Jamalu schickte mich so.«

»Dann traute er dir nicht zu, über die Steigbalken nach unten zu klettern. Ich muß auch nach Ogul. Komm mit! Es ist nicht weit.«

Sie standen auf, und während Said hinter dem Hirt den Pfad entlanglief, brachte ihm Dommo bei, wie man einen Dogon begrüßen muß. »Du beginnst mit ›Dolo po!‹ Das heißt: Danke für die Mühe des Weges! Darauf antwortet der andere: ›Dank für den Dank! Wie geht es?‹ Darauf sagst du: ›Dank für den Dank! Gut und wie dir?‹ Und dann geht es schnell wechselnd immer hin und her: ›Dank für den Dank! Gut und deinem Vater?‹ ›Dank für den Dank! Gut und deiner Mutter?‹ ›Dank für den Dank! Gut und deinen Kindern?‹ und so fort. Einmal fragt er, dann wieder du. Das geht so lange, bis einer von euch müde wird und mit einem ›Aaah!‹ die Begrüßung beendet. Wenn du den Hogon so begrüßt, wirst du es leichter haben mit ihm.« Said merkte sich alles.

Das Dorf Ogul lag auf einem Felsen. Erst als sie direkt davor standen, erkannte der Junge den Tunnel unter dem Dorf. »Danke für die Begleitung«, sagte er zu Dommo, der mit seinen Ziegen einen anderen Weg nahm. Der Hirte beschrieb ihm noch einmal den Weg nach Ireli. »Bevor du den Abstieg beginnst, kommst du an einem Tümpel vorbei«, sagte er zum Schluß. »Hüte dich vor ihm! In ihm wohnt ein Wassergeist. Er ist überall, wo tiefe Wasser stehen und ruft von Zeit zu Zeit. Wer auf ihn hört, ertrinkt.«

»Ich paß schon auf«, versprach ihm Said und tauchte in die schattige Kühle des Tunnels.

Auf der anderen Seite fiel das Land ab. Am tiefsten Punkt der Mulde lag der Tümpel, von dem Dommo gesprochen hatte. Der Junge machte einen vorsichtigen Bogen um ihn herum und folgte dem Pfad bis zum Felsabbruch. Da sah er auf einmal tief unter sich eine weite baumbestandene Ebene. Said kletterte über große Felsbrocken abwärts und erreichte ein Dorf, dessen Häuser als viereckige Lehmblöcke am Fuß der Felsen klebten. Einige von ihnen trugen Dächer aus Hirsestroh.

»Ist das Ireli?« fragte Said ein Mädchen, das ihm mit einem vollen Wasserkrug auf dem Kopf entgegenkam. Aber das Mädchen winkte ab und deutete nach unten.

Es wurde dämmrig. Als der Junge auf einem schmalen sandigen Fußpfad die Hirsefelder durchquerte, begannen in der Felswand Vögel zu schreien: »Witt! Wittwitt!« Da drehte er die Perle nach hinten, weil er verstehen wollte, was sie riefen.

»Für Mauersegler ist die Dämmerung die schönste Zeit des Tages!« schrien die Vögel. »Dann fliegen wir mit dem Wind um die Wette, über die Dörfer und die Ebene bis an die gelben staubigen Grenzen des Himmels!« Es roch würzig. In der übermannshohen Hirse zirpten die Grillen. Said hörte ferne Trommelschläge. Der dunkle Schatten der Nacht fiel über die Ebene, und zwischen den Dörfern heulten Hunde. Oder war es Yurugu, der Schakal?

Said fühlte sich einsam. Er kämpfte gegen die Angst vor den Teufeln, von denen ihm Dommo erzählt hatte.

»Wenn die Trommeln geschlagen werden, tanzen die Masken«, rief der aus vielen tausend Stimmen bestehende Chor der Mauersegler. »Sie tanzen, weil ein Mensch gestorben ist. Sie tanzen, um seine frei gewordene Lebenskraft zu binden, damit sie den Lebenden nichts Böses antut.«

Wieder heulten die Schakale. Mitten im Feld stand ein uralter Affenbrotbaum. Sein dicker, breit im Boden verwurzelter Stamm gab Said das Gefühl von Sicherheit, und er beschloß, die Nacht dort zu verbringen.

»Allahu akbar«, betete der Junge und verneigte sich tief gegen Osten. »Oh Allah gib, daß der Hogon von Ireli mir hilft, und gib auch, daß der Yurugu den Schatz in der Wüste findet. Dommo hat ja erzählt, daß er alles weiß. Man muß es nur richtig zu deuten wissen.« Dann schob er sich die zusammengerollte Decke unter den Kopf und machte es sich bequem. Er blickte in das dunkle Geäst des Baumes, und es kam ihm so vor, als wachte jemand über ihm. Das erinnerte ihn an Kita und wie sie ihn beschützt hatte, als er noch klein und hilflos war. Er konnte lange nicht einschlafen. Die Trommeln, das Geheul der Schakale und tapsendes Geraschel in den Hirsefeldern weckten ihn oft. Doch dann, als die Sonne aufging, war die Nacht ohne böse Ereignisse vorübergegangen. Über ihm hüpften die Webervögel in den Ästen hin und her. In der Ferne krähten einige Hähne.

Said hatte Hunger. Als er den Schatten des Baumes verließ, sah er ein großes Dorf vor sich.

»Allah sei Dank!« seufzte er erleichtert. »Das muß Ireli sein.«

Das Dorf klebte an einem Hang, über dem die Felswand fast senkrecht in die Höhe ragte. Said näherte sich ihm, durchquerte eine Reihe von Zwiebelgärten und kam an einer weißbeschmierten Lehmsäule vorbei, die wie eine umgedrehte Maniokwurzel im Boden steckte. Er konnte sich nicht erklären, was sie bedeutete.

»Kannst du mir sagen«, fragte er eine Frau, die in ihrem Garten arbeitete, »wo ich den Hogon finde?«

Die Frau richtete sich auf und dachte nach. »Wenn er sich nicht bei den anderen in der Toguna aufhält, wird er zu Hause sein.«

»In der Toguna?« fragte der Junge verständnislos.

»Das ist das Schattendach der Ältesten«, erklärte die Frau und zeigte ihm den Weg.

Said stieg eine schmale Gasse aufwärts. Viele der Häuser mit den Strohdächern hatten schöne, geschnitzte Holztürchen. Kinder hüpften ihm entgegen, doch bevor er den Dorfplatz fand, mußte er noch zweimal fragen.

Die Toguna war ein aus acht mächtigen Lehmpfeilern bestehendes Gebäude, dessen Dach mit vielen Lagen Hirsestroh gedeckt war. Von seinem Standplatz aus hatte man einen guten Blick über das Dorf und über die Ebene. So war es Wachturm und Versammlungsplatz zugleich, doch nur die alten Männer durften sich in seinem Schatten ausruhen.

Der Hogon war der Älteste der Alten. Er hatte schlohweißes Haar, und seine Haut war voller Narben und rissig, so wie die Felswand hinter dem Dorf. Über dem mageren Körper schlotterte ein verblichener Kittel. Said getraute sich nicht, ihn anzusprechen. Er hockte sich in den Schatten des gegenüberliegenden Hauses und wartete dort, bis der Alte aufstand und die Toguna verließ.

»Dolo po!« begrüßte ihn Said dann schüchtern. »Wie geht es dir?«

»Danke und dir?« antwortete der Alte freundlich.

»Dank für den Dank, gut, und deiner Familie?«

»Dank für den Dank, gut, und deiner Mutter?« Und so ging es hin und her, bis der Hogon sagte: »Ich sehe, du kennst unsere Sitten, obwohl du keiner von uns bist. Was willst du?«

»Kannst du für mich den Yurugu befragen?« bat ihn Said.

»Was willst du denn von ihm wissen?« fragte der alte Mann.

»Mamadou erzählte von einem Schatz in der Wüste.«

»Soso.« Der Hogon schwieg und sah Said dabei nachdenklich an. »Und jetzt möchtest du gern mehr in Erfahrung bringen?«

Der Junge nickte.

»Was hast du, das wir ihm opfern können?«

Said erschrak. Daran hatte er nicht gedacht. Umsonst würde der Schakal seine Frage nicht beantworten. Er überlegte, was er ihm anbieten könnte. Die Decke vielleicht? Aber die Decke brauchte er dringend. Sie war seine Kleidung, wenn es kalt wurde, sein Bett, sein Rucksack und sein Gebetsteppich. Nein, auf die Decke konnte er nicht verzichten. Er faßte sich an den Hals. Nein, auf die Perle der Peri auch nicht. Ohne sie konnte er weder den Hogon verstehen, noch sich je wieder mit Abu el-Rih, dem heiligen Ibis unterhalten. Vielleicht wäre der kleine Spiegel das richtige Opfer? Er öffnete das Cri-Cri, holte den Spiegel heraus und hielt ihn dem Hogon hin.

»Oh!« Bewundernd drehte der Alte ihn hin und her und ließ Sonnenflecken über den Boden tanzen. »Das ist gut gegen die Teufel im Busch. Er ist zu wertvoll für den Yurugu. Behalte ihn! Ich hab einen anderen Vorschlag: Meine Enkelin Yasamaye hat heute Dreschtag. Wenn du ihr hilfst, gibt sie dir sicher einen Topf mit Hirsebrei dafür. Den opfern wir dann heute abend, bevor wir den Platz für das Orakel herrichten.«

Said steckte den Spiegel wieder ein und bedankte sich. Der Alte beschrieb ihm den Weg und wie er Yasamaye auf dem Dreschplatz finden würde. Er fand sie sofort. Sie hatte die Augen des Hogon und das gleiche fröhliche Lächeln. Der Junge richtete ihr die Grüße aus und fragte, ob er ihr helfen dürfe. Darüber freute sie sich. Sie erklärte ihm, wie er die ausgedroschene Hirse mit einem Korb aufnehmen und in den Wind streuen sollte. Dann trug der Wind die Spreu davon, während die schweren Körner zu Boden fielen. Said arbeitete fleißig. Gegen Mittag schenkte ihm die Frau eine halbe Wassermelone, mit der er seinen ärgsten Hunger stillte.

Yasamaye, die ihre Arbeit nur unterbrach, wenn das Baby in ihrem Tragetuch zu schreien begann und sie ihm die Brust geben mußte, unterhielt sich viel mit den anderen Frauen. Sie schnatterten und lachten, neckten Said und versuchten ihn auszufragen. Aber er erzählte ihnen nichts. Am Abend schenkte ihm Yasamaye einen Topf voller Hirsebrei, den er gleich dem Hogon brachte.

»Das ist viel«, sagte er. »Meine Enkelin ist eine großzügige Frau. Komm, der Yurugu braucht nicht alles!« Und er füllte die Hälfte des Breis in ein anderes Gefäß. Dann bot er dem Jungen an, mit ihm zu Abend zu essen.

Erst als er aß, merkte Said, wie hungrig er war. Immer wieder fuhr er mit der Hand in den Brei und stopfte ihn sich in den Mund. Das tat er so lange, bis sich sein Bauch vorwölbte und es ihm vorkam, als sei er randvoll mit Hirse angefüllt.

Der Hogon stand auf. Er holte ein Brettchen aus dem Haus, nahm Yasamayes Topf mit der anderen Hälfte des Breies und lief durch die schmalen gewundenen Gassen abwärts. Said folgte ihm. Sie kamen wieder an dem Dreschplatz vorbei, der jetzt still und verlassen in der Abendsonne lag, und durchquerten anschließend die Zwiebelgärten. An dem weißbeschmierten Lehmpfeiler machte der Hogon Halt. Er gab dem Jungen einen Wink, zur Seite zu treten. Dann ging er mehrmals mit kurzen tanzenden Schritten um den Pfeiler herum und murmelte dabei leise vor sich hin. Zum Schluß schüttete er den Hirsebrei über ihm aus, so daß er in schmalen Bahnen an ihm herunterlief. »Das ist für dich, Yurugu-Gott!« sagte er laut. »Sag dem Jungen, was er wissen will!« Danach lief der Alte behende weiter, bis er einen freien, sandigen Platz erreichte, der völlig eben war. Hier kniete er sich hin und glättete mit dem Brettchen den Boden, grenzte mit seiner Kante ein rechteckiges Stück ein und begann, mit dem Finger geheimnisvolle Zeichen hineinzumalen. Kreise und Striche, Dreiecke und keinem Gesetz gehorchende Verbindungslinien malte er. Als alles zu seiner Zufriedenheit gelungen schien, zog er eine Handvoll Erdnüsse aus seiner Tasche und schüttete eine bestimmte Anzahl davon in jedes Loch. »So«, sagte er erleichtert. »Jetzt ist alles bereit für den Yurugu. Er wird in der Nacht aus dem Busch kommen und sich die Nüsse holen. Durch die Spuren, die er hinterläßt, teilt er dir mit, was er über den Schatz weiß.« Ächzend richtete sich der Alte auf. »Sei bei Sonnenaufgang wieder hier!« Danach drehte er sich um und ließ Said einfach stehen.

Der Junge war müde. Er ging zu dem alten Baum zurück, der ihn so an Kira erinnerte, und legte sich hin, nachdem er sein Abendgebet verrichtet hatte. Wieder begannen die Schakale mit ihrem Geheul. Ein Windhauch bewegte die Blätter der Hirse. Die Teufel im Busch machen den Wind, hatte Dommo gesagt. Said wagte kaum zu atmen vor Angst. Da, glücklicherweise, fiel ihm der kleine Spiegel wieder ein. Er holte ihn aus seinem Cri-Cri und legte ihn neben sich. Er sei gut gegen die Teufel, hatte der Hogon ihm erklärt. Das gab ihm Zuversicht und verscheuchte die Angst. Er schlief durch bis zum nächsten Morgen. Zwar geisterte ein bleicher Schakal durch seinen Schlaf, aber er wagte sich nicht an ihn heran und blieb immer in großem Abstand von ihm sitzen, wo er den Kopf hob und wütend bellte.

Als Said am anderen Morgen zu dem Orakelplatz kam, hockte der Hogon schon über den Spuren der Nacht. Er fuhr sie mit den Fingern nach und flüsterte dabei: »Da und dort, hier auch, doch da wieder nicht. Jaja, er ist klug und weiß viel.«

»Was sagst du?« fragte Said neugierig. »Ich kann dich nicht verstehen!«

»Ich sage gar nichts«, klärte ihn der alte Mann auf. »Der Yurugu spricht aus mir.« Dann erhob er sich langsam, ging auf den Jungen zu und legte ihm die Hand auf die Schulter.

»Dein Schatz ist ein schwarzer Spiegel, sagt der Yurugu-Gott. Wer ihn findet, erkennt das Paradies in ihm und in dem Paradies sich selbst. Doch nur wenn der Finder ihn auch zu gebrauchen versteht, verheißt er Glück und Reichtum. Von ihm hängt das Leben ab und der Tod. Doch die, die ihn hüten, stellen dem, der ihn haben will, fünf nur schwer zu erfüllende Aufgaben!«

Obwohl es schon wieder heiß wurde, lief es Said bei diesen Worten eiskalt den Rücken hinunter. Er starrte den Hogon an und brachte keinen Ton heraus.

»Das ist alles«, sagte der alte Mann zum Schluß. »Mehr hat er dir nicht mitzuteilen.«

»Hat er nicht gesagt, wo ich den Spiegel suchen soll? Die Wüste ist so schrecklich groß«, fragte Said, als er seine Stimme wiedergefunden hatte.

»Nein, das mußt du selbst herausfinden. Und jetzt geh und sei zufrieden mit diesem Spruch!«

Da bedankte sich Said bei dem Alten. Er begleitete ihn noch ein Stück bis ins Dorf und trennte sich dann von ihm, um auf dem kürzesten Weg nach Sangha aufzusteigen. Und während er über steile Balken, in die Stufen gehackt worden waren, die Felswand durchkletterte, beschloß er, sich auf die Suche zu machen und nicht eher zu ruhen, bis er den schwarzen Zauberspiegel gefunden hätte.

Mit den letzten Worten stand Suleiman auf und klopfte sich den Sand von seiner Gandoura. »Für heute ist es genug«, sagte er. »Ich bin müde.«

»Oh«, seufzte Abouli enttäuscht. »Schade!« Er hätte die ganze Nacht zuhören können.

Doch die anderen gaben Suleiman recht. Morgen war auch noch ein Tag. Morgen mußten sie das Wasserloch von Tschoum-Adegadeg erreichen. Es lag hoch oben in einem Steilhang des Adrar Tamgak, und sie würden viel Kraft brauchen, um aufzusteigen und die gefüllten Gerbas wieder zurückzuschleppen.

So blieb Abouli nichts anderes übrig, als sich ebenfalls in seine Satteldecke zu wickeln und zu versuchen einzuschlafen. Aber es gelang ihm nicht. Saids Geschichte beschäftigte ihn zu sehr. Er horchte in die lautlose Wüstennacht, ob irgendwo Trommeln geschlagen wurden oder ob der Yurugu heulte. Doch es war nur Stille um ihn herum. Sogar die Kamele schienen zu schlafen.

Der Himmel war wieder klar. Die kleine Brise hatte die Schleierwolken davongeblasen. Abouli betrachtete die Milchstraße. Allah muß einen großen Pinsel in Licht getaucht haben, überlegte er, und mit diesem Pinsel war er dann über den Himmel gefahren. Die Milchstraße war nichts anderes als ein Lichtpinselstrich Allahs. Kurz bevor die Sonne aufging, schien die Wüste in einem großen Halbkreis zu brennen. Immer höher schlugen die Flammen, bis endlich ein kleiner glühender Punkt erschien, der schnell größer und heller wurde und schließlich als feuerrote Sonnenkugel den Tag beginnen ließ.

Nach dem Morgengebet teilte Takajedu steinhartes Fladenbrot aus, und Achmed füllte die weißen Plastikkanister, die jeder auf seinem Kamel mit sich trug.

»Komm, Arusha«, flüsterte Abouli seinem Mehari ins Ohr. »Heute abend gibt's frisches Gras. Achmed sagt, es gedeiht gut im Schatten der Berge.« Das Kamel blökte laut, doch leider konnte der Junge die Antwort nicht verstehen. Schließlich hatte er die Perle, die um seinen Hals hing, nicht von einer Peri geschenkt bekommen. Es war keine Zauberperle wie die von Said, mit der man alle Sprachen verstehen konnte.

Wieder bezog sich der Himmel mit Wolken. Die Kreidefelsen rückten näher. Ihr blendendes Weiß störte die Einheit der Wüstenlandschaft. Doch Achmed war an ihren Anblick gewöhnt. Für ihn waren sie ein Zeichen, nach dem er sich richten konnte und das ihm den Weg zu dem Wasserloch zeigte.

Abouli war müde. Sein Kopf fiel ein paarmal nach vorne, und der ›Geier‹ mußte ihn wecken.

»Paß auf!« rief er von hinten. »Paß auf, daß du nicht herunterfällst. Der Boden ist hart.« Da schreckte der Junge hoch. Er stemmte die nackten Füße fest in Arushas Nacken und zog den Nasenzügel an.

»Urd, Urd!« sagte er so laut, als ob er die ganze Zeit wach gewesen wäre.

Sie erreichten die Felswand des Adrar Tamgak, noch bevor die Sonne ihren höchsten Stand erreichte. Zwischen den weitausladenden Kameldornbäumen und Tamarisken wuchs gelbgrünes Gras. Deshalb ordnete Achmed an, daß die Kamele nur lose gefesselt werden sollten. Sie durften hier fressen soviel sie wollten. Nur Wasser gab es nicht für sie. Das Wasserloch war zu schwer zu erreichen, und für alle Meharis Wasser hinunter zu schleppen war unmöglich. Außer den Menschen konnten nur Gazellen, Schakale oder verwilderte Esel den schmalen Steig benützen.

»Abdullah bleibt hier!« sagte Achmed. »Wir nehmen die Gerbas mit.«

Sie kletterten über riesige Blöcke, fanden bald einen Steig und folgten ihm hoch in die Felsen. Einmal blieb Achmed stehen. »Es hat lange nicht geregnet«, stellte er fest und zeigte auf eine schüsselartige Vertiefung zwischen den Steinen. »Früher stand das Wasser dort. Jetzt werden wir weiter oben nach ihm suchen müssen.«

Abouli ächzte in der Hitze. Die heißen Felsen brannten durch die Sohlen seiner Sandalen. Er blieb stehen und wollte nicht weiter. Da rief ihn Achmed, so wie er seine Ziegen rief, wenn sie ihm folgen sollten.

Und als sie schließlich ihr Ziel erreichten, war es bloß ein Tümpel voll trüben Wassers, dessen Oberfläche mit grünen Algen bedeckt war. Zuerst füllten sie die Gerbas. Dann zogen sie ihre Gandouras aus, warfen den Schech und die weiten Hosen von sich und sprangen hinein, spritzten sich an und planschten und tauchten wie die Enten. Wasser, Wasser, dachte Abouli. Gibt es etwas Besseres?

Sie ließen sich von der Sonne trocknen, bevor sie ihre Kleider wieder anzogen.

Die rissige, dunkle Felswand, die gleich hinter dem Tümpel fast senkrecht in die Höhe stieg, erinnerte Abouli an Suleimans Beschreibung von dem alten Hogon und daran, wie Said auf dem Weg von Ireli nach Sangha zurück über die steilangelegten Balken nach oben klettern mußte.

»Auf«, sagte Achmed da. »Wir müssen gehen. Abdullah wartet auf Wasser.« Abouli brauchte nur eine Gerba zu tragen. Die anderen schleppten zwei. Obwohl es die Zeit der größten Hitze war, erschien es dem Jungen nicht so beschwerlich, wie er es befürchtet hatte.

Bald lagen sie im Schatten neben dem alten Abdullah und kauten Erdnüsse.

»Bitte«, sagte Abouli zu Suleiman. »Wie geht es weiter mit Said?«

»Na, wie glaubst du denn, daß es weitergehen könnte?« Suleiman verspürte wenig Lust zum Erzählen. Er kaute auf einem Grashalm herum.

»Wahrscheinlich kehrte Said zuerst zu Moussa zurück«, überlegte der Junge laut. »Er wird in Sangha Jamalu getroffen haben und mit ihm zurück nach Mopti gefahren sein.«

»Das wäre möglich«, bestätigte ihm Suleiman. »Doch was könnte dann geschehen sein?«

Abouli dachte nach. »Er machte sich auf die Suche nach dem Schatz in der Wüste«, sagte er schließlich.

»Die Wüste ist groß. Sie ist ein Irrgarten und zugleich das Gegenteil davon.«

»Wie meinst du das?«

»Sie ist ein Irrgarten, weil du dich entscheiden mußt, ob du rechts oder links, vorwärts oder rückwärts gehen willst, und das Gegenteil eines Irrgartens, weil sie keine Begrenzungen kennt«, erklärte der Hakayati. »Wo sollte er zu suchen beginnen?«

»Vielleicht traf er jemanden, der ihm einen Rat geben konnte?«

»Das ist ein guter Einfall.« Suleiman spuckte den Grashalm aus. »Er traf jemanden, der ihm weiterhalf oder der wußte, wer ihm weiterhelfen könnte.«

»Und wo müßte er hingehen, um denjenigen zu finden?«

»Das werden wir den Wind bestimmen lassen.«

»Den Wind?« rief der Junge erstaunt. »Wieso den Wind?«

»Siehst du das Gras dort?« Suleiman deutete auf ein gelbes, dickes Büschel vor ihnen. »Der nächste Windstoß wird seine Spitzen in die Richtung beugen, die Said nehmen muß, um mehr über den Zauberspiegel zu erfahren.«

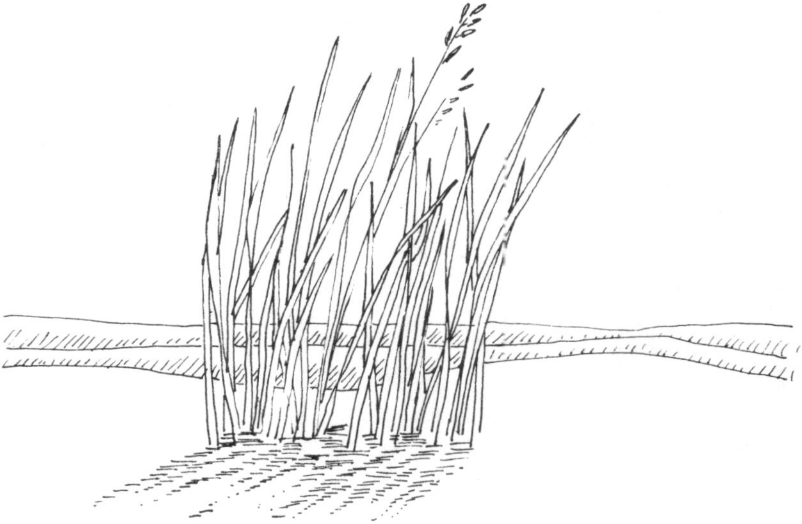

Da beobachtete Abouli das Gras. Zuerst schwankte es nur ein wenig hin und her, dann drehte es sich und schließlich verneigte es sich in nördlicher Richtung.

»Wir haben Südwind«, stellte der Hakayati fest. »Es zeigt nach Norden.«

»Dann wird sich Said im Norden umsehen müssen.«

Suleiman schwieg. Abouli fiel es schwer, geduldig zu warten.

»Und?« fragte er schließlich. »Wohin ging er da?«

»Hör auf, ihn zu quälen«, ermahnte ihn Achmed. »Er wird schon reden, wenn ihm danach ist.«

Es war wieder Trockenzeit, begann der Fremde. *Und Moussas Vater bekam viele Aufträge, Häuser zu bauen oder an alten Gebäuden den Verputz auszubessern. Said und Moussa halfen ihm, wo er sie brauchen konnte. Sie stampften und mischten den Lehm, formten Ziegel in kleinen hölzernen Kistchen und legten sie zum Trocknen in die Sonne. Sie reichten ihm zu, was er brauchte, wenn er auf einer Mauer stand, und strichen mit den Händen die Wände glatt. Doch immer, wenn er ihnen freigab, streiften sie auf dem Markt umher.*

In diesen Tagen besuchten viele Touristen die Stadt. Said erkannte sie an ihrer hellen Gesichtsfarbe und daran, daß sie in ihrem Cri-Cri Geld aufbewahrten, anstelle von Segenswünschen aus dem Koran. Er entdeckte, daß er ihre Sprachen verstand, solange die Glasperle über seinen Rücken herabhing. Bald merkten die Händler, daß er ihnen damit nützlich sein konnte. Sie stellten ihn an zum Übersetzen, und er half ihnen so beim Verkauf der Waren.

Eines Tages war er einer weißen Frau beim Einkauf einer Kassa-Decke behilflich. Er machte seine Sache so gut, daß die Frau ihm einen Zehnfrancs-Schein als Belohnung zusteckte. Das beobachtete aus einiger Entfernung ein dicker, hellhäutiger Mann.

»Du sprichst gut Englisch«, sagte er zu dem Jungen. »Wo bist du in die Schule gegangen?«

»Nirgendwo«, antwortete Said.

»Warum sagst du es nicht?« fragte der Dicke, der einen weiten bunten Boubou trug. »Es ist doch nichts dabei.«

Doch Said ließ sich nicht gerne ausfragen.

»Wenn du willst, kannst du mir helfen«, schlug ihm der Mann vor. »Ich bin Teppichhändler und kaufe Decken und Teppiche für mein Geschäft im Maghreb-el-Aksa, aber viele Händler hier auf dem Markt sprechen Dialekte, die ich nicht verstehe. Ich gebe dir zwanzig Francs am Tag, wenn du mich begleitest und mir bei meinen Geschäften hilfst.«

Zwanzig Francs am Tag waren für Said viel Geld, und deshalb sagte er ohne langes Zögern zu. Bald erfuhr er, daß der Teppichhändler sein Geschäft in Marrakesch hatte und daß Marrakesch eine berühmte Stadt in Marokko war. Marokko aber lag weit nördlich von Mopti und dem Issa-Beer, jenseits der Wüste.

Und als Sidi Machmoud, der Händler, Said eines Tages vorschlug, mit ihm und den eingekauften Teppichballen heimzufahren und ihm beim Verkauf in seinem Geschäft zu helfen, hatte Said sich wieder einmal zwischen zwei Möglichkeiten zu entscheiden. Zwischen der, sich allein auf den Weg in die Wüste zu machen, und der anderen, auf den Vorschlag des Dicken einzugehen. Sidi Machmoud wollte mit seinem Lastwagen nach Westen bis an die Küste des großen Meeres fahren, und erst von da nach Norden bis Marrakesch. Auf dem direkten Weg hätte er die Wüste durchqueren müssen, und das wagte er nicht.

Said überlegte sich, daß er in Marrakesch viele Leute treffen würde und daß vielleicht einer von ihnen mehr über das Versteck des Zauberspiegels wußte. Das bewog ihn dazu, den Händler zu begleiten. Doch vorher brauchte er einen Paß. Kein Land ließ Menschen ohne Pässe über seine Grenzen.

»Das kannst du mir überlassen«, beruhigte ihn Sidi Machmoud. »Ich weiß, wo man Pässe kaufen kann.« Und kurze Zeit später drückte er Said einen Paß in die Hand. Das Bild war ihm ähnlich, auch das Alter schien zu stimmen, nur daß Said seinem Paß nach jetzt Ali hieß. Doch das störte ihn nicht. Er konnte nicht lesen. Moussa wäre gerne mit ihm gefahren, aber der Händler konnte

bloß Said gebrauchen. Said mit seinen Sprachkenntnissen war nützlich für ihn. Moussa war es nicht.

Diesmal war es anders als damals, als er mit Jamalu und seinem Vater ins Dogon-Land fuhr. Dieses Mal holte ihn Sidi Machmoud an dem Haus von Moussas Vater ab. Er hielt mit seinem Lastauto vor dem Tor in der Lehmmauer und schrie: »Said! Es ist Zeit! Bist du fertig?«

Moussas Mutter packte dem Jungen noch ein Säckchen Erdnüsse ein, damit er unterwegs nicht zu hungern brauchte, und Moussas Vater erinnerte ihn daran, daß er jederzeit zu ihnen zurückkehren könne, mit oder ohne den Schatz, das wäre ihm gleich. Ein guter Maurer wurde immer gebraucht.

»Denk an mich, wenn du den Schatz gefunden hast«, ermahnte Moussa seinen Freund zum Abschied. »Und denk an die Trompete!«

»Du bekommst sie«, versprach ihm Said.

Er klemmte sich seine Decke unter den Arm, griff sich noch einmal an den Hals, ob die Perle und das Cri-Cri noch da waren, und kletterte auf den Sitz neben dem Marokkaner.

»Auf Wiedersehen!« schrie er aus dem Fenster. »Allah möge euch beschützen!« Da gab Machmoud Gas und ratterte davon.

Sie fuhren auf einer Straße nach Westen, die von uralten Baobab-Bäumen gesäumt war. Unzählige Webervogelnester hingen wie kleine Beutelchen an ihren Ästen. Das erinnerte den Jungen an die Bäume im Dogon-Land, in die sich die toten Ahnen verwandelten und die deshalb Namen trugen.

Das dort ist ein Großvaterbaum, dachte er, und hinter ihm, das muß ein Onkelbaum sein. Er war sicher, daß sie ebenfalls Namen trugen.

»Leben Bäume ewig?« fragte er Sidi Machmoud.

»Länger als der Mensch jedenfalls«, erklärte ihm der Dicke. Dann fuhr er fort: »Kennst du eigentlich die Geschichte der Erschaffung des Baobab-Baumes, so, wie sie sich die Menschen hier erzählen?«

»Nein«, sagte Said.

»Als Allah die Erde erschuf, fuhr er am Himmel mit seinem Wagen entlang und pflanzte von dort aus Blumen, Bäume und Sträucher. Auf einmal fiel ihm ein Baum vom Wagen und stürzte mit der Krone zuerst auf den Boden. So wuchs er fest und so steht er heute noch da. Die Äste stecken in der Erde und die Wurzeln recken sich in den Himmel.«

Und auf einmal verstand Said die merkwürdige Form der Bäume mit ihrem Wurzelgeäst.

Sie fuhren durch Bamako, die Hauptstadt des Landes. Zum ersten Mal sah der Junge eine riesige Brücke, auf der die Autos von Ufer zu Ufer fahren konnten, und hinter der Brücke standen Häuser, die mindestens zehnmal so hoch waren wie die Lehmhäuser, die er kannte. Sie fuhren und fuhren. Wenn der Dicke Hunger bekam, hielt er vor einer Straßenbar an. Dann saßen sie unter schattigen Mattendächern, aßen Fladenbrot mit gegrilltem Hammelfleisch und tranken Tee dazu. Manchmal leuchtete ein rotes Licht am Armaturenbrett auf, dann fuhren sie an einer Tankstelle vor oder schütteten Benzin aus mitgenommenen Kanistern in den Tank.

Die Landschaft war fruchtbar und nicht mehr so flach wie am Issa-Beer. Kurz vor der Grenze übernachteten sie das erste Mal. Machmoud stellte den Wagen einfach an den Straßenrand, und dann kletterten sie nach hinten, legten sich auf die weichen Teppichballen und schliefen bis zum nächsten Sonnenaufgang.

»Wo kommen wir jetzt hin?« fragte Said, als er zum ersten Mal seinen Paß vorzeigen mußte.

»Nach Mauretanien«, erklärte ihm der Marokkaner grinsend.

Zuerst waren die Straßen sehr schlecht. Schlagloch reihte sich an Schlagloch, und Said wurde auf seinem Sitz hin- und hergeschleudert. Doch dann, bevor sie die Hauptstadt erreichten, wurde die Straße breiter und besser. Sidi Machmoud gab Gas, und durch das offene Fenster riß der Wind an den Haaren des Jungen. Die Hauptstadt lag am Meer. Auf einmal war das Land zu Ende, und vor ihnen breitete sich eine unendlich große, von Wellen bewegte Wasserwüste aus.

»Oh!« seufzte Said erschrocken. Auf soviel Wasser war er nicht vorbereitet.

»Oh, oh!« äffte der Dicke ihn spöttisch nach. »Solang du dich an Land befindest, brauchst du vor dem Meer keine Angst zu haben. Es ist der Speicher, aus dem Allah den Regen nimmt, um ihn über der Wüste auszuschütten.«

»Manchmal vergißt er es auch«, antwortete der Junge ernst.

Da lachte der Marokkaner. »Du hast recht«, sagte er. »Manchmal vergißt er es wirklich. Du solltest ihn öfters daran erinnern.«

Sie fuhren durch eine moderne Stadt, an einer großen weißgekalkten Moschee vorbei mit vielen Kuppeln. Machmoud hielt nicht an, weil er es eilig hatte. Sie fuhren nach Norden. Jeden Tag ging die Sonne auf Saids Seite auf, brannte gegen Mittag auf das Dach des Autos und versank auf Machmouds Seite hinter den Hügeln. Einmal mußten sie einen Reifen wechseln, und ein anderes Mal hatte die Benzinpumpe ein Leck. Doch Machmoud kannte sich aus. Er konnte alles selbst reparieren. Wenn er unter dem Wagen lag und mit beiden Händen im Motor hantierte, tropfte ihm oft Öl ins Gesicht und vermischte sich dort mit Schweiß. Dann tauchte er wieder auf, und seine Haut war fast so schwarz wie die von Moussas Vater oder wie die von Mamadou gewesen war.

Sie kamen zu einer Palmenoase, die von hohen felsigen Bergrükken umgeben war. Dort kaufte der Marokkaner einer Frau einen Korb frischer Datteln ab. Said hatte noch nie so gute Datteln gegessen. Sie waren fleischig und zuckersüß. In einer Werkstatt wurde das Auto überprüft und der Reifen geflickt. Der Dicke füllte alle Kanister voll Benzin und kaufte noch einige Trinkwasserbehälter dazu.

»Jetzt wird es hart«, sagte er zu dem Jungen. »Wir haben keine andere Wahl. Wir müssen ein Stück durch die Wüste.«

Sie kämpften sich nach Norden durch. Es war eine gut zu erkennende Piste, doch ab und zu hatte der Wind Dünen darüber getrieben. Dann versuchte Machmoud sie zu umfahren. Er schaltete in einen kleineren Gang, und wenn der Wagen zu schlingern begann, steuerte er dagegen. Er bremste, gab Gas, fuhr manchmal rück-

wärts oder schaltete den Antrieb auf alle vier Räder. Wenn es sandig wurde, mußte Said Luft aus den Reifen lassen, und sobald sie wieder festen Boden erreichten, mußte er sie wieder aufpumpen. Sie fuhren vor allem morgens und abends, schliefen nur wenige Stunden in der Nacht oder während der größten Mittagshitze im Schatten des Autos, und doch brauchten sie fast eine Woche, bis sie abermals auf einen Grenzposten trafen.

In dieser Woche, in der Machmoud ihm immer wieder versicherte, daß das nur ein ganz kleiner Wüstenzipfel und das gesamte Ausmaß der Wüste vieltausendmal größer war, verzweifelte Said oft bei dem Gedanken an seinen Plan, das Versteck des Zauberspiegels zu finden. Auch Abu el-Rih und die anderen Vögel, auch die Gazellen oder die Feneks würden ihm nicht behilflich sein können, da er sich vermutlich unter der Erde befand, und dort wohnten, wie Said glaubte, nur die Teufel, sonst niemand.

Zwei Tage nachdem sie die Grenze überschritten hatten, kamen sie wieder ans Meer.

»Das gehört schon zum Maghreb-el-Aksa«, erklärte Sidi Machmoud dem Jungen. »Von hier nach Marrakesch können wir schneller fahren.«

Doch Said war zu müde, um sich darüber zu freuen. Er nahm kaum noch wahr, daß sie auf breiten Asphaltstraßen fuhren, daß das Land wieder grüner und fruchtbarer wurde und viele Ziegen an den Bäumen emporkletterten, um dort die Früchte abzuweiden. Erst als der Wagen in steilen Kurven einen Paß überquerte, wachte er wieder auf, aber da hatten sie ihr Ziel beinahe schon erreicht.

Sidi Machmoud fuhr auf einer breiten Straße in die Stadt hinein, vorbei an einem Park, der eine große alte Moschee umgab, und über einen Platz, in dessen Mitte ein Brunnen sprudelte. Vieles war anders als in Mopti. Die Frauen trugen Schleier vor dem Gesicht und die Männer ein bodenlanges Gewand mit Ärmeln und einer Kapuze.

»Du bekommst auch eine Djellabah«, sagte Machmoud, der Saids Blick gefolgt war. Es gab mehr Autos hier als in Mopti und mehr Esel, mehr Touristen und mehr Straßenschilder.

Auf einmal bremste der Marokkaner, fuhr um eine Ecke und hielt. Sie waren angekommen.

Sidi Machmouds Haus war schmal und hoch. Die Farbe des Verputzes unterschied sich kaum von der Farbe des Straßenpflasters.

Ein enger Gang führte in den Teppichladen, der das ganze Erdgeschoß einnahm. In den oberen Räumen wohnte die Familie. Zu dem Haus gehörte ein kleiner Hof, in dem alte Kisten, zerbrochene Fässer, bauchige Korbflaschen und ein Muli herumstanden. Auf dem Muli ritt Sidi Machmoud durch den Souk. Er ging nämlich ungern zu Fuß, und ein Mann auf einem Muli macht auch einen besseren Eindruck.

Er hatte vier Ehefrauen. Sie lebten friedlich miteinander, fast wie Freundinnen, erzogen ihre Kinder gemeinsam und tranken fast den ganzen Tag Tee. Sarina, die Älteste und Dickste von ihnen, wies Said eine kleine Kammer zu, in der ein paar alte Decken auf dem Boden lagen.

»Wie siehst du aus?« sagte sie kopfschüttelnd. Alles, was der Junge von ihrem Gesicht sehen konnte, waren die Augen, die ihn mißbilligend musterten. »Ein Haratin hat anders auszusehen.«

Ein Haratin? Said hatte diesen Ausdruck noch nie gehört.

»Gib ihm eine Djellabah!« befahl ihr Machmoud. Doch Sarina widersprach ihm. »Ein Haratin trägt einen weißen Kittel über weißen, halblangen Hosen und auf dem Kopf ein mit Kauris besticktes Käppchen. Nur im Winter zieht er die wollene Djellabah über.«

So mußte Said sich wie ein Haratin kleiden, obwohl er nicht wußte, was der Name bedeutete. Erst viel später erfuhr er, daß früher im Maghreb-el-Aksa die Sklaven aus dem Sudan so bezeichnet wurden.

Seine Aufgabe war es, auf der Straße zu stehen und fremde Touristen in das Geschäft zu locken. Sie faßten schneller Zutrauen zu jemandem, der sie in ihrer eigenen Sprache anreden konnte. Saßen sie erst einmal auf den Bänken im Laden, dann trat Sidi Machmoud persönlich auf. Er legte ihnen seine Decken und Teppiche vor, während Said Pfefferminztee servierte. Später übersetzte er dem Händler die Wünsche der Kunden, aber er verstand auch, über was *sie sich unterhielten, wenn sie glaubten, daß niemand sie verstehen könnte. Das ging nur, wenn die Perle der Peri über seinen Rücken herabhing. Vergaß er, sie nach hinten zu schieben, dann sprachen die Menschen um ihn herum ein ihm unverständliches Kauderwelsch, dem er nur hilflos zuhören konnte.*

In dieser Zeit lernte er viel.

Er wußte nicht, daß man Teppiche auch knüpfen kann, denn bisher hatte er nur die gewebten Decken Samakis oder die auf dem Markt in Mopti gesehen. Staunend vernahm er, daß hier nur die Frauen Teppiche herstellten. Doch Machmoud handelte nicht nur mit den Decken aus dem Süden, er kaufte sie auch den Berbern ab, die die Berge des hohen Atlas bevölkerten.

Said stellte verwundert fest, daß die alten Teppiche teurer als die neuen waren und daß die Touristen gierige Blicke bekamen, wenn der Händler sie vor ihnen ausbreitete.

»Du besitzt eine sehr schöne Decke«, sagte er eines Tages zu dem Jungen. »Willst du sie mir nicht verkaufen?« Doch Said war nicht bereit, sich von ihr zu trennen.

Oft schickte Sidi Machmoud ihn für kleine Besorgungen in die Medina oder Sarina bat ihn, frische Minze einzukaufen.

Es dauerte lange, bis sich der Junge in den engen Gassen zurechtfand. Es kam ihm so vor, als laufe er in einem Irrgarten umher. Immer wieder gabelten sich die schmalen Straßen, mündeten ineinander oder auf einen kleinen Platz. Rechts und links führten Durchgänge in Innenhöfe, manchmal endeten sie auch vor einer Mauer. Said lernte mühsam, den Souk der Teppichhändler von dem der Färber, der Schreiner, der Sattler, der Juweliere und der Gewürzhändler, der Kupferschmiede und der Babuschenmacher voneinander zu unterscheiden. Jedes Viertel war einem bestimmten Gewerbe vorbehalten.

Fast alle Gassen waren überdeckt mit lose gebundenen Bambusmatten. Durch sie fiel Licht auf das Straßenpflaster, überschüttete die Fußgänger mit helldunklen Streifen und milderte die Gluthitze der Mittagsstunden, ohne alles in völlige Dunkelheit zu tauchen. Schwaden vielfältigster Gerüche zogen durch die Gassen. Es roch nach Rosenwasser und Zimt, frischgebackenem Brot und gegerbtem Leder, Eselsmist, Zedernholz und zwischen allem nach grüner Pfefferminze. Said lernte den Souk-el-Kebir kennen, den Souk Attarine und das Bab Debbarh, hinter dem die Gerber in ihren runden Löchern Tierhäute gerbten.

Freitags nahm ihn Sidi Machmoud mit in die alte Moschee. Dann betete er zwischen den hohen Säulen zu Allah und zu Mohammed, seinem Propheten, demselben Allah und demselben Mohammed, zu denen er schon mit Samaki gebetet hatte, unten im Süden am großen Issa-Beer. Es ging ihm nicht schlecht bei dem Teppichhändler, und die Zeit verrann wie Sand in einer Sanduhr. Kurz nachdem er in Marrakesch angekommen war, hatte ihn Sidi Machmoud eines Mittags mit auf den Djemaa el Fna genommen. Der Djemaa el Fna war der Platz vor dem Eingang zu den Souks, an dem am Vormittag Obst und Gemüse verkauft wurde. Doch am Nachmittag wurde er zum Treffpunkt der Gaukler, der Schreiber, Apotheker, Dentisten, Glücksspieler und Märchenerzähler.

Said hatte zuerst nicht verstanden, was dort geschah. Er hatte viele Gruppen von Zuschauern gesehen, aber nicht erkennen können, was sie bestaunten. Er konnte sich nicht entscheiden, wo er zuerst stehenbleiben sollte, bei der Frau, die am Boden hockte und vor sich auf einem Tuch kleine Häufchen pulverisierter Kräuter aufgeschüttet hatte, oder bei dem Mann, der sich anbot, Zähne zu ziehen, bei den Kartenlegerinnen oder bei denen, die aus einem Hühnerknochen weissagten. Zweimal hatte Sidi Machmoud ihn weitergezerrt, doch schließlich hatte er ihn verloren, weil er bei einer Trommlergruppe stehengeblieben war. Die Trommler trugen die gleiche Kleidung wie er.

»Das sind Haratins aus dem Süden«, erklärte ein Mann einer Gruppe Touristen. Ein Junge, nicht älter als Said, tanzte und schlug Saltos. Said sah ihm zu und klatschte Beifall. Danach drehte er sich um, um zu sehen, ob Sidi Machmoud noch hinter ihm stand, doch er war verschwunden. Aber Said fürchtete sich nicht. Inzwischen kannte er sich gut genug in den Souks aus, um wieder heimzufinden.

Ein Stück von den Haratins entfernt spielte ein schwarzer, finster aussehender Mann Flöte, während sein Freund Schlangen vorführte. Er küßte sie, wickelte sie sich um den Hals oder erschreckte mit ihnen die Zuschauer. Fürs Fotografieren verlangte er Geld.

»Wasser! Wasser!« unterbrach jemand das Flötenspiel. Er hatte ein rotes Kleid an, behängt mit kleinen Messingnäpfen. Über seiner Schulter hing ein Wassersack.

»Verkaufst du das Wasser?« fragte ihn der Junge.

»Natürlich, was sonst!« fuhr ihn der Mann an.

»Aber Wasser kann man doch nicht verkaufen«, entgegnete ihm Said. »Allah hat uns allen das Wasser geschenkt. Niemand braucht dafür zu bezahlen.«

»Und wer schleppt es vom Brunnen hierher und putzt die Becher und läuft den Durstigen nach, damit sie es nicht selber tragen müssen und reicht es ihnen hin, wer, wer ...?!« schimpfte der Alte aufgebracht.

Da drehte sich Said um und rannte davon. Doch nach ein paar Schritten stolperte er über ein Bein.

»He du!« rief der Mann, dem das Bein gehörte. »Warum hast du es denn so eilig?«

»Der Wasserträger«, japste der Junge. »Er war so böse.«

»Ach laß ihn! Wir haben zu kühles Wetter heute. Da machen sie schlechte Geschäfte.«

So lernte Said Ibrahim kennen; Ibrahim, den Schreiber, der jeden Mittag auf dem Djemaa el Fna auf Kundschaft wartete, um nach ihrem Diktat Briefe zu schreiben, Briefe der Liebe oder der Trauer, Ankündigungen einer Reise oder Geburtsanzeigen. Er hockte auf seinem Teppich und wartete geduldig. Vor sich hatte er eine Mappe mit Papieren liegen, und daneben stand ein Tintenfaß, in dem eine Feder steckte. Wenn es heiß wurde oder regnete, spannte er seinen Regenschirm auf, und wenn er fror, zog er die wollene braungestreifte Djellabah dichter um sich herum. Er ging erst heim, wenn der Muezzin mit seinem »Allahu akbar« die Gläubigen zum Abendgebet rief.

Von da an besuchte Said Ibrahim immer, wenn Sidi Machmoud ihm freigab. Dann hockte er neben ihm und bewunderte, wie der Schreiber mit schönen langsamen Bewegungen die Buchstaben auf das Papier malte, immer von rechts nach links eine Zeile vollendete, kleine Punkte setzte, wie sie gesetzt werden mußten, und hier oder dort einen Schnörkel anbrachte, wie es der Inhalt des Textes erforderlich machte. Doch der Schreiber schrieb nicht nur Briefe, er las sie auch vor.

Das brachte Said auf den Einfall, ihm den Zettel der Peri zu zeigen, den er in seinem Cri-Cri mit sich herumtrug.

Er zog ihn heraus und bat Ibrahim, ihn vorzulesen.

»Großer Baum«, buchstabierte der Schreiber. »Nimm meine Sehnsucht auf in die Fülle deiner Äste!«

»Was heißt das?« fragte Said.

»Das weiß ich auch nicht. Es klingt wie ein Rätsel oder auch ein bißchen wie eine Beschwörung.«

»Großer Baum«, wiederholte der Junge den Spruch, den ihm Ibrahim vorgelesen hatte. »Nimm meine Sehnsucht auf in die Fülle deiner Äste.« Dann schüttelte er den Kopf, weil er nicht wußte, was er damit anfangen sollte.

An diesem Abend lag Said lange wach. Die Bäume im Dogon-Land fielen ihm ein, denen die Menschen Namen gegeben hatten, die riesigen Baobabs neben der Straße und der alte Baum, unter dem ihn Samaki gefunden hatte. Das erinnerte ihn an das Dorf am Issa-Beer, an Kitas warme Haut und den Geruch ihres eingeölten Haares. Vielleicht war mit dem Baum Kita gemeint? Oder auch, daß er Bäume um Schutz bitten könnte. Vielleicht war es eine Zauberformel?

Dann dachte er wiederum an Ibrahim und daß er aus Buchstaben Wörter machen konnte. Said hörte auf, sich über das Rätsel den Kopf zu zerbrechen, und beschloß, bei seinem nächsten Besuch Ibrahim zu bitten, ihm Lesen und Schreiben beizubringen.

Darüber freute sich der Schreiber, und er begann, dem Jungen jeden Tag etwas Unterricht zu geben. Zuerst erklärte er ihm einen Buchstaben täglich, später ein Wort und dann ganze Sätze, wozu er das heilige Buch des Islam, den Koran, benützte. Said lernte eifrig, weil es ihm Spaß machte.

Eines Tages machte ihn der Schreiber mit Selim, dem Märchenerzähler, bekannt. »Selim ist wieder da«, sagte er. »Er war lange weg, aber jetzt ist er wieder da.« Er zeigte dem Jungen den Zuschauerring, in dem Selim stand und erzählte. Said wand sich zwischen den Männern hindurch, um einen Blick auf den Erzähler zu werfen und ihm ein wenig zuzuhören. Selim war schon sehr alt. Sein schütterer kleiner Bart war so weiß wie die Djellabah, die er trug. Während er sprach, drehte er den Kopf hin und her und sah mit halbblinden Augen seine Zuhörer an. Schob ihm einer von ihnen eine Münze in die Hand, dann betastete er sie zuerst, um ihren Wert zu erkennen, bevor er sie einsteckte.

Wenn er erzählte, unterstrich er den Vortrag mit lebhaften Handbewegungen, die seine Zuhörer an spannenden Stellen wiederholten. Dann hoben sie die Hände, legten die Handflächen aneinander oder spreizten die Finger.

»... kennt sicher alle Aisha Khadidja«, sagte Selim gerade, als Said dazukam. »Aisha Khadidja, die Hexe mit den Füßen eines Kamels, die im Gebirge haust und vor der ihr euch hüten müßt, weil sie nur darauf aus ist, Böses zu tun und Schaden anzurichten. Sie lebt dort, wo die wilden Felsen bis an das Wadi reichen, das sich seit tausend Jahren in die Berge gräbt, lebt in einer Höhle, die früher den Löwen und anderem Raubgesindel als Wohnstatt diente. Sie ist eine wilde Frau. Viele behaupten, sie sei die Tochter einer Schlange. Manchmal steigt sie herab aus ihrer menschenfernen Einsamkeit und verkauft Vogelbälge und Kräutergifte auf den Souks, doch niemand kann sie erkennen, denn sie nimmt die Gestalt einer alten Berberfrau an, so wie sie in großer Zahl vor ihren Kasbahs hocken und Wolle spinnen. Aisha Khadidja weiß alles, kennt die Geheimnisse der Berge, der hohen Ebenen und der Wüste. Nichts ist ihr unbekannt und ihre Macht ist grenzenlos.«

»Gibt es kein Mittel, mit dem man sich vor ihr schützen kann?« rief ein Zuhörer dazwischen.

»Nur eines«, sagte Selim, ohne verärgert über die Unterbre-

chung zu sein. »Und das ist ein Spiegel. Im Spiegel erkennt sie sich so, wie sie wirklich ist, nur vor sich selbst erschrickt sie, vor nichts anderem. Nur vor sich selbst läuft sie davon.« Der Märchenerzähler drehte sich blitzschnell um und machte einen Schritt in die andere Richtung, so als müßte er vor etwas Schrecklichem flüchten, wobei sein Gesicht den Ausdruck tödlichen Entsetzens zeigte. Seine Gebärde spiegelte sich in den Mienen der Zuhörer wieder, und Said kam es so vor, als liefe eine Welle der Angst durch ihre Reihen.

Er hockte sich im inneren Kreis der Zuhörer auf den Boden und sah von dieser Stellung aus zu dem Erzähler auf, damit ihm kein Wort entginge und er alles, was über Aisha Khadidja in Erfahrung zu bringen war, erführe.

»Eines Tages erschien sie einem Schafhirt in Gestalt einer schönen jungen Frau«, fuhr der Erzähler fort. »›Heirate mich!‹ sagte sie zu ihm. ›Dann sollst du reich werden und brauchst keine Schafe mehr zu hüten!‹ Doch der Hirt war bereits einem jungen Berbermädchen versprochen. ›Töte sie!‹ forderte Aisha Khadidja ihn auf, nachdem er ihr Ansinnen abgelehnt hatte. ›Und wirf ihren Kadaver den Geiern vor. Dann können wir heiraten und du hast ausgesorgt, dein Leben lang.‹ Doch als der Hirt ihr weiter Widerstand leistete, verwandelte sie ihn in einen knorrigen Baum, auf den die Sonne gnadenlos herunterbrannte und dessen Wurzeln vergeblich im Boden nach Wasser suchten. ›Überleg es dir gut!‹ schrie die Hexe noch höhnisch, bevor sie sich auf ihr Windroß schwang und über die Gipfel davongaloppierte. Nach einigen Tagen kam sie wieder. Da war der vor Durst fast wahnsinnige Hirte am Ende seiner Kräfte. ›Inch'allah‹, sagte er traurig. ›Wenn es sein muß, dann muß es sein!‹ ›Dann gebe ich dir Zeit bis morgen. Morgen bei Sonnenaufgang.‹ Traurig kehrte der Hirt heim in sein Dorf. Traurig lief er herum und traurig setzte er sich am Abend ans Feuer. Doch als seine Mutter in ihn drang, erzählte er ihr alles. Von Aisha Khadidja erzählte er ihr und dem Heiratsantrag, von der Verwandlung in einen Baum, der Folter des Durstes und der Anstiftung zum Mord an seiner Braut. Da lachte die Mutter und tröstete ihn.

›Wann will sie zurückkommen?‹ fragte sie. ›Morgen bei Sonnenaufgang.‹ ›Dann hänge dies deiner Braut um den Hals und zeig sie ihr so! Wenn es stimmt, was sich die Leute über sie erzählen, wird sie dich deiner Braut nicht mehr abspenstig machen wollen.‹

Sie holte aus einer Lade eine alte Halskette heraus und gab sie ihm. Die Kette bestand aus Türkisen und dreieckigen Silberplättchen, auf die magische Zeichen geritzt worden waren. ›Diese Kette hat dreifache Kraft‹, erklärte die Berberfrau ihrem Sohn. ›Die blauen Steine nennen wir ›Steine der reinen Mädchen‹. Sie beschützen und bewachen sie. Die zweite Kraft liegt in der Form der Plättchen und in den alten magischen Zeichen. Es ist ein seit Urzeiten in unserem Volk überlieferter, vielfach bewährter Zauber gegen den ›bösen Blick‹.‹ ›Und die dritte?‹ fragte der junge Mann. ›Die dritte Kraft ist der Glanz der Plättchen, in dem sich ein böser Geist selbst erkennt.‹

Da tröstete sich der Hirte, und er machte alles so, wie es ihm seine Mutter geraten hatte. Er hängte seinem Mädchen die Kette um den Hals und nahm sie mit in die Berge zu dem Ort, an dem ihn die Hexe wiedertreffen sollte. Sie brauchten nicht lange zu warten, bis ein Sturmwind sie ankündigte. Und wirklich – kaum hatte Aisha Khadidja die blitzende Kette am Hals der Braut erspäht und sich in den Silberplättchen selbst erkannt, schrie sie laut auf und flüchtete über die Berge und Wadis. Doch von dieser Zeit an quälte sie den jungen Hirten und spielte ihm böse Streiche. Sie verschreckte die Schafe, so daß er sie mühsam wieder suchen mußte, oder ließ es donnern, obwohl keine Wolke am Himmel stand. ›Laß mich in Ruhe!‹ schrie der Hirt in den Wind, aber Aisha Khadidja dachte sich immer neue Bosheiten aus. Eines Nachts trieb sie es besonders toll, riß Bäume aus und warf mit Steinen um sich. Da rief der Schafhirt in seiner Verzweiflung: ›Was willst du von mir?‹ Und gleich darauf antwortete die Hexe mit heulender Stimme: ›Die Kette, die Kette, aber nicht so, daß ich sie sehen kann!‹ Das erzählte der junge Mann seiner Mutter, und die kluge Berberfrau riet ihm, Aisha Khadidjas Wunsch zu erfüllen. Sie legte die Kette in ein kleines Zedernholzkästchen, das ihr Sohn in die Berge mitnahm. Am

Abend stellte er es auf einen Stein neben sein Lager. In der Nacht bemerkte er nichts, nur dreimal hörte er eine Eule schreien, doch am nächsten Morgen war das Kästchen mit der Kette verschwunden. Seither hatte der Hirt wieder seine Ruhe. Er heiratete bald und lebte noch lange und glücklich mit seiner Frau in den Bergen. Gepriesen sei Allah, der den Menschen eine Sprache gegeben hat, mit der sie Märchen erzählen können!«

Erschöpft ließ der alte Selim die Arme sinken und nahm den Beifall der Leute entgegen. Einige gaben ihm Münzen, die anderen Fladenbrot oder Wassermelonen. Said hatte nichts, was er ihm geben konnte. »Shukran!« sagte er bloß. »Danke!«

Da beugte sich der Hakayati zu ihm hinunter. »Wer bist du?« fragte er freundlich.

»Das ist Said ibn el-Shaggra«, antwortete Ibrahim, der das Ende der Geschichte mitgehört hatte. »Er kommt vom Land am Issa-Beer. Sidi Machmoud, der Teppichhändler, hat ihn mitgebracht.«

»Soso, Sidi Machmoud«, murmelte Selim zerstreut. »Gibt's den auch noch?« Dann wandte er sich wieder an Said. »Hat dir die Geschichte gefallen?«

»Ja, sehr«, antwortete der Junge. Er stand auf und klopfte sich den Staub von den Kleidern. »Gibt es Aisha Khadidja wirklich, hat sie Füße wie ein Kamel und weiß sie soviel, wie du sagst?«

»Aber ja, ja gewiß. Willst du dich mit ihr treffen oder warum fragst du danach?« Said entging nicht der spöttische Ton in der Stimme des Alten.

»Vielleicht«, sagte er so leichthin, so über die Schulter, als meinte er nicht das, was er sagte, als nähme er sich selbst nicht ganz ernst.

»Am Tag nach jeder Neumondnacht kommt sie hierher und verkauft in den Zaubergeschäften des Souk ihre Ware. Das sagen die Händler. Ich selbst hab sie noch nie getroffen und hab auch keine Lust dazu.« Nach diesen Worten drehte er sich zu Ibrahim um, nahm seinen Sack vom Boden und ging über den Djemaa el Fna davon, gerade als der Muezzin die Gläubigen zum Abendgebet zu rufen begann.

Doch in Said stand der Entschluß fest, Aisha Khadidja zu suchen und sie nach dem Versteck des schwarzen Spiegels zu fragen.

Als Suleiman schwieg, erhob sich Achmed.

»Kommt, es ist spät. Wir müssen weiter!« Und neben ihm standen der alte Abdullah auf und Khalid. Takajedu, Suleiman und Abouli folgten ihrem Beispiel.

Das schräge Licht vertiefte die Schatten in der Felswand des Adrar Tamgak. Es glitzerte auf den Steinen in der Ebene und verwandelte das Ockergelb des Sandes auf den Rücken der Dünen in kleine Edelsteine.

Die von einem Wolkenschleier verdeckte Sonne war nur noch als Lichtfleck und nicht mehr als Kugel erkennbar. Achmed drehte sich im Sattel um und rief nach hinten: »Wir reiten nicht mehr lange und halten uns am Rand der Berge!«

»Er hat Angst vor dem Sandwind«, sagte Suleiman, der sein Kamel neben Arusha getrieben hatte. »Aber es besteht keine Gefahr.« Er sah sich um. »Glaube ich wenigstens.« Sie ritten eine Weile schweigend nebeneinander und hingen ihren Gedanken nach.

Suleiman fragte Abouli: »Erkennst du allmählich die Gesetze einer Geschichte?«

»Eines Teppichs meinst du?« rief der Junge lachend.

»So kannst du es auch nennen.«

»So wie ich dich kenne«, fuhr der Junge fort, »ist Aisha Khadidja nur ein neues Muster in deiner Teppichgeschichte, und du brauchst wieder etwas, das dich weiterbringt.«

»So ist es«, bestätigte ihm der Hakayati. »Die neue Farbe, der Einfall, wie die Geschichte fortgesetzt werden soll, die mußt du jetzt finden. Es muß etwas geschehen, damit Abwechslung hineinkommt und damit es nicht langweilig wird.«

Da beschloß Abouli, gut auf seine Umgebung zu achten, damit er nichts übersähe, was für die Geschichte von Bedeutung werden könnte. Doch dann fiel ihm noch etwas ein.

»Aber eigentlich wissen wir ja schon, wie es weitergeht,

weil Said sich entschlossen hat, Aisha Khadidja zu suchen. Brauchst du da überhaupt noch meine Hilfe?«

»Gewiß«, antwortete Suleiman. »Wie kann ich wissen, wie und wo er ihr begegnet und was dann geschieht?«

Das leuchtete Abouli ein.

Es war windstill. Die Reiter vermißten den Wind sehr, denn er kündigte ihnen sonst die Kühle des Abends an. Wenn er mit ihren Gandouras spielte, sie aufblähte oder flattern ließ und der Luftzug durch sie hindurch bis auf die Haut drang, ging wieder einmal ein heißer Tag seinem Ende zu. Dann freuten sie sich auf das Lager und die Frische der Nacht. Achmed führte sie über die flachen Ausläufer des Adrar Tamgak. Es waren von rechts nach links ansteigende, mit grobem Geröll bedeckte Erhebungen, die immer steiler werdend in eine rissige Wand übergingen. Hoch oben war auf einem Sims Vogelkot zu erkennen. Er tropfte in weißen Flecken über den Felsen in die Tiefe und zeigte an, daß da ein Raubvogelhorst sein mußte.

Die Kamele benützten schmale, geschlängelte Pfade durch das Geröll. Nur in den Mulden hatten sich sandige Inseln gehalten. Dort, wo die Blöcke in Kies übergingen, wuchsen einige Bäume und etwas Gras. Ihnen genügte die Feuchtigkeit, die sich zwischen den Steinen hielt und die ein paarmal im Jahr bei einem Regen über die Wand nach unten rann.

Achmed wußte, daß die anderen müde waren. Der lange Aufstieg zum Tschou-m-Adegadeg und das Gewicht der Gerbas hatten Kraft gekostet. Deshalb gab er schon früh das Zeichen zum Lagern.

Nachdem er Arusha versorgt hatte, sammelte Abouli Brennholz. Er riß die Wurzeln eines verdorrten Baumes aus dem trockenen Boden, aber sie wollten nicht loslassen, so als verteidigten sie noch im Tod ihren Standplatz. Abouli zerrte und zog, und als sie unverhofft nachgaben, fiel er nach hinten. Erschöpft blieb er liegen. Immer ich, dachte er verbittert, immer ich muß diese Drecksarbeit machen und nie Khalid oder der

›Geier‹. Er hätte so gern einmal Tee zubereitet oder die Hirse gerührt.

Da bewegte sich auf einmal etwas neben seinem Kopf, krabbelte aus einem Sandloch und sah ihn mit einem winzigen stecknadelkopfgroßen Auge an, das auf einer schuppigen Halbkugel kreiste. Aboulis Sturz hatte ein kleines Tier aufgeschreckt. Obwohl es kaum länger als seine Hand war, stemmte es sich mutig und mit weit geöffnetem Maul auf den Vorderbeinen hoch, um den Kampf mit ihm aufzunehmen.

»Ein Chamäleon!« rief der Junge, griff nach ihm, ließ Holz Holz sein und rannte ins Lager zurück, um es Suleiman zu zeigen.

»Ein Chamäleon«, sagte der Hakayati und ließ die kleine Echse über seinen Handrücken kriechen. »Das bringt uns weiter. Es zeigt uns den Weg in die Zaubergeschäfte des Souk. Sieht es nicht aus wie ein Drache?«

Aber Abouli wußte nicht, wie ein Drache aussieht. Das Wort war ihm fremd. Er beobachtete, wie die sandgelbe, mit hellen Flecken durchsetzte Haut des Chamäleons sich in Sulei-

mans Hand allmählich verfärbte. Sie bleichte aus. Die Flecken verschwanden.

»Sieh mal, es wechselt die Farbe!« rief Abouli und erinnerte sich daran, daß er als kleiner Junge beim Ziegenhüten oft mit Chamäleons gespielt hatte.

»Abouli, wo ist das Holz?« schrie da der ›Geier‹ wütend. »Ich kann nicht kochen, und ohne Essen und ohne Tee gibt es auch keine Fortsetzung von Saids Geschichte!«

Da überließ Abouli Suleiman das Chamäleon und holte die Wurzeln. »Allahu akbar!« betete er später und hob die Hände in Richtung der schwarzen Kaaba von Mekka. »Oh Allah, laß Said Aisha Khadidja finden, damit sie ihm sagen kann, wo der Schatz vergraben liegt!« Denn daß er vergraben sein mußte, stand für ihn fest. Nur was das Chamäleon damit zu tun haben würde, konnte er sich nicht erklären. Sie hockten schon bald im Sand und aßen. Der letzte Sonnenfleck färbte die Unterseite der Wolken rot, glühte noch einmal auf, bevor er verschwand und die Nacht über die Wüste hereinbrach. Eine Nacht, die auch ohne Mond nie so ganz dunkel war, deren klarer, unendlich hoher Himmel sich über das Land wölbte wie eine umgestülpte Schüssel.

Als Said an jenem Abend, an dem er Selim kennenlernte, zu Machmouds Teppichladen zurückkehrte, festigte er seinen Entschluß, sich auf die Suche nach Aisha Khadidja zu machen, setzte Suleiman die Geschichte fort. *Nur Aisha Khadidja würde ihm die Auskunft geben können, die er brauchte, und er beglückwünschte sich dazu, mit Sidi Machmoud in den Maghreb-el-Aksa gefahren zu sein. Leider hatte er keine Ahnung, an was er die Alte erkennen könnte. In den Souks liefen viele Berberfrauen herum. Da waren sicher einige Hexen und Feen darunter. Er wußte auch nicht, wo er die Zaubergeschäfte suchen sollte. Bisher hatte er noch keine gesehen. Und weil ihm nichts Besseres einfiel, fragte er das Muli des Teppichhändlers, das hinten im Hof vor seinem Grashaufen stand und fraß.*

»Die Zaubergeschäfte«, sagte das Muli verdrossen, weil es sich

nur ungern bei seinen Mahlzeiten stören ließ, »Junge, bleib weg von ihnen. Dort gibt's giftige Schlangen und anderen Kram. Das ist nur etwas für alte heilkundige Weiber, für Marabouts oder Geisterbeschwörer. Für unsereins ist das nichts.« Dann fraß es weiter und ließ sich auch nicht mehr beirren, soviel Said auch bettelte und bat. Doch er hatte das Glück, daß ihm an diesem Abend Sarina den Auftrag gab, Henna zu kaufen. »Du bekommst es bei Abd-el-Kerim, dort, wo Sidi Machmoud sein Rattengift kauft und der auch Kräuter und andere Pulver anbietet, die man zum Lindern von allen möglichen Übeln benötigt.«

Henna war ein Pulver, mit dem sich die Frauen nicht nur die Haare rot färbten, sondern sich auch glückbringende Muster auf Hände und Füße malten. Henna und Gift gibt es sicher nur in einem Zauberladen, überlegte der Junge, und er paßte gut auf, als ihm Sarina den Weg durch die Souks beschrieb, den er gehen mußte, um das Geschäft Abd-el-Kerims zu finden.

Er fand es auf einem kleinen Platz, in dessen Mitte ein Brunnen sprudelte. Schon als er den Platz überquerte, erkannte er die unheimlichen Dinge, die der Händler anbot. Am Türrahmen hingen getrocknete Häute von Wüstenfüchsen und lange Ketten aus Raubvogelkrallen, Wildschweinzähne und Vogelbälge, schuppige Häute von Leguanen und Schlangen, sowie leere Schildkrötenpanzer. Die auf dem Boden liegenden Säcke und Körbe waren voller knorriger Wurzeln und getrockneter Rosenblätter, Kräutertees, Henna und Safran, graubraunen, wie Steine aussehenden Seifen, Orangenblüten und geheimnisvollen Pulvern.

Am meisten erschreckten Said die lebenden Tiere in ihren Käfigen. In einem starrte eine Schildkröte mit halbeingezogenem Schädel dumpf vor sich hin. In einem anderen hüpfte ein kleiner zerrupfter Vogel hin und her. Im hinteren Teil des Ladens stand ein Mann, der Abd-el-Kerim sein mußte. Said sah, wie er mit einer Frau um den Preis eines kleinen Päckchens feilschte. Nachdem die Frau das Geschäft verlassen hatte, war der Junge an der Reihe.

»Ist das hier der Laden von Abd-el-Kerim?« fragte er, und als der Mann nickte, verlangte Said eine Tüte voll Henna.

»Wer schickt dich?«

»Sarina, eine der Frauen Sidi Machmouds, des Teppichhändlers«, erklärte der Junge.

»Richte ihr meine Grüße aus!« Abd-el-Kerim überreichte dem Jungen die Tüte. Said gab ihm das Geld und kehrte zurück zu dem Teppichladen.

Von da an kletterte er jeden Abend auf das Dach des Hauses und prüfte, wie weit der Mond noch abnehmen mußte, damit Neumond sei, denn am Tag nach Neumond käme Aisha Khadidja in die Stadt, hatte Selim erzählt.

In dieser Zeit fand Ibrahim, daß er oft nicht bei der Sache war, wenn er ihn Verse aus dem Koran vorlesen ließ.

»An was denkst du?« fragte er ihn dann, worauf Said meistens sagte: »Ich hab keine Lust mehr, machen wir Schluß und gehen wir lieber zu Selim!« Wenn es schon spät war und er keine Kunden mehr erwartete, begleitete der Schreiber den Jungen. Dann hockten sie sich hin und hörten dem Hakayati zu, wie er erzählte und manchmal auch mit brüchiger Stimme einfache Balladen sang, wobei er sich selbst auf der Gitarre begleitete.

Am Morgen nach der Neumondnacht schlich sich Said wieder davon. Er lief durch die Gassen und Hinterhöfe, bis er den Laden Abd-el-Kerims erreichte.

»Assalamu aleikum!« grüßte er schüchtern. »Kommt Madame Aisha Khadidja heute hierher?«

»Was willst du von ihr?« Erstaunt sah ihn der Händler an.

»Ich muß sie etwas fragen!«

»Was mußt du sie fragen?«

Aber Said wollte es ihm nicht sagen. Das ging nur ihn etwas an. Da erklärte ihm Abd-el-Kerim, er müsse warten, vielleicht käme sie, vielleicht auch nicht, genau wüßte das niemand. Schließlich hätte sie einen weiten Weg, käme aus dem Gebirge direkt hierher und hätte wohl kaum ein Auge zugemacht in dieser Nacht, weil sie auf Kräutersuche gewesen sei, denn wie jedermann wisse, speicherten die Kräuter ihre Heilkraft nur in den Neumondnächten, weil das Mondlicht sie sonst aus ihnen sog und wertlos machte.

Was blieb dem Jungen da schon anderes übrig, als sich an der gegenüberliegenden Hauswand im Schatten niederzulassen, zu warten und dabei die Fußgänger zu beobachten, die eilig den Platz überquerten oder in einem der Läden einkauften. Irgendwann mußte Said dann eingenickt sein, denn als er wieder aufwachte, stand die Sonne schon tief über den Dächern der Altstadt. Abd-el-Kerim unterhielt sich mit einer unverschleierten Frau, die gerade einen Korb von ihrem Kopf hob und vor sich hinstellte. Said sah, wie der Händler auf sie einredete und zwischendurch zu ihm hinüberblickte, als wäre von ihm die Rede und nicht von der Ware, die die Frau verkaufen wollte. Da wußte er, daß die Alte Aisha Khadidja war, und sein Herz klopfte ihm bis zum Hals, weil er Angst vor ihr hatte.

Abd-el-Kerim ersparte ihm lange Überlegungen, was er nun tun solle, um mit der Alten ins Gespräch zu kommen, denn er rief laut: »He, Kleiner, komm her!«

Said stand auf und ging an dem Brunnen vorbei über den Platz und ließ dabei die Frau nicht aus den Augen. Sie trug riesige plumpe Stiefel unter dem knöchellangen Rock und ein Kopftuch, das ihr bis über die Schultern reichte und doch das Gesicht freiließ. Es war ein Gesicht, in dem sich die welke faltige Haut schon bis auf die Knochen zurückgezogen hatte und das fast wie ein Totenschädel aussah. Das Erschreckendste aber waren die Augen. Sie lagen in tiefen Höhlen, und wenn sie jemanden ansah, dann war es, als schösse sie Pfeile ab, als brenne ein Feuer in ihnen, das den anderen zu lähmen versuchte, wie der Blick einer Schlange ihr Opfer.

»Du hast also kein Chamäleon für mich«, sagte sie gerade zu dem Händler. »Ich hätte so dringend eines gebraucht.« Da erreichte Said die beiden und blieb stehen.

»Was willst du von mir, Haratinjunge?« sagte die Alte und öffnete dabei den zahnlosen Mund zu einem Grinsen. Said sah den Händler an und überlegte, ob er sich nicht irgendwie herausreden sollte, aber er fühlte sich dann doch durch die Augen gezwungen, sein Anliegen preiszugeben.

»Ich hätte so gern gewußt, wo der Schatz in der Wüste vergraben ist«, sagte er leise. »Der schwarze Spiegel, der reich macht!«

Da fuhr die Alte herum und lachte höhnisch. »Wer hat dir von ihm erzählt? Schon viele haben nach ihm gesucht, doch niemand hat ihn bisher gefunden.« Aber gleich darauf änderte sie ihr Verhalten, als sei ihr etwas eingefallen.

»Wenn du mich nach Hause begleitest, kann ich dir sagen, was du tun mußt, um ihn zu bekommen«, fuhr sie mit freundlicher Stimme fort.

Said hatte nicht zu hoffen gewagt, seinem Ziel schon so nah zu sein. Er vergaß alles, was Selim über Aisha Khadidja berichtet hatte, ließ jede Vorsicht außer acht und dachte nicht mehr an Sidi Machmoud oder Ibrahim, sondern sagte nur: »Ja.«

Doch zuerst wickelte die Alte noch ihre Geschäfte ab. Dann hob sie sich den leeren Korb auf den Kopf und eilte, gefolgt von dem Jungen, durch die Gassen der Souks zu dem Platz, an dem die Autobusse standen, die die Menschen mit ihren Lasten bis weit ins Land hinein beförderten.

Aisha Khadidja nahm den Bus, der in die Berge fuhr, zahlte ohne zu feilschen den Fahrpreis für sich und ihren »Enkel«, wie sie dem Fahrer sagte, und stieg ein.

Sie fuhren auf einer steilen, kurvenreichen Straße, und Said wußte bald nicht mehr, ob es dunkel wurde, weil die Berge so hoch und die Schluchten so eng waren oder weil die Sonne inzwischen untergegangen war. Ab und zu sah er Häuser, die an den Berghängen klebten wie Vogelnester und aus deren Kaminen steile Rauchsäulen hochstiegen. Je höher sie kamen, um so kühler wurde es. Doch dann, als der Junge schon glaubte, sie führen direkt in den Himmel, stand Aisha Khadidja auf. Sie drängte sich an den Fahrgästen vorbei, stieg über Bündel und Körbe, gefesselte Hühner sowie schreiende Kinder und bat den Fahrer zu halten, weil sie aussteigen wollte.

Kaum war der Autobus weitergefahren, als sich die Alte an den Straßenrand hockte, hastig die Schuhe aufschnürte und von den Füßen zerrte. »Teufelszeug!« fluchte sie böse. »Dreimal verdamm-

ter Menschenkram!« Said sah mit Entsetzen, wie behaart ihre Beine waren und daß sie statt Knöchel und Füße wie jeder Mensch Fesseln und Hufe hatte wie ein Kamel. Er folgte ihr, als sie losmarschierte, doch eigentlich folgte er mehr dem hellen Korb auf ihrem Kopf, weil es inzwischen zu dunkel geworden war, um den Körper darunter noch zu erkennen. Als Aisha Khadidja schließlich eine Türe aufschloß und ein Haus betrat, sah er nicht mehr, was für eine Art Haus es war, ob ein großes oder kleines, eines, das in die Felsen gebaut war, oder eines am Grund einer Schlucht. Erst als die Alte eine Kerze anzündete, konnte er den Raum betrachten, den sie betreten hatten. An der dem Eingang gegenüberliegenden Wand stand ein hohes Regal mit Gläsern und Flaschen voller verschiedenfarbiger Pulver und Flüssigkeiten. Von der Decke hingen Bündel getrockneter Kräuter, und als mächtiger Kasten stand ein riesiger rußgeschwärzter Kamin mitten im Zimmer. Dann hörte er ein leises Flattern und erkannte viele, in Käfige gesperrte Tiere, fast alles Vögel, aber auch kleine Erdhörnchen und Schlangen.

»Setz dich!« sagte die Alte. »Ich mach uns einen Tee, der wird uns guttun.« Und sie kramte herum, fachte die Glut wieder an, hängte einen Topf über das Feuer und legte einige Fladenbrote auf den Tisch. Said hatte Hunger, das merkte er erst jetzt.

»Soso, du bist also auf der Suche nach dem Spiegel, der reich macht«, flüsterte die Frau vor sich hin. Doch Said kam es vor, als führe sie mehr ein Selbstgespräch. »Dem Zauberspiegel, der in der Wüste versteckt ist. Aber weißt du auch, daß er von dem schönsten Mädchen der Welt behütet wird und von ihrem Onkel, der ein Djinn ist und auch mein Vetter? Jeder, der den Spiegel in seinen Besitz bringen möchte, muß zuerst fünf Aufgaben erfüllen.«

Aisha Khadidja stellte zwei Teegläser auf den Tisch.

»Und was sind das für Aufgaben?« fragte Said.

»Fünf Dinge müssen besorgt werden. Drei sind der Brautpreis für das Mädchen und zwei eine Entschädigung für ihren alten Onkel. Er wünscht sich schon lange den Silberdolch des Mahdi und außerdem einen fliegenden Teppich, von denen es nur noch zwei auf der Welt gibt. Einer soll sich im Land am Nil befinden. Der an-

dere gilt als verschollen. Trink, trink, kleiner Haratinjunge, solange der Tee noch warm ist!«

Said starrte sie an, während sie sprach. Das Kerzenlicht beleuchtete nur die Hälfte ihres Gesichtes. Die andere lag im Dunkeln. Er trank und fand den Tee köstlich.

»Das Mädchen verlangt drei Ketten. Die erste ist der Silberhalsschmuck der Königin von Saba, die zweite eine Glasperlenkette der Lieblingstochter des Kaisers Kankan Moussa und die dritte –« hier unterbrach sie sich kurz und sah ihm aufmerksam ins Gesicht – »die dritte ist die blaue Kette der Aisha Khadidja! Hihihi – fühlst du dich schlecht oder was ist sonst los?«

Während der letzten Worte kam es Said so vor, als würde er kleiner, als schrumpfe er zusammen. Er hatte den Eindruck, als wüchse ihm ein langer schuppiger Schwanz.

»Das ist gut«, freute sich die Alte. »So hab ich von Abd-el-Kerim doch ein Chamäleon mit nach Hause gebracht. Komm nur, komm, da ist ein kleiner Käfig. Dein Vorgänger ist leider gestorben, aber du bist noch jung. Du stirbst noch lange nicht.«

Said sah plötzlich mit einem Auge die Alte, die vor ihm stand, und mit dem anderen die Rückwand des Käfigs. Er entdeckte, daß sich seine Hände und seine Füße in Krallen verwandelt hatten und daß seine Haut schuppig geworden war. Nur das Cri-Cri und die Perle zeichneten sich als schwarze Ringe um seinen Hals ab. Da klappte auch schon die Käfigtüre zu und Said war gefangen. Glücklicherweise hatte die Perle im Augenblick der Verwandlung über seinen Rücken heruntergehangen, und als er empört aufschrie: »Was soll das? Was machst du mit mir?« fuhr die Alte herum und lachte ihn böse aus.

»Soso, der Kleine trägt eine Zauberperle. Na, was macht das schon aus. Sie wird dir nichts nützen.«

So blieb dem Jungen nichts anderes übrig, als sich erst einmal in sein Schicksal zu ergeben.

Die Tage verrannen im Schneckentempo. Von dem Platz aus, an dem sein Käfig hing, konnte Said weder den Auf- noch den Untergang der Sonne beobachten. Daß es Tag sein mußte, erkannte er nur an dem fahlen, grauen Schimmer, der durch die Ritzen der Türe in den Raum drang. Dann zwängte er sein breites Echsengesicht durch die Stäbe oder krallte sich an ihnen fest, um sich aufzurichten und dem Licht ein Stück näher zu sein.

Ab und zu fütterte ihn die Alte mit Fliegen, die sie sich von seiner langen klebrigen Zunge aus der Hand reißen ließ. Das war eine Art Spiel für sie, bei der sie ihren Spaß zu haben schien, denn manchmal hielt sie die kleinen Insekten gerade so weit von ihm entfernt, daß er sie nicht mehr erreichen konnte. Ihr höhnisches Lachen verfolgte ihn noch in seinen Träumen.

»Na, kleiner Haratinjunge, gefällt's dir bei mir?«

Doch er gab ihr darauf keine Antwort.

Er spürte, daß seine kurzen, schmächtigen, krallenbewehrten Beine einen langen Körper tragen mußten, der ohne abzusetzen in den mächtigen Kopf überging. Die schuppige gelbbraune Haut war überzogen mit Flecken, doch er war in der Lage, die Farbe seiner Umgebung anzupassen, wenn es seine Sicherheit verlangte. Auf einmal konnte er die Zunge vorschnellen lassen und eine Mücke fangen. Da wußte er, daß er ein Tier geworden war, obwohl er immer noch dachte und fühlte wie ein Mensch.

Einmal seufzte er: »Oh Allah, hast du mich völlig vergessen?«

Da antwortete ihm eine schwache piepsige Stimme: »Vielleicht will er uns nur prüfen!« Said drehte ein Auge in die Richtung, aus der die Stimme gekommen war, und entdeckte einen kleinen schwarzweißen Vogel in einem Käfig weit hinten an der Kaminwand.

»Hat sie dich auch verzaubert?« fragte der Junge.

»Nein«, piepste der Vogel. »Aber ist nicht das Dasein in einem Käfig allein schon eine Prüfung?«

Da mußte Said ihm rechtgeben. Von da an unterhielt er sich oft mit ihm, wenn die Hexe ausgegangen war und nicht mithören konnte. Der kleine Vogel nannte sich selbst Moula-Moula.

»Warum sprichst nur du und nicht die anderen?« fragte ihn Said und meinte die gefangenen Tiere, die außer Moula-Moula und ihm in den Käfigen lebten.

»Weil sie schon so lange gefangen sind, daß sie ihre Sprache verloren haben«, erklärte ihm der kleine Vogel.

Das machte Said traurig.

»Oh Allah«, betete er. »Wenn du mir schon diese Prüfung auferlegst, dann lasse mich nicht meine Sprache vergessen!«

Doch Allah schwieg zu allem.

Manchmal richtete Aisha Khadidja das Wort an Said: »Na, mein kleiner Drachenliebling«, sagte sie dann, und ihre Stimme krächzte wie die Angeln in der Holztür, die ins Freie führte. »Geht es dir gut?« Sie kicherte leise. »Früher, als es noch viele Hexen gab, lebten sie oft in einer Gemeinschaft mit Drachen. Mit ihnen fühlten sie sich weniger einsam. Mir geht es genauso. Viele Menschen halten sich Tiere im Haus, mit denen sie spielen, Vögel im Käfig oder niedliche kleine Kätzchen. Wir Hexen lieben so kleine Drachen wie dich.«

Später erzählte ihm Moula-Moula von seinem Vorgänger: »Ich erinnere mich noch gut an das Geräusch seiner Krallen, wenn er langsam in seinem Käfig hin- und herkroch oder sich an den Stäben hochzog. Irgendwann mußte seine Verzweiflung einen Punkt erreicht haben, an dem er sie nicht mehr ertragen konnte. Da hörte er auf zu fressen. Die Alte konnte ihm schöntun soviel sie wollte. Kein Zauber half. Eines Morgens lag er tot in seinem Käfig.«

Es muß mir etwas einfallen, daß es mir nicht auch so ergeht, dachte Said. Es muß!

Aber es fiel ihm nichts ein.

Die Zeit verging, der Mond nahm zu und wieder ab. In der Neumondnacht nahm Aisha Khadidja ihren Korb und verließ das Haus, um Kräuter zu sammeln. Als sie am frühen Morgen zurückkam, stellte sie ihn auf den Tisch und fing an, etwas zu suchen.

»Wo hab ich das bloß?« murmelte sie vor sich hin. »Wo? Wo? Wo?« Sie riß alle Kästen und Läden auf und wühlte in ihnen herum. Da kollerte auf einmal ein Holzkästchen auf den Boden, öffnete sich und eine wunderschöne Halskette fiel heraus.

»Mein kostbares Geschmeide!« kreischte die Alte. »Mit den Türkisen der reinen Mädchen. Niemand kann dich mehr gegen mich

verwenden, nachdem ich dein Silber durch einen Zauber getrübt habe.«

Und sofort verlöschte in Said die winzige Flamme der Hoffnung wieder, die der Anblick der Kette und die Erinnerung an Selims Geschichte in ihm entzündet hatte.

Aisha Khadidja legte den Schmuck zurück in den Kasten und den Kasten zurück in den Schrank. Dann kramte sie weiter, bis sie das gefunden hatte, was sie suchte.

Es waren die Schuhe, die sie erst dort über ihre klobigen Füße ziehen wollte, wo sie Menschen traf, die nicht wissen sollten, wer sie war. Sie hob sich den schweren Korb auf den Kopf und nahm die Stiefel in die Hand.

»So lebt denn wohl, meine Kinderchen, und seid schön brav!« rief sie den gefangenen Tieren noch zu. »Heute abend bin ich zurück!« Dann verschloß sie die Tür hinter sich.

»Kanntest du die Kette?« fragte Said Moula-Moula, nachdem er sich sicher genug fühlte zu reden, ohne daß die Hexe ihn hören konnte.

»Ja«, piepste der kleine Vogel. »Manchmal holt sie sie heraus und schmückt sich mit ihr. Dann tanzt sie herum und singt: ›Du machst mich schön, schöner als Samira in der Wüste ist.‹«

»Samira in der Wüste?« sagte Said. »Wer ist das?«

Aber das wußte Moula-Moula auch nicht.

An diesem Tag fiel Said endlich ein, wie er sich befreien könnte.

Suleiman machte eine Pause. »Oh«, seufzte er dann. »Es ist genug. Ich bin sehr müde.«

»Nein, nicht gerade jetzt!« empörte sich Abouli. Aber der Hakayati war bereits aufgestanden. Da erinnerte sich der Junge an das Chamäleon, das er gefunden hatte, und er fragte Suleiman danach.

»Ich hab es freigelassen, was sonst? Schließlich sind wir keine Hexen, die Drachen brauchen, damit sie ihnen die Einsamkeit vertreiben.« Und als Abouli immer noch darauf bestand, daß er weitererzählen sollte, mischte sich der alte Abdullah ein: »Laß ihn. Er hat recht, an dieser Stelle zu unterbrechen.«

»Warum?«

»Weil du ihm sagen mußt, wie Said sich befreien kann.«

»Das kann ich nicht«, rief Abouli.

»Dann ist unsere Geschichte hier zu Ende, und Said bleibt ein Chamäleon sein Leben lang«, gab ihm Suleiman zu bedenken.

Doch das war für Abouli ein unerträglicher Gedanke. »Wie soll ich wissen, mit was Said sich befreien kann?« murmelte er unglücklich. »Das ist zu schwer.«

»Geh schlafen«, versuchte Achmed ihn zu trösten. »Morgen sieht alles ganz anders aus.«

Doch er konnte nicht verhindern, daß Abouli in dieser Nacht noch lange wachlag. Von ihm hing es ab, daß Said von dem Zauber erlöst würde. Er mußte etwas finden, doch wo sollte er anfangen mit seiner Suche?

Schließlich schlief er doch ein.

»Das Wetter hält«, sagte Khalid am nächsten Morgen zu Achmed, als die Sonne an einem klaren Himmel in die Höhe stieg. Doch Achmed schüttelte bedenklich den Kopf. Auch die Kamele waren unruhig. Als Abouli der liegenden Arusha den Sattel auflegte und den Gurt festzog, klagte sie laut. Takajedus Kamel schrie ebenfalls und sprang auf, bevor er richtig im Sattel saß.

Achmed wendete sich den Bergen zu. Gerade an dieser Stelle wichen sie zurück, weil ein Wadi in die Wüste mündete. Es war ein breiter, mit Sand ausgefüllter Graben. An seinen Rändern wuchsen Tamarisken. Obwohl Achmed, wie alle anderen, sich wieder den Schech vor das Gesicht gezogen hatte, sah Abouli, daß er prüfend nach oben blickte, als erwarte er etwas. Er hielt sein Kamel zurück, und als ein leichter Windstoß seine Gandoura blähte, wendete er es wadiaufwärts den Felsen zu, die sich wie ein Trichter nach hinten verengten. Der alte Abdullah folgte ihm ohne zu widersprechen und Khalid ebenfalls. Da wagte auch Abouli nicht, nach dem Grund zu fragen, denn mit dieser Richtungsänderung verließ die kleine Karawane den geraden Weg, auf dem sie heimkehren wollte. Doch die Erklärung dafür gab ihm nur wenig später der Wind. Er griff von Norden her an, zerrte an den Schechs und Gandouras der Reiter und zwang die Tamarisken sich zu verbeugen, bis die Spitzen ihrer Zweige den Boden berührten. Gleichzeitig riß er die Sandkörner hoch und peitschte sie dem Jungen, der sich umzudrehen wagte, ins Gesicht, wo sie in seine Augen drangen und durch die Kanten des Schech auch in die Haare und den Mund. Abouli spürte sie auf der Zunge und zwischen den Zähnen.

Vor die fernen Hügel senkte sich ein Schleier aus Staub. Nicht nur die Tamarisken, auch die Kameldornbäume verneigten sich tief, richteten sich schüttelnd wieder auf und streckten ihre Zweige nach Süden, als winkten sie jemandem nach, der schon lange verschwunden war und dessen Fortgehen sie nicht verschmerzen konnten. Flach, fast horizontal, fegte der Sturm den Sand das Wadi hinauf, knisterte und prasselte auf die Rücken der Reiter. Abouli wurde es schwindlig, als er nach unten blickte. Arusha und vor ihr Khalids Kamel wateten in einer wild dahinströmenden Masse, in der ihre Hufe verschwanden. Obwohl die Sonne noch lange nicht ihren höchsten Stand erreicht haben konnte, wurde es so dunkel, daß der Junge Khalid und vor ihm den alten Abdullah nur noch als Schemen erkannte. Noch einmal nach Suleiman sich umzudrehen, wagte er nicht, doch das Bewußtsein, daß der Hakayati hinter ihm ritt, nahm ihm etwas von seiner Angst.

War es nur, weil der Wind sie antrieb, oder vielleicht auch, weil sie ahnten, daß Achmed für sie einen Zufluchtsort suchte? Die Meharis beschleunigten ihre Schritte und fielen kurz darauf in einen gleichmäßigen Trott. Später schien es Abouli unmöglich zu sagen, wie lange sie so geritten waren. Er umklammerte das Sattelhorn mit beiden Armen, hängte sich darüber und ließ sich von Arusha tragen, wohin sie ihn auch brachte.

Dann spürten die Kamele auf einmal wieder festen Boden unter den Füßen. Sie wurden langsamer und tasteten sich vorwärts und aufwärts über einen leicht ansteigenden Geröllhang.

Immer noch verdeckte der treibende Sand den Blick auf den Boden, doch weiter oben wurde die Sicht besser. Abouli erkannte ein zerrissenes Felsband, ausgehöhlt und geschliffen von den Sandstürmen vieler Millionen Jahre. Achmed stieg ab und winkte den anderen, das gleiche zu tun. Er schien sich hier auszukennen. An den Felsen heulte der Wind und schleuderte Sand auf die Steine, so als ob er sie zu brechen versuchte. Sie führten die Kamele am Fuß des Felsbandes entlang, bis sie eine Höhle erreichten, deren Eingang durch einen Überhang geschützt wurde. Bis hierher kam der Sturm nicht, doch draußen tobte er weiter.

Gleich hinter der Höhle fanden sie eine Einbuchtung, die auch den Tieren genügend Schutz vor dem Wind bot. Abouli nahm Arusha den Sattel ab und gab ihr etwas von dem trockenen Gras, das der ›Geier‹ auf seinem Lastkamel mitführte. Danach zogen sich alle in die Höhle zurück, um dort das Ende des Sandsturms abzuwarten. Takajedu kochte Tee. »Tee ist gut in allen Lebenslagen«, sagte er und lockerte den Schech, bis er ihm unters Kinn rutschte. Abouli bewachte die Glut, und Khalid schlug mit einem Stein kleine Brocken von dem Zuckerhut ab. Der alte Abdullah stellte die Gläser in einer Reihe auf, während Suleiman und Achmed an der Felswand lehnten und zusahen.

»Wie steht's, Abouli?« fragte Suleiman. »Hast du schon etwas entdeckt, das Said von seinem Zauber erlösen könnte?«

Der Junge schüttelte den Kopf. Nein. Es war ihm nichts begegnet, was dem Hakayati helfen würde, Saids Geschichte fortzusetzen.

»Manchmal, wenn du nicht mehr weißt, wie du deinen Teppich weiterweben sollst, welche Farbe oder welches Muster du noch verwenden könntest, mußt du rückwärts schauen auf das, was du schon beendet hast. Ein schönes Teppichmuster steckt voller Wiederholungen. Das ist ähnlich wie bei einem Musikstück. Du spielst zuerst eine Folge von Tönen, die eine Melodie ergeben. Dann wiederholst du dasselbe langsam und traurig, dann schnell und hüpfend und fröhlich und so immer weiter. Besinn dich hier einmal auf die Anfangsmelodie, unser erstes Muster!«

Abouli überlegte. Die Geschenke der Peri fielen ihm ein und natürlich das Wurfgeschoß des Djinn. Das brachte ihn auf den Gedanken, daß Said sich wieder einmal in dem hölzernen Irrgarten verlaufen hatte. Nein, nur die Geschenke der Peri konnten hier helfen.

Inzwischen hatte der ›Geier‹ den Tee in die Gläser gefüllt. Jeder nahm sich sein Glas, aber es war noch zu heiß, um daraus zu trinken. Der Junge stellte es vor sich hin und betrachtete es sinnend. Denk zurück, hatte Suleiman ihm geraten. Könnte die Decke Said helfen oder das kurze geheimnisvolle Gebet? Aber er wußte nicht, was es mit seiner Erlösung zu tun haben könnte. Der immerwährende Schatten fiel ihm ein, die Gabe Takajedus und die Glasperle, die er selbst ihm gegeben hätte. Abouli nahm einen Schluck, und als er das Glas wieder absetzte, spiegelte sich für einen kurzen Augenblick seine Hand in der Oberfläche des Tees. Er seufzte auf: Der Spiegel. Hatte Selim nicht erzählt, daß Aisha Khadidja vor Spiegeln Angst hatte? Trug Said nicht einen Spiegel in seinem Cri-Cri? Der Spiegel, der ihn schon einmal vor dem Djinn und später im Dogon-Land vor den Teufeln im Busch beschützt hatte.

»Die Oberfläche des Tees glänzt wie ein Spiegel«, sagte er laut. »Könnte Said vielleicht durch einen Spiegel erlöst werden?«

»Sehr gut. Das ist es«, lobte ihn Suleiman. »In seinem Cri-Cri ist einer. Aisha Khadidja weiß nichts davon. Das ist die Lösung.« Er sah sich um, ob alle bequem saßen und setzte dann die Erzählung fort:

An diesem Tag nach der Neumondnacht, während Aisha Khadidja ihre Kräuter zu Abd-el-Kerim brachte, fiel Said der kleine Spiegel ein, den er in seinem Cri-Cri mit sich trug. Doch das Amulett hatte sich in eine schwarze Zeichnung verwandelt und als Chamäleon kam er nicht an es heran. Das könnte er nur als Mensch. Es mußte ihm also gelingen, die Alte dazu zu verleiten, ihn kurz zurückzuverwandeln. Da erinnerte er sich an ein Spiel, das er oft mit Moussa gespielt hatte. Sie hatten es das Ich-wette-du-traust-dich-nicht-Spiel genannt und es viele Male am Hafen oder in den Gassen Moptis gespielt. Es ging etwa so: »Ich wette, du traust dich nicht, von dieser Mauer zu springen«, sagte einer, worauf es für den anderen Ehrensache war, die Herausforderung anzunehmen.

Für dieses Spiel hatte es viele Möglichkeiten gegeben. Vielleicht, so überlegte Said, würde Aisha Khadidja auf so etwas hereinfallen.

Er weihte Moula-Moula in seinen Plan ein, und der kleine Vogel war gleich begeistert. »Du mußt ihr sagen, daß du nicht glaubst, daß sie ihren eigenen Zauber rückgängig machen kann und sei es auch nur für einen kurzen Augenblick. Du mußt sie bei ihrer Eitelkeit packen, sonst wirst du keinen Erfolg haben.«

Said versprach es ihm.

Nachdem die Alte zurückgekommen war, wartete er eine günstige Gelegenheit ab, um einen Versuch zu wagen.

Gleich am nächsten Tag, als Aisha Khadidja ihn aus dem Käfig holte, um ihn zu füttern, versuchte Said sein Glück.

»Na, kleiner Haratinjunge, hast du dich schon an deine neue Gestalt gewöhnt?« sagte die Hexe. Da antwortete er ihr zu ihrem größten Erstaunen: »Aber ja, es gefällt mir bei dir, nur glaube ich nicht, daß du eine so große Zauberin bist, wie du behauptest.«

»Werde nur nicht frech, Bürschchen!« keifte die Alte ihn wütend an und fegte ihn mit der Hand auf den Boden. Da nahm Said seinen ganzen Mut zusammen und rief: »Ich wette, du bist nicht in der Lage, mich nur für einen Augenblick zurückzuverwandeln in meine alte Gestalt!«

»Was?« schrie Aisha Khadidja empört. »Das glaubst du nicht? Wart nur, ich werd's dir beweisen!« Sie sprang auf und riß ein Fläschchen aus dem Regal, entkorkte es und träufelte einige giftgrüne Tropfen auf Saids breiten Echsenschädel. Da spürte der Junge auf einmal, daß er in die Höhe schoß, daß sich sein Schwanz zurückbildete und die Krallen sich wieder in Finger verwandelten. Sobald er mit ihnen greifen konnte, riß er sich das Cri-Cri vom Hals, zerrte den kleinen Spiegel heraus und hielt ihn Aisha Khadidja vor die Augen.

Die Alte brüllte wie eine gereizte Löwin und stürzte davon, brach durch die Türe, sprang in die Luft und floh über die Berge wie ein Windstoß, der ziellos über das Land fegt.

Sie war längst verschwunden, als Said immer noch dastand, den Spiegel wie ein Schutzschild vor sich haltend. Wenn Moula-Moula ihn nicht daran erinnert hätte, daß da noch andere auf ihre Befreiung warteten, hätte er noch lange so dagestanden.

Zuerst ließ er den kleinen Vogel frei, dann alle anderen Tiere. Sie krochen und hüpften langsam davon und sahen sich nicht einmal nach ihrem Befreier um, weil sie noch gar nicht begreifen konnten, daß die Zeit ihrer Gefangenschaft nun vorbei war.

Nur Moula-Moula blieb da. »Willst du nicht die Kette mitnehmen?« fragte er den Jungen. Da holte Said das Kästchen aus der

Lade und steckte es zu sich. Die blaue Kette der Aisha Khadidja war das erste der fünf Dinge, die er brauchte, um den Schatz in der Wüste zu erringen. Jetzt fehlten ihm noch vier: Der silberne Halsschmuck der Königin von Saba und die Glasperlenkette der Lieblingstochter Kaiser Kankan Moussas, der Silberdolch des Mahdi und der fliegende Teppich aus dem Land am Nil.

Als er die Hütte der Aisha Khadidja verließ, war er voller Hoffnung, daß es ihm gelingen würde, das alles zu finden.

Moula-Moula begleitete ihn ein Stück. Der kleine Vogel kannte sich im Gebirge aus und konnte Said an die Straße bringen, wo er ein Auto anhalten wollte. Es zog ihn zurück nach Marrakesch, zurück zu Ibrahim und dem alten Selim, die er auf dem Djemaa el Fna anzutreffen hoffte.

Sie folgten einem steinigen Wadi und erreichten bald eine Brücke, auf der die Straße eine Schlucht überquerte. Dort verabschiedete sich Moula-Moula von Said. »Allah wird dich beschützen«, piepste er. »Und vielen Dank auch. Ich kann dich nicht weiter begleiten, denn dort, wo du hingehst, ist kein guter Platz für einen Vogel wie mich. Ich fühle mich nur in den Bergen am Rand der Wüste wohl und nirgendwo anders.«

Said tat es leid, von ihm Abschied zu nehmen. Mit ihm zusammen war es leichter gewesen, die Gefangenschaft zu ertragen.

»Assalamu aleikum!« sagte er und sah ihm noch lange nach, als er über die Felsen davonflog.

Ein kleines Auto nahm den Jungen bis Marrakesch mit. Doch als er ankam, war es schon spät. Der Muezzin hatte die Gläubigen bereits an ihr Abendgebet erinnert und in den Gassen der Souks schlossen gerade die Läden.

Auch Sidi Machmoud war dabei, die Teppiche hereinzuholen, die neben dem Eingang lagen. Als er Said sah, wurde er schrecklich wütend.

»Herumtreiber!« schrie er ihn so an, daß sein Gesicht rot anlief vor Zorn. »Wo bist du gewesen? So dankst du mir meine Großzügigkeit! Was hab ich aus dir gemacht? Hab ich dich nicht in meine Familie aufgenommen, dich angezogen, dir zu essen gegeben? Und dann läufst du einfach davon und läßt mich im Stich!« Seine Stimme schnappte über vor Wut. »Hau ab! Verschwinde! Ich brauch dich nicht mehr und will dich nie mehr hier sehen!«

Said zog die Schultern hoch und setzte zu einer Erklärung an, doch dann fiel ihm ein, daß der Teppichhändler ihm die Wahrheit nicht abnehmen würde, und lügen wollte er nicht.

»Meine Decke«, stammelte er bloß. »Ich möchte gern meine Decke mitnehmen.«

Da schrie Sidi Machmoud ins Haus, die Frauen sollten die Decke des Jungen bringen, er wollte sich nicht an ihm bereichern, und Sarina schickte eine der anderen Frauen damit auf die Straße.

»Grüß Sarina von mir«, flüsterte Said ihr zu. »Und sag ihr, ich konnte nichts dafür, daß ich so lange weggeblieben bin.«

Er riß ihr die Decke aus der Hand und rannte zum Djemaa el Fna. Obwohl es inzwischen völlig dunkel geworden war, befanden sich noch viele Menschen auf dem Platz. Ibrahim würde er nicht mehr hier treffen. Er hatte die Angewohnheit, zum Abendgebet nach Hause zu gehen, aber Selim könnte noch da sein. Selim, der Hakayati. Auf der Suche nach ihm zwängte sich Said durch die Zuschauermenge, das unwillige Gemurmel der Leute überhörend.

In dem ersten Zuschauerkreis spielten einige Männer kleine Szenen. Einer von ihnen trug ein pailettenbesetztes Frauenröckchen über der Hose. Im nächsten Kreis trat ein Mann mit dressierten Affen auf, und in einem dritten spielten und sangen zwei Bänkelsänger traurige Balladen.

Selim war nirgends zu sehen. Da fühlte sich der Junge auf einmal ganz einsam. Er blieb stehen und hörte dem Schlangenlied zu, das die Beschwörer auf ihren Flöten spielten. Er lauschte dem Geschwätz der Leute und der eintönigen Musik der Bänkelsänger, weil er hoffte, Selims Stimme und seine Gitarre zu erkennen. Aber das Hupen der Autos und das Geschrei der Kutscher, die die Fußgänger warnten, waren zu laut. Und Said hörte auf einmal alles zusammen. Es war wie ein wildes Konzert. Den Takt gaben die Trommeln und Kastagnetten der Haratins an. Er spürte ihn in den Füßen, während die Flötenmelodien ihn traurig stimmten.

Der Geruch nach ranzigem Fett, gebratenem Fleisch, Knoblauch und frischem Pfefferminztee brachte den Jungen auf den Gedanken, bei den Garküchen nach dem Hakayati zu suchen. Er lief an den langen Theken entlang, die auf einer Seite den Platz begrenzten. Schüsseln standen darauf und kleine Holzkohlenherde, auf denen gebraten und gekocht wurde. In den dahinter liegenden Hallen hockten die Gäste an Tischen und aßen. Da merkte Said auf einmal, wie hungrig er war. Als Chamäleon war er von Fliegen satt geworden, aber jetzt war er wieder ein Junge, der sehnsüchtig die Spieße mit dem Hammelfleisch betrachtete und dem der Geruch nach im Fett gebackenen Kartoffeln das Wasser im Mund zusammenlaufen ließ.

Doch er war nicht allein mit seinem Hunger. Magere Kinder drückten sich zwischen den Gästen herum, mit den Augen bettelnd, weil ihnen die Wirte verboten hatten, die Gäste anzusprechen.

Und plötzlich sah Said Selim. Er hockte an einem Tisch unter einer an einem langen Kabel hängenden Glühbirne. Und als der Koch ein frisches Stück Fleisch in die Pfanne warf, stieg der Rauch auf und umwölkte die Lampe. Daraufhin huschten geisterhafte Schatten durch den Raum, über die Tische, die Bänke, die Menschen und Selims Gesicht. Doch bis Said ihn erreicht hatte, strahlte die Birne ihr müdes klares Licht wieder aus wie vorher.

»Assalamu aleikum, Selim!« rief der Junge glücklich, daß er wenigstens einen von seinen Freunden gefunden hatte.

»Aleikum assalam!« erwiderte Selim. »Wo bist du gewesen? Komm, setz dich her! Hast du Hunger?« Als Said nickte, bestellte er ihm gleich etwas zum Essen. »Heute war ein guter Tag für mich. Die Zuschauer waren sehr freigebig. Iß nur!«

Said zögerte nicht, Selim die Wahrheit zu berichten. Von ihm hatte er zum ersten Mal von Aisha Khadidja gehört. Er war alt und weise und wußte von den Dingen hinter der Wirklichkeit. Er würde ihm glauben.

Und der alte Selim glaubte ihm. »Hamdulillah, daß du wieder da bist, aber paß gut auf den Spiegel auf«, sagte er, nachdem Said seine Geschichte erzählt hatte. »Es ist ein Feen-Spiegel, der dreimal so stark wirkt wie ein gewöhnlicher.« Da zog Said das Cri-Cri aus dem Kittel und zeigte Selim seinen Inhalt.

Der alte Selim nahm den Spiegel der Peri vom Issa-Beer in die Hand und hielt ihn sich dicht vor die halbblinden Augen.

»Hüte ihn gut!« murmelte er verzückt. »Er kann dich noch oft beschützen.«

Inzwischen hatten sich die Hallen geleert.

»Was willst du jetzt tun?« fragte der Hakayati den Jungen, und als Said nur mit den Schultern zuckte, schlug er ihm vor, bei ihm zu bleiben. »Meine Augen werden immer schlechter, und meine Finger sind bald zu krumm, um noch die Saiten zupfen zu können. Ich würde dir beibringen, wie man Geschichten erzählt, denn Geschichten hört jeder gern, dafür trägst du mir meinen Sack, führst mich, wenn ich schlecht sehe und sammelst das Geld unter den Zuhörern ein. Reich wirst du nicht davon, aber du brauchst auch nicht zu hungern. Und außerdem kommst du weit herum und lernst viele Leute kennen.« So begann Said seine Lehrzeit bei Selim, denn er zögerte keinen Augenblick, auf seinen Vorschlag einzugehen.

In dieser Nacht schliefen sie in den Menara-Gärten. Sie breiteten ihre Decken unter einem der vielen Orangenbäume aus, legten sich hin und träumten bis zum nächsten Morgen.

Erst als es hell geworden war entdeckte der Junge, daß viele Gaukler vom Djemaa el Fna die Gärten als Herberge benützten. Sie hausten unter den Bäumen und aßen das, was ihnen die Zuschauer tagsüber schenkten. Sie kochten sich Tee und wuschen sich in dem großen Wasserbecken. Said sah den Mann mit dem Spitzenröckchen wieder, er entdeckte die Bänkelsänger und die Schlangenbeschwörer. Jeder von ihnen wohnte unter einem anderen Baum. Während der alte Selim Tee zubereitete, wusch sich der Junge. Verzaubert stand er vor dem riesigen Becken, in dessen Wasser sich die Welt zu spiegeln schien. Die Welt, das waren die dicken, über den Himmel ziehenden Wolken, die von einem leichten Wind bewegten Äste der Bäume und der kleine steinerne Pavillon an der Stirnseite.

»Irgendein Sultan hat diese Gärten für eine Lieblingsfrau anlegen lassen«, erzählte Selim später dem Jungen. »Damit sie sich an heißen Tagen im Schatten ergehen könnte.« Und als Said die Augen bis auf einen kleinen Spalt schloß, verwandelten sich die flirrenden Sonnenflecken unter den Bäumen in Frauengewänder und golddurchwirkte Schleier, hinter denen sich anmutige Dienerinnen verbargen. Das Zwitschern der Vögel erschien ihm wie girrendes Mädchenlachen und der ferne Schrei eines Esels wie der Ruf eines

Djinn, den der Sultan als Parkwächter angestellt hatte. Aufmerksam betrachtete der alte Selim den Jungen. Er ahnte, was in ihm vorging, und er war zufrieden mit der Wahl seines Schülers.

»Es ist wichtig, daß du die Welt um dich herum gut beobachtest«, sagte er. »In ihr verbergen sich viele wunderbare Geschichten. Du mußt sie nur erkennen und an dich herankommen lassen, und wenn du weißt, wie sie beginnen, entwickeln sie sich fast wie von selbst. Dann fangen deine Helden an zu leben, und oft geschehen ihnen Dinge, die du nicht hast voraussehen können.«

Gespannt hörte ihm Said zu.

»Schau die Eukalyptusbäume an. Früher pflanzte man sie in Sümpfen, weil sie sehr viel Wasser verbrauchen. So legten die Bäume die Sümpfe ohne Mithilfe der Menschen trocken, zerstörten die Brutstätten der Malariafliege und verminderten damit die Gefahr des Fiebers. Viele nennen ihn deshalb auch Fieberbaum. Kompaßbaum heißt er, weil er in der Hitze die Blattkanten immer nach der Sonne ausrichtet. So verliert er weniger Feuchtigkeit. Kennst du den Baum der Reisenden, auch der des Wanderers genannt?« Und als der Junge den Kopf schüttelte, erklärte der Alte ihm, daß sich in dem Ansatz der Blattstiele Tauwasser ansammelt, das in trockenen Zeiten schon vielen herumziehenden Menschen das Leben gerettet hat.

»Wenn man so etwas weiß, dann ergibt das oft eine Geschichte, und deshalb ist das erste Gebot eines Hakayati, soviel zu erfahren wie möglich und nie mit dem Lernen aufzuhören, wie alt er auch werden möge. So sammelt er Stoff und zugleich Worte, auf die er zurückgreifen kann, wenn er erzählt.«

Said merkte sich alles gut.

Sie packten ihre Sachen und zogen los. Der Junge trug den Sack und die Gitarre des Alten über der Schulter und unter dem Arm seine Decke. Sie gingen zu Fuß aus der Stadt heraus und in nordöstlicher Richtung den Bergen des Mittleren Atlas zu. Schon bald verschwanden die Häuser im staubigen Dunst des Mittags, nur das Minarett der alten Moschee war noch länger zu sehen.

Der Hakayati wählte einen Weg durch die sandigen Felder. Auf trockenen Weideflächen hüteten Hirtenjungen ihre Ziegen. Oft ruhten sie auch im Schatten der Dattelpalmen oder planschten in einem Flüßchen. Ab und zu kamen ihnen hochbepackte Esel entgegen oder sie sahen, wie die Bauern mit einem vor einen einfachen Pflug gespannten Kamel den Boden aufrissen. Der Weg stieg leicht an. Gegen Mittag machten sie Rast im Schatten eines Marabout-Grabes. Es bestand aus einem würfelförmigen Unterbau und der Koubba, einer weißgestrichenen Kuppel. »Sie versinnbildlicht die Vereinigung des Himmels mit der Erde«, erklärte Selim. »Hier ist ein Heiliger begraben, mit dem einmal ein Stück Himmel auf die Erde gekommen ist.«

Said entdeckte eine Inschrift über dem Eingang. Er buchstabierte: »Und rufe nicht neben Allah eine andere Gottheit an. Es gibt keine Gottheit außer ihm.«

»Die Menschen, die hierherkommen, erhoffen sich Baraka von dem Marabout«, sagte Selim. »Die Baraka ist ein Segen, der alle Dinge durchströmt. Sie läßt die Hirse wachsen und die jungen Lämmer gedeihen. Wenn eine Frau Zwillinge zur Welt bringt, wird ihr besonders viel Baraka nachgesagt. Baraka ist in allem Weißen, zum Beispiel in der Milch, der Butter und in der Wolle von weißen Schafen.«

»Und der Heilige?« fragte der Junge. »War er ein Mensch, so wie du und ich?«

»Ursprünglich ja, aber dann hat ihn sein Glaube über die anderen Gläubigen erhoben. Die Verehrung des Volkes machte ihn zum Heiligen, weil er ein besonders frommes Leben führte und viele Wohltaten vollbrachte. Von diesen heiligen Männern glauben die Menschen, daß sie Wunder bewirken können. Wunder wie Kranke heilen, sich in verschiedene Gestalten zu verwandeln, durch die Luft zu fliegen, auf dem Wasser zu gehen, Gedanken zu lesen oder an zwei Orten gleichzeitig zu sein.«

»War das hier so ein Heiliger?« fragte der Junge und zeigte auf das Gebäude hinter ihnen.

»Vielleicht«, antwortete Selim. Hinter dem Grabmal befand sich

ein kleiner bescheidener Friedhof. Die Gräber der Männer waren an zwei Steinen zu erkennen, je einem am Kopf- und einem am Fußende. Bei denen der Frauen lag noch ein Stein in der Mitte.

Selim bückte sich und hob etwas Erde auf. Er legte sie sich auf den Kopf und ließ sie dort, bis sie herunterfiel, als er weiterging.

»Die Erde, in der ein Marabout begraben wurde, ist ebenfalls heilig«, sagte er. »Sie bewirkt Gutes, so wie es der Heilige zu seinen Lebzeiten getan hat.« Da bückte sich Said und tat es ihm nach.

Sie gingen weiter. Eine Frau schenkte ihnen zwei Fladenbrote und einige Tomaten, eine andere eine Handvoll Erdnüsse.

In dieser Nacht schliefen sie in einem Palmenhain, nahe bei einem Brunnen. »Allahu akbar! Eshadu la allah illa'allah! Ich danke dir, oh Allah, daß du mich einen weisen Mann wie Selim begleiten läßt!« betete Said.

In dieser Nacht störte ihn das Kästchen mit der Kette der Aisha Khadidja beim Liegen, und er bat den alten Mann am nächsten Morgen um Nadel und Faden, denn er hatte gesehen, daß er so etwas mit sich führte. Selim gab es ihm und beobachtete, wie Said eine Ecke seines Teppichs umschlug und das Holzkästchen dort einnähte.

An diesem Tag traten sie zum erstenmal gemeinsam auf. Es war auf einem kleinen Markt in einem Dorf auf der steinigen Hochebene des Mittleren Atlas. Selim erzählte und Said untermalte seine Geschichte mit einigen Akkorden auf der Gitarre, die ihm der Hakayati vorher beigebracht hatte. Später sammelte der Junge Geld bei den Zuhörern ein. Der Alte war mit ihm sehr zufrieden.

So zogen sie weiter über das Land. Dort, wo sie nur einen Tag blieben, erzählte Selim nur kurze Geschichten, doch bei einem längeren Aufenthalt unterbrach er sie an der spannendsten Stelle. Dann konnten sie sicher sein, daß sich ihre Zuhörer am nächsten Tag wieder vollzählig einfanden.

»Vor vielen hundert Jahren«, erzählte der Hakayati seinem Schüler, »verurteilte ein mächtiger Sultan aus Wut über die Untreue seiner Frau alle jungen Mädchen an seinem Hofe zum Tode.

Damals rettete die Tochter des Wesirs ihr Leben dadurch, daß sie ihm jede Nacht Märchen erzählte. Doch weil sie wußte, daß der Sultan sie am nächsten Morgen dem Henker übergeben wollte, richtete sie es so ein, daß sie erst, als der Muezzin die Gläubigen zum Morgengebet rief, die spannendste Stelle erreicht hatte. Da konnte der Sultan das Mädchen nicht töten lassen, denn mit ihr hätte er auch den Schluß der Geschichte verloren. Also verschob er die Hinrichtung um einen Tag. Das kluge Mädchen – es hieß Scheherezade – erzählte am Abend das unterbrochene Märchen zu Ende, und da die Nacht noch lang war, begann sie gleich eine neue Geschichte. So zögerte sie eintausendundeine Nacht die Vollstreckung des Urteils hinaus, bis sie ihr Herr und Gebieter so liebgewann, daß er ihr am Morgen des eintausendundzweiten Tages das Leben schenkte. Gepriesen sei Allah, der den Menschen eine Sprache gegeben hat, mit der sie Märchen erzählen können.«

»Machst du es nicht genauso, obwohl dich niemand zum Tode verurteilt hat?« fragte ihn Said.

Da beantwortete der Hakayati Saids Frage mit einer Gegenfrage: »Bedeutet das Wiedererscheinen der Zuhörer und ihre täglichen Gaben nicht Leben für uns?«

Der Junge mußte ihm recht geben, und er merkte sich Scheherezades Trick als zweites Gebot.

Sie erreichten einen Landstrich, in dem große Unruhe herrschte.

»Der König kommt!« flüsterten die Leute sich zu. »Der König besucht uns!« Und sie legten ihre schönsten Kleider an und zogen aus den Tälern des Atlasgebirges herunter bis an die große Straße, die die Städte des Südens miteinander verband.

»Wann kommt er, wann?« fragten sie einander, doch niemand wußte es genau. »Vielleicht morgen, vielleicht in einer Woche? In cha' allah.« Da bauten sie ihre Khaimas an der Straße auf und begannen zu warten. Sie kochten sich Tee, spielten Kalaha, das Spiel der Wüste, schlachteten nach und nach die mitgebrachten Ziegen und verbrachten ihre übrige Zeit mit Warten und Nichtstun. Das

waren goldene Zeiten für einen Hakayati wie Selim. Schon lange hatte er nicht mehr so viele Zuhörer gehabt. Er erzählte von morgens bis abends, und wenn er nicht heiser wurde, noch bis tief in die Nacht hinein. Said begleitete ihn auf der Gitarre, manchmal schlug er auch ein Tambourin. Er hörte gut zu, versuchte sich die Geschichten zu merken und zu lernen.

Während Selim sich ausruhte, schlich sich der Junge auch manchmal hinter die Zelte, bis dahin, wo die Kinder spielten. Dann setzte er sich zu ihnen und erzählte ihnen ein Märchen, so wie Selim es erzählt hatte, und übte sich darin, es so gut zu machen wie er. Die Kinder waren ein dankbares Publikum.

In dieser Zeit brauchte kein Hakayati Hunger zu leiden. In Selims Sack klingelten bald viele Münzen, und Said schleppte schwer an ihm, wenn sie von Zelt zu Zelt gingen.

Die Spannung stieg, doch der König ließ sich Zeit. An den Hängen der Berge hatten die Menschen mit weißen Steinen Schriften ausgelegt, mit denen sie ihren Herrscher grüßten und ihm ihre Ergebenheit versicherten.

»Wenn ich nur wüßte, wie er aussieht!« seufzte Said, als er die Spannung nicht mehr länger ertragen zu können glaubte.

»Was fragst du das einen halbblinden Mann, Haratinjunge?« erwiderte der Alte. »Wie wird ein König schon aussehen: Prächtig, in goldene Gewänder wird er gekleidet sein, mit einem langen, edelsteinbesetzten Schwert an der Seite.«

»Aber er reitet doch sicher einen weißen Araberhengst?« sagte Said.

»Das müssen wir abwarten.«

Bald kamen Männer, die an der Straße Masten aufrichteten, an denen sie rote und grüne Fahnen befestigten. Später legten sie Teppiche aus. Danach durfte niemand mehr die Straße betreten.

»Der König kommt!« raunten die Leute sich zu und betrachteten voll Ehrfurcht die schöngemusterten Teppiche. »Nie setzt er seinen königlichen Fuß auf einen staubigen Boden.«

Die Frauen schmückten sich lange und sorgfältig. Sie flochten sich gegenseitig die Haare und legten den alten Familienschmuck an. Dann stellten sie sich zu ihren Männern an die teppichbelegte Straße.

Über ihnen flatterten die bunten Fahnen. Die Spannung stieg, und alle sahen in die Richtung, aus der der König kommen sollte. Said und Selim standen ganz vorne.

Es war ein heißer Tag, und die Menschen warteten Stunde um Stunde. Keiner wagte seinen Platz zu verlassen, weil er Angst hatte, daß der König gerade dann vorbeikäme und er ihn nicht sehen könnte. Ihn zu sehen bedeutete Glück und langes Leben. Wer wollte sich das schon entgehen lassen.

Erst als die Sonne schon wieder auf den Horizont zueilte und die Schatten der Fahnenmasten bis auf die andere Straßenseite reichten, ertönte in der Ferne Jubelgeschrei, das sich schnell näherte. Kann ein König so schnell reiten, fuhr es Said durch den Kopf, da sah er auch schon eine große Anzahl Motorradfahrer auf sich zukommen. Ihnen folgten fünf schwarze Limousinen mit zugehängten Fenstern.

»Der König! Der König!« schrien die Leute. »Allah schütze ihn vor allem Übel!« Da waren die Autos auch schon vorbei. Keines von ihnen hatte angehalten, und Said sah nur noch die leere, teppichbelegte Straße vor sich.

»Ist das der König gewesen?« fragte er Selim enttäuscht. Wo waren die prächtigen Kleider? Wo der Araberhengst?

An diesem Abend wurden die Khaimas abgebrochen, und das Volk zog sich wieder in die Berge zurück. Es hatte die Autos gesehen. In einem von ihnen hatte der König gesessen. Das genügte ihnen. Mehr hatten sie nicht erwartet.

Selim und Said lagerten wieder einmal allein unter einem Baum. Um sie herum zirpten die Grillen, und über ihnen wölbte sich der Sternenhimmel. Alles war friedlich und still, doch Said verbarg nur schwer seine Enttäuschung.

»Du kannst etwas daraus lernen«, sagte der Alte und reichte ihm das volle Teeglas hinüber, in dem noch die frischen Pfefferminzblätter schwammen.

Doch der Junge wußte nicht, was er daraus lernen könnte.

»So darf eine Geschichte nicht sein. Das kann sich ein König erlauben, aber kein Hakayati«, erklärte ihm Selim.

»Was meinst du damit?«

»Eine Geschichte muß spannend sein, aber sie darf nicht enttäuschen.«

Das merkte sich Said als drittes Gebot eines Hakayati.

Sie hatten genug Geld gesammelt, um die kalte Zeit bei Selims Schwester in Fes überstehen zu können.

Während sie über die Höhen des Mittleren Atlasgebirges wanderten, erklärte Selim Said noch vieles von den Gebräuchen der Märchenerzähler.

»Die meisten erzählen die alten überlieferten Geschichten, deren Helden nicht nur Könige oder Geister, sondern oft auch einfache Handwerker, Bauern oder auch Tiere sein können. Es sind Geschichten, aus denen die Zuhörer auf unterhaltsame Weise lernen sollen. Manchmal tragen diese Erzähler auch Nachrichten von Dorf zu Dorf. Sie singen sie als Balladen vor oder spielen sie wie kleine Theaterstücke.«

Said erinnerte sich an den Mann mit dem Frauenröckchen auf dem Djemaa el Fna, doch Selim sprach schon weiter: »Die anderen Märchenerzähler, diejenigen, die sich nicht an die Überlieferungen halten wollen, erfinden ihre Geschichten selbst ...«

»Das gefällt mir besser!« rief Said dazwischen.

»Da muß ich dir widersprechen«, entgegnete ihm Selim. »Es geht hier nicht um besser oder schlechter. Es sind zwei völlig verschiedene Dinge, die man nicht miteinander vergleichen sollte.«

Über die baumlosen Hügel wehte ein eiskalter Wind. Von Westen zogen Regenwolken über das Land, hüllten die Wanderer ein und übergossen sie mit einem Schauer feiner Wassertröpfchen. Für Said wurden die großen verhüllten Steinblöcke zu Geistern und Hexen, was sie vielleicht auch waren. Er fürchtete, Aisha Khadidja könnte sich unter ihnen befinden und griff deshalb schnell nach dem Cri-Cri. Erst als er die Umrisse des Spiegels mit den Fingern ertastete, beruhigte er sich wieder.

Ab und an begegneten sie einem Schafhirten, der seine Tiere das letzte Gras abweiden ließ, bevor er sie ins Tal hinuntertrieb, wo sie den Winter verbringen sollten.

Said bewahrte alles, was Selim ihm erklärte, tief in seinem Inneren, weil er sich vorgenommen hatte, ein ebenso guter Erzähler zu werden wie sein Lehrer.

»Wichtig ist auch der Schlußsatz jeder Geschichte«, sagte Selim zu ihm. »Er ist bei jedem Hakayati verschieden und fast so etwas wie sein persönliches Zeichen, das außer ihm nur sein Schüler verwenden darf.«

»Oh!« rief Said. »Jetzt versteh ich! Dann ist der Satz: ›Gepriesen sei Allah, der den Menschen eine Sprache gegeben hat, mit der sie Märchen erzählen können‹, dasselbe wie die Unterschrift unter einem Brief?«

»Oder dasselbe wie der Stempel, den die Wüstenbewohner ihren Kamelen einbrennen, damit jeder Fremde gleich erkennen kann, wem sie gehören.«

Während Selim ihn so unterrichtete, spürte Said weder den kalten Wind noch die feuchte Decke, die über seinen Schultern hing.

»Manchmal erzählen auch die Frauen«, erklärte Selim weiter. »Doch sie tun es, ohne daß ihnen irgend jemand etwas dafür bezahlt. Sie erzählen nur innerhalb ihrer Khaimas, der Kasbahs oder der Häuser aus Stein, die sie in den Bergen errichtet haben. Für sie ist Erzählen wie ein Zauber. Sie berichten von Dingen, die sie durch Worte beschwören, denn was sie erzählen, steht wahr- und leibhaftig vor ihrem inneren Auge. Aber sie wissen auch, daß der, der redet, Macht ausübt, und die Hakayatis auf den Souks wissen es ebenfalls. Um zu bekunden, daß sie nicht vorhaben, ihre Zuhörer zu beherrschen, richten sie oft an heiklen Stellen die Frage an ihr Publikum: ›Ist es erlaubt, es zu erzählen?‹ und erst wenn die Zuhörer ihnen zugestimmt haben, fahren sie mit ihrer Geschichte fort.«

Sie erreichten Fes, bevor in den Bergen der erste Schnee fiel, und zogen bei Selims Schwester Schadiya ein. Schadiya war schon seit vielen Jahren Witwe. Sie lebte von dem, was man ihr gab, wenn sie Frauen bei ihren Geburten beistand.

In Fes schickte Selim Said in eine Koranschule.

»Es ist für jeden Gläubigen wichtig, die Gebote des Propheten zu kennen und zu achten«, sagte er. Doch der Junge ging nur wenige Male hin. Das eintönige Auswendiglernen der Suren, die strenge Zucht der Lehrer, die auch vor Schlägen nicht zurückschreckten und das Eingesperrtsein in einem düsteren engen Raum waren ihm unerträglich. Viel lieber lief er durch die Gassen des Souk, wo er viele Freunde fand. Bald kannte er sich so gut aus, daß er Touristen führen konnte, und weil er ihre Sprache verstand, zogen sie ihn den anderen Führern vor. Doch Said teilte das, was er verdiente, mit ihnen, so daß keiner von ihnen neidisch wurde. Trotzdem behielt er noch genug übrig, um es Schadiya zu geben. Er wollte ihr nicht zur Last fallen. War es nicht Selims Schwester, die Schwester seines Lehrers, der ihm alles gab, was er brauchte und noch einiges mehr?

In diesen Wochen, als strömender Regen die Gassen des Souk oft unpassierbar machte, besuchten nur wenige Touristen die alte Stadt. Said hatte Zeit, deshalb kaufte er Briefpapier, eine Feder, Tusche und eine Briefmarke bei einem Händler, setzte sich auf eine Treppe und schrieb Ibrahim in steilen, verschnörkelten Buchstaben einen Brief.

»An Ibrahim« schrieb er auf den Umschlag. »Schreiber auf dem Platz Djemaa el Fna in Marrakesch«. Das Wort »Marrakesch« unterstrich er zweimal. Innen, auf dem Papier, das er später in den Umschlag stecken wollte, erzählte er seinem Freund alles, was er bisher erlebt hatte. Er berichtete ihm von Aisha Khadidja und daß sie ihn in ein Chamäleon verwandelt hatte, wie er Selim wiederfand und ihn nun als sein Schüler begleitete, weil er ein ebenso berühmter Märchenerzähler werden wollte wie er. Und dann beschrieb er ihm noch die Wunder von Fes, der alten Königsstadt. Er erzählte ihm von der Schönheit und der Ruhe der berühmten Religionsschulen, deren mit Kacheln und Stuckornamenten verzierte Wände auf ihn den Eindruck machten, als seien sie nur aus Luft und Licht gebaut. In den Innenhöfen hatte man Wasserbecken angelegt, in denen sich der Himmel spiegelte, eingerahmt von den geschnitzten Zedernholzbalken der Dächer.

Von den zweihundertsiebzig Säulen der großen Moschee schrieb er und dem heiligen Raum, in dem nicht nur gebetet wurde, sondern der auch den Rechtsgelehrten als Treffpunkt diente, vom Grabmal des Moulay Idriss, vor dessen hufeisenförmigem Torbogen die Bettler hockten und von dem Brunnen Nejjarin, an dem er seine Freunde immer traf und auf dessen gekacheltem Rand sie oft hockten und die kleinen Mädchen ärgerten, die mit ihren Tonkrügen kamen, um Wasser zu holen.

Es wurde ein langer und für Said sehr anstrengender Brief. Er schrieb mehrere Tage daran, doch als er ihn beendet hatte, war er sehr stolz auf sein Werk.

»Allah und dir sei Dank, daß ich schreiben gelernt habe«, fügte er zum Schluß noch hinzu. »Sonst würdest du nie erfahren, was aus mir geworden ist und wie wohl ich mich fühle. Dein Said ibn el-Shaggra.« Dann faltete er das Papier zusammen und schob es in den Umschlag. Später steckte er den Brief in einen der Kästen, die Selim ihm gezeigt hatte und von denen aus die Post auf wunderbare Weise in alle Welt, also auch nach Marrakesch, gebracht wurde.

An den Abenden, an denen es zu kalt draußen war, heizte Schadiya das Zimmer mit einem kleinen Holzkohlenbecken. Dann redete Selim mit Said, während die alte Frau stumm dafür sorgte, daß ihre Teegläser nie leer wurden.

Selim erfuhr, daß der Junge den Zauberspiegel suchte, der Reichtum versprach und von einem Mädchen und ihrem Onkel bewacht wurde. Und Said sagte ihm auch, was die beiden für ihren Schatz verlangten. Dabei erinnerte sich der Junge daran, daß die Hexe einmal den Namen »Samira« erwähnt hatte und sie als das schönste Mädchen der Wüste bezeichnete. Ob Samira die Hüterin des Spiegels war, wußte er nicht.

»Kennst du das Land am Nil?« fragte er den Alten eines Abends. Doch Selim schüttelte bloß den Kopf. »Es liegt zu weit im Osten«, erklärte er dem Jungen. »Zwischen ihm und dem Maghreb-el-Aksa befinden sich zwei mit uns verfeindete Länder. So kann man bloß auf dem Seeweg dorthin oder vielleicht auch durch die Luft.«

»Aber ich besitze doch keinen fliegenden Teppich!« rief Said er-

schrocken. Da erzählte ihm Selim, daß es Flugzeuge gäbe, und der Junge erinnerte sich daran, sie schon gesehen zu haben.

»Kostet Fliegen viel Geld?«

»Sehr viel, kleiner Haratinjunge. Schlag es dir aus dem Kopf!«

Von da an wußte Said, daß er auf dem Seeweg nach Osten reisen mußte. Doch bevor es soweit war, verging noch einige Zeit.

Als Suleiman zu reden aufhörte, füllte das Brausen und Heulen des Sandsturms wieder die Höhle.

»Abouli«, sagte Achmed, »sieh nach den Kamelen, ob sie alle da sind und ob ihre Fesseln festsitzen!«

»Ich gehe mit ihm.« Khalid stand auf und streckte sich.

Sie gingen hinaus. Unter dem überhängenden Dach des Felsens packte sie wieder der Wind, der mit unverminderter Kraft den Sandsturm vor sich hertrieb.

»Das dauert noch eine Weile!« rief Khalid dem kleinen Bruder zu und meinte damit das Ende des Sturms. Abouli antwortete ihm nicht. Er zog sich den Schech über die Nase nach oben und über die Stirn nach unten, bis nur noch ein winziger schmaler Sehschlitz freiblieb, gerade so viel, daß er die ebenen Steinplatten erkennen konnte, auf denen sie liefen, bis sie in der kleinen Felsbucht auf die Kamele trafen.

Es war alles in Ordnung bei ihnen. Einige standen und käuten wieder, andere lagen mit lang ausgestrecktem Kopf auf dem Boden und schliefen. Arusha ruhte, aber sie schlief nicht. Die Augen unter den langen, seidigen Wimpern hatten Abouli erkannt.

»Arusha«, flüsterte ihr der Junge ins Ohr. »Geht es dir gut?«

Er wollte nicht, daß Khalid hörte, wie er sich mit seinem Kamel unterhielt. Er hatte Angst davor, ausgelacht zu werden. Arusha wackelte mit den Ohren.

Ach, wenn ich sie nur verstehen könnte, dachte Abouli. Da fiel ihm die Glasperle ein. Die Perle, die er Said an Stelle der Peri geschenkt hätte. Er griff in seine Gandoura und schob sie sich auf den Rücken. »Arusha«, begann er von neuem und überlegte schnell, was er sie fragen könnte. »Hast du Angst vor dem Sturm?«

Doch Arusha verstand seine Worte nicht. Nur am Ton konnte sie hören, ob es jemand gut oder böse mit ihr meinte.

Auch Abouli mußte enttäuscht feststellen, daß ihm ihr Grunzen unverständlich war. Gleich darauf tröstete er sich damit, daß er die Perle ja von seinem Vater und nicht von einer Peri geschenkt bekommen hatte. Seine Perle war nur eine ganz gewöhnliche, Saids jedoch eine Zauberperle. Das war der entscheidende Unterschied.

Auf dem Weg zurück zu der Höhle wäre Khalid beinahe auf einen Skorpion getreten.

»Paß auf!« schrie Abouli und riß seinen Bruder zurück. Da wäre Khalid fast hingefallen.

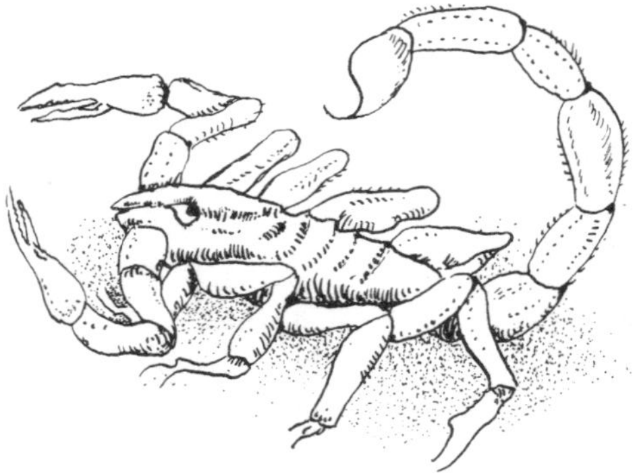

Der bis aufs Äußerste gereizte Skorpion bog den Hinterleib mit dem Giftstachel nach oben.

Den Männern in der Höhle hatte der Wind Aboulis Schrekkensruf zugetragen. Sie eilten herbei.

»Was gibt's?« »Ist alles in Ordnung?« »Ach, bloß ein Skorpion«, schrien sie durcheinander.

»Das bedeutet nichts Gutes für Saids Geschichte«, sagte Suleiman und wiegte bedenklich den Kopf hin und her. »Allah möge ihn beschützen. Ein Skorpion ist ein schlechtes Omen.«

»Du sprichst von unserem Märchen, als hättest du nicht in der Hand, wie es weitergeht«, sagte Abouli, nachdem sie an die kleine Feuerstelle zurückgekehrt waren.

»Wir sind an einem Punkt angelangt, an dem es sich allein weiterentwickelt. Von jetzt an kommen die Dinge, die seinen Verlauf bestimmen, von selbst auf uns zu, ohne daß wir sie erst suchen müssen.«

»Bedeutet das, daß wir den Teppich mit seinen Mustern so festgelegt haben, daß uns keine Möglichkeiten mehr bleiben, neue Farben und Formen zu verwenden?« fragte Khalid, der von Mal zu Mal mit größerer Spannung zuhörte, wenn der Hakayati von Said erzählte.

»So ist es.«

»Wie langweilig!« seufzte der ›Geier‹.

»Das muß es nicht sein«, widersprach ihm Suleiman. »So, wie wir die Muster angelegt haben, können noch viele Überraschungen in ihnen stecken. Der Skorpion zum Beispiel ...«

»... könnte Said von Aisha Khadidja geschickt worden sein«, unterbrach ihn Abouli schnell.

»Natürlich«, stimmte Suleiman ihm zu. »Die Hexe verfolgt ihn mit ihrer Rache und erreicht damit, daß Said Selim früher verlassen muß, als er eigentlich vorgehabt hatte. Natürlich wollte er immer in das Land am Nil, nach Ägypten, um nach dem fliegenden Teppich zu suchen, aber eigentlich erst dann, wenn er seine Lehrzeit als Hakayati beendet hätte.«

»Aber der Spiegel der Peri könnte doch Aisha Khadidja vertreiben!« gab ihm Khalid zu bedenken.

»Ein Skorpion sticht schneller zu, als ein Junge seinen Spiegel aus seinem Cri-Cri holen kann. Vor allem dann, wenn es unerwartet geschieht.«

Suleiman schwieg. Er war still. Nur die sich an den äußeren Felsen reibenden Sandkörner knisterten leise.

»Erzähl weiter!« bettelte Abouli.

»Erst wird gegessen!«

Dem Jungen dauerte es viel zu lange, bis die Hirse gar war

und der ›Geier‹ für alle noch einmal frischen Tee zubereitet hatte. An diesem Abend teilte Achmed jedem nur wenig Wasser zu.

»Wir müssen damit rechnen, daß der nächste Brunnen ausgetrocknet ist«, sagte er. »Und außerdem wissen wir nicht, wie lange wir noch auf das Ende des Sturmes warten müssen.«

Da nahm jeder den kleinen Anteil ohne Murren entgegen.

Während ein trüber Tag zu Ende ging und eine sternenlos düstere Nacht heraufzog, erzählte Suleiman weiter.

Von Selim erfuhr Said auch, was es für eine Bewandtnis mit dem Mahdi hatte, dessen Dolch zu den Gaben gehörte, die der Onkel Samiras verlangte. Said hatte sich dazu entschlossen, das Mädchen Samira zu nennen, ohne zu wissen, ob die von Aisha Khadidja genannte Samira und die Hüterin des Spiegels ein und dieselbe Person waren.

»Als Mohammed, Allahs Prophet, vor über tausend Jahren starb, ernannten die Gläubigen einen frommen Mann aus seiner Familie als seinen Nachfolger«, erklärte Selim. »Sein Name war Abu Bekr und er erhielt den Titel ›Erster Kalif‹. Als Abu Bekr starb, kam ein anderer und nach ihm wieder ein anderer und immer so fort, bis es im ganzen zwölf waren. Inzwischen hatten sich die Gläubigen aber zerstritten, und es war ihnen nicht möglich, sich auf einen dreizehnten Kalifen zu einigen. Sie wollten auf einen Mann warten, der sie alle wieder vereinen würde. Sie wollten ihn ›Mahdi‹ nennen, doch bis heute hat er sich nicht gezeigt.«

»Dann gibt's ihn gar nicht?« fragte Said verwundert.

»Den dreizehnten Kalifen? Nein, den gibt's nicht«, antwortete Selim.

»Aber woher bekomme ich einen Dolch von jemandem, den es gar nicht gibt?«

»Das weiß ich auch nicht.« Der alte Mann hob die Schultern und ließ sie wieder fallen. »Die schönsten Silberdolche gibt's im Land der Königin von Saba. Vielleicht findest du dort den Dolch des ›Mahdi‹?«

»Aber wie ist das mit der Königin von Saba«, fragte Said weiter. »Vielleicht gibt's die auch nicht?« Ihm war eingefallen, daß er auch noch einen silbernen Halsschmuck von ihr besorgen sollte.

»Die Königin von Saba soll vor mehr als dreitausend Jahren im Süden Arabiens über ein mächtiges Reich geherrscht haben«, erzählte der Hakayati. »Eines Tages besuchte sie den ebenso mächtigen König Salomo, der nicht nur über die Menschen Macht hatte, sondern auch über die Geister. Als Salomo, dem die Königin von Saba sehr gefiel, ihr kostbare Geschenke machen wollte, lehnte sie stolz alles ab. Darüber ärgerte sich der König, und er schwor sich, sie zu zwingen, etwas von ihm anzunehmen. Deshalb bot er ihr eine Wette an, daß sie seine Geliebte werden müsse, wenn sie doch etwas von ihm brauchte. Sie nahm an. Da ließ er seine Köche das Essen versalzen, und als die Königin in der Nacht schrecklichen Durst bekam, stand sie auf, um heimlich Wasser zu trinken. Das erfuhr der König, und so wurde sie seine Geliebte. Das Kind, das aus dieser Verbindung hervorging, wurde später Kaiser von Äthiopien.«

»Und wo war ihr Reich?« fragte Said.

»In Südarabien, das heute Jemen heißt.«

Da versank Said in tiefes Nachdenken über das, was er sich vorgenommen hatte.

Er war jetzt alt genug, um mit Selim ein Hamamm zu besuchen. Solch eine Badeanstalt gab es in jedem Viertel von Fes, ebenso eine öffentliche Toilette, eine Koranschule, eine Moschee und einen Brunnen. Der Junge genoß es, abgebürstet und massiert zu werden. In den Schwaden von Dampf zwischen den anderen Männern kam er sich selbst schon wie ein Mann vor, erwachsen und stark.

Eines Tages erhielt er einen Brief von Ibrahim.

»Lieber Said«, schrieb er. »Allah sei Dank, daß du wohlauf bist. Mir geht es gut, aber ohne Selim und Dich ist es einsam auf dem Djemaa el Fna. Bitte kommt bald wieder hierher. Incha'allah! Dein alter Freund Ibrahim, der Schreiber.«

Als es Frühjahr wurde, nahmen Selim und Said Abschied von Schadiya. Said trug den Sack und die Decke, in die er den Paß und die Halskette eingenäht hatte, und der Alte seinen Stock und die Gitarre. Sie zogen nach Süden und später nach Westen. Sie wanderten von Markt zu Markt und blieben selten länger als einen Tag. Selim erzählte, und Said machte Musik. Wenn jemand den Jungen fragte, wie alt er sei, sagte er immer: »Achtzehn«, obwohl er nicht mehr als fünfzehn Sommer erlebt haben konnte.

In diesen Wochen ließ der Alte ihn manchmal auch schon erzählen. Es war nicht nur, weil er schneller müde wurde und es ihm immer schwerer fiel, die Erwartungen seiner Zuhörer zu befriedigen, sondern auch, weil er ahnte, daß die Lehrzeit des Jungen begrenzt war, begrenzt von einer Macht, auf die er keinen Einfluß hatte.

»Heute bist du dran«, sagte er eines Tages. »Und laß mich prüfen, was du bis jetzt gelernt hast!«

Said war es aufgefallen, daß Selims Geschichten von den gleichen Dingen handelten, mit denen sich der überwiegende Teil der Marktbesucher beschäftigte. Auf einem Gemüsemarkt erzählte er den Leuten Bauernschwänke, auf einem städtischen Souk Märchen, deren Helden reiche Kaufleute waren und auf einem Schafsmarkt schilderte er die Abenteuer der Hirten im Gebirge und in der Wüste.

Da sie sich auf einem Kamelmarkt befanden, begann Said mit einigen Legenden, die von Kamelen handelten. Als Selim, der mit überkreuzten Beinen am Boden hockte, auf das kleine Tamburin schlug und daraufhin einige Männer stehenblieben, stellte sich der Junge neben den alten Hakayati und fing mit lauter Stimme zu erzählen an: »Allahu akbar!« rief er. »Eshadu la allah illa'allah! Dank sei ihm für alles, was er geschaffen hat, und deshalb hört die Geschichte von der Erschaffung des Kamels!«

Hier legte er eine Pause ein, um den immer noch zögernden Marktbesuchern Gelegenheit zu geben, näher zu treten.

»Damals«, fuhr er schließlich fort, »als Allah Licht und Dunkel voneinander schied und es mit Erde und Wasser ebenso machte, schuf er auch Bäume, Sträucher, Gras und die Hirse. Er dachte sich die Tiere aus, den Elefanten, die Gazelle, den Webervogel, das Erdhörnchen, den Schmetterling und viele andere dazu. Und alle lob-

ten ihn und dankten ihm für die Eigenschaften, die er ihnen mitgegeben hatte. Aus Lehm formte er sie ebenso wie den ersten Menschen. Doch als er fertig war, blieben ihm zwei Lehmklumpen übrig, und weil er seinem letzten Geschöpf noch etwas Gutes tun wollte, schuf er aus diesen Klumpen die Dattelpalme und das Kamel. Aus dem Holz und den Blättern der Palme baute sich der Mensch sein erstes Haus, und die Datteln dienten ihm als Nahrung. Doch das Kamel trug ihn nicht nur sicher durch die Wüste, es gab ihm auch Milch, aus seiner Wolle webten die Frauen warme Decken und es gab ihm Fleisch. Gepriesen sei Allah, der dem Menschen eine Sprache gegeben hat, mit der er Märchen erzählen kann!«

»Hamdulillah! Hamdulillah!« murmelten die Zuhörer.

»Und wie ihr sicher wißt«, fügte Said noch hinzu, »hat Allah ja hundert Namen. Neunundneunzig kennt der Mensch, doch den hundertsten nur das Kamel.«

Als Said so weit war und spürte, daß ihm die Menschen aufmerksam zuhörten, erzählte er weiter, so lange, bis der Muezzin zum Abendgebet rief und der Markt seinem Ende zuging.

An diesem Abend lobte ihn Selim. »Du hast das Zeug zu einem guten Erzähler«, sagte er stolz. »Mach weiter so!«

Sie folgten im Süden den Ausläufern des Atlasgebirges, lebten von dem, was die Leute ihnen gaben und schliefen im Freien. Said sah die riesigen Kasbahs, die langsam verfielen, weil niemand mehr ihre Mauern pflegte, so wie er und Moussa in Mopti es getan hatten.

Auf vielen von ihnen nisteten Störche. Der Junge hörte neugierig ihrem Geklapper zu, wenn sie sich von ihren Reisen erzählten. Einmal stieg er heimlich auf ein Dach, um einem Nest näher zu sein.

»Kennt ihr das Land am Nil, das die Leute Ägypten nennen?« fragte er.

»Aber ja«, klapperte ein Storch, legte den Kopf auf den Rücken und rieb ihn hin und her.

»Gibt es viele Städte dort?«

»Vor allem eine«, erklärte ihm der Storch. »Vor allem eine, die wir Störche meiden, denn sie ist groß und staubig. Ihre Bewohner nennen sie El-Kahira.«

Da beschloß Said, daß er ein Schiff finden mußte, das nach Ägypten fuhr. Aber es eilte ihm nicht. Noch wollte er Selim nicht verlassen. Aber schon bald braute sich Unheil über den beiden zusammen. Wenn sie gegen Abend einen Lagerplatz suchten, schienen ihnen düstere Schatten zu folgen. Baumstrünke wurden zu Geistern, einsame Ziegen zu Hexen, und Said hörte nachts immer häufiger das Geheul von Schakalen, das ihn im Dogon-Land so erschreckt hatte.

Es fing damit an, daß sich Selim einen Dorn in den Fuß trat, als er barfuß lief. Zuerst hinkte er weiter, doch dann entzündete sich die Wunde und sie mußten einige Ruhetage einlegen. Said suchte die Kräuter, die ihm der Alte beschrieb, und machte ihm kühlende Umschläge mit ihnen. Und als sie nichts mehr zu essen hatten, ging er allein auf den nächsten Markt und begann ein Märchen zu erzählen. Doch er hatte weniger Zuhörer als Selim, der allen bekannt war.

»Wo ist der alte halbblinde Hakayati?« fragten ihn die Leute. »Warum bist du hier und nicht er?«

Da berichtete ihnen der Junge, daß Selim krank im nahen Palmenwäldchen lag, und sie gingen hin und brachten ihm Datteln und Nüsse, Käse, Fleisch und Fladenbrot, so daß er und Said nicht zu hungern brauchten.

Als Selim wieder laufen konnte, zogen sie weiter.

Als nächstes kamen sie in ein Dorf, in dem gerade ein großes Speiselokal eröffnet worden war. Um die Gäste anzulocken, hatte der Besitzer einen Fernsehapparat aufgestellt, und als der Hakayati zu erzählen begann, liefen schon nach kurzer Zeit viele Zuhörer davon, weil das Fernsehen gerade ein Fußballspiel zeigte. An diesem Abend war Selim sehr bedrückt.

»Verlaß dich in Zukunft nicht mehr auf die Einkünfte eines Hakayati«, sagte er traurig zu Said. »Wenn sich noch mehr Menschen diese Apparate kaufen, die ihnen Geschichten in Bildern erzählen,

werden sie bald die Geduld verlieren, uns zuzuhören. Wir bieten ihnen statt Bildern bloß Worte, doch wenn sie nicht erkennen, daß Worte zu Bildern werden können, aber Bilder nur selten zu Worten, dann wird es bald schlecht um uns Märchenerzähler bestellt sein.«

Am anderen Tag erzwang ein Sandsturm den Abbruch der Vorstellung auf einem Markt. Und so ging es weiter.

Es war eine nicht abreißende Folge von kleinen Widrigkeiten, von denen Selim und Said heimgesucht wurden.

»Was meinst du«, fragte Said den Alten eines Tages, »könnte dahinter Aisha Khadidja stecken?«

»Das wäre schon möglich«, antwortete Selim.

Von da an legte der Junge jeden Abend den kleinen Spiegel zwischen sich und den Alten. Doch das, was einige Tage später passierte, geschah am hellichten Tag, als er den Spiegel in der ledernen Tasche um den Hals hängen hatte. Es traf ihn wie ein Blitz, schnell, schmerzhaft und unerwartet. Als er den Stich in der Nähe des Knöchels spürte, war es zu spät, um nach dem Cri-Cri zu greifen. Er schrie auf und sah gerade noch, wie ein Skorpion über den Sand huschte und rückwärts in einem Loch verschwand. Gleich darauf kam es Said so vor, als stünde sein Fuß in Flammen. Es brannte in seinen Adern, stieg höher und eine schreckliche Übelkeit überkam ihn.

»Selim hilf mir! Ich sterbe!« Er stürzte zu Boden.

»Bleib ruhig!« tröstete ihn der Alte und saugte ihm gleich die Wunde aus. Doch das Gift hatte sich schon verteilt, und seine unheilvolle Wirkung war nicht mehr aufzuhalten.

Zuerst verlor Said das Bewußtsein. Er stürzte in eine Finsternis, die alles in ihm auslöschte, erkannte weder Selim noch den Baum, unter den ihn der Alte gelegt hatte.

Während der Nacht quälten ihn Fieberträume. Gräßliche Fratzen, die alle Aisha Khadidjas Gesichtszüge trugen, rasten auf ihn zu und drohten ihn zu zerschmettern. Er fühlte, wie er wieder zum Chamäleon wurde, und um ihn herum hockten die anderen Tiere in ihren Käfigen und starrten ihn böse an.

»Sie hat uns wieder eingefangen!« jammerten sie. »Ach, hättest

du uns doch nie befreit, dann hätten wir nie erfahren, wie schön die Freiheit sein kann. Jetzt ist die Gefangenschaft unerträglicher als vorher!«

»Nur ruhig, Junge! Nur ruhig!« tröstete Selim den um sich schlagenden Said.

Er fror entsetzlich. Seine Haut bedeckte sich mit kaltem Schweiß, und gleich darauf war ihm wieder so heiß, als läge er mitten in einem Feuer. Durst quälte ihn. Er atmete schwer, und seine Zunge klebte am Gaumen. Er fühlte sich wie gelähmt, als Selim ihn aufrichtete, um ihm etwas Wasser einzuflößen.

»Komm Junge, trink!«

Doch er behielt das Wasser nicht bei sich. Um ihn herum drehte sich alles. Palmen, Kakteensträucher, die ganze Wüste wirbelte an ihm vorbei. »Wasser!« stammelte er. »Gib mir doch endlich Wasser!«

»Oh Allah, laß nicht zu, daß er stirbt, nur weil eine alte Frau in ihm ein Spielzeug verloren hat!« seufzte Selim.

»Nicht, nicht!« schrie der Junge. »Aisha Khadidja, nimm mir das Wasser nicht weg!«

»Beruhige dich!« tröstete ihn der alte Mann. »Ich bin es. Selim. Aisha Khadidja ist nicht hier.« Doch er glaubte es selbst nicht so recht.

Das brachte ihn auf den Gedanken, den kleinen Spiegel aus dem Cri-Cri zu holen, um ihn an einem Ast über dem Lager des Jungen zu befestigen.

Auf einmal sah Said Moula-Moula vor sich. »Komm mit! Komm mit!« piepste der kleine Vogel.

»Aber ich kann doch nicht fliegen!«

»Natürlich kannst du. Träume können wie Vögel sein. Du träumst, also bist du ein Vogel.« Da konnte sich Said auf einmal in die Luft erheben. Er folgte Moula-Moula, der mit ihm über die Berge und Schluchten des Atlasgebirges flog, der ihm die Wüste von oben zeigte und ihn den Wolken näherbrachte, dorthin wo es kühl war und ihm ein leichter Wind den Schweiß trocknete. Danach schlummerte der Junge ein, und als er wieder erwachte, ging

es ihm besser. Er erkannte den alten Selim, der neben ihm saß und seine Stirn mit feuchten Tüchern kühlte.

»Hamdulillah! Es geht dir besser!« murmelte der Alte und schob sich die Kapuze seiner Djellabah aus der Stirn. »Allah sei millionenfacher Dank dafür.«

Said erholte sich rasch. Er war jung und kräftig und brauchte kaum mehr als einige Tage Ruhe, um mit dem Alten wieder mithalten zu können. Doch es entging ihm nicht, daß ihn Selim oft voll Sorge betrachtete.

»Said«, begann er eines Abends. »Ich muß mit dir reden!«

»Bei Allah, dann tu's!« rief der Junge fröhlich.

»Das mit dem Akrab, das war kein Zufall.«

Da wurde Said ernst. »Glaubst du, daß die alte Zauberin dahintersteckt?«

»Es wäre gut möglich, und deswegen mußt du weg von hier.«

»Was meinst du damit?« fragte der Junge erschrocken.

»Du mußt weg, weit weg, dorthin, wo dich ihr Zauber nicht mehr erreichen kann.«

»Wie weit ist das?«

»Wolltest du nicht in das Land am Nil, nach Ägypten?«

Natürlich hatte Said vor, nach dem fliegenden Teppich zu suchen. Das konnte er nur in Ägypten. Aber daß er Selim so plötzlich verlassen sollte, sah er nicht ein. Er war noch lange kein guter Hakayati. Schließlich fing er erst an zu lernen. Doch nachdem er am anderen Tag beim Überqueren der Straße fast von einem Auto überfahren worden wäre, glaubte er ebenfalls nicht mehr an einen Zufall.

»Aisha Khadidja will dich und ihre Halskette zurück; wenn du dein Leben und die Kette behalten willst, mußt du weg. In cha'allah, es gibt keine andere Möglichkeit.«

Sie kamen wieder nach Marrakesch und trafen Ibrahim auf dem Djemaa el Fna. Er hockte wie immer auf seinem Teppich, vor ihm lag das Schreibzeug und neben ihm der Regenschirm. Die braungestreifte Djellabah war ein Jahr älter, doch irgendwann im Frühling hatte er einer Frau einen Liebesbrief vorgelesen. Dafür hatte sie ihm seine Kleider gewaschen.

»Assalamu aleikum!« rief Ibrahim fröhlich, sprang auf und umarmte seine Freunde. Dabei fiel sein Tintenglas um und die schwarze Tinte lief über den Djemaa el Fna.

»Aleikum assalam!« schrie Said. »Wie geht's?«

»Shukran, es geht. Immer mehr Fremde kommen hierher. Das vergrämt die Leute vom Land, die meine Kunden sind. Sie scheuen sich zuzugeben, weder schreiben noch lesen zu können. Doch ich kann trotzdem nicht klagen.«

An diesem Tag erzählte Said das erste Mal auf einem großen Platz. Er erzählte das Märchen vom Prinzen und der Schlange, war einmal der Prinz und einmal die Schlange, schritt stolz und königlich daher, so als trüge er einen Diamanten an seinem Turban, und wand sich gleich darauf mit ausgestreckten Armen von Fingerspitze zu Fingerspitze wie eine Schlange, während ihm die Leute zuhörten. Wie gut er war, erkannte er an dem, was sie ihm gaben. Es war nicht wenig. Da lud er Selim und Ibrahim in eine Garküche ein, und sie aßen Kuskus, bis ihre Bäuche spannten wie das Fell über dem Tamburin. Beim Pfefferminztee erzählte Said Ibrahim von dem Skorpion und daß Selim ihm riet, den Maghreb-el-Aksa sofort zu verlassen.

»Wohin?« fragte Ibrahim, als er fertig erzählt hatte.

»Damals, als die alte Hexe noch annahm, ich könnte ihr nicht mehr schaden, weil sie mich ja in ein Chamäleon verwandelt hatte, verriet sie mir, daß einer der beiden fliegenden Teppiche im Land am Nil verborgen sein soll. Der andere ist verschollen.«

»Und jetzt willst du dich am Nil auf die Suche machen?«

Said nickte und sah den Rauchschwaden nach, die über den Holzkohlefeuern nach oben schwebten. Im Dach war ein Loch. Darunter hatte der Wirt eine Plastikplane aufgehängt, um das eindringende Regenwasser aufzufangen, bevor es sich auf die Köpfe der Gäste ergoß. Dort stauten sich die Schwaden, zogen wie gefangene Geister hin und her, bis sie endlich einen Abzug fanden.

Die flackernde Flamme des Feuerschluckers, der vor dem Lokal auftrat, ließ Lichtflecke über die Tische und die Gesichter der Menschen huschen und das Trommeln der Haratins mischte sich mit

dem Schreien der Kutscher und dem Gefiedel der Musikanten.
»Wie willst du dorthin kommen?« fragte Ibrahim mitten in Saids Gedanken hinein.
»Selim meinte, mit einem Schiff.« Der Junge dachte an das riesige Meer, den Irrgarten aus Wasser. Es war ihm noch unheimlicher als die Wüste.
»Dann mußt du nach Casablanca.«
»Gehst du mit?« fragte der Junge den Hakayati. Doch der schüttelte den Kopf.
»Wir Märchenerzähler müssen im Süden bleiben«, sagte er. »Nur noch im Süden hören die Leute uns zu.«
»Wie wär's, wenn du so lange hierbleibst und selber erzählst oder mit Selim singst, bis du das Geld für die Zugfahrt zusammen hast? Hier und unter unseren Augen wird sich die alte Hexe nicht trauen, dir etwas Böses anzutun«, schlug Ibrahim vor, und Said fand seinen Vorschlag gut.
So blieb er da. Morgens strich er durch die Gassen der Souks, sah von fern, wie Sidi Machmoud selbst seine Kunden anzulocken versuchte und beobachtete Sarina beim Einkauf von Rosenwasser. Er lauschte dem Chor der Kinder, die in den Koranschulen ihre Suren beteten, dem Gedudel der Kassettenmusik, dem Hämmern der Schmiede, dem Rufen der Eseltreiber und dem Singsang der blinden Bettler, die vor den Gebetshäusern um Almosen baten. Er roch den Duft von Minze, Leder, Zedernholz, Zimt und Orangenblüten und sah dem Treiben der Fliegenden Händler zu, die den Fremden Armreifen, Spiegel, Streichhölzer und sonstigen Kleinkram anboten. Er saugte es noch einmal alles in sich hinein, weil er wußte, daß er nie mehr zurückkommen würde.
Am Nachmittag erzählte er auf dem Djemaa el Fna seine Geschichten oder sang mit Selim zusammen alte und neue Balladen. Nachts lagerten sie in den Menara-Gärten. Dann beobachtete Said im Spiegel des großen Wasserbeckens, wie der Mond über den Himmel wanderte und der Wind sacht und zärtlich die Zweige der Orangenbäume aneinander rieb. Es kam ihm so vor, als streichelten sie sich.

Viel zu schnell hatte er das Geld für die Zugfahrt zusammen. Aber er kaufte sich noch ein paar neue bestickte Babuschen und eine helle gestreifte Djellabah, denn aus den Haratinkleidern, die Sarina ihm einmal geschenkt hatte, war er schon lange herausgewachsen. Dann brachten ihn Selim und Ibrahim eines Mittags zum Zug, und er mußte sich von ihnen verabschieden.

»Assalamu aleikum!« sagte er traurig.

»Aleikum assalam, kleiner Haratinjunge!« erwiderte Selim betrübt. Er und Ibrahim küßten ihn rechts und links auf die Backe.

Dann stieg er ein. Als der Zug anfuhr, blieben die Freunde auf dem Bahnsteig zurück. Said sah sie kleiner und kleiner werden, bis sie schließlich nach einer Kurve nicht mehr zu sehen waren. Der Zug war wie eine große silbrige Schlange, die den Jungen in sich aufgenommen hatte, um ihn durch die grüne Hügellandschaft nach Casablanca zu bringen.

Said fand ein Abteil für sich allein. Er setzte sich ans Fenster und ließ die Landschaft an sich vorbeifliegen. Bauern arbeiteten auf ihren Feldern, hochbepackte Esel schleppten die Ernte heim, Frauen holten Wasser aus den Brunnen und über die weiten Ebenen zogen die Hirten mit ihren Herden. Manchmal hielt der Zug auf einer kleinen Station. Dann stiegen ein paar Menschen aus und andere wieder ein. Einmal kam ein Schaffner, der seine Fahrkarte verlangte. »Wohin?« fragte er kurz. »Nach Casablanca«, gab ihm der Junge zur Antwort.

Der Schaffner knipste ein Loch in die Karte und gab sie zurück. Weit hinten im Westen ging die Sonne unter.

Said trennte den Paß aus seiner Decke und steckte ihn ein. Ohne ihn würde er keine Arbeit auf einem der Schiffe finden. Zufrieden betastete er das in der anderen Ecke eingenähte Kästchen der Aisha Khadidja. Obwohl es der Grund war, warum ihn die alte Hexe verfolgte, hatte er mit der Kette doch die erste von fünf Aufgaben erfüllt. Die übrigen vier, so überlegte er, würde er auch noch schaffen.

Draußen klapperten Flaschen. Ein Mann bot den Reisenden Getränke an, aber der Junge hatte nicht mehr viel Geld. Bis Casa-

blanca würde er seinen Durst schon ertragen, und dort gab es sicher einen Brunnen, aus dem er trinken konnte. Ibrahim hatte ihm ein Fladenbrot zugesteckt. Davon aß er die Hälfte. Danach schlief er ein und wachte erst wieder auf, als der Zug hielt und eine blecherne Geisterstimme die Reisenden darauf aufmerksam machte, daß sie ihr Ziel erreicht hatten.

Said stieg aus. Das Gewimmel der Menschen auf dem Bahnsteig war ihm fremd und unheimlich. Es war anders als in den engen Gassen der Souks, unfreundlicher, kälter. Er ließ sich treiben, stolperte über Gepäck und schreiende Kinder, erschrak über die Lautsprecherstimme, die einen neuen Zug ankündigte, stieß mit einem Polizisten zusammen und sah auf der großen Bahnhofsuhr, daß es nicht mehr lange bis Mitternacht war.

Draußen auf dem Platz vor dem Stationsgebäude überfiel ihn der Lärm der Großstadt. Seine an Stille gewöhnten Ohren taten ihm weh, und er verstand auf einmal Selim, der im Süden bleiben wollte, weil die Leute nur dort noch die Stimme eines Märchenerzählers hören konnten.

Lichtreklamen gingen an und aus. Die großen Schaufenster der Kaufhäuser waren hell erleuchtet. Die Autos mit ihren Scheinwerfern, die blinkenden Ampeln, das alles blendete und verwirrte ihn. Dazu kam noch der Gestank nach Auspuffgasen. Als eine Frau ihn streifte, roch er ihr billiges Parfüm, das ihn an Sarina erinnerte.

Er suchte Dunkelheit und fand sie in einem Park, wo er sich auf einer Bank ausstreckte. Die zusammengerollte Decke schob er sich unter den Kopf und die Kapuze seiner Djellabah über die Augen. Damit versuchte er die Stadt auszusperren und alles, was ihm Angst einflößte.

Am anderen Morgen fragte er sich zum Hafen durch. Er erkannte schon bald das Meer hinter einem Wald von Kränen. Es sah anders aus als damals in Mauretanien, bleigrau, ruhig und nicht mehr so weit, weil die Weite durch Molen und kleine Gebäude, durch Kaimauern und wartende Frachter begrenzt wurde. Er fand das Büro, in dem die Matrosen eingestellt wurden. Said stellte sich in die Schlange der Männer und wartete, bis er an der Reihe war.

»Name?« fragte ihn der Mann hinter der Theke.
»Said ibn el-Shaggra.«
»Alter?«
»Fünfzehn.«
»Paß?«
Said legte seinen Paß auf den Tisch.
»Was sagst du? Du heißt Said, hier steht aber Ali. Ali Koniko, Alter: Achtzehn!« fuhr ihn der Mann an, als er den Paß prüfte.
Said schrak zusammen. Daß er in dem Paß, den Sidi Machmoud ihm besorgt hatte, einen anderen Namen trug, hatte er völlig vergessen. Blitzschnell riß er dem Mann seinen Paß aus der Hand, drehte sich um und stürzte aus dem Büro. Er rannte und rannte und blieb erst stehen, als er sicher war, nicht verfolgt zu werden. Was sollte er jetzt tun? Den Fahrpreis konnte er nicht bezahlen.
Er setzte sich auf eine Mauer, die die Straße begrenzte und starrte ins Leere. Vor ihm schossen die Autos vorbei, manchmal kam auch ein Pferdewagen. Auf dem Bürgersteig spielten einige Jungen, und auf der anderen Seite der Straße versuchte ein Mann ein Auto zu stoppen. Er hielt den Daumen in die Richtung, in die er fahren wollte, und schließlich nahm ihn auch jemand mit. Erst als er auf die Ladefläche des kleinen Lieferwagens kletterte, wurde es Said bewußt, was er da sah. Anhalten konnte man Schiffe nicht, aber sich heimlich an Deck schleichen und sich verstecken, das könnte gehen. Doch zuerst mußte er etwas gegen den Hunger tun, denn das Fladenbrot war längst aufgegessen. Er kaufte sich Nüsse für ein paar Dirham und steckte sie in die Hosentaschen. Sie benötigten wenig Platz und machten satt. Was brauchte er mehr?
In das Innere des Hafens zu gelangen war leichter, als er es sich vorgestellt hatte, denn die Zollbeamten, die das Tor bewachten, waren nicht sehr aufmerksam. Während sie mit dem Fahrer eines Lastautos verhandelten, schlüpfte Said unter die Plane, und als der Wagen durchfahren durfte, war er schon dort, wo er hingewollt hatte. Das Auto hielt vor einem der großen Lagerschuppen, und der Junge konnte es unbemerkt wieder verlassen.
In der Nähe wurde ein Schiff beladen. Kipploren brachten große

weiße Gesteinsbrocken und füllten mit ihnen den Bauch des Frachters. Das Kreischen der Ladekräne gellte über das Hafenbecken.

Said half einem Mann einen Karren schieben.

»Wohin fährt der?« fragte er, und als der Mann ihn nicht verstand, schob er sich schnell die Perle auf den Rücken.

»Er bringt Phosphat nach Europa, dorthin wo sie Dünger draus machen«, sagte der Mann, nachdem Said seine Frage wiederholt hatte.

»Fährt hier ein Schiff nach Ägypten?«

Der Mann überlegte. »Ich weiß nicht – frag mal den Griechen. Der kennt doch jeden Kahn hier im Hafen.«

»Welchen Griechen?« Said sah ihn verständnislos an.

»Dort hinten, den Dicken, den mit dem Bart.«

Said fragte den dicken, bärtigen Mann.

»Was willst du denn in Ägypten?« Der Grieche sah ihn neugierig an.

Da log ihm der Junge schnell vor, daß er dem Kapitän nur eine Nachricht überbringen sollte. »Seine Frau hat einen Sohn bekommen«, flüsterte er. »Das soll ich ihm sagen.«

Der Grieche zeigte ihm einen kleinen Frachter, der weit hinten an einem anderen Kai festgemacht hatte.

»Der fährt nach Alexandria. Sein Name ist ›Neptun‹, und sag dem Kapitän einen schönen Gruß von mir. Er hat nämlich gar keine Frau.« Und dann lachte er so laut, daß sich einige Männer erstaunt nach ihm umsahen. Die »Neptun« war ein kleines altmodisches Frachtschiff, das Stückgut geladen hatte.

Said schlenderte auf der Mole entlang und überlegte, wie er an Bord kommen könnte. Es war noch hell. Der Hafen lag ruhig im Nachmittagslicht.

Der Junge hockte sich auf einen der eisernen Pfosten, um den die Leinen gewunden waren, die das Schiff an die Mole fesselten. Während er wartete, sah er den Möwen zu.

»He«, kreischte eine, »der Fisch gehört mir!« Doch die anderen versuchten immer wieder, ihn ihr zu rauben. Eine frische Brise verbreitete den Geruch von Tang und Öl über die Hafenanlagen. Weit

hinten tutete ein Dampfer. Es wurde allmählich dunkel, und einer nach dem anderen kehrten die Männer von ihrem Landgang zurück. Mit ihnen kamen die Passagiere: Eine tiefverschleierte Frau, ein Kind und ein alter Mann. Sie schleppten ihr schweres Gepäck, und Said beeilte sich, ihnen zu helfen. Niemand hielt ihn auf, als er mit den Koffern der Frau die Gangway hochkeuchte.

»Hier ist die Treppe, Junge!« rief ein Matrose. Da begleitete Said die Frau bis zu ihrer Kabine. Keinem fiel auf, daß er das Schiff nicht mehr verließ. Er hatte auf dem Bootsdeck zwei Rettungsboote gesehen, und als der Weg frei war und ihn niemand fortschickte, schlenderte er neugierig hin, wie ein Junge vom Land, der das erste Mal ein Schiff aus der Nähe betrachten konnte. Er entdeckte, daß die Persenning an einer Stelle nicht richtig am Bootsrand befestigt war. Da warf er seine Decke durch den Spalt und schlüpfte ihr nach. So hatte er ein gutes Versteck gefunden und mit den Taschen voller Nüsse konnte er es schon einige Zeit hier aushalten. Über das, was weiter geschehen würde, machte er sich keine Gedanken.

Bis die »Neptun« auslief, dauerte es noch ein paar Stunden. Said war schon eingeschlafen, als ihn das Dröhnen der schweren Dieselmotoren wieder hochfahren ließ. Signale ertönten. Die Matrosen lösten die Leinen und ließen sie klatschend ins Wasser fallen. Langsam verließ das Schiff den Hafen. Weit draußen wendete es nach Norden, um an der Küste entlang nach Tanger zu fahren.

Zuerst fand Said das Auf und Ab und das Hin und Her des Schiffes lustig. Er legte sich auf den Boden und schaukelte mit: auf und ab und hin und her, auf und ab und hin und her. Doch auf einmal wurde ihm furchtbar übel. Es war ihm, als läge ein schwerer Stein auf seinem Magen, und in seinem Kopf drehte sich alles. Glücklicherweise hatte er nur wenige Nüsse gegessen. So mußte er sich nicht übergeben.

Oh, Allah! Jetzt hat mich das alte Weib doch noch erwischt, und ich muß sterben! schoß es ihm durch den Kopf, weil er der festen Meinung war, daß ihm nur Aisha Khadidja diese Krankheit geschickt haben konnte. Kein Selim war da, der ihm den Schweiß abwischte und ihm stark duftende Kräuter unter die Nase hielt. Said holte gerade den Spiegel aus seinem Beutel, als draußen zwei Männer über das Bootsdeck gingen.

»Ein Seegang ist das heute mal wieder«, sagte einer von ihnen. »Die arme Frau liegt krank in der Koje.«

Das beruhigte Said, weil es ihm unwahrscheinlich erschien, daß die Hexe gleich zwei Personen mit ihrem Zauber verfolgte.

Nach einiger Zeit, draußen war es schon lange hell, hörte das Schiff auf zu schaukeln. Der Wind ließ nach, und der Junge fühlte sich besser. Er verhielt sich ganz still und wagte kaum zu atmen, wenn jemand an seinem Boot vorbeiging. Doch es entdeckte ihn niemand. Sie legten in Tanger an, luden aus und nahmen neue Ladung an Bord. Said hörte, wie sich die Matrosen über Gibraltar unterhielten. Er erfuhr, daß es ein Felsen sei, der zu Europa gehörte, und wenn sie ihn passiert hätten, befänden sie sich schon im Mittelmeer.

Tunis würde nicht angelaufen, denn dann führen sie gleich nach Alexandria, in die Stadt am Meer, die schon zu Ägypten gehörte.

Sie legten ab, als es dunkel wurde. Als Said Hunger bekam, aß er die restlichen Nüsse. Doch umgeben von so viel Wasser fehlte ihm etwas zum Trinken. Daher erging es ihm bald so wie der Königin von Saba, der König Salomos Köche das Essen versalzen hatten: Said bekam schrecklichen Durst. Als er es nicht mehr auszuhalten glaubte, verließ er das Boot, in der Hoffnung, auf Deck etwas Trinkbares zu finden.

Er schlich mit unsicheren Beinen an der Reling entlang und stolperte eine schmale Treppe hinunter, suchte am Vor- und am Achterdeck, fiel beinahe über eine Ladeluke und blieb schließlich stehen, um nachzudenken, bevor er kopflos weitertorkelte. Über ihm schwankte der Signalmast hin und her. Unter ihm rollten die Planken von einer zur anderen Seite, dröhnten die schweren Motoren, während die Wellen sich an der Schiffswand brachen. Schon wurde ihm wieder schlecht, als ihn auf einmal eine kräftige Faust im Genick packte.

»Beim Barte des Propheten, was machst du denn hier?«

Es war Omar, der Koch. Wenn er den Jungen nicht festgehalten hätte, wäre er sicher hingefallen. Said erhielt keine Gelegenheit, eine Ausrede zu erfinden. Omar schleppte ihn auf die Brücke zum Kapitän.

»Blinder Passagier!« meldete er und stieß den Jungen in den Raum. In kürzester Zeit fragte der Kapitän alles aus ihm heraus, was er wissen wollte: Daß er Said ibn el-Shaggra hieße und daß er vorgehabt habe zu arbeiten, wenn ihn jemand nach Ägypten mitnähme, daß ihn aber niemand eingestellt hätte, weil er erst fünfzehn Jahre alt war und weil er mit einem falschen Paß reiste.

»Was willst du in Ägypten?«

»Meine Schwester ist dort verheiratet«, redete sich Said heraus, und als er sah, daß das auf den Kapitän Eindruck zu machen schien, fuhr er gleich fort: »Letzte Woche ist meine Mutter gestorben. Mein Vater ist schon lange tot. Deshalb wollte ich gern zu meiner Schwester. Sie ist meine einzige Verwandte.«

»Beim Barte des Propheten, wenn das stimmt, freß ich'n Besen!« brummte der Koch. Doch der Kapitän ließ ihm keine Zeit, sich weiter den Kopf darüber zu zerbrechen.

»Omar, du paßt auf ihn auf. Es bleibt uns nichts anderes übrig, als ihn mitzunehmen, aber er muß etwas tun dafür!«

So kam es, daß Said nun doch für die Überfahrt arbeiten konnte. Omar ließ ihn Kartoffeln schälen und die Passagiere bedienen. Said half ihm beim Reinigen der Kabinen oder brachte dem Kapitän einen Kaffee, wenn er danach verlangte. Während der Junge die Decksplanken schrubbte, sah er die fernen Berge Siziliens an Backbord vorüberziehen. Manchmal kam ihm das Schiff wie ein Tier vor, das schwer atmend durch den Ozean stampfte, Dieselöl schluckte und gepflegt werden mußte. Doch wenn er, Omars Anweisungen folgend, etwas aus dem Maschinenraum holte, wo die schweren Dieselmotoren arbeiteten, erkannte er, daß es nur ein von Menschen erfundenes Fahrzeug aus Eisen und Stahl war.

Niemals, so lange sie unterwegs waren, konnte sich der Junge satt sehen am Meer. Es hatte so viele verschiedene Gesichter. Bei

Sonnenaufgang war es bleischwer und träge, so als hätten sich die Wellen müde gespielt. Dann brach der Schiffsbug das Wasser auf, drängte es auseinander und ließ es, aufgerührt durch die mächtige Schraube, kochend und sprudelnd hinter sich zurück. Am Mittag mußte Said oft geblendet die Augen schließen. Dann warfen die Wellen das Licht zurück in den Himmel, dann glitzerte und gleißte es ringsum so, daß er sich nur blinzelnd an Deck bewegte. Am schönsten aber war es am Abend, wenn die Sonne nach einem heißen Tag im wäßrigen Dunst unterzutauchen begann und dabei eine glutrote Schleppe aus Licht hinter sich herzog.

Die Frau und der alte Mann ließen sich selten an Deck sehen. Nur der kleine Junge kam ab und zu herauf. Wenn Said gerade nichts Besseres zu tun hatte, dann spielte er mit ihm.

Eines Tages tauchte eine Küste im fahlen Mittagslicht auf, war zuerst nur ein blauer Streifen, nahm Formen an und wuchs in die Breite. Said erkannte bald Häuser und Türme, andere Schiffe und die großen Kräne des Hafens. Das war Alexandria, das Ziel ihrer Reise.

Als Suleiman schwieg, blieben seine Zuhörer noch eine Weile sitzen. Abouli stocherte in der Glut. Der Sturm hatte nachgelassen, und Achmed stand auf und verließ die Höhle. Der alte Abdullah hatte den Kopf an die Felswand gelehnt. Khalid und Takajedu kauten Nüsse. Auf einmal stand Achmed wieder da. Niemand hatte ihn kommen gehört.

»Bei Allah!« murmelte der Alte schlaftrunken. »Hört der Sturm auf?«

»Ich weiß nicht«, sagte Achmed. »Im Augenblick ist es ruhiger, aber ich kann nicht sagen, ob das so bleibt.«

»In cha' allah«, fügte der ›Geier‹ hinzu. »Schlafen wir erst einmal.«

Sie verbrachten die Nacht auf den glatten, ebenen Steinen der Höhle. Abouli schlief nicht sehr gut. Er hatte sich eine Kameltasche unter den Kopf gelegt und sich dann mit der Satteldecke zugedeckt, aber der Boden war ihm zu hart. Er vermißte den weichen Sand, in den er sich Mulden für die Hüftknochen schaufeln konnte, und der sich dem Körper anpaßte wie die weichste Matratze.

Immer wieder wachte er auf und drehte sich um. Said ging ihm nicht aus dem Kopf. Jetzt war er in Ägypten, aber das Land war groß. Wie sollte er in einem so großen Land einen Zauberteppich finden?

Am nächsten Morgen stürmte der Wind wieder das Wadi hinauf und schleuderte den Sand gegen die Felsen. Millionen von kleinen Körnern schliffen die Steine, gruben Höhlen oder kleine Einbuchtungen und ließen Überhänge entstehen, indem sie den Fuß der Felswand abwetzten. Sie formten einzelstehende Blöcke zu unheimlichen Gestalten, die Abouli für versteinerte Kel Essouf hielt und bei denen auch der ›Geier‹ nicht sicher war, ob es keine Geister seien.

Achmed hatte schon früh nach den Kamelen gesehen. Er hatte ihnen Futter gegeben, die Fesseln geprüft und war dabei dem einen oder anderen mit der Hand über den Kopf gefahren. Er liebte seine Meharis und war ein im ganzen Air bekannter Züchter. Seine Tiere waren berühmt für ihre Sanftheit und ihren Gleichmut.

Als er zurückkam, fiel ihm Aboulis verdrossene Miene auf und die Ratlosigkeit, mit der er in sein Teeglas starrte.

»Ist was?« fragte Achmed.

»Wir unterhalten uns mal wieder über Said und seine Geschichte«, erklärte ihm Suleiman. »Abouli sieht nicht ein, daß Said in Ägypten allein zurückbleiben muß. Er hätte ihm Omar, den Koch, mitgegeben. Omar, mit dem er sich gut versteht und von dem ihm ein Abschied schwerfallen würde.«

»Ja und?« fragte Achmed.

»Ihr vergeßt, daß Said nach einem Teppich sucht, der fliegen kann und von dem es vor langer Zeit unzählig viele gegeben haben mußte. Jetzt gäbe es nur noch zwei, hatte Aisha Khadidja gesagt. Das machte sie wertvoller als Gold. Said wollte nach Kairo, der Hauptstadt des Landes, von der ihm der Storch erzählt hatte. El-Kahira nennen sie ihre Bewohner. Es ist eine Stadt, in der viele Millionen Menschen leben. Unzählige Autos und Busse, Droschken und Eselskarren bewegen sich auf den Straßen unter der Glocke aus Dunst. Unzählige Teppichhändler bieten dort ihre Waren an. Wo Said mit seiner Suche begänne, wäre allein seine Sache. Omar wäre ihm da nur im Weg«, sagte Suleiman.

»Also ich –« fuhr Khalid dazwischen, »– ich würde in allen Teppichgeschäften fragen.«

»Nach was willst du fragen?«

»Nach dem fliegenden Teppich natürlich.«

Suleiman grinste. »Da würdest du dich selbst zum Narren machen. Sie werden dir jeden Teppich als den ›Fliegenden Teppich‹ anbieten und gleich auch noch das Doppelte für ihn verlangen. Wärst du reich genug, um auf so einen Trick hereinzufallen?« Da schwieg Khalid betroffen.

»Said weiß ja nicht, wie er aussieht und an was er ihn erkennen kann«, seufzte Abouli. »Wie soll er ihn finden in einer Stadt, in der es in jedem Haus unzählig viele Teppiche gibt?«

»Jetzt kommen wir der Sache schon etwas näher«, tröstete ihn der Hakayati. »Wie könnte der Teppich denn aussehen?«

»Er könnte bunt sein und gemustert, genau wie unsere Geschichte.«

»Und wie gemustert?«

»Mit Streifen und Kreisen, Vierecken, Dreiecken, Sternen, mit Schlangenlinien, Blätterranken und Blüten.«

»Das wäre möglich. Sicher ist nur, daß Said ihn erkennen sollte, wenn er vor ihm steht. Er sollte einfach tief in seinem Inneren wissen, daß das der Richtige ist, und wenn er es nicht spürt, ist er nicht reif dafür, mit ihm zu fliegen.«

Suleiman stand auf und ordnete seine Gandoura. »Aber jetzt will ich mir erst die Höhle genauer ansehen. Ich bin schon ganz steif vom Sitzen.« Dann wendete er sich Abouli zu. »Kommst du mit?« Er wartete keine Antwort ab, sondern nahm zwei Äste und hielt sie so lange in die Glut, bis sie aufflammten und mit ihrem flackernden Schein die Felswand erhellten. Einen drückte er Abouli in die Hand, den anderen behielt er für sich. Dann kletterte er über einige Stufen nach hinten, ohne sich zu vergewissern, ob der Junge ihm folgte.

Sie krochen einen engen, niederen Gang aufwärts. Suleiman mußte sich bücken. Mißtrauisch betrachtete der Junge die Schatten, die ihre Körper auf die Steinblöcke warfen. Sie schwankten beim leisesten Luftzug, hin und her, nickten sich zu, verbeugten sich oder schienen zu drohen.

Es wurde so eng, daß nicht nur Suleiman, sondern auch Abouli auf allen vieren kriechen mußte, doch gerade als er aufgeben wollte, öffnete sich der Gang in eine riesige Halle. Die Flammen der Fackeln schienen zuerst ins Leere, loderten, getrieben von einem Luftzug, nach hinten, leuchteten auf einmal hell auf und trafen auf ein schräg abwärts führendes Felsengewölbe.

»Suleiman, sieh mal!« rief Abouli erschrocken. Er hob seine Fackel noch etwas höher. Da tauchten Figuren aus der Dunkelheit auf, Büffel, gejagt von Männern, die sie mit ihren Speeren zu töten versuchten, Frauen mit hochgesteckten Haaren, Elefanten, Giraffen, gazellenköpfige Menschen und Hirten mit ihren Rinderherden.

Auch Suleiman versank im Anblick des Felsenbildes.

»Ist es nicht auch wie ein Teppich?« sagte er voll Staunen zu Abouli. »Ein Teppich aus Stein, auf dem die Menschen vor tausenden von Jahren sich selbst und die Tiere, die damals hier lebten, abgebildet haben?«

Der Junge betrachtete bewundernd die Herden, die sich von rechts unten nach links oben bewegten, so als würden sie geraden Wegs in den Himmel getrieben. Die Farben waren so frisch, als habe sie der Maler eben erst aufgetragen, und die Linien so scharf wie mit dem Messer gezogen.

»Geh und hol die anderen!« Suleiman schickte den Jungen zurück, nicht ohne ihn daran zu erinnern, daß sie Fackeln mitbringen sollten.

Da kamen Achmed und Takajedu, Khalid und sogar der alte Abdullah durch den Gang gekrochen, um das riesige Gemälde zu bestaunen. Es war ein Bild, das, außer von Fledermäusen, sicher schon lange von keinem lebenden Wesen mehr betrachtet worden war. Wenn Said das nur sehen könnte, schoß es Abouli durch den Kopf. Er hatte noch nie etwas Schöneres erblickt.

Schließlich kehrten sie alle in die vordere Höhle zurück. Takajedu kochte frischen Tee, und während sie sich bequem um das Feuer lagerten, fragte der Junge: »Ist das Bild wichtig für Saids Geschichte?«

»Ich glaube schon«, antwortete Suleiman. »Wir werden es sehen.«

Und nachdem jeder von ihnen ein volles Teeglas vor sich stehen hatte, erzählte er Saids Geschichte weiter:

Nur schweren Herzens verließ der Junge die »Neptun«. Er hatte in der Mannschaft viele Freunde gewonnen, allen voran Omar, den schwarzen Koch. Doch sie waren Marokkaner. Ihre Familien lebten im Maghreb-el-Aksa. Deshalb wollten sie mit der »Neptun« zurück, sobald die Ladung gelöscht sei und die Ladekräne neue Waren im Bauch des Schiffes verstaut haben würden.

»Assalamu aleikum, Said ibn el-Shaggra!« sagte Omar und küßte den Jungen auf beide Backen. »Und geh nur gleich zu deiner Schwester, so du überhaupt eine hast.« Er zeigte ihm noch, wie er der Paßkontrolle entgehen konnte. Said hielt sich an seine Weisung, klemmte sich seine Decke unter den Arm, stolperte über die Koffer der Passagiere und hielt sich fern von den großen, sich drehenden Kränen.

»Said!« rief der kleine Junge noch hinter ihm her. »Wohin gehst du? Bleib doch da!«

Doch Said wollte weiter. Er hatte keine Zeit mehr, mit kleinen Jungen zu spielen. Er schlüpfte zwischen den Kipploren hindurch auf eine andere Mole, schlich an den Lagerhallen entlang und fand schließlich das kleine, schlecht bewachte Tor, durch das er das Hafengelände verlassen konnte.

Dann stand er alleine auf der Straße und überlegte, wohin er sich wenden sollte.

Es war Morgen. Die Sonne zeigte sich nicht, aber der Tag versprach schwül zu werden. Said folgte den Straßenschildern. Zwischen den vielen ihm fremden Worten wie Damanhur, Rashid oder El-Alamein fand er immer wieder den Namen El-Kahira. Seine nicht an das Gehen auf hartem Zement gewöhnten Füße taten ihm bald ziemlich weh, und er mußte sich immer wieder ausruhen. Es wurde Mittag, bis die letzten Häuser der Stadt hinter ihm lagen. Dann kam von Norden ein Wind auf und fegte den Sand über die

Straße. Die Autos mußten langsamer fahren, und die Palmen verneigten sich tief. Der Wind nahm an Stärke zu, und bald verbarg sich die Landschaft hinter aufgewirbeltem Staub.

Als die feinen Körner in Saids Augen drangen, kniff er sie zu und achtete nicht mehr auf die Umgebung. Das nächste Auto, das ihn überholte, bremste auf einmal und hielt vor ihm an.

»He, du!« schrie der Fahrer zum Fenster hinaus. »Wohin willst du bei diesem Sturm?«

»Nach El-Kahira.«

»Dann steig ein! Da muß ich auch hin.«

Said klemmte sich auf den Sitz neben ihm und sperrte den Wind aus. Aber der Sand knisterte und prasselte auf das Blech des Autos, als sei er wütend, daß ihm ein Opfer entgangen war.

»Ich will nur noch schnell zu den Mönchen ins Wadi Natrun«, sagte der Fahrer. »Es dauert nicht lang.«

Als das Hinweisschild kam, bogen sie rechts von der Straße ab. Rüttelnd holperte das kleine Auto über die Wüstenpiste. Ab und zu kamen ihnen Menschen entgegen. Sie hielten sich Tücher vor das Gesicht und kämpften gegen den Sturm. Im treibenden Sand erschienen sie Said wie Schemen. Manchmal drehten die Räder des Autos durch. Dann verkrampften sich die Hände des Fahrers am Steuer, weil er fürchtete, steckenzubleiben. Schließlich hielt er vor einem großen Gebäude. Er bat Said zu warten, holte ein Päckchen vom Rücksitz und trug es hinein. Es dauerte nicht lange, bis er wieder zurückkam und einstieg. Auf der Rückfahrt erzählte er dem Jungen die Geschichte vom Heiligen Makarios und daß er einst hier in der Wüste in einem Loch gelebt habe. Noch heute gäbe es Einsiedler, die ihm nacheiferten, die hungerten und beteten, um Gott zu gefallen. Dann, als sie die große Straße wieder erreichten, schlief Said ein und wachte erst wieder auf, als der Fahrer den Wagen anhielt.

»Wir sind da.«

Es war Nacht. Lichter blitzten in den Wassern eines Flusses. Sie hielten am Nil. Schlaftrunken griff der Junge nach der Decke und stieg aus.

»Shukran«, sagte er. »Danke fürs Mitnehmen.«

»Hast du keinen Hunger?« fragte ihn der Mann, und als Said nickte, schenkte er ihm ein Stück Melone.

In dieser Nacht schlief der Junge am Ufer des Nil. Er war viel zu müde, um sich darüber zu freuen. Er schlief auf einer Bank und träumte, er habe den Teppich gefunden, und als Aisha Khadidja ihn wütend verfolgte, sei er einfach mit ihm davongeflogen.

Gleich am nächsten Morgen stürzte er sich in das Labyrinth Alt-Kairos. Er war fest entschlossen, den einmal eingeschlagenen Weg nicht zu verlassen und den Teppich zu suchen. Doch sein Entschluß half ihm wenig, denn er verirrte sich gleich, weil er ja ohne Ziel war, wußte nicht, wo er mit seiner Suche beginnen sollte und ob er besser die rechte oder linke Straße hinunterginge. Schließlich wählte er nach seinem Gefühl, das ihm einen Streich nach dem anderen spielte.

Gegen Mittag sah er, wie eine europäisch gekleidete Frau ihren Geldbeutel verlor. Er hob ihn schnell auf, lief ihr nach und gab ihn ihr. Da schenkte sie ihm eine Münze, von der er sich etwas zu essen kaufte.

Später kam er in ein Viertel, in dem ihm viele Mönche begegneten. Es waren bärtige Männer in schwarzen Kaftanen, die Köpfe bedeckt mit zylinderförmigen Kappen. Sie verließen ein großes dunkles Gebäude, dessen Vorplatz wie ein Park angelegt war, mit Bänken vor Buchsbaumsträuchern, Kieswegen und kleinen Brunnen.

Said war hungrig und müde. Er betrat das Gebäude mit einigen Leuten, die an einer Kasse Eintritt bezahlen mußten. Ihn fragte niemand nach einer Karte. Eine Frau begann einen Vortrag zu halten, und weil der Junge sie nicht verstehen konnte, schob er sich die Perle nach hinten.

»Wir stehen in einer koptischen Kirche«, sagte die Frau in die gaffenden Mienen der Fremden hinein. »Die Kopten haben ihre Klöster im Wadi Natrun. Anderthalbtausend Jahre ist dieses Gebäude alt.«

Da fiel Said das wieder ein, was ihm der Fahrer gestern über den Heiligen Makarios erzählt hatte.

Die Kirchenhalle war mit langen, auf eine große Bilderwand ausgerichteten Bänken vollgestellt. An den Seiten standen mit Blumen geschmückte Altäre. Brennende Kerzen beleuchteten kostbare silbergefaßte Bilder. Said betrachtete lange einen prächtigen Reiter auf einem Schimmel, der gerade einen Drachen tötete, daneben eine Mutter, auf deren Schoß ein Kind hockte, das eigentlich ein kleiner erwachsener Mensch war.

Auf anderen Bildern waren Männer dargestellt, die in schönen Landschaften knieten und hinter deren Köpfen goldene Scheiben glänzten. Ein Hauch von Weihrauch stieg Said in die Nase. Er mußte niesen, und als er sich erschrocken umsah, entdeckte er, daß die fremden Besucher die Kirche schon wieder verlassen hatten. Er war allein und sehr müde. Da legte er sich einfach auf eine Bank, schob sich die Decke unter den Kopf und schlief ein. Ein weißer Reiter galoppierte durch seinen Traum. Er kämpfte gegen ein Chamäleon, das die stechenden Augen Aisha Khadidjas hatte. Der Reiter stieß seinen Speer in den Leib des Chamäleons, aber das wollte nicht sterben, obwohl ein Strom von Blut zwischen seinen Schuppen herausquoll.

Als Said schweißgebadet erwachte, war es fast dunkel in der Kirche. Nur ein kleines Öllämpchen hing brennend unter der Decke. Da fühlte er sich behütet unter dem Schutz der heiligen Männer. Er drehte sich um und schlief wieder ein.

Am nächsten Morgen teilten die Mönche in dem Hof hinter der Kirche eine Suppe an die Armen aus. Said stellte sich zu ihnen, doch ihm fehlte eine Schüssel, in der er die Suppe aufnehmen konnte. »Nimm meine, aber beeil dich!« flüsterte ihm eine junge verschleierte Frau zu. »Mir geben sie zweimal.«

»Shukran. Allah wird es dir danken!« antwortete Said.

»Psst!« zischte der Mann hinter ihm. »Wir sind hier bei Christen und nicht in einer Moschee. Die Christen wollen von Allah nichts wissen.«

»An wen glauben sie dann, wenn nicht an ihn?« fragte der Junge und schlürfte die Suppe in kleinen Schlucken, um sich nicht die Zunge an ihr zu verbrennen.

»Sie nennen ihn einfach Gott, und Jesus Christus ist ihr Verkünder«, erklärte ihm der Mann.

»Aber Allah hat doch viele Namen«, widersprach ihm Said, die Suppe schlürfend. »Im ganzen sollen es hundert sein. Neunundneunzig kennt der Mensch und den hundertsten nur das Kamel.«

Da lachten die Armen, die sonst nur wenig zu lachen hatten.

»Du bist ja ein richtiger Märchenerzähler!« sagte eine alte, gebückte Frau zu ihm.

»Ja, das bin ich«, bestätigte ihr Said und gab dem Mädchen die leere Schüssel zurück.

Dieses Gespräch brachte den Jungen auf die Idee, den Souk zu suchen, um dort seine Märchen zu erzählen, so wie er es schon oft auf den Souks im Maghreb-el-Aksa getan hatte. Und dann, wenn wieder einige Münzen in seiner Tasche klimperten, könnte er sich immer noch auf die Suche nach dem Teppich machen.

Er folgte einer großen Straße, die die Stadt durchquerte, und erkundigte sich nach dem richtigen Weg.

»Zum Khan Khalili willst du?« fragten ihn die Leute und sahen ihn erstaunt an. »Den kennt doch jeder. Bist du fremd hier?«

Da fiel es Said erst auf, daß außer ihm niemand eine Djellabah trug. Ägyptische Gewänder hatten keine Kapuzen. Die meisten waren am Halsausschnitt bestickt. Viele Menschen trugen auch europäische Kleider, und eine große Anzahl Frauen ging ohne Schleier.

Noch einmal verlief sich der Junge. Er kam auf den Bahnhofsplatz statt zum Souk, dorthin, wo mitten im Gewühl der Autos und Busse, eingerahmt von Fußgängerbrücken und im Bau befindlichen U-Bahnschächten ein Denkmal stand. Es war das Standbild eines hochaufgerichteten bärtigen Mannes aus schwarzem Granit. Said betrachtete es lange. Mitten im Straßenlärm und umgeben von einer Unzahl von Menschen, fühlte er sich mit ihm alleingelassen. Niemand schien es zu beachten. Der schwarze Mann starrte über alles hinweg, so, als stünde er in der Wüste, die vielleicht einmal sein Reich gewesen war, und so, als betrachte er etwas, das sich weit entfernt abspielte. In der Wüste könnte er nicht einsamer sein als hier, überlegte der Junge. Vielleicht hätte sich dort ab und zu ein Vogel auf dem steinernen Kopf niedergelassen oder ein Schakal an seinem Sockel ein Bein gehoben. Hier schien das Standbild verloren, und Said fühlte Mitleid mit ihm, obwohl es aus Stein war.

»He, paß doch auf!« Beinahe hätte ihn eine Droschke gestreift. Er fragte bei einem Kioskverkäufer nach dem richtigen Weg und erreichte schließlich den Souk. Schon nach wenigen Schritten war er schrecklich enttäuscht. Alles war laut und verdorben, von Plastik-Kitsch überschwemmt. Schmuckläden führten nur billigen, modischen Schmuck. Parfümläden verbreiteten künstliche Düfte, vermischt mit süßlichem Opiumgeruch. Kunstgalerien boten Bilder an, die Sonnenuntergänge am Nil über Bambusgestrüpp zeigten oder Töpfe, die nur auf den Geschmack der fremden Besucher abgestimmt waren. Said verglich sie im Geiste mit den Krügen, die die Berberfrauen auf den Souks im Atlasgebirge verkauften. Er verglich die grellbunten glänzenden Kleiderstoffe mit den duftigen golddurchwirkten Schleiern der Frauen in Fes und die Musik aus den Kassetten mit den Balladen der Sänger auf dem Djemaa el Fna. Seine Enttäuschung schien ihn zu lähmen. Der Lärm schlug über ihm zusammen. Die Menge der Menschen nahm ihn in sich auf, trieb ihn fort, und er suchte vergeblich nach einem Platz, der es einem Hakayati erlaubte, einen Zuschauerring aufzubauen. Er fand keine Gaukler, keine Musikanten oder Tänzer, die die Menschen unterhielten. Diese Menschen hier wollten nicht unterhalten sein. Sie hatten nur ihre Geschäfte im Sinn.

Der Junge stolperte ziellos weiter. Er sah sich nicht um und starrte nur vor sich hin. Sein Blick ging ins Leere, so wie der des Standbildes auf dem Platz vor dem Bahnhof. Doch als der Geruch nach frischem Brot in seine Nase drang, fühlte er, daß er hungrig war. Die Suppe der frommen Kopten war zu wenig gewesen für einen Jungen in seinem Alter, doch ohne Geld konnte er sich nichts zu essen kaufen. Seine Streiche mit Moussa fielen ihm ein und wie sie den Händlern auf dem Markt in Mopti Nüsse geklaut hatten. Oh, Nüsse! Saids Magen knurrte. In diesem Augenblick hätte er viel für eine Handvoll von ihnen gegeben. Doch in dem Teil des Souk, in dem er sich gerade befand, gab es keine Nüsse zu kaufen. Mit schmerzenden Füßen schlich der Junge weiter und blieb erst wieder stehen, als er eine schmale Gasse erreichte, in der einige Teppichhändler ihre Läden hatten. Er ging hinein, weil er sie näher betrachten wollte. Viele Teppiche waren von einer Art, wie er sie vorher noch nie gesehen hatte. Sie waren wie Bilder, auf denen Tiere und Menschen, Häuser und Bäume dargestellt wurden und nicht Muster, wie Samaki sie webte oder die Berberfrauen im Atlasgebirge. Wieder einmal quälte ihn die Frage, an was er den Zauberteppich erkennen könnte.

»Gefallen sie dir?« sprach ihn ein Mann an. Da merkte der Junge erst, daß er schon lange vor einem Laden stand, und weil er annahm, es könnte der Händler sein, der ihm einen von seinen Teppichen verkaufen wollte, schüttelte er nur heftig den Kopf und ging schnell weiter.

Doch der Mann holte ihn ein. »Mir gefallen sie auch nicht«, sagte er. »Einer ist wie der andere. Es gibt viel schönere als diese.« Und als Said ihm nicht antwortete, fragte er ihn: »Bist du fremd hier?« Er hatte ein dickes freundliches Gesicht, und um seine Augen sprossen Fältchen, wie das Gras in der Wüste nach einem Regen. »Du kommst aus Marokko. Ich seh es an deiner Kleidung. Wie heißt du?«

»Said ibn el-Shaggra.«

»Ich bin Hadji Hassan ibn Hassan«, sagte der Mann. »Kennst du niemanden in Kairo?«

»Niemanden«, antwortete Said.

»Dann komm mit mir! Ich hab was für dich.« Und weil Said froh war, mit jemandem reden zu können, begleitete er den Mann.

Sie nahmen eine Pferdedroschke. Noch nie war der Junge in einer Droschke gefahren. Er hatte sie immer nur aus der Ferne bewundert und die Leute beneidet, die den Kutscher bezahlen konnten. Jetzt saß er selbst in so einer Kutsche und kam sich wie ein König vor, genoß den Fahrtwind und bildete sich ein, alle Fußgänger würden ihn sehen und bestaunen.

»Gisah!« hatte Hadji Hassan dem Kutscher zugerufen und dann

noch den Namen des Hauses. So fuhren sie auf einer langen Straße aus der Stadt hinaus, überquerten den Nil auf einer Brücke und Said erkannte nicht, daß er vor zwei Tagen auf derselben Strecke in die Stadt gekommen war, weil er damals geschlafen hatte.

Er sah viele Schiffe auf dem Fluß und an den Ufern bis in den Himmel reichende Häuser. Hinter ihnen verschwammen die Kuppeln und Minarette Kairos im Dunst, vor ihnen tauchten die Pyramiden auf, riesige dreieckige Gebäude ohne Fenster. Hassan erzählte dem staunenden Jungen, daß es Grabmäler der alten Könige waren und daß sie zu den sieben Weltwundern gehörten.

Vor ihnen bog die Kutsche links ab, folgte einem mit Wasser gefüllten Graben, überquerte diesen auf einer Brücke und hielt schließlich vor einer Einfahrt. Während Hadji Hassan den Kutscher bezahlte, betrat Said einen großen Garten. Er sah viele Büsche und Bäume, einen Ententeiher, sandige Wege und mittendrin zwei rotverputzte Häuser. Drei kleine Mädchen hockten auf einer Wiese und spielten, zwei andere arbeiteten auf einem Vorplatz. Sie tunkten Wolle in Tonnen mit Farbe und hängten die tropfenden Stränge anschließend über eine Leine.

»Komm mit!« forderte Hadji Hassan Said freundlich auf. »Es wird dir sicher bei uns gefallen.«

So kam Said in das Haus von Hadji Hassan ibn Hassan und seiner Frau Nadia, und er merkte sofort, daß dabei die Peri vom Fluß ihre Hand im Spiel gehabt haben mußte. Hassan und Nadia leiteten nämlich eine Webschule für Kinder. Einige wohnten dort, die anderen kamen morgens und gingen abends.

»Das ist Said ibn el-Shaggra!« stellte Hassan den Jungen seiner Frau vor. »Er kommt aus Marokko, und ich glaube, er würde gern weben.«

Da nahm sich Nadia seiner an. Sie zeigte ihm alles, machte ihn mit den anderen Kindern bekannt und gab ihm zu essen. Dem Jungen gefiel es dort sehr, und bald begann er zu weben. Er erinnerte sich an Samaki und an das, was er bei ihm gelernt hatte, doch hier standen die Webstühle senkrecht, hier gab es keine überlieferten Muster. Die Kinder webten Bilder aus ihrer Umwelt: Fellachen-

dörfer und Wasserträgerinnen, Kamele und Esel unter Palmen, eine Hochzeit oder Vögel in Mimosenbüschen. Nadia zeigte ihnen, wie sie es machen mußten, doch sie verlangte von ihren Schülern, ohne Vorlage zu arbeiten. So webten sie nur nach ihrer Vorstellung, und die Teppiche, die dabei entstanden, waren sehr begehrt.

Die meisten Kinder hatte Hadji Hassan, so wie Said, auf der Straße aufgelesen. Sie hatten weben gelernt, und als sie es konnten und ein Teppich nach dem anderen entstand, hatte Hadji Hassan begonnen, sie ihnen abzukaufen. Einige der kleinen Weber waren inzwischen erwachsen. Doch niemand schickte sie fort. Sie durften bleiben, so lange sie wollten.

In unregelmäßigen Abständen machte Nadia mit den Kindern Ausflüge in die Umgebung. So fuhr Said schon wenige Tage nach seiner Ankunft mit ihr und den anderen in eine Oase, die unweit von El-Kahira in der Wüste lag. Es ging nach Süden. Rechts und links der Straße arbeiteten Fellachen auf ihren Feldern oder in ihren einfachen Ziegeleien. Said sah, wie sie die Erde mit Wasser vermischten und Ziegelsteine daraus brannten. Sie vermengten die Masse mit gehäckseltem Stroh, so wie er und Moussa es in Mopti getan hatten. Nadia erklärte ihm, daß sie allmählich ihre gute Erde verbrauchten, denn seitdem ein großer Staudamm im Süden die alljährlichen Überschwemmungen verhinderte, brachte der Fluß keine Erde mehr mit. So verbrauchten sie ihre Felder und legten an ihren Palmen die Wurzeln frei.

Zwei kleine Jungen galoppierten auf ihren Eseln einen Feldweg entlang. Tamarisken säumten die Straße. Wie Mädchenhaar bewegte der Wind ihre Zweige hin und her. Am Rande eines Kanals drehten sich hölzerne Wasserräder. Said hörte dem Lied zu, das sie, jedes in einer anderen Tonlage, sangen. Es klang, als sängen sie nur für sich oder nur für den Wind, oder so, als betrauerten sie den Tod aller hölzernen Räder, die durch solche aus Eisen ersetzt worden waren. Laut klagend schöpften sie mit ihren Schaufeln das Wasser aus dem Kanal in einen kleinen Graben, der es in die daneben liegenden Felder leitete.

Nadia zeigte den Kindern das alles, weil sie wußte, daß sie diese

Bilder mit sich heimtragen würden, um Teppiche aus ihnen zu weben.

Ein paar Wochen später mietete sie eine Felukke und fuhr mit ihnen den Fluß hinunter. Said verglich ihn mit dem Vater der Flüsse. Der Nil war anders, trotz aller Geschäftigkeit an seinen Ufern war er ruhiger, überschaubarer, die strömende Lebensader eines Landes. Das Gluckern der Strömung an der Bordwand war ein vertrautes Geräusch für den Jungen. Aufgeplusterte schwarze Hühner mit purpurfarbenen Häubchen auf den Köpfen flüchteten in das schützende Dickicht des Schilfes. Eisvögel flitzten über das Wasser, und auf den Felsen mitten in der Strömung hockten die grauen Reiher, so als ob sie Wache hielten über den Fluß und seine Ufer.

Nadia lobte die Kinder, wenn sie webten. Sie tadelte nie. Said, der sich schnell auf die neue Webtechnik eingestellt hatte, begann einen Teppich mit vielen Rindern und Ziegen, mit Hirten und ihren Frauen und um alles herum einen blauen Rand.

»Was bedeutet der Rand?« fragte Nadia ihn eines Tages, als sie seinen Teppich betrachtete.

»Das ist der Issa-Beer, und die Rinder weiden auf einer Insel«, erklärte ihr der Junge.

Obwohl er es gut hatte, dachte er oft an Kita und an Samaki, an die heißen Abende am Fluß und das Geräusch der Mörser, wenn die Frauen Hirse stampften. Als er eines Tages den Briefträger Post bringen sah, überlegte er ernsthaft, ob er ihnen nicht eine Postkarte schicken sollte. Aber niemand im Dorf konnte lesen.

Nur Ibrahim und Selim erhielten Grüße.

Den fliegenden Teppich hatte er nicht vergessen. Da er sich in allem sehr geschickt zeigte und selbständiger als die anderen Kinder war, ließen ihn Hassan und Nadia ab und zu in die Stadt fahren, um kleine Besorgungen für sie zu erledigen. Dann nahm er den Bus und fuhr mit ihm über den Nil bis nach Alt-Kairo. Fast immer waren die Aufträge schnell erledigt. Danach streifte er noch umher und hielt nach Teppichgeschäften Ausschau. Er fand viele, doch in keinem getraute er sich nach einem fliegenden Teppich zu fragen. Es fiel ihm nur auf, daß viele Händler wertlose oder zerrissene

Stücke auf den Gehsteig legten, um so die Aufmerksamkeit der Käufer auf ihre Geschäfte zu lenken.

Eines Tages stand Said an einer Bushaltestelle, während gleich daneben zwei Pferdedroschken auf Kundschaft warteten. Die mageren Pferde verdrehten die Köpfe und schnaubten sich an. Eines wieherte dunkel, worauf das andere seine Ohren nach hinten stellte. Da schob sich Said die Perle auf den Rücken, weil er wissen wollte, über was sie sich unterhielten.

»Schlägt dich dein Alter immer noch jeden Abend?« fragte der Braune.

»Ja«, wieherte der Schimmel hinter ihm. »Aber dafür bekomme ich wenigstens satt zu fressen. Der alte Faruk – du kennst doch den Hengst aus dem Bahnhofsviertel – ist kürzlich auf der Straße zusammengebrochen. Allah erspare uns ein ähnliches Schicksal!«

»Das wünsche ich auch«, sagte Said.

Da schreckten die Pferde hoch. Sie waren an vieles gewöhnt, an das Schreien der Kutscher, das Hupen und Bremsen der Autos und an Menschenmassen, aber ein Junge, der ihre Sprache verstand, war ihnen noch nie begegnet. Doch als Said ihnen das Geheimnis der Perle erklärte, beruhigten sie sich wieder. Sie fragten ihn, woher er käme und was er in El-Kahira wolle. Und Said erzählte ihnen alles. Vom Schatz in der Wüste erzählte er ihnen und von den Dingen, die er brauchte, um dem Djinn und Samira den schwarzen Spiegel abzuhandeln. Es tat ihm gut, sich wieder einmal mit jemandem darüber unterhalten zu können.

»Im Land am Nil, vielleicht auch in dieser Stadt, soll sich ein Teppich befinden, mit dem man durch die Luft fliegen kann wie mit einem Flugzeug«, schloß er seine Geschichte. »Wenn ich ihn gefunden habe, fliege ich mit ihm dorthin, wo früher einmal die Königin von Saba gelebt haben soll, und dann muß ich versuchen, eine Halskette von ihr aufzutreiben. Auch der Dolch des Mahdi soll sich in diesem Land befinden.«

Inzwischen war der Bus gekommen. Die Leute, die nach Gisah wollten, waren eingestiegen und mit ihm davongefahren, aber Said stand immer noch da und sprach mit den Pferden. Für unbeteiligte

Menschen sah es aus, als streichele er sie bloß oder füttere sie mit Leckerbissen.

»Hast du schon einmal etwas von so einem Wunderteppich gehört?« fragte der Schimmel den Braunen.

Doch der schüttelte den Kopf. »Wenn es hier einen gibt, dann könnten das nur die Tauben wissen«, antwortete er. »Schließlich leben die Tauben auf Dächern und Fenstersimsen, und von dem, was in den Häusern geschieht, bleibt ihnen nur wenig verborgen. Ich an deiner Stelle würde mich unter den Tauben umhören. Sie können dir sicher helfen.«

Das leuchtete Said ein. »Shukran«, sagte er dankbar. »Das werde ich tun.« In diesem Augenblick bestieg ein dicker Mann die vordere Droschke. Er weckte den Kutscher, der auf dem Bock eingeschlafen war und verlangte, zum Bahnhof gefahren zu werden.

»Jalla! Jalla!« schrie der Kutscher, nahm seine Peitsche und schlug sie dem Braunen über den Rücken. Das magere Pferd legte sich in die Sielen und wäre fast auf die Straße gefallen, als sich die Droschke in Bewegung setzte. Es trabte an und war bald im dichten Verkehr untergetaucht.

»Shukran«, sagte Said zu dem Schimmel. Dann kam der nächste Bus, und er stieg ein.

Von diesem Tag an fragte der Junge alle Tauben nach dem Zauberteppich. Er begann mit denen vom Bahnhofsplatz und fragte dann die vom Souk, die vom Platz vor dem großen Museum und die von der Zitadelle, doch keine von ihnen hatte je einen Teppich fliegen gesehen oder auch nur gehört, daß es so etwas gibt.

Der Sommer ging vorüber und mit dem Herbst kam der Regen. Er kündigte die eiskalten Winde an, die im Winter durch die Gassen fegten und die Menschen vor Kälte erschauern ließen.

Said webte fleißig an seinen Rindern, und als ihm einmal die blauen Fäden für den Issa-Beer ausgingen, färbte er sich die Wolle nach. Hadji Hassan sparte nicht mit Lob, und seine Frau Nadia versorgte die Kinder mit warmer Kleidung. Weder Said noch die anderen Schüler brauchten zu frieren. Da es schon früher dunkel wurde, erzählte ihnen Nadia an den Abenden oft von den alten

Ägyptern. Von der Größe und Pracht ihres Reiches berichtete sie und von den Tempeln und Grabmälern, die sie an den Ufern des Nil erbaut hatten, warum die Tempel immer am Ostufer des Flusses standen, die Grabmäler aber auf der westlichen Seite. »Es ist die Seite des Sonnenunterganges«, erklärte sie ihren Zuhörern. »Und nach dem Glauben der Pharaonen verkörpert der Lauf der Sonne das Leben des Menschen. Dort, wo die Sonne untergeht, wohnt der Tod.«

Dann berichtete sie noch von den wertvollen Dingen, die man damals den Königen mit in die Gräber legte, damit sie im Reich des Todes nicht auf die gewohnte Pracht zu verzichten brauchten. Nadia beschrieb ihnen die kostbaren Geschmeide, die goldenen Statuen, die Stühle und Tische, die Streitwagen und Wandgemälde so genau, daß die Kinder sie vor sich zu sehen glaubten. Sie hörten ihr immer gespannt zu und waren jedesmal traurig, wenn es Zeit war, ins Bett zu gehen.

Nur Saids Gedanken schweiften oft ab, weil ihn Nadias Geschichten an den Schatz in der Wüste erinnerten und er immer noch nicht wußte, wo er den Teppich finden könnte.

Nachdem er die Tauben auf allen Plätzen befragt hatte, blieben ihm nur noch diejenigen übrig, die auf den Minaretts der großen Moscheen ihre Nester gebaut hatten.

Als Hadji Hassan ihn das nächste Mal in die Stadt schickte, um etwas für ihn zu besorgen, beschloß Said einen letzten Versuch zu machen und ein Minarett zu besteigen. Doch er mußte sich beeilen, denn die Sonne stand schon tief am Winterhimmel und er wollte nicht, daß sich Nadia Sorgen machte.

Sobald er die lange Umfassungsmauer einer grossen Moschee erreichte, begann er nach Tauben Ausschau zu halten. Aber er sah keine. Es mußten die Stunden sein, in denen sie schlafen. Said zog die Schuhe aus und betrat den riesigen Innenhof mit dem Brunnenhaus in der Mitte.

Still war es hier. Die dicken Mauern mit ihren Arkaden ließen den Lärm nicht durch. Ruhe war wichtig für ein Gebäude wie dieses. Ein Greis schlurfte langsam über den Hof und betrat den Gebetsraum, an dessen Ostwand sich die heilige Nische befand. Nie-

mand hielt den Jungen auf, als er das Minarett zu besteigen begann.

Er kletterte über hohe Kalksteinstufen nach oben, immer rundum im Uhrzeigersinn, und hielt sich dabei dicht an der Mauer, um nicht schwindlig zu werden. Schließlich erreichte er den Umgang, von dem aus fünfmal am Tag der Muezzin sein »Allahu Akbar« über die Stadt schrie. Said sah die Dächer, die Kuppeln und Türme wie hintereinander geschichtete Schattenrisse im Dunst. Vor ihm, auf dem Geländer des Umgangs, hockten einige Tauben und gurrten sich zu.

»Hat eine von euch schon einmal einen fliegenden Teppich gesehen?« fragte er sie. Erschrocken flatterten die Tauben davon.

Nur eine von ihnen besann sich und kam zurück.

»Wieso kannst du sprechen wie wir?« fragte sie.

Da erzählte ihr Said die Geschichte von den Patengeschenken der Peri.

»Die Droschkenpferde rieten mir, mich bei euch nach dem Zauberteppich zu erkundigen«, sagte der Junge. »Doch bisher fand ich keine Taube, die mir weiterhelfen konnte.«

»Du solltest besser die Katzen fragen.«

»Die Katzen?« rief Said.

»Jawohl, die Katzen«, bestätigte ihm die geschwätzige Taube. »Sie haben ein besseres Gedächtnis als wir. Wir ziehen es vor, über die Dächer zu flattern, während die Katzen oft scheinbar schlafen, doch in Gedanken auf Reisen gehen. Katzen kennen viele Geheimnisse, und sie wissen auch oft über die Dinge hinter den Dingen Bescheid. Dem alten Glauben nach haben sie eine eigene Göttin mit dem Namen Bastet, die fast immer unter ihnen weilt.«

»Du meinst, daß sich Bastet in eine der Katzen verwandelt, die hier in der Stadt leben?« fragte Said verwundert.

»Genau das«, antwortete die Taube. »Es könnte auch umgekehrt sein. Eine der Katzen verwandelt sich in die Göttin. Und wenn du mich fragst, dann ist das ›Ni-Ni‹.«

»Ni-Ni?« rief Said. »Was ist das für ein Name?«

»So heißt eine Katze. Ihr Fell ist grau wie Holzasche. Sie ist mager, von vielen Kämpfen vernarbt und uralt, doch in ihren Augen

glüht noch das Feuer der Jugend. Nur einmal habe ich sie über den Hof schleichen sehen.«

»Und wo kann ich sie finden?«

»Das kann ich dir nicht sagen. Wir Tauben hüten uns vor den Katzen, und wir trauen ihnen auch nicht, wenn sie schlafen. Unter uns kreist das Gerücht, die Katze ›Ni-Ni‹ verstecke sich manchmal in Abu el-Hol, dem ›Vater des Schreckens‹, der als Sphinx die Pyramiden bewacht. Einige von uns glauben auch, daß ihre Seele, während sie schläft, in die bronzenen Standbilder Bastets schlüpft, wo sie an die Zeiten denkt, in denen ihr die Menschen viele Opfergaben brachten. Von ›Ni-Ni‹ gibt es viele Geschichten, aber Genaues weiß niemand.«

Doch darüber machte sich Said keine Gedanken. Er mußte die Katze suchen, die die Taube »Ni-Ni« genannt hatte. Wenn auch sie nicht wußte, wo er den Teppich finden könnte, wußte es niemand. Da war er sicher.

An diesem Abend nahm ihn Hassan beiseite, weil er wissen wollte, was der Junge so lange in der Stadt zu tun gehabt habe. Said schwindelte ihm etwas von einem Unfall vor und daß die Autos sich auf der Brücke stauten, doch er wußte nicht, ob Hadji Hassan ihm glaubte.

Einige Tage war das Wetter so schlecht, daß Said nicht zu den Pyramiden gehen konnte. Ein kalter Wind fegte über das Land, und es regnete oft. Da webte der Junge an seinen Rindern, vollendete hier den Schwung eines Hornes und dort den Stab eines Hirten. In die blaue Umrandung webte er einige grüne Fäden. Das sollten von der Strömung losgerissene Algen sein.

Dann, als wieder einmal die Sonne am Himmel stand und nur kleine, federleichte Wolken über die Stadt und den Fluß dahintrieben, sagte Said Nadia, daß er sich einmal die Pyramiden ansehen wolle.

»Was willst du dort?« fragte sie ihn. »Das ist nur was für die Fremden.«

Doch der Junge ließ sich nicht von seinem Vorhaben abbringen.

Auf dem Platz vor den riesigen Monumenten drängten sich Bett-

ler und Andenkenverkäufer durch die Menge der fremden Besucher. Stolze Araber boten ihre mit wollenen Troddeln geschmückten Kamele zu Umritten an und Dragomane ihre Dienste für Führungen. Said hatte sich die Perle auf den Rücken geschoben, aber der Lärm und das Gewirr der Stimmen waren viel zu groß, um etwas verstehen zu können. Nur einmal hörte er mit, als eine Frau ihrem Mann erzählte, daß die alten Könige viele hunderttausend Menschen dazu gezwungen hatten, diese Pyramiden zu bauen, mit denen sie die Vergänglichkeit aller Dinge zu überlisten versuchten. Während sie sprach, sah sich der Junge um und entdeckte auf einmal den Sphinx, der seinen mächtigen Kopf mit dem halbzerstörten Gesicht nach Osten gerichtet hatte, so als erwarte er jeden Morgen den Aufgang der Sonne als Wächter der Pyramiden und des Nil.

»Irgendwann haben sie ihm den Bart abgeschlagen«, sagte ein Mann neben Said. Er hob seinen Fotoapparat vor ein Auge, zwickte das andere zu, während er die Blende einstellte. Dann drückte er ab.

»Den Bart haben die Engländer nach London gebracht. Was sie bloß an ihm finden?«

Armer Abu el-Hol, dachte Said. Was ist ein Mann ohne seinen Bart? Für einen Augenblick verlor das Standbild viel von seinem Schrecken. Doch gleich darauf betrachtete Said ängstlich die mächtigen Pranken und den aus dem Kalkstein gehauenen Katzenkörper.

Er brauchte all seinen Mut, um nach oben zu schreien: »Abu el-Hol oder Ni-Ni, wer du auch sein magst, kannst du mir eine Auskunft geben?«

Aber er wartete vergeblich auf eine Antwort. Nur ein kleines Steinchen kollerte herunter und schlug dicht vor ihm auf. Da versuchte es Said noch einmal: »Großmächtiger Sphinx, wenn du Ni-Ni bist, dann hilf mir bitte!« Aber auch diesmal blieb alles stumm. Der Wind trieb eine Staubfahne über den Platz vor den riesigen Pranken. Und als einer der Fotografen den Jungen zur Seite schickte, drehte sich Said um und ging betrübt wieder nach Hause.

Vielleicht ist Ni-Ni gerade in der Stadt unterwegs, versucht sich einen Spatz zu fangen oder wühlt im Müll nach eßbaren Dingen, überlegte er. Nur wenn sie schläft, ist ihre Seele frei für Bastet, den Sphinx oder andere Katzenstandbilder.

Deshalb beschloß Said, von nun an alle Katzen zu fragen, ob sie etwas von Ni-Ni wüßten. Vielleicht hatte er Glück und traf sie auch persönlich?

Doch Katzen zu befragen war nicht so einfach, denn im allgemeinen sind sie ziemlich verschlossene Wesen. Sie haben es nicht gern, wenn sie ausgefragt werden. Daher erhielt der Junge nur selten eine Antwort von ihnen. Erstaunt mußte er feststellen, daß viele ein graues Fell hatten und fast alle mager waren. So kam es ihm oft vor, als gäbe es viele Ni-Nis in der Stadt. Doch er gab nicht auf und forschte weiter.

»Wen suchst du? Ni-Ni? Die hab ich schon lange nicht mehr gesehen«, maunzte eine, und eine andere behauptete, den Namen vorher noch nie gehört zu haben. Eine dritte schließlich glaubte sich zu erinnern, daß sie vor einigen Wochen auf der anderen Straßenseite entlanggelaufen war, und eine vierte hatte davon gehört, sie sei kürzlich unter den Rädern einer Droschke gestorben. Jedesmal, wenn der Junge auf weit von ihm entfernten Dächern oder Balkonen eine Katze entdeckte, war er davon überzeugt, daß gerade sie die Gesuchte sein müßte.

Vielleicht ist ein Teil von ihr in jeder Katze, überlegte er, und nur alle zusammen ergeben Ni-Ni.

Eines Abends fragte er Nadia nach Bastet.

»Meinst du die Göttin oder bloß ihr Standbild?« fragte Nadia zurück.

»Beides.«

»Für die alten Ägypter war Bastet die Göttin der Liebe und des Tanzes«, erklärte Nadia. »Wegen ihrer zärtlichen, einschmeichelnden Art und der geschmeidigen Bewegungen hat man sie fast immer als Katze dargestellt. Ihr wurde der Tempel in Bubastis geweiht, aber wenn du ein Standbild von ihr sehen willst, mußt du ins Museum gehen.«

Da bat Said sie um Erlaubnis, das Museum besuchen zu dürfen.

Er bekam sie sofort und machte sich so auf den Weg, daß er in den Mittagsstunden dort ankam, weil er hoffte, daß dann die meisten Katzen schliefen und Ni-Nis Seele in das Standbild der Göttin geschlüpft sei.

Auf dem Platz vor dem großen Hauptportal warteten viele Menschen darauf, eingelassen zu werden. Said drängte sich mitten in eine Gruppe und kam so hinein, ohne dafür bezahlen zu müssen.

Doch zuerst verwirrte ihn alles. Die hohen, kühlen, künstlich beleuchteten Räume, die Vorträge der Führer in den verschiedenen Sprachen und die vielen Menschen. Einer trat dem anderen auf die Füße. Vor der Treppe in das Obergeschoß stand die Plastik einer Frau, die Said wieder zu sich selbst zurückbrachte. Still, ein wenig vorgeneigt, so als beschütze sie ihren Bauch, hockte sie da. Das etwas erhobene füllige Gesicht sah so aus, als lausche sie mitten im Trubel der fremden Besucher auf eine leise, nur ihr bekannte Stimme. Said stand lange vor ihr, in der Hoffnung zu hören, was sie hörte. Aber er vernahm nichts.

Im Saal der Götter sah er Anubis, einen Gott mit dem Kopf des Schakals. War das der Yurugu des Dogon-Orakels? Neben ihm stand Horus, der Sohn des Osiris, der einen Falkenkopf trug. Er entdeckte ein Abbild Thots, des ibisköpfigen Zauberers, der ihn an Abu el-Rih erinnerte, und staunte über Hathor, die Göttin mit dem Kopf einer Kuh.

In einem der nächsten Räume sah er in Stein gemeißelte Bilder, die Geschichten erzählten. Es waren Geschichten vom Leben im alten Ägypten. Sie zeigten die Könige auf der Entenjagd in den Papyrussümpfen und den Bau der großen Tempel und Pyramiden. Die Bilder waren so fein ausgearbeitet, daß Said glaubte, das Rascheln des Schilfes zu vernehmen und die über dem Wasser lagernde Hitze zu spüren. Irgendwo rief ein Vogel, und das Rauschen und Plappern der Strömung schläferte den Betrachter ein. Doch Said mußte weiter.

In der Abteilung der Sarkophage lagen die Hüllen der Mumien. Ihre Gesichter blickten nach oben, als warteten sie auf die Sonnenbarke, mit der sie in das Reich der Toten gebracht würden. Er be-

wunderte den Goldschmuck aus vielen Gräbern, die Kronen, Halsketten, Prunksessel, Truhen und Streitwagen und stand dann plötzlich vor einer Katze aus Bronze. Sie saß in königlicher Haltung auf einem niederen Sockel und betrachtete so hochmütig die Welt, wie es nur eine Göttin tun konnte.

Das war nicht die Katze Ni-Ni, so wie Said sie sich vorgestellt hatte: Ni-Ni mit dem aschgrauen Fell, mager, voll Narben und uralt. Ni-Ni, in deren Augen ein Feuer brannte. Diese Katze hier strahlte Gelassenheit aus und Würde.

Aus den anderen Ausstellungsräumen drang das leise Gemurmel der Besucher an die Ohren des Jungen. Er war allein, und es kam ihm so vor, als beobachteten ihn die Standbilder der Götter und Könige. Vor langer Zeit hatten große Künstler sie in Granit, in Kalkstein, Bronze oder Gold verwandelt, doch als Said sie genauer betrachtete, meinte er zu erkennen, daß in jedem Abbild ein Stück ihrer Seele eingeschlossen war. Er stellte sich Bastet vor und wie sie als heilige Katze durch den Tempel Bubastis streifte, sich den Rükken an den hohen steinernen Lotossäulen rieb und ständig von mehreren Priestern umgeben war, die ihr jeden Wunsch von den Augen ablasen.

Der Tempel mußte für sie wie ein goldenes Gefängnis gewesen sein. Sie wäre sicher gern wie die anderen Katzen frei durch die Stadt gezogen, hätte im Abfall gewühlt oder Spatzen gejagt und den Kampf ums Überleben selbst gekämpft. Und Said verstand auf einmal, warum ein Teil von ihr zu Ni-Ni wurde, einer gewöhnlichen Straßenkatze, die sich nur, wenn sie schlief, auf die alte Bastet und ihre Rolle als Katzengöttin besann.

Doch dann fiel ihm ein, daß er sich beeilen mußte, wenn er sie nach dem Verbleib des Teppichs fragen wollte. Als Ni-Ni würde er sie in den Straßen Kairos vergeblich suchen. Als Bastet hatte er sie gerade gefunden. Er schob sich die Perle nach hinten.

»Großmächtige Bastet«, sprach er das Standbild an. Dann ging ihm die Luft aus, und er überlegte,wie er fortfahren sollte.

Er meinte, ein leises Maunzen zu hören.

»Kannst du mir sagen . . .«, begann er umständlich und fuhr erst

etwas mutiger fort, nachdem er sich vergewissert hatte, daß er immer noch allein war ». . . ob es hier einen Zauberteppich gibt, einen, mit dem man fliegen kann?«

Durch den Raum klang ein leises Schnurren. Es war, als ob jemand lachte. Said glaubte zuerst, sich verhört zu haben, doch als sich aus dem Schnurren Worte zu formen begannen, wurde ihm klar, daß er dieses Mal die richtige Stunde getroffen hatte. Ni-Nis Körper ruhte irgendwo in einem Winkel, während ihre Seele in das Standbild der Göttin geschlüpft war.

»Meinst du den alten Fetzen, den Mohammed Warabi, der Teppichhändler, einem Müllmann abgekauft hat?«

»Wenn er fliegen kann, ist es der Richtige!« rief Said schnell.

Da lachte die Katze ein zweites Mal. »Wenn du das dem alten Mohammed sagst, schickt er dich gleich in ein Irrenhaus.«

»Aber was sag ich zu ihm, wenn ich den Teppich sehen will?«

»Frag ihn nach der Matte, die er vor die Eingangstüre seines Geschäfts auf den Gehsteig legte.«

Doch als Said immer noch mehr wissen wollte, hörte das Standbild plötzlich auf zu reden. Irgendwo in der Stadt mußte die Katze wieder aufgewacht sein und ihre Seele zurückgeholt haben.

Doch der Junge konnte zufrieden sein mit dem, was er erfahren hatte. Er verließ das Museum und fragte den nächstbesten Straßenhändler nach dem Geschäft des Teppichhändlers Warabi.

»Das ist dort, wo der Khan Khalili in die große Straße einmündet. Gleich gegenüber dem Standplatz der Droschken befindet sich ein Kaffeehaus, das nur von Männern besucht wird, die die beste Zeit ihres Lebens bereits hinter sich haben«, erklärte der Händler. »Neben diesem Kaffeehaus führt ein schmaler Gang in den Laden Warabis.«

»Shukran!« rief Said und rannte davon. Es war ihm ganz gleich, ob das Licht einer Ampel auf Rot stand, er überquerte Straßen, schob Fußgänger beiseite, hüpfte über am Boden hockende Bettler und rannte und freute sich während er lief, weil er annahm, sich kurz vor dem Ziel zu befinden. Doch als er den Teppichladen erreichte, waren vor seinem Eingang nur nackte Pflastersteine zu se-

hen, sonst nichts. Doch das entmutigte ihn nicht. Er betrat den Laden, um sich nach dem Teppich zu erkundigen.

»Beim Barte des Propheten!« rief Mohammed Warabi erstaunt. »Das alte Ding war eines Tages verschwunden. So dreckig und zerrissen wie es war, mußte es doch noch einen Liebhaber gefunden haben. Er nahm es mit, ohne dafür zu bezahlen.«

Da war die Spur auf einmal keine Spur mehr. Da hatte sie sich aufgelöst wie eine kleine Wolke am Mittagshimmel, und Said war so klug wie vorher. Traurig, mit hängenden Armen, verließ er den Laden, blieb draußen stehen und überlegte, was er nun tun sollte.

Suleiman schwieg.

Er trank einen kleinen Schluck Wasser aus dem Kanister.

»Ja und?« fragte Abouli ungeduldig.

»Was meinst du mit ›Ja und‹?« sagte der Hakayati.

»Wie geht es weiter? Du hörst doch nicht etwa schon wieder auf zu erzählen?«

»Was meinst du denn, wie es weitergehen könnte?«

»Vielleicht taucht eine neue Peri auf«, sagte Khalid.

»Oder ein Djinn«, schlug der ›Geier‹ vor.

»Vielleicht passiert gar nichts, und Said kehrt heim zu Hadji Hassan«, sagte Achmed.

»Dann wäre Saids Geschichte aus, und unser Teppich bliebe unvollendet«, gab ihm Suleiman zu bedenken.

»Vielleicht hilft ihm wieder jemand weiter«, überlegte der alte Abdullah laut, und als sich alle erstaunt nach ihm umdrehten, weil sie angenommen hatten, daß er längst eingeschlafen sei, fuhr er fort: »Vielleicht hilft ihm ein Mensch oder nochmals ein Tier. Schließlich erzählt uns Suleiman ein Märchen, und auf Aboulis Wunsch hin schenkte die Peri vom Fluß Said ja die Fähigkeit, mit Hilfe der Perle alle Sprachen zu verstehen.«

»Könnte er nicht das Denkmal vom Bahnhofsplatz um Hilfe bitten?« wollte Abouli wissen. »In einer Zaubergeschichte ist doch alles möglich.«

Zuerst antwortete niemand darauf. Nur der Wind heulte

draußen. Schließlich sagte der Hakayati: »So oder ähnlich könnte es gehen.« Und er fuhr fort, zu erzählen:

Verwirrt und ratlos stand Said auf der Straße. Nebenan vor dem Kaffeehaus hockten einige Männer und schlürften ihr heißes, süßes Getränk, und gegenüber von ihnen, auf der anderen Straßenseite, standen drei Droschken. Die Kutscher hatten den Pferden Klee vorgeworfen und sich auf den hinteren Sitzen ihrer Kutschen zum Schlafen hingelegt. Da fiel Said ein, daß ihm schon einmal Droschkenpferde einen guten Rat gegeben hatten. Wenn diese Kutscher hier öfters auf Kundschaft zu warten pflegten, dann wußten ihre Pferde vielleicht auch, wer den alten Teppich vor Mohammed Warabis Geschäft gestohlen hatte.

Während er die Straße überquerte, tastete er nach der Perle, um zu prüfen, ob sie auf seinem Rücken hinunterhing.

Die Pferde zuckten zusammen, als er sie ansprach. Und weil durch die Kutschen ein Ruck lief, hatte Said Angst, daß die Kutscher aufwachen könnten. Doch sie schnarchten weiter.

»Vor mir braucht ihr keine Angst zu haben«, flüsterte Said den Pferden in die Ohren. »Ich trage eine Feenperle und kann mich deshalb mit euch unterhalten.« Er wartete, bis sie sich wieder beruhigt hatten und fragte sie dann, ob sie zufällig gesehen hätten, was aus dem alten Teppich geworden sei, den Mohammed Warabi auf den Gehsteig gelegt hatte.

»Ach der . . .!« seufzte eines der Pferde traurig. »Den hat Kassim geholt, als der alte Faruk umfiel.«

Da erinnerte sich Said, daß er schon einmal etwas über einen Hengst namens Faruk gehört hatte.

»Ich hab genau gesehen, wie das alles passiert ist«, erzählte das Pferd. »Denn ich stand hinter ihm. Kassim schlug mit der Peitsche auf Faruk ein, doch wenn er sich aufzurichten versuchte, fanden seine Hufe keinen Halt auf den glatten Steinen. Da holte sich Kassim den alten Teppich und legte ihn Faruk vor die Füße. Aber es war schon zu spät. Es dauerte nicht mehr lange, da war der Hengst tot. Sie schnitten ihn aus den Sielen . . .«

»Was wurde aus dem Teppich?« unterbrach der Junge ungeduldig das Pferd.

»Den warf jemand nach hinten auf die Kutschensitze, mehr habe ich nicht gesehen.«

Da bedankte sich Said. »Kassim hieß der Kutscher, sagst du?«

»Kassim. Er hat sich bereits ein neues Pferd gekauft. Ich begegnete ihnen unten am Ufer. Das Arme! Es kann einem leid tun. Kassim ist übel.«

An diesem Tag war es zu spät, um nach Kassim zu suchen. Deshalb fuhr der Junge zurück nach Gisah. Es dauerte einige Tage, bevor er Gelegenheit fand, sich nach dem Verbleib des Kutschers umzuhören.

Inzwischen ging der Teppich, an dem Said webte, allmählich seiner Vollendung entgegen.

Anderthalbmal die Breite ergibt die Höhe, hatte Nadia zu ihm gesagt und ihn ermahnt, sich alles gut einzuteilen, den blauen Rand nicht zu vergessen, der das Ganze abschließen sollte und auch die Rinder so anzuordnen, daß keines von ihnen kopflos bliebe. Es machte ihm Spaß, seine langhörnigen Rinder zu weben und dazu etwas grün, denn sie mußten ja fressen. Er vollendete bald die Hirten mit ihren Stecken, den mächtigen Stier und um alles herum den blauen Fluß.

»Das ist eine gute Arbeit«, lobte ihn Hadji Hassan. Aber Said winkte bescheiden ab und zeigte auf die Arbeiten der Mädchen, die neben ihm an ihren Webstühlen saßen. Die eine webte einen Wald aus vielen verschiedenen Bäumen, die Orangen trugen und Zitronen. Zwischen den Stämmen standen Bananenstauden. Langschwänzige Vögel schwirrten von Ast zu Ast. Das andere Mädchen webte an einem Blumengarten und mitten darin stand ein rotes Haus. Es sah so aus wie eines der Häuser Hadji Hassans mit Rundbogenfenstern und kleinen Arkaden.

Manchmal kam eine Gruppe fremder Besucher und ließ sich von Nadia alles zeigen. Dann kauften die Frauen sich so einen Teppich und hängten ihn zu Hause an die Wand als Erinnerung an diese Reise und auch weil er ihnen gefiel.

Bei seinem nächsten Gang in die Stadt begann sich Said bei allen Droschkenkutschern nach Kassim zu erkundigen.

»Kassim«, sagte einer von ihnen. »Natürlich, den kennt doch jeder. Doch wo er sich jetzt gerade herumtreibt, das weiß ich nicht.« Aber ein anderer wußte, daß er mit seiner Droschke einen Standplatz am Bahnhof bevorzugte. »Wenn du Geduld hast und ein bißchen wartest, dann kannst du ihn dort eigentlich nicht verfehlen.«

Da stellte sich Said an den Bahnhof und wartete. Er erkundigte sich bei den anderen Kutschern, an was er Kassims Droschke erkennen könnte, und als sie ihn fragten, was er denn von ihm wolle, log er ihnen etwas vor, daß er ein Neffe sei von ihm, daß er seinen Onkel noch nie gesehen habe, weil er schon lange in die Stadt gezogen sei, und daß er ihm bei der Suche nach Arbeit helfen sollte. So erfuhr er, was er wissen mußte, um Kassim zu erkennen. Doch er wartete drei oder vier Stunden, bevor der Kutscher den Standplatz anfuhr. Er war ein mürrisch aussehender Mann, und Said mußte sich sehr überwinden, als er ihn ansprach. Doch bevor er es tat, lief er erst an der Kutsche vorbei und betrachtete verstohlen ihr Inneres, ob da vielleicht ein teppichähnlicher Fetzen lag. Aber er sah nichts.

Schließlich fragte er Kassim geradeheraus, ob er nicht etwas für ihn hätte, worauf er sich setzen könnte. Er wolle nämlich Schuhputzerjunge werden, aber ihm fehle die rechte Unterlage, um seinen Kasten darauf zu stellen. Irgendein anderer Droschkenbesitzer habe ihm gesagt, Kassim hätte so einen alten Fetzen in der Kutsche, den er nicht brauchte.

»Ach den . . .«, antwortete der Kutscher schläfrig. »Den hab ich grad erst weggegeben.«

»Wem?« fragte Said schnell.

»Osman, dem Straßenkehrer.«

»Will der auch Schuhputzer werden?« Said klopfte das Herz bis zum Hals. Wieder schwand seine Hoffnung.

»Schuhputzer! Osman!« Kassim lachte dröhnend. »Nein, nein, der nicht. Er will wieder heim in den Jemen und hat sich von mir diesen Fetzen von Teppich erbettelt, um seine Habe hinein zu pak-

ken. Ich hab nämlich keinen Koffer, hat er gesagt. Und weil ich grad meine weiche Tour hatte, habe ich ihm den alten Teppich gegeben. Jetzt wird er schon unterwegs sein.«

Ohne sich zu bedanken, drehte sich Said um und rannte davon. Fast hätte er einen Polizisten umgestoßen.

»He, Kleiner, wohin!« schrie der ihm nach.

»In den Jemen!« rief ihm Said über die Schulter zu.

Doch der Polizist glaubte, sich verhört zu haben.

Suleiman schwieg.

»Noch einen Tee?« fragte ihn der ›Geier‹.

»Shukran. Ich brauche eine Pause.« Und während Takajedu frischen Tee zubereitete, stand Achmed auf und sah nach, wieviel Wasser noch da war.

»Reicht es bis Tezirzek?« wollte der alte Abdullah wissen.

Schweigend wiegte Achmed den Kopf hin und her.

Draußen tobte der Sturm in unverminderter Stärke. Er heulte und jaulte in den Felsen, so als hielten die Kel Essouf dort eine Versammlung ab, in der einer den anderen zu überschreien versuchte. Abouli zog sich den Schech über die Nase, trat vor die Höhle und sah sich um. Unten im Wadi stand eine Tamariske. Der Wind schüttelte und drückte sie zu Boden. Wie ein gläubiger Moslem sich vor Allah verneigt, wenn er fünfmal am Tag sein Gebet spricht, so verneigte sich der Strauch unter dem Sturm.

»Glaubst du, im Tezirzek gibt es Wasser?« fragte Khalid seinen Vater in der Höhle.

»In cha' allah!« murmelte der. »Außer ihm weiß das niemand. Es wäre gut, wenn der Wind sich beruhigen würde und wir weiterreiten könnten.«

Er gestand jedem nur wenig Wasser zu. Abouli hatte Durst. Seinen Mund hatte der Wind ausgetrocknet und der Sand knirschte ihm auf den Zähnen. Doch er jammerte nicht. Er wollte ein Mann sein, so wie Suleiman einer war, ein Mann, der Abenteuer bestehen konnte und jeder Gefahr trotzte.

Dazu gehörte auch, daß er in der Lage war, Durst zu ertragen.

Er sah nach Arusha. Bei ihr und den anderen Kamelen war alles in Ordnung. Er gab ihnen Futter und prüfte die Fesseln. Dann hockte er sich auf einen am Boden liegenden Sattel und sah ihnen zu, wie sie Büschel für Büschel aus den vor ihnen liegenden Haufen zogen, es langsam zermalmten und hinunterwürgten. Er beobachtete, wie das Futter die Kehlen hinunterrutschte, durch die sie es später wieder aufstießen, um es endgültig zu zerkleinern.

»Spiel mit mir ein Kalaha!« bat ihn Khalid, als er in die Höhle zurückkam. Abouli sah den Hakayati auf seiner Decke liegen und schlafen. In der nächsten Zeit war nicht zu erwarten, daß er weitererzählte. Ein Spiel wäre gut, denn es verkürzte die Zeit, und deshalb stimmte er zu.

»Such du die Steine, dann grabe ich die Mulden«, sagte sein Bruder zu ihm. »Gleich beim Eingang hat der Wind etwas Sand angeweht. Das ist eine gute Stelle.«

Abouli suchte kleine, kaum erbsengroße Steine zusammen. In der Zwischenzeit grub Khalid mit der Hand zwölf kleine Mulden in den lockeren Boden. Abouli legte in jede Mulde vier Steine, und schon konnten sie beginnen.

Sie hockten sich hin, und die Doppelreihe mit den Löchern war wie eine Achse zwischen ihnen oder wie eine Grenze, an der sie zu kämpfen begannen.

»Fang an!« sagte Khalid.

»Nein du!« widersprach ihm Abouli.

Da leerte Khalid eine seiner Mulden mit einer Hand und verteilte die Steine einzeln im Uhrzeigersinn in die folgenden Löcher.

Sie spielten schweigend und bald verbissen. Der ›Geier‹ sah ihnen zu. Einmal gewann der eine mehrere Steine, dann wieder der andere. Doch als schließlich nur noch so wenige im Spiel waren, daß es sich nicht mehr lohnte weiterzuspielen, hörten sie auf. Khalid wurde Sieger mit achtundzwanzig Steinen. Verdrossen verteilte Abouli wieder je vier auf die Löcher, und sie begannen eine neue Runde. Sie spielten, bis auf einmal ein roter Schimmer die Höhle erhellte und der Stein vor dem Eingang einen Schatten warf.

»Die Sonne!« rief Khalid. Er sprang hoch, trat dabei mit dem Fuß in die Mulden und zerstörte das Spiel.

Erst jetzt fiel ihnen auf, daß sich der Wind gelegt hatte und das Jaulen und Heulen, das Schleifen und Prasseln des Sandes verstummt war. Sie stürzten nach draußen. Gerade berührte die glutrote Sonnenkugel den Horizont. Weit hinten in der Wüste, dort, wo das Wadi im Sand verlief, türmte sich Düne neben Düne, in deren Oberfläche der Wind wellenförmige Muster geblasen hatte. Es war ein wildes, unendliches Meer aus Sand, das sich ihrem Blick darbot, das neu und erschrekkend für sie war und an das sie doch gewöhnt sein sollten.

Die Luft war so klar und sauber, daß Abouli meinte, jedes einzelne Sandkorn erkennen zu können.

»Sieht so auch das Meer aus?« fragte er.

»So ähnlich, nur mit dem Unterschied, daß es aus Wasser besteht und daß es sich ständig bewegt«, erklärte ihm Suleiman.

Die steinige Böschung des ausgetrockneten Flußbettes ragte wie eine Klippe in das Sandmeer hinaus.

»Vielleicht war das alles früher einmal Wasser«, sagte Abouli langsam. »Und dann kam eines Tages Aisha Khadidja daher oder der Zauberer Thot oder irgendein anderer von den Kel Esscuf und verwandelte alles in Sand.«

»Das wäre schon möglich.« Suleiman lachte.

»Könnte dieses Sandmeer für Saids Geschichte etwas bedeuten?«

»Da bin ich sicher.« Der Hakayati drehte sich um und ging in die Höhle zurück. »Es bedeutet, daß der Junge die längste Zeit bei Hadji Hassan verbracht hat und daß ihn sein Weg wieder einmal über ein Meer führen wird.«

»Und der Teppich?«

»Der Teppich, an dem er arbeitet, steht kurz vor der Vollendung. Er ist sehr schön geworden mit all seinen Rindern und Hirten und der blauen Umrandung. Nadia wird ihn verkaufen und die Hälfte des Erlöses Said geben. So reich ist er dann noch nie gewesen.«

»Dann könnte er ja ein Geschäft aufmachen«, schlug Abouli vor.

»Aber nein. Hast du den schwarzen Spiegel vergessen? Said hat das nicht getan. Wer ihn zu benützen versteht, wird reich, hat das Dogon-Orakel versprochen. Said will keinen Laden. Er

will den Spiegel. Um ihn zu erringen, braucht er den fliegenden Teppich und die anderen Dinge.«

»Zuerst wird gegessen«, unterbrach Achmed die Unterhaltung der beiden. »Und vor dem Essen gebetet.«

Da verließen die sechs die Höhle und stellten sich so auf dem Vorplatz auf, daß sie die Sonne im Rücken hatten.

»Allahu akbar!« betete Achmed leise. »Eshadu la allah illa'allah! Gib, daß wir bald zum Wasser kommen. Sonst wird unsere Lage kritisch!«

Er kniete sich mit den anderen hin und verbeugte sich dreimal nach Osten.

Takajedu kochte Hirse. Dazu gab es Datteln. Danach machten es sich alle bequem, und Suleiman erzählte weiter:

Said war sich darüber klar, daß es sicher viele Jemeniten mit dem Namen »Osman« gab. Doch dieser hier war arm, und er wollte nach Hause. Geld für eine Flugkarte hatte er sicher nicht. Also blieb nur ein Schiff. Der nächste Hafen war Suez. Said vertraute auf sein Glück. Vielleicht würde es ihm helfen, Osman zu finden.

So eilte er also zurück nach Gisah, nachdem er mit Kassim gesprochen hatte. Er mußte zuerst Hadji Hassan und Nadia sagen, daß es Zeit für ihn war, zu gehen.

»Aber warum willst du gehen? Hat es dir hier nicht gefallen?« fragte Nadia.

Doch Said sagte nur: »Ich muß fort. Es geht nicht anders.«

Da gab ihm Nadia das Geld für den fertigen Teppich, und Said nähte es in seine Decke. Er prüfte den Inhalt seines Cri-Cri und stellte beruhigt fest, daß nicht nur der Spiegel, sondern auch das Gebet noch vorhanden war.

Am nächsten Morgen verabschiedete er sich von allen Kindern, von Hassan und Nadia und ging mit dem sicheren Gefühl fort, nie mehr wiederzukehren.

Er fuhr mit dem Bus die Shari Ramses hinaus und am Flughafen vorbei, wo die Straße nach Suez beginnt. Dort wollte er sich ein Auto suchen, dessen Fahrer ihn mitnehmen würde.

Said war jetzt sechzehn und groß und hübsch. Er hatte sich von Nadia die Haare kürzen lassen und trug Turban und Galabiya wie alle ägyptischen Jungen seines Alters. Niemand fragte ihn mehr, woher er komme und was er hier wolle, denn alle glaubten, er sei in dem Land am Nil geboren und ein Sohn aus guter Familie.

Inzwischen war es Frühling geworden. Die eisigen Winde hatten sich längst verzogen. Es hatte viel geregnet. Überall blühten Mimosen und andere kleine Blumen. Die Luft war voll von ihrem Duft, den sogar der Gestank nach Benzin nicht zu verdrängen vermochte. Said sprach die Fahrer an, die an den Tankstellen hielten.

»Assalamu aleikum!« sagte er. »Fahren Sie nach Suez?« Und wenn sie bejahten, bat er sie, ihn mitzunehmen. Doch erst der fünfte lud ihn ein mitzufahren.

Es war ein kleiner Lieferwagen, der Säcke geladen hatte, auf denen schon ein paar Männer hockten. Zwischen ihnen standen zwei Schafe. Said klemmte sich in eine Ecke. Kaum hatte der Fahrer die letzten Häuser Kairos hinter sich gelassen, gab er Gas und fuhr so schnell, als sei ein Djinn hinter ihm her. Der Fahrtwind schlug den Männern ins Gesicht, versuchte ihnen die Turbane herunterzureißen und zerrte an ihren Galabiyas. Keiner von ihnen hatte Lust, eine Unterhaltung anzufangen. Ab und zu, wenn das Auto durch ein Schlagloch fuhr oder ein schwerer Lastwagen es überholte, bäumten sich die beiden Schafe auf und versuchten zu flüchten. Dann griffen sechs oder acht kräftige Hände in ihre Wolle und drückten sie wieder zu Boden.

Die eintönige Landschaft wurde nur selten von locker bebauten Feldern unterbrochen, auf denen Fellachen arbeiteten. Um die Brunnen scharten sich Esel, Ziegen und manchmal auch Rinder. Links von der Straße bedeckten hohe gelbweiße Dünen den Fuß einiger Berge. Nach zwei Stunden Fahrt erreichten sie Suez, fuhren zwischen niederen, schmutzigen Häusern hinunter zum Hafen, wo der Fahrer hielt und alle aussteigen mußten. Said fand Suez schrecklich. Nur der Blick von der Hafenmole über die Bucht und die Mündung des großen Kanals, durch den die Schiffe ins Mittelmeer fuhren, beeindruckte ihn sehr.

Er hatte sich auf der Fahrt einen Plan ausgedacht, nach dem er vorgehen wollte. Osman war auf dem Weg in den Jemen. Es wäre zwecklos, in Suez nach ihm zu suchen. Er mußte längst fort sein. Daher hatte Said beschlossen, sich selbst nach einem Schiff umzusehen, das ihn mitnehmen würde.

Said fragte in den Garküchen am Hafen. Er erkundigte sich bei den Wirten und bei den Gästen. Er fragte auch die Fischer, die gerade vom Meer hereinkamen, um möglichst schnell einen Fang zu verkaufen, und er fragte ein paar Europäer, die ihre Jachten an einer besonderen Mole vertäut hatten.

Aber nur wenige fuhren so weit in den Süden. Einige brachten Wallfahrer nach Dschidda, die von dort nach Mekka pilgern wollten, und andere steuerten Lamu an, eine kleine Insel im Indischen Ozean, wo eine Ladung Mangrovenholz darauf wartete, nach Sansibar transportiert zu werden.

»Am billigsten fährst du mit einem Alkoholschmuggler«, klärte ein Wirt den Jungen auf. »Ihr Ziel ist fast immer Mokka, ein kleiner versandeter Hafen im Süden. Diese Kapitäne nehmen nur wenig Geld, und für den Rest mußt du bei ihnen arbeiten.«

Doch Said wagte nicht, jemanden nach Alkoholschmugglern zu fragen.

Schließlich hatte er bisher immer die Gesetze des Korans beachtet, die jedem gläubigen Mohammedaner verbieten, Schweinefleisch zu essen und Alkohol zu trinken. In seinen Augen war Alkoholschmuggel Frevel, fast so schlimm wie Raub oder Diebstahl.

Es wurde Abend. Die Dämmerung senkte sich über den Hafen. In Suez gingen die Lichter an, und Said verrichtete sein Abendgebet in den Trümmern eines zusammengestürzten Hauses.

»Oh Allah, schick mir ein Schiff, das mich mitnimmt, und gib auch, daß ich Osman finde und ihm den Teppich abkaufen kann!«

Da stand auf einmal ein Mann hinter ihm und klopfte ihm auf die Schulter.

»Stimmt das? Du willst in den Jemen?« fragte er. Said erschrak über seinen Anblick. Außer einem dunklen Turban trug er nur ein um die Hüften geschlungenes Tuch. Der wilde schwarze Bart über-

wucherte mehr als die Hälfte des Gesichtes. Seine Augen glühten wie Kohlen.

»Ja«, sagte Said. »Fährst du dorthin?«

Der Mann nickte. »Wenn du für die Überfahrt zahlen kannst, nehm ich dich mit!«

Said überlegte. Von dem Geld, das ihm Nadia gegeben hatte, wollte er eigentlich Osman den Teppich abkaufen. Doch was nützte es ihm, wenn er ihn nicht fand! Deshalb fragte er den Mann, was er verlangte. Die Summe war höher als das, was der Junge besaß. Aber nach einigem Hin und Her wurden sie handelseins. Said würde einen Teil der Überfahrt abarbeiten.

»So einen wie dich können wir gut gebrauchen«, sagte der Mann. Da erkundigte sich Said nicht weiter nach der Art des Schiffes oder der Ladung. Er folgte dem Fremden zu einem Auto, in dem schon zwei andere Männer saßen. Ohne ein Wort der Begrüßung halfen sie dem Jungen auf die mit Kisten und Fässern vollgestellte Ladefläche. Einer setzte sich zu ihm. Der andere kletterte neben dem Schwarzen auf den Beifahrersitz. Obwohl es fast dunkel war, erkannte der Junge bald, daß sie nicht zum Hafen hinunter, sondern aus der Stadt hinaus nach Süden fuhren.

Im Verlauf der Fahrt erfuhr Said dann, mit wem er fuhr, wie das Schiff hieß und was es geladen hatte.

»Ich bin Jasir«, stellte sich der Mann, der neben ihm hockte, vor. »Unser Kapitän heißt Murabi, und neben ihm sitzt unser Steuermann Moktahar. Wir bringen eine Ladung Whisky nach Mokka im Jemen und verkaufen sie dort an Fliegende Händler. Das ist ein lohnendes Geschäft. Wir verdienen recht gut dabei, doch die Männer, die mit ihren Jeeps die Flaschen ins Landesinnere bringen, erhalten das Doppelte und mehr für sie, je nachdem, wie weit sie sich von der Küste entfernen.«

Said erschrak. Daß er mit Schmugglern gemeinsame Sache machen sollte, behagte ihm gar nicht. »Verzeih mir, Allah!« betete er in Gedanken. »Es gibt eben keine andere Möglichkeit, in den Jemen zu kommen.« Und zu Jasir sagte er laut: »Ist das nicht gefährlich?« Er konnte das Gesicht des Mannes nicht erkennen, sah nur auf der linken Seite der Straße die im Mondlicht blitzenden Wellen und rechts die von den Autoscheinwerfern beleuchteten Klippen.

»Natürlich ist es gefährlich«, grunzte der Mann. »Wenn es das nicht wäre, würde es nicht so gut bezahlt. Doch es bringt weniger Gefahr für uns alle als für die Wiederverkäufer, weil der Kadi sehr streng über Alkoholhändler urteilt.«

Eine Weile fuhren sie schweigend. Said erkannte an kleinen Lampen, daß an der Straße gebaut wurde. Dann bog der Fahrer links ab und fuhr auf einem schmalen steilen Weg zum Meer hinunter, wo sie nach vielen Kurven eine Bucht erreichten, in der unweit des Ufers ein vertäutes Segelboot schaukelte.

»Die ›Sindbad‹ ist eine gute Dau«, erklärte Jasir dem Jungen. »Sie hat schon vielen Stürmen widerstanden.« Er spuckte aus und schlüpfte in seine Sandalen, die er zu Beginn der Fahrt von sich geschleudert hatte. »Sie ist Murabis ganzer Besitz und ersetzt ihm Frau und Familie. Moktahar, Moshe und ich sind bloß die Mannschaft, zu der du jetzt auch gehörst.«

»Wer ist Moshe?«

»Moshe ist ein Äthiopier. Ihn hat der Hunger auf See getrieben. Als Allah sein Land mit dem Fluch der Trockenheit belegte, ist er geflohen. Murabi hat ihn in Lamu getroffen und angeheuert. Jetzt hält er Wache an Bord.«

Der lange Äthiopier hatte das Auto erkannt, als es von der Straße abbog. Er war mit dem kleinen Beiboot zum Ufer gerudert, das er nur kurze Zeit später als Murabi mit seinen Leuten erreichte. Said half, die Kisten in das Boot zu verladen. Bevor sie alles in der »Sindbad« verstaut hatten, mußte Moshe viermal hin- und herrudern. Mit der vorletzten Ladung nahm er Said und den Steuermann mit, während Murabi mit dem Lieferwagen davonfuhr, um ihn zu verstecken, und Jasir am Ufer auf ihn wartete. Erst mit der letzten Ladung kamen die beiden an Bord. Dann ging alles sehr schnell.

Moshe und Jasir drehten den Anker hoch, dann stellten sich alle mitschiffs so auf, daß jeder ein Stück von dem Tau greifen konnte, an dem die schwere Rah hochgezogen werden mußte.

»Allah sei unserer Fahrt gnädig!« hörte Said Murabi flüstern

und dann: »Eins-zwei, eins-zwei!« Das Zählen bestimmte den Takt, in dem sie sich ruckartig nach hinten legten und sich wieder vorbeugten, während ihre Hände das Tau nachgriffen. Die schwere Holzstange mit dem eingerollten Segel war länger als das ganze Schiff. Nur langsam bewegte sie sich am Mast hoch, dessen Spitze sie erreichen mußte, bevor der Kapitän den Befehl zum Loslassen des Segels gab.

Mit einem lauten Knattern fuhr der Nachtwind in das große Tuch, ließ es ein paarmal hin- und herschlagen und blähte es schließlich zu einem riesigen Bauch auf. Zuerst folgte das schwer im Wasser liegende Schiff nur zögernd dem Druck des Windes. Doch dann, als es die schützende Bucht hinter sich gelassen hatte, gewann es an Fahrt. Said hörte das von dem Bootskörper verdrängte Wasser an der Bordwand entlangrauschen und spürte die sanfte Bewegung der Wellen, nicht stärker als er sie vertrug, aber doch so, daß es ihn daran erinnerte, wie heftig sie werden konnte.

Bis der Mond unterging, stellte sich Murabi selbst hinter das Steuer, während die Mannschaft die Ladung aufräumte. Sie mußten die Kisten mit allerlei anderem Kram tarnen: Mit Fässern voll Dieselöl und Stapeln aus leeren Körben, mit geflochtenen Binsenmatten, alten Autoreifen und anderen Dingen, mit denen die Schiffer in kleinen Häfen so Handel trieben. Erst als Murabi mit allem zufrieden war, ließ er die Männer schlafen. Said fand einen Schlafplatz bei Jasir und Moshe auf der Abdeckung der Kombüse im Bug, wo der Fahrtwind etwas Kühlung brachte. Murabi und Moktahar lebten im Achterdeck neben dem Steuerrad, an dem sie sich ständig abwechselten.

Als am anderen Morgen die Sonne an der Backbordseite des Schiffes aufging, erkannte Said, daß sie nach Süden segelten. Die Sonne schien auf die roten Felsen des Küstengebirges, und dem Jungen kam es so vor, als glühten sie auf unter ihren Strahlen und tauchten glühend ins Meer, wo weißgischtende Brandung das Feuer löschte.

»Deshalb heißt es das ›Rote Meer‹«, sagte Jasir neben ihm grinsend, der Saids Blick gefolgt war. »Deshalb und wegen der roten Algen, die manchmal an seinen Ufern treiben.«

Der Wind blies stetig. Er kam von Nordwesten, und Murabi und seiner Mannschaft blieb es erspart, gegen ihn kreuzen zu müssen. Es wurde heiß. Said war dankbar für den Turban, der seinen Kopf vor der Sonne schützte, und als nach einigen Tagen Fahrt das Trinkwasser schal und abgestanden zu schmecken begann, war ihm das gleich, solange es nur seinen Durst löschte.

Moshe war zuständig für die Küche, die sich ganz vorne im Bug befand, dort, wo die beiden Bordwände spitzwinkelig zusammenstießen und wo er auf einer Eisenplatte ein offenes Feuer entfachen konnte. Said half ihm oft bei der Zubereitung des Essens, nicht nur weil der Kapitän es verlangte, sondern auch, weil er es von der »Neptun« her so gewöhnt war. Solange sie vor dem Wind segeln konnten, gab es nicht viel zu tun für die Mannschaft. Von Murabi und Moktahar abgesehen, lagen sie oft auf dem Vordeck herum und langweilten sich.

Doch Jasir besaß ein Kofferradio, und Said verfiel wieder einmal den Zauberklängen der Musik. Er lag dann oft mit dem Rücken auf seiner Decke, die er auf den heißen Planken ausgebreitet hatte, und blickte in den von Segel und Rah zerteilten Himmel, während er den Liedern und Tänzen zuhörte. Manchmal verlas ein Sprecher die Tagesnachrichten und manchmal befragte er Leute. Auch das hörte Said gern.

Wenn ich den Schatz in der Wüste gefunden habe, dachte der Junge, dann kaufe ich mir gleich so ein Radio.

Doch nur wenig später ließ ein kurzes Gespräch mit Jasir und Moshe leise Zweifel in ihm aufkeimen.

Es begann eines Abends damit, daß Moshe herausfand, womit sich der Junge früher beschäftigt hatte.

»Du warst ein Hakayati?« rief er erstaunt. »Warum erzählst du uns keine Geschichte?«

»Kindereien!« brummte Jasir verärgert. »Wir brauchen keine Märchen, um uns zu unterhalten. Dreh lieber das Radio lauter!«

Said, dessen Meinung niemand wissen wollte, dachte noch lange über den Wortwechsel nach. Bedeutete nicht ein Radio das Ende für viele Märchenerzähler? Wer würde sich noch auf die Straße stellen und dem Hakayati zuhören, wenn er ein Radio besaß, das er überallhin mitnehmen konnte und das ihn ebenso unterhielt? Aber was würde dann aus den Märchen, wenn niemand sie weitererzählte?

Said wurde klar, daß sie wohl in Vergessenheit gerieten und ebenso verloren waren wie ein Stein, den er hier auf dem Meer in das Wasser würfe. Noch lange danach hatte er ein schlechtes Gewissen, wenn er Jasirs Radio andrehte, aber lassen konnte er es nicht.

Sie segelten nach Süden, hielten sich dicht an der ägyptischen Küste und liefen nur selten, und dann nur bei Nacht, einen kleinen Hafen an, um frisches Wasser und Nahrungsmittel an Bord zu nehmen.

»Die meisten Schmuggler kaufen Wein oder Whisky in Dschibouti ein. Das liegt auf der afrikanischen Seite«, sagte Murabi einmal zu Said. »Aber in Suez ist er viel billiger als dort.«

Dann teilte er eines Morgens der Mannschaft mit, daß sie sich auf der Höhe von Sharm-el-Sheikh befanden und besonders gut auf Patrouillenboote zu achten hatten. Er zog es vor, bei Nacht zu segeln und tagsüber in einer Bucht zu ankern. Manchmal mischte er sich auch unter die Boote der einheimischen Fischer.

Said genoß die Nächte auf dem Meer, wenn der Mond als große runde Scheibe am Himmel stand und die »Sindbad« in flüssigem Silber zu schwimmen schien, wenn die schwarzen Hügel der Küstengebirge wie Urwelttiere aus dem Wasser tauchten und ab und zu ein Delphin hochsprang. Er liebte den Geruch von Salz und Tang und den kühlen Nachtwind, der die Hitze des Tages vertrieb und die Köpfe klarmachte. Tagsüber, wenn Moshe ihn nicht in der Kombüse brauchte, half er Jasir beim Ausbessern des Segels oder schrubbte das Deck und ölte es ein, um das Holz vor dem Salz des Meeres zu schützen.

Er freute sich auf den Jemen, der ihm wie das Land der Verheißung erschien. Er würde nicht nur Osman dort finden und ihm irgendwie den Zauberteppich abhandeln, sondern auch den Halsschmuck der Königin von Saba und den silbernen Dolch des Mahdi.

Said vertraute dem Glück und der Hilfe der Peri vom Issa-Beer, und er war sicher, alles in seinen Besitz bringen zu können. Dann fehlte ihm nur noch die Glasperlenkette der Tochter des Kankan Moussa und natürlich der Ort, an dem Samira den Schatz bewachte.

So vergingen die Tage auf See wie die Gischt, wenn die Wellen sich überschlagen. Kapitän Murabi steuerte sein Schiff immer weiter nach Süden, manchmal ein wenig nach Osten, dann wieder nach Süden, entlang der nubischen Wüste und vorbei an Riffen und vorgelagerten Inseln.

Kaum jemand kannte sich in den Riffen so gut aus wie er. Said sah Korallenbänke und viele seltsame Tiere und Pflanzen, rote Sterne, Stachelfische, Seeigel, Rochen und im klaren Wasser treibende Quallen, deren milchige Körper sich jeder Bewegung des Meeres anpaßten. Er beobachtete Schwärme von bunten Fischen, die unter dem Kiel von Backbord nach Steuerbord wechselten, und wenn Moshe den Küchenabfall ins Meer fallen ließ, stritten sich die hungrigen Möwen kreischend um ihn.

So vergingen die Tage mit wechselnden Winden, die einmal stärker, dann wieder schwächer das große Segel blähten. Manchmal ruhten sie ganz. Dann lag die »Sindbad« in bleiernem Wasser und die Hitze an Bord wurde unerträglich.

Eines Abends meldete Jasir viele Lichter an der Steuerbordseite.

»Das könnte Port Sudan sein.« Kapitän Murabi lächelte zufrieden. »Wir kommen gut vorwärts.«

Ein paar Tage später kreuzten sie weit nach Osten, um einigen Inseln auszuweichen.

Dann, eines Mittags, die Sonne hatte den höchsten Stand längst überschritten, zog bei windstillem Wetter im Westen eine grauschwarze Wolkenwand hoch. Der Kapitän ordnete an, daß die Ladung überprüft und da, wo sie auf Deck lag, festgezurrt werden sollte. Kurze Zeit später warf er das Steuer herum und drehte den Bug der »Sindbad« gegen den aufziehenden Sturm, weil er hoffte, die Küste erreichen zu können und dort in einer Bucht zu warten, bis das Unwetter vorübergezogen wäre. Doch das Schiff bewegte sich kaum. Das schwere Segel hing schlaff an der Rah.

So kam es, daß der Wind sie von vorne angriff. Zuerst nur schwach und böig, fuhr er kurze Zeit später so in das Segel, daß sich die »Sindbad« ächzend zur Seite neigte. Murabi befahl, das große Segel zu reffen und durch ein kleines Sturmsegel zu ersetzen.

Said, Jasir und Moshe hatten alle Hände voll zu tun, um die Taue zu sichern und alle beweglichen Teile unter Deck zu verstauen, während Moktahar hinter dem Steuer stand und den schweren Schiffskörper auf dem Kurs zu halten versuchte.

Inzwischen begann die »Sindbad« in der heftiger werdenden Dünung zu rollen. Die Kreuzseen machten ihr schwer zu schaffen.

Einmal, als sie in ein Wellental tauchte, verlor Said das Gleichgewicht und schlug auf die Planken, doch seine Hände fanden ein Tau, an dem er sich halten und wieder aufrichten konnte.

Längst bedeckten die Wolken den Himmel, und der Wind heulte so laut, daß eine Verständigung unter den Männern fast unmöglich wurde. Murabi und Moktahar hielten die »Sindbad« gegen den Sturm, und wenn sie sich wegzudrehen versuchte, brauchten sie ihre ganze Kraft, um zu verhindern, daß die anlaufenden Wellen sie seitlich trafen.

Immer wieder schlugen einige Brecher über die Bordwand, und Said mußte mit Moshe und Jasir Wasser schöpfen, das durch die Luken ins Innere drang. Sie waren schon naß, als es zu regnen begann. Wie Peitschenhiebe schlug ihnen der Sturm die Tropfen ins Gesicht. Vor dem Bug türmten sich riesige Wellenberge, die die »Sindbad« ächzend und stöhnend erklomm, um kurz darauf wieder abwärts zu schießen, hinunter, hinunter, ohne zu bremsen, unaufhaltsam, so als stürze sie auf den Grund des Meeres oder gleich in die Hölle. Oft brauchte sie lang, um sich von so einer Talfahrt wieder zu erholen, aber der Sturm ließ ihr wenig Zeit. Immer wieder brach eine große Welle schräg von der Seite über sie herein. Dann kippte sie weg, so, als wollte sie kentern, und in Said schwand die Hoffnung, daß sie es noch einmal schaffen könnte. Noch nie hatte er sich so gefürchtet. Ein Schreck folgte dem anderen und schlug über ihm zusammen wie die Wellen über dem Deck.

Das Getöse, zusammengesetzt aus dem Jaulen des Windes, dem

Donnern der gegen die Bordwand schlagenden Dünung und dem Stöhnen und Krachen des gequälten Holzes, wurde ihm immer unerträglicher. Einmal sah er den langen Äthiopier, wie er ein rollendes Ölfaß festzurrte. Über sein schwarzes glänzendes Gesicht rann Wasser.

»Allahu akbar!« betete Said. »Gib, daß der Sturm aufhört!«

Doch Allah schien ihn nicht zu hören. »Allahu akbar! Womit haben wir das verdient?« Da riß ein Tau, und einige Fässer rollten von Bord. Später zerfetzte der Sturm das kleine Segel. Von diesem Augenblick an trieb die »Sindbad« hilflos durch die kochenden Wellen.

Niemand wußte, wie lange das ging, ob es nur durch die Wolken so dunkel wurde oder ob die Nacht dazu kam, eine Nacht ohne Himmel, ohne das sanfte Mondlicht und ohne blinkende Sterne. Said schöpfte Wasser, bis ihm die Hände bluteten. Er versuchte damit, seine Ängste zu betäuben, und es war ihm ganz recht, daß ihm bald jeder Knochen wehtat. Doch weil es ihm unmöglich war, das Gleichgewicht zu halten, hatte er sich ein Tau um den Leib gebunden.

Der Sturm trieb das Schiff nach Osten, doch Murabi konnte nicht feststellen, wie weit und wohin. Es war, als wollten die Djinn sich einen Spaß erlauben, als packten sie Mast und Rah und tanzten mit ihnen herum und trieben ein Spiel, das nur sie lustig fanden und sonst niemand. Sie lachten und schrien und heulten und tobten und veranstalteten ein höllisches Geisterspektakel.

Irgendwann knickte der Mast zur Seite, die Rah brach herunter und zerbarst auf Deck. Glücklicherweise verletzte sie niemanden, doch der im oberen Drittel geknickte Mast brachte das Schiff erst recht aus dem Gleichgewicht. Jetzt trieb es mit Schlagseite auf dem tobenden Wasser.

»Der Mast!« brüllte Jasir. Der Wind riß ihm die Worte von den Lippen. Said glitt auf dem schlüpfrigen, schiefen Vorderdeck aus, doch Moshe erwischte sein Bein und hielt ihn fest, bis sich der Junge an dem um seinen Leib gebundenen Tau wieder hochhangeln konnte.

»Der Mast muß weg!« Murabi nahm sein Messer zwischen die

Zähne und begann, ungeachtet der wilden schlingernden Schiffsbewegungen zu der Bruchstelle aufzusteigen. Said und die anderen drei sahen ihm zu, wie er dem hin- und herschlagenden Mastende auszuweichen versuchte, wie es ihm schließlich gelang, die Taue zu kappen. Und als die »Sindbad« sich wieder einmal auf die Seite neigte, brach das Ende vollends ab und stürzte ins Wasser. Daraufhin richtete sich das Schiff schwerfällig wieder auf und erwartete den nächsten Angriff des Sturmes. Doch als dann auf einmal eine haushohe Woge, ein Wasserberg riesigen Ausmaßes auf sie zuraste, da erst besann sich Said in seiner Todesangst auf den Spiegel in seinem Cri-Cri. Er riß ihn heraus und hielt ihn der Welle entgegen. Und der Djinn, der die Welle bewegte, sah sich im Spiegel. Er fuhr aus dem Wasser und raste heulend davon.

»Der Wind hat sich gedreht!« schrie Murabi. Kurze Zeit später entdeckte Moshe einen hellen Streifen am Horizont.

»Hamdulillah! Allah sei Dank. Wir sind gerettet!«

Die Kraft des Sturmes war gebrochen. Später, nachdem sich die Wolken verzogen hatten und die Sterne wieder herauskamen, stellte Murabi fest, daß es sie weit nach Südosten verschlagen hatte.

»Mit dem großen Segel könnten wir in zwei Tagen vor Mokka ankern«, sagte er. »Aber so.....«, und er betrachtete verdrossen den kümmerlichen Holzstumpf und die Trümmer der Rah.

Sie beschlossen, ein Notsegel zu setzen und den Rest der zersplitterten Rah so weit wie möglich am Mast hochzuziehen.

Dazu brauchten sie anderthalb Tage, und als der Wind stetig und steif weiter aus Nordwesten blies, erreichten sie nach weiteren vier Tagen schließlich Mokka.

»Wir ankern draußen», erklärte Jasir dem Jungen. »Der Hafen ist völlig versandet und sogar ein kleineres Schiff als die ›Sindbad‹ würde auf Grund laufen, und außerdem bevorzugen Alkoholhändler die Dunkelheit, um mit ihren Booten hinauszurudern. Murabi verkauft den Whisky ab Schiff. Die Männer schaffen ihn an Land und vergraben ihn dort, so daß sie ihn rasch bei der Hand haben, wenn die Jeepfahrer kommen.« Und dann erzählte er ihm, daß

Mokka vor hundert Jahren einen großen Hafen besessen hatte, in dem der berühmte jemenitische Kaffee verladen wurde. Doch seitdem die Bauern nur noch wenig Kaffee anbauten, habe die Stadt und der Hafen an Bedeutung verloren.

Viele Bewohner seien weggezogen. Ihre verlassenen Häuser verfielen. Von dort, wo die »Sindbad« vor Anker gegangen war, konnte Said ein paar kümmerliche Bauten erkennen, einige Reste einer ehemals stolzen Moschee und daneben den traurigen Stumpf eines Minaretts. Um alles herum erhoben sich hohe Dünen, und hinter ihnen breitete sich eine Wüste aus, die ihn an die erinnerte, die er mit Sidi Machmoud durchquert hatte, und ein wenig auch an die bei Timbuktu.

Als die Nacht hereinbrach, kamen die kleinen Boote.

»Assalamu aleikum!«

»Aleikum assalam!«

Die Ruderer hatten wilde, vernarbte Gesichter. In ihren prächtig bestickten Gürteln steckten Krummdolche und manchmal auch Messer. Viele hatten Maschinenpistolen dabei, und ihre Mienen unter den kühn geschlungenen Turbanen ließen keinen Zweifel daran, daß sie sie auch zu gebrauchen verstanden.

Murabi schickte den Steuermann an Land, um einen neuen Mast und eine Rah zu besorgen. Said fuhr mit ihm, denn er war am Ziel seiner Reise. Er holte seine Decke und verabschiedete sich von Jasir und Moshe. Es tat ihm leid, daß er sie verlassen mußte, denn die gemeinsam ausgestandene Todesangst hatte sie einander nahegebracht. Nachdem er sich bei Murabi bedankt hatte, kletterte er hinter dem Steuermann ins Boot.

»Der Sturm hat euch ja bös mitgespielt«, sagte der Mann am Ruder mit einem Blick auf das beschädigte Schiff, während er sie an Land ruderte. »Eine andere Dau ist vor einigen Tagen kurz vor der Küste auf ein Riff gelaufen und gleich darauf gesunken.«

Eine andere Dau war gesunken! Said fuhr zusammen, als er das hörte.

»Kam sie aus Suez?«

»Das weiß ich nicht«, knurrte der Jemenite.

Said sprang an Land, schon bevor das Boot festgemacht hatte. Er bedankte sich rasch bei dem Mann, winkte dem Steuermann noch einmal zu und rannte am Ufer entlang, um die schiffbrüchigen Männer zu suchen.

Doch am Strand spielten nur Kinder.

»Ach die . . .«, erklärte ihm ein Junge, »die sind alle weg.«

Da schlich Said niedergeschlagen in die Stadt zurück, und weil er schon einige Tage nichts Warmes mehr gegessen hatte, suchte er sich zuerst eine Arbeit, um ein paar Münzen zu verdienen, mit denen er sich etwas zum Essen kaufen könnte. Er half einem Lastwagenfahrer beim Entladen seines Wagens und bestellte sich für das, was er dabei verdiente, in einer Garküche gebratenen Fisch. Während er auf das Essen wartete, hörte er einer Unterhaltung am Nachbartisch zu.

»Und was fängst du jetzt an?« fragte ein Mann einen anderen. »Habt ihr gar nichts retten können?«

»Nichts«, erwiderte jener. »Ich weiß nicht, wofür uns Allah so bestraft! Eigentlich war es ein Sturm, wie wir ihn hier öfters erleben. Doch dieses Mal schien alles wie verhext zu sein. Erst verrutschte die Ladung, und bei dem Versuch, sie zurechtzurücken, ging einer von uns über Bord. Dann kam ein riesiger Brecher und warf das Schiff auf den Felsen, worauf es durch ein Leck so viel Wasser aufnahm, daß es in wenigen Augenblicken versank. Wir haben gerade das nackte Leben gerettet.«

»Wo sind die anderen?« wollte sein Nachbar wissen.

»Der Kapitän und der Steuermann sind schon unterwegs nach Hoddeida, um als Matrosen auf einem Frachter anzuheuern. Mein Bruder Raschid und ich wollen nach Ägypten zurück, von wo wir ja auch gekommen sind. Nur Osman arbeitet am Hafen, um sich Geld zu verdienen.«

Da hatte Said genug gehört, denn er war sicher, daß der Osman, von dem der Mann sprach, auch derjenige war, den er suchte. Daraufhin schlang er seinen Fisch so schnell hinunter, daß er sich fast an einer Gräte verschluckte, und lief zum Hafen.

Er fragte einige Männer, die bei den Booten herumlungerten, und fand schließlich einen, der ihm sagte: »Osman? – Das ist der dort hinten!« und dabei auf einen jungen, schmächtigen Mann deutete, dessen helle Gesichtsfarbe ein wenig grau wirkte, der einen Schnurrbart trug und eine ägyptische Galabiya, genau wie Said. Der Junge überlegte nur kurz, wie er es anfangen könnte, mit Osman ins Gespräch zu kommen, denn es ergab sich wie von selbst, als er sah, daß sich der lange Gesuchte mit einer schweren Kiste abplagte. Da lief Said zu ihm hin, um ihm zu helfen.

»Gehörst du auch zu der Besatzung der untergegangenen Dau?« fragte er. Danach gab ein Wort das andere.

»Ich besaß nicht viel«, erzählte Osman. »Nur ein kleines, in einen Teppichfetzen gewickeltes Bündel. Als das Schiff auf der Seite lag, ist es von Deck gerutscht und vor meinen Augen versunken.«

Da mußte Said erkennen, daß der Zauberteppich für ihn verloren war, denn weder ein Djinn noch eine Peri, viel weniger aber ein Mensch würde auf den Grund des Meeres tauchen und ihn herausholen, es sei denn, jemand verkaufte dem Djinn seine Seele oder schenkte der Peri ein Feengewand, das auf der ganzen Welt nicht seinesgleichen hätte.

Als Suleiman schwieg, schrie Abouli empört: »Du kannst jetzt nicht aufhören, nicht an dieser Stelle!«

»Warum nicht?« fragte der Hakayati lächelnd.

In der Höhle war es finster geworden. Achmed stand auf, um noch einmal nach den Kamelen zu sehen, bevor er sich schlafen legte. Der alte Abdullah war längst eingenickt, während Khalid und der ›Geier‹ die letzten Reste des Tees aus ihren Gläsern schlürften.

»Weil man nicht weiß, wie's weitergeht«, jammerte Abouli.

»Du vergißt die Gabe des Djinn«, erklärte ihm Suleiman. »In einem Irrgarten gibt es immer viele Möglichkeiten, zwischen denen man sich entscheiden muß. Said könnte mit der ›Sindbad‹ weiterfahren. Vielleicht würde er auch gern nach Suez zurück oder sich lieber allein auf den Weg durch das Land machen. Schließlich hat Aisha Khadidja von zwei fliegenden Teppichen geredet. Außer dem Dolch und dem Halsschmuck muß der Junge nun auch noch den anderen Teppich finden.«

»Dann erzähl!« drängte ihn Abouli.

»Für heute ist's genug. Morgen ist auch noch ein Tag.«

Abouli legte sich vor der Höhle zum Schlafen nieder. Die Wüste war still. Der Wind ruhte sich aus, und die großen Dünen am Ende des Wadis schimmerten hell im Mondlicht. Achmed kam von den Kamelen zurück. Takajedu und Khalid unterhielten sich noch eine Weile. Dann hörte der Junge nichts mehr, weil er eingeschlafen war. Mitten in der Nacht schreckte er hoch, weil er glaubte, Aisha Khadidja lachen zu hören. Ihre Stimme klang nach befriedigter Rache. Doch in wachem Zustand stellte er fest, daß er geträumt haben mußte, denn über der Wüste war es weiterhin still.

Achmed weckte ihn früher als sonst. »Bis zum Mittag müssen wir den Brunnen erreichen«, sagte er, und niemand fragte, warum das so sein mußte.

»Allahu akbar! Gib, daß wir Wasser dort finden!« beteten die sechs Reiter an diesem Morgen, nur Abouli fügte noch hinzu: ». . . und daß der Hakayati bald weitererzählt!«

Tee gab es nicht. Sie legten die Sättel vor die schlaffen Hökker ihrer Kamele und zogen die Gurte fest an. Dann befestigten sie die Gerbas und alle anderen Lasten auf ihnen, das Brennholz, das Futter, die Töpfe zum Kochen und die Hirse, aus der Takajedu ihre Suppe kochte.

»Jalla! Jalla!« Achmed trieb sie zur Eile. Er saß als erster auf seinem Mehari und ritt schon los, ohne auf die anderen zu warten.

»Urd, urd, Arusha!« Abouli hatte kaum Zeit, sich den Schech richtig zu binden, so daß er hielt, aber nicht beengte und so, daß er ihn trotzdem über die Nase ziehen konnte.

Es war angenehm, so früh am Morgen zu reiten. Achmed führte sie durch das Wadi zurück und von da hinaus in die Wüste.

Über den Bergen kreisten zwei Geier. Die an den Felswänden aufsteigende Luft trug sie in weiten Bögen über die Gipfel. Durch einen Ruf machte Achmed die anderen auf zwei Gazellen aufmerksam, die vor ihnen hochschreckten und in weiten Sprüngen in die Wüste flüchteten.

Hinter ihren Rücken stieg die Sonne an einem klaren, wolkenlosen Himmel in die Höhe. Abouli schüttelte seinen Wasserkanister hin und her, um zu prüfen, wie voll er noch war. Doch es konnten nur noch wenige Schlucke drin sein. Achmed hatte den Rest aus den Gerbas am Morgen auf alle verteilt, wobei er dem Jüngsten unter ihnen den größten Anteil gegeben hatte. Der Junge beschloß, sparsam damit umzugehen und es aufzuheben, bis der Durst unerträglich werden würde.

Um zu dem Brunnen zu kommen, mußte die kleine Karawane ein weites, baumloses Wüstenstück überqueren. »Drüben gibt's Schatten«, hatte Achmed versprochen. »Akazien und Tamarisken.«

Die ausgeruhten Kamele fielen bald wieder in ihren langen wiegenden Schritt, der den Reitern erlaubte, ihren Gedanken nachzuhängen. Abouli überlegte, was er an Saids Stelle tun würde. Wie würde er sich entscheiden? Und er fand, daß Said jetzt einen Gefährten brauchte, so einen wie Osman. Dann fiel ihm noch etwas ein, und er hielt Arusha zurück, bis sie neben Suleimans Kamel herlief.

»Ich muß dich was fragen«, begann er zögernd, weil der Hakayati ihn nicht zu beachten schien. Er hatte den schwarzen Schleier schon über die Nase gezogen.

Doch davon ließ sich Abouli nicht beirren. »Said kam vom Issa-Beer in den Maghreb-el-Aksa und von dort nach Ägypten und von dort in den Jemen, und doch hat er bis dahin erst eine Aufgabe erfüllt. Eine von fünfen. Unser Ritt ist aber bald zu Ende. Dann muß die Geschichte fertig erzählt sein. Wie geht das?«

Suleiman schob sich den Schech herunter und sah Abouli an. »Eine Geschichte ist nicht nur wie ein Teppich. Sie verlangt auch Spannung.«

»Das mußt du mir näher erklären!«

Suleiman deutete auf einen Berg, der sich weit hinten am Horizont über die Wüste erhob. Sein Fuß war ein flacher Kegel. Mit zunehmender Höhe aber wurde der Hang immer steiler, um schließlich in einem hoch aufragenden, felsigen Doppelgipfel zu enden, dessen Wände fast senkrecht abfielen. Ein Gipfel überragte den anderen.

»Mit der Spannung in einer Geschichte ist es ähnlich wie mit dem Ersteigen eines Berges. Du beginnst deinen Anstieg gemütlich und langsam über eine sanfte Erhebung, dann wird es steiler und steiler, und gerade wenn du glaubst, endlich angekommen zu sein, mußt du feststellen, daß du immer noch nicht den höchsten Punkt erreicht hast, sondern daß du wieder hinab mußt, um nach einer letzten Anstrengung endlich auf dem wahren Gipfel anzukommen, der, übertragen auf unsere Geschichte, das erlösende Ende bedeutet.«

Abouli hörte ihm aufmerksam zu. »Und du meinst, wir befinden uns nun auf dem unteren Gipfel und müssen hinunter und wieder hinauf?«

»Noch nicht, aber bald«, versprach ihm Suleiman und fügte nach einer Weile hinzu: »Das alles hat aber nichts mit unseren Teppichmustern zu tun. Die Spannung hat eigene Gesetze, die den Lauf einer Erzählung bestimmen. Die Dinge allein ergeben noch keine Geschichte. Erst eine Handlung bewegt sie, und der Antrieb der Handlung, das ist der Erzähler.«

»Und die Dinge, das sind Said und die Peri, der Djinn und der Spiegel, die Perle, die Decke, Aisha Khadidja und natürlich die schöne Samira«, zählte Abouli auf. Suleiman nickte.

»Und dann noch etwas«, fuhr er nach einer Weile fort. »Du hast vielleicht bemerkt, daß ich oft etwas beschreibe, was bezeichnend für das Land ist, in dem Said sich gerade befindet. Das gehört zu den Gebräuchen der Märchenerzähler. Sie berichten ihren Zuhörern nicht nur von fremden Ländern, sondern sie belehren sie auch, geben Nachrichten weiter und übermitteln Botschaften.«

Da erinnerte sich Abouli, vor einigen Jahren bei einem Fest einem Balladensänger zugehört zu haben. Er sang von einer Heuschreckenplage, die in einem Land weit im Osten über die Bauern hereingebrochen war und ihre Hirsefelder verwüstet hatte. Diese Ballade bewog den Stamm Achmeds, nach Süden und nicht nach Osten zu ziehen, um dort nach besseren Weidegründen zu suchen und der Strafe Allahs auszuweichen.

Lange Zeit ritt Abouli schweigend neben Suleiman her. Allmählich wurde es heiß. Wieder umgab sie der flimmernde See und spiegelte ihnen Wasser vor. Aboulis Zunge klebte am Gaumen, und er nahm einen Schluck aus dem Kanister.

Gegen Mittag veränderte sich die Landschaft. Auf dem flachen Boden lagen riesige Felsblöcke. Von roter Farbe und manchmal auch lila schimmernd, schienen sie wie von Riesen zu großen Haufen zusammengeschichtet. Als die Karawane sich ihnen langsam näherte, huschten Streifenhörnchen unter die Steine.

Abouli trank den vorletzten Schluck Wasser. Er schwenkte ihn lange im Mund hin und her, bevor er ihn hinunterschluckte. Doch ein Schluck war zuwenig für seinen Durst. So trank er gleich den Kanister leer.

Der Junge wußte, wie quälend Durst werden kann. Er wußte, wie sich die Zunge anfühlt, wenn man glaubt, daß sie anschwillt und bald wie ein schwerer, trockener, die Mundhöhle ausfüllender Kloß am Gaumen klebt. Er kannte den zwanghaften Drang, in immer kürzer werdenden Zeitabständen nach dem Kanister zu greifen. Jetzt war er leer, und Abouli mußte mit seinem Durst allein fertig werden. Schon bald dachte er nichts anderes mehr als: Wasser! Wasser! Dann versuchte er, sich abzulenken, erinnerte sich an Said und wie es dazu gekommen war, daß der Hakayati die Geschichte erzählte. Dabei fiel ihm auch die Lehmburg ein. Doch gleich darauf sah er den flirrenden See aus erhitzter Luft, in dem sich die fernen Berge spiegelten, und er dachte nur wieder: Wasser! Wasser!

Einmal reichte ihm Suleiman seinen Kanister. Es war gerade noch ein Mundvoll darin, den Abouli bis auf den letzten Tropfen in sich hineinlaufen ließ.

»Shukran!« sagte er heiser und dankbar.

Die Hitze an diesem Mittag war nicht schlimmer als die an den anderen Tagen. Doch diesmal kochten sie in der Sonne, und die langen Stoffbahnen, aus denen ihre Schechs bestanden, schützten nur vor den Strahlen und kaum vor der nicht zu löschenden inneren Glut.

Achmed, der seine Kamele wieder einmal führte, entdeckte als erster die Bäume. Sie überquerten ein Wadi, zwängten sich durch einige Tamarisken und kamen zu einem baumlosen Platz, auf dem eine Frau stand, die Wasser aus einem Brunnen schöpfte, um damit ihre Ziegen zu tränken. Es war eine große Herde, und sie mußte den Wassersack oft hinunterwerfen und wieder heraufziehen, bis sich alle satt getrunken hatten. Die Frau war jung. Sie hatte sich ein schwarzes Tuch um den Kopf geschlungen. Über dem ernsten Mund, der manchmal vor Anstrengung zitterte, wenn sie den vollen Ledersack hochzog, blickten zwei dunkle Augen scheu zu den Männern hinüber, dabei zog sie die Brauen zusammen, bis eine Falte über der Nasenwurzel entstand.

Ob so die schöne Samira aussieht, schoß es Abouli durch den Kopf. Doch dann wünschte er nur noch, daß das Mädchen sich beeilen möge, damit sie endlich an die Reihe kämen. Zum Schluß füllte es einen großen Kanister voll Wasser und hob ihn sich auf den Kopf. Dann ging es mit seiner Herde gelassen davon. Der ›Geier‹ holte den ersten Wassersack hoch, und Abouli trank und trank, als spülte er sich die Seele aus dem Bauch.

»Hör auf! Trink langsam! Es ist genug da«, ermahnte ihn sein Vater.

Auch die Kamele waren sehr durstig. Fast jedes trank zehn, einige sogar zwölf Säcke voll Wasser. Sie sattelten ab. Takajedu kochte Tee unter den weitausladenden Ästen einer Akazie.

Hinter dem Baum, unter dem sie lagerten, entdeckte der Junge ein merkwürdiges Gebilde. Der Sturm hatte dort den Sand abgetragen und dabei einen Lehmbrocken freigelegt. In diesem Brocken befanden sich viele verschieden große Löcher, die von Insekten oder kleineren Nagetieren gegraben worden waren. Auf den ersten Blick erinnerte es Abouli an ein Haus, eine Burg, einen Palast aus Lehm. Er rief: »Suleiman!« Aber der Hakayati war gerade damit beschäftigt, die Gerbas zu füllen.

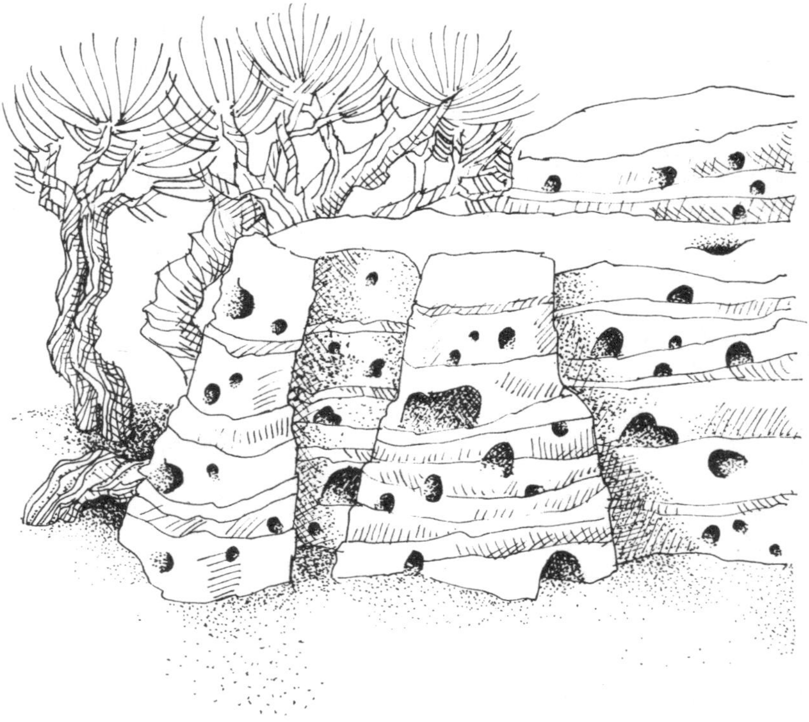

»Glaubst du nicht auch, daß Said jetzt in einen Palast kommt, zu einem reichen Fürsten oder einem mächtigen Scheich?« fragte Abouli, als er ihm das Gebäude zeigte.

»Das wäre schon möglich. Aber Said ist ja im Jemen, und dort bauen die Menschen besonders prächtige Häuser.«

Doch Achmed ließ sie nicht lange genug rasten, so daß Suleiman Saids Geschichte nicht weitererzählen konnte. Achmed drängte nach Hause. Der Sandsturm hatte sie beinahe zwei Tage gekostet, und daheim wartete viel Arbeit auf ihn. Die Kamele mußten zusammengetrieben und gezählt werden. Ein paar von ihnen wollte er verkaufen, die jungen zum Reiten abrichten und vieles mehr.

So tranken sie nur Tee und ritten dann weiter. Aber da war es schon Nachmittag, und die Sonne sank längst schon wieder der Erde zu. Bald wurde es Zeit für das Abendgebet.

Und während ihre Kamele wie schwarze Schattenrisse vor dem Abendhimmel standen, beteten sie alle: »Allahu akbar!« und verneigten sich gegen Osten, bis ihre Stirnen den Boden berührten. » In deiner Güte, oh Allah, gabst du uns Wasser. Danke! Niemand ist großzügiger, niemand erhabener als du!«

Takajedu kochte Hirsebrei, und anschließend gab es Tee, der besonders gut schmeckte, weil Khalid in der Nähe des Brunnens frische Minze gefunden hatte. Sie schlürften ihn langsam und mit großem Genuß. Als Suleiman mit den Worten: *An diesem Morgen beschloß Said, Osman zu begleiten,* die Geschichte fortzusetzen begann, hörte ihm Abouli mit großer Befriedigung zu. Ich hab's gleich gedacht, schoß es ihm durch den Kopf, daß er einen Freund braucht, so wie Moussa einer gewesen war. Und Suleiman fuhr fort:

Sie schlugen die Richtung nach Norden ein, weil Osman den Weg durch die Berge nehmen wollte, der sie schließlich nach Sanaa brächte, der Hauptstadt des Landes.

Doch bevor sie die Wüste Tihama durchquerten, wanderten sie auf dem feuchten Uferstreifen am Meer entlang.

Said sah es sich bewegen und ans Ufer schlagen, ohne daß er Angst haben mußte und ohne daß ihm übel wurde. Bald fand er das Spiel mit den Wellen lustig. Er lachte und hüpfte, ließ sich die Füße benetzen oder sprang zur Seite und lief ein Stück um die Wette mit Osman. Dann bückte er sich wieder nach ausgebleichten Korallenästchen oder anderen Dingen, die von den Wellen ans Ufer gebracht worden waren. Auf einmal stieß sein großer Zeh an eine Muschel von außerordentlicher Schönheit. Sie wand sich in vielen Windungen um sich selbst und hatte zu ihrer Verteidigung auf der äußersten Windung lange Zacken gebildet. Das gab ihr etwas von einem erloschenen Stern. Said wünschte sich sehr, in ihr Inneres sehen zu können, doch das ging nicht, ohne sie zu zerstören. Und weil er sich nicht von ihr trennen wollte, schob er sie schnell in die Tasche der Galabiya.

Als es heiß wurde am Mittag schlug Osman vor, daß sie baden sollten. Da zogen sie sich aus und planschten im flachen Wasser herum, und Osman verlor viel von der grauen Farbe, weil ihm die Wellen den Schmutz von der Haut wuschen. Sie reinigten ihre Kleider und ließen sie trocknen und setzten erst so spät ihren Weg wieder fort, daß die Sonne schon auf den Wellen schwamm und im Osten die Nacht heraufstieg.

Kurz darauf durchquerten sie eine Oase, in der die Häuser aus Gras gebaut worden waren. Hunde streunten umher, und schwarze Milane kreisten über den Hütten, auf der Suche nach einem leichtsinnigen Huhn oder in Erwartung menschlichen Abfalls.

Schließlich war es dunkel. Osman stahl etwas Hirse und ein paar Kolben Mais. Dann liefen sie weiter und suchten sich einen Schlafplatz in einer windgeschützten Mulde am Meer.

»Vergrab deine Schuhe und leg dich drauf, wenn du sie behalten willst. Die Hunde lieben das Leder«, ermahnte Osman den Jungen. Und Said vergrub seine Schuhe und legte die Decke darauf und auf die Decke sich selbst, und über ihm war nur noch der Sternenhimmel. Doch er konnte nicht schlafen. »Erzähl mir von dir!«

Da erzählte ihm Osman seine Geschichte:

»Ich bin der Sohn eines reichen Kaufmanns aus Sanaa. Als ich in

die Jahre kam, in denen man sich entscheiden muß, von was man später leben will, bat ich darum, meinen Neigungen nachgehen zu dürfen und das Handwerk eines Silberschmiedes zu erlernen. Natürlich hatte mein Vater gehofft, daß ich so wie er einmal Handel treiben würde, doch er achtete meinen Wunsch und gab mich in die Lehre bei dem besten Silberschmied der Stadt, einem Mann namens Abu el-Faradsch. Im ersten Jahr lernte ich nur, das Silber zu hämmern und feine Fäden zu schmieden. Im zweiten Jahr zeigte mir mein Meister, wie man aus Silber Kugeln herstellt und wie man Korallen und andere Steine faßt, bevor sie zu kostbaren Geschmeiden zusammengestellt werden. Im dritten Jahr lernte ich selbst solche Geschmeide zu entwerfen. Da schmiedete ich auch die silbernen Scheiden zu den Djambiyas, Amulette, Ketten und Ohrgehänge von fast ebensolcher Schönheit und Ebenmäßigkeit, wie mein Meister es konnte. Nun hatte Abu el-Faradsch eine Tochter, die hieß Fatimah. Sie war sehr fromm und ging nie anders als tief verschleiert auf die Straße. Nur einmal sah ich sie ohne Schleier, und das war, als sie sich in einem neben der Werkstatt gelegenen kleinen Zimmer alleine glaubte. Ich arbeitete gerade an einem Spiegelrahmen und war dabei, Rahmen und Spiegel ineinander zu fügen, als ich ihn zufällig in einem Winkel zu fassen bekam, der es mir erlaubte, durch einen Spalt in der Türe ins Nebenzimmer zu sehen. Dort stand die schöne Fatimah und bürstete sich ihre Haare. Der ernste Mund, die Backenknochen, zwischen denen die leicht nach unten gebogene Nase dem Gesicht etwas Herbes verlieh, ohne daß es männlich wirkte, bezauberten mich gleich. Kurz, ich verliebte mich in sie und glaubte auch bald zu spüren, daß ich wiedergeliebt wurde. Deshalb bat ich den Meister um ihre Hand. Abu el-Faradsch, der in mir nicht nur einen guten Schwiegersohn, sondern auch einen Nachfolger sah, versprach mir seine Tochter nur unter einer Bedingung, und zwar, daß die Hochzeit erst stattfinden sollte, wenn er einen großen Auftrag beendet hätte, bei dem er meine Hilfe brauchte. Ein mächtiger Scheich hatte ihm Silber und kostbare Steine gebracht, damit Abu el-Faradsch für seine Lieblingsfrau ein Geschmeide herstellen könnte, wie es in ganz Sanaa kein Schöne-

res gab. Nach meines Meisters Entwurf schmiedete ich es aus spinnwebfeinem Silberdraht, verzierte es mit den Juwelen und mit kleinen Silberglöckchen, die durch ihr Geklingel die bösen Geister vertreiben sollten. Ich legte all mein Können hinein und stellte mir vor, es sei für Fatimah, meine Geliebte. Als wir alles beendet hatten, legte Abu el-Faradsch es in ein Kästchen, das er gut verschloß. Damit schickte er mich zu dem Scheich, um es abzuliefern.

Nun hatte die schöne Fatimah trotz aller Frömmigkeit längst Mittel und Wege gefunden, um mir manchmal glühende Blicke zuzuwerfen oder mir durch Mirjam, ihre Vertraute, kleine Botschaften zukommen zu lassen. Ab und zu hörte ich sie auch mit der Freundin kichern, doch ich erfuhr nie, was sie so sehr belustigte. An diesem Tag nun ließ ich das Kästchen für einen kurzen Augenblick in der Werkstatt zurück, weil ich hoffte, im Nebenzimmer Fatimah anzutreffen. Doch sie war nicht da, und ich wagte nicht, allzu lange zu warten. Und als ich zurück in die Werkstatt kam, war das Kästchen verschwunden.«

»Ja und ?« fragte Said. »Was geschah weiter?«

»Kannst du dir das nicht denken? Ich suchte und suchte, warf das Unterste zuoberst, das Linke nach rechts und das Rechte nach links, aber das Kästchen tauchte nicht auf. Nun hielt der Meister die Türe zur Straße ja meistens verschlossen, da zu ihm nur angemeldete Besucher kamen, doch an diesem Tag war sie offen. Ich wähnte mich verloren. Und weil im Jemen auch heute noch ein Diebstahl durch das Abschlagen einer Hand bestraft wird, ich die schöne Fatimah aber ebenso als verloren betrachten mußte, beschloß ich, außer Landes zu flüchten. Ich wollte erst wiederkehren, wenn ich das Geld für das Geschmeide auf den Tisch legen könnte. So ging ich – wie viele meiner Landsleute – nach Ägypten, um dort mein Glück zu versuchen. Zuerst arbeitete ich im Straßenbau, anschließend als Tellerwäscher, als Zeitungsträger und schließlich als Straßenkehrer, und in der ganzen Zeit hatte ich kaum mehr verdient, als der Kapitän eines Alkoholschiffes einem Passagier für die Rückfahrt abverlangt.«

»Und warum bist du zurückgekommen?« fragte Said.

»Weil ich Heimweh hatte, Heimweh nach den Bergen des Jemen. Es gibt keine schöneren auf der Welt.« Er seufzte. »Und dann noch, weil ich hoffte, daß nun, da alles drei Jahre her ist, die Menschen mich vergessen hätten, und außerdem wollte ich wissen, was aus Abu el-Faradsch und aus Fatimah geworden ist.«

»Was willst du jetzt machen?«

»Ich werde mir eine Arbeit suchen, nicht gerade in Sanaa, aber vielleicht in Dschibla, einer anderen, kleineren Stadt. Bevor ich in El-Kahira in Armut lebe, will ich lieber hier sterben. Aber jetzt erzähl du! Was führt dich hierher?«

Da erzählte ihm Said seine Erlebnisse, doch ohne die Peri oder den Schatz in der Wüste zu erwähnen.

So hielt ihn Osman für einen abenteuerlustigen Jungen, der sich ziellos treiben ließ, wohin ihn die Winde des Schicksals wehten. Doch er mochte ihn gern und war zufrieden, einen Begleiter zu haben. Es wurde Zeit für sie, die Wüste Tihama zu durchqueren, und sie machten sich gleich am nächsten Tag auf den Weg. Said erkannte in der aufgehenden Sonne einen hohen Gebirgszug. Dort wollten sie hin.

Doch sie brauchten nicht lange zu laufen, denn als ein Auto sie überholte, hielt der Fahrer an und fragte, wohin sie wollten.

»Sabid«, sagte Osman. Da ließ er sie aufsteigen und nahm sie mit. Das Auto war alt und ein riesiges Ungetüm. Es war mit vielen bunten Bildern bemalt: Kamele zogen durch Wüsten, ein Wasserfall rauschte ins Tal, Blumen blühten auf einer Wiese und im Hof der großen Moschee drängten sich viele Menschen um den schwarzen Würfel der Kaaba und den heiligen Brunnen Zem-Zem. Am oberen Rand der Windschutzscheibe hingen Girlanden aus Quasten und Troddeln, und auf dem Kühler standen Sprüche aus dem Koran.

Der Fahrer trug eine Djambiya im Gürtel, und Said, der sie sehr bewunderte, erfuhr von ihm, daß jeder Jemenite eine Djambiya trägt. »Sonst ist er kein Mann!« sagte er und lachte.

Osman besaß keine. Da beschloß Said, für Osman eine zu kaufen, sobald er den schwarzen Spiegel gefunden hätte. Eine Trompete für Moussa, einen größeren Webstuhl für Samaki und die kleine Mühle für Kita. Selim erhielte einen langen wollenen Schal, damit er im Winter nicht mehr zu frieren brauchte, und er selbst – vielleicht – ein Kofferradio, vielleicht aber auch etwas anderes.

Said drehte sich um und sah zurück. Das Auto zog eine riesige Staubfahne hinter sich her. Als sie die große Straße erreichten, bog der Fahrer links ab, fuhr durch einige kleinere Dörfer und kam schließlich nach Sabid, einer Stadt auf der anderen Seite der Wüste Tihama. Dort stiegen Osman und Said aus. Der Fahrer schenkte jedem von ihnen ein Fladenbrot, dann legte er krachend den Gang ein und ratterte weiter.

Und wirklich, Said staunte, alle Männer und viele Jungen seines Alters trugen Djambiyas im Gürtel. Manche direkt über dem Bauch, andere an der Seite.

»An der Seite tragen es nur die Adeligen«, erklärte Osman. »Ihr Turban ist auch kleiner und straffer geschlungen als derjenige der Männer aus gewöhnlichen Familien. Überhaupt, achte darauf, wie ein Mann seinen Turban trägt. Abu el-Faradsch hat immer gesagt, daß er daran nicht nur erkennt, ob sein Träger reich oder arm, klug oder dumm ist, er weiß auch, ob er zornig, voll Trauer oder zu Spaß aufgelegt war, als er sich das Tuch um den Kopf wand.«

Die Mittagshitze staute sich in den Gassen, und die Gerüche aus den Garküchen stiegen Osman und Said in die Nasen. Es roch nach gebratenem Fisch und nach Hammelfleisch, nach Zwiebeln, Knoblauch und heißem Fett. Doch keiner von beiden hatte Geld, um sich etwas zu kaufen. So setzten sie sich auf die Stufen vor einem prächtigen Tor und aßen das Brot, das ihnen der Fahrer geschenkt hatte.

Ihnen gegenüber standen ein paar Stühle und Tische vor einem Lokal. Nur ein einziger Gast saß dort. Es war ein Mann in mittleren Jahren mit klugen Augen hinter einer Brille. Nachdem er Osman und Said eine Weile beobachtet hatte, lud er sie ein, sich zu ihm zu setzen und ihm Gesellschaft zu leisten.

»Wollt ihr etwas trinken?«

Osman und Said bestellten sich Tee, der Mann einen Kischr.

Als der Kellner die Getränke brachte, sah Said, daß das, was der Mann Kischr nannte, wie Kaffee aussah und auch so ähnlich roch.

»Wenn du Kischr nicht kennst, bist du nicht von hier«, sagte der Mann, der Saids Blick bemerkt hatte. »Es ist ein Sud aus den Schalen von Kaffeebohnen.« Auf sein Angebot hin nippte der Junge an dem Glas des Fremden. Es schmeckte bitter und süß zugleich, doch sein Tee war ihm lieber. Sie würzten ihn hier mit Zimt.

Der Mann unterhielt sich eine Weile mit ihnen, und so erfuhren sie, daß er in einer Bibliothek arbeitete. Es war die größte des Landes und eine der größten in der ganzen islamischen Welt, und es gab so viele Bücher dort, daß ein Leben nicht ausreichte, sie alle zu lesen. Sie stammten noch aus den Lebzeiten der ersten Kalifen.

Der Mann erzählte so lange, bis es Zeit für ihn wurde zu gehen. Er stand auf, zahlte, rückte die reichverzierte Djambiya zurecht und ging gemächlichen Schrittes über den Platz davon, so als sei es die selbstverständlichste Sache der Welt, zwei arme Schlucker an seinen Tisch zu bitten.

Osman und Said blieben noch eine Weile sitzen. Sie sahen den Tauben zu, die auf den Dächern gurrten und mit den Flügeln schlugen, und Said widerstand nur schwer der Versuchung, die Perle auf seinen Rücken zu schieben, um zu erfahren, über was sie sich unterhielten.

»Kennst du die Geschichte von Mohammed und den Tauben?« fragte er Osman. Und als der den Kopf schüttelte, begann er zu erzählen: »Damals, als der Prophet vor seinen Feinden aus Mekka flüchten mußte, suchte er Schutz in einer Höhle, weil er sich ausruhen wollte. Doch seine Gegner waren ihm auf den Fersen. Als sie den Eingang der Höhle erreichten, beobachteten sie eine brütende Taube. Da zogen sie weiter ohne nachzuforschen, weil sie der Meinung waren, daß der Vogel nicht mehr dort säße, wenn kurz zuvor ein Fremder mitsamt seinem Pferd die Höhle betreten hätte. So retteten die Tauben Mohammeds Leben, und seitdem stehen sie alle unter seinem besonderen Schutz. Ihre Abbilder kannst du auf vielen Moscheen und Minaretten sehen. Dort blicken sie alle nach Mekka und den anderen heiligen Stätten. Gepriesen sei Allah, der den Menschen eine Sprache gegeben hat, mit der sie Märchen erzählen können.«

»Man merkt, daß du ein Hakayati bist«, lobte Osman den Jungen, als er geendet hatte.

»Aber auch ein Teppichweber«, fügte Said hinzu.

»Dann eben ein märchenerzählender Teppichweber!« rief Osman. Da lachten sie beide.

Als sie Sabid wieder verließen, war es still in den Gassen. Alle Geschäftigkeit ruhte. Da erzählte Osman dem Freund vom Kat.

»Kat ist ein Baum, den die Bauern auf ihren Bergterrassen anpflanzen. Fast alle Jemeniten kauen seine Blätter. Sie glauben, daß es eine Medizin ist, die glücklich macht und ruhig und weise. Jeden Mittag, wenn die Hitze am größten ist, ziehen sich die Männer in ihre Madschrafs zurück, das ist das oberste Zimmer in jedem Haus, und die Hirten und Bauern in den Schatten eines Baumes oder einer Höhle. Dort hocken sie dann, rauchen Wasserpfeife und zupfen die jungen Blätter von den am Morgen erhandelten Zweigen. Sie stekken sie in den Mund und kauen darauf, schieben das Kleingekaute in eine Backentasche und saugen daran. Dabei unterhalten sie sich über dies und das, über die Regierung zum Beispiel, das Wetter, ihre Geschäfte oder ganz allgemein über die Preise. Manchmal schweigen sie auch und rauchen und kauen und genießen das Leben.«

»Hast du auch schon . . .?« fragte der Junge.

»Aber ja, natürlich. In meinem Alter tun das alle.«

»Und wer arbeitet in dieser Zeit?« Da sah Osman den Freund nur erstaunt an. »Kaum jemand. Vielleicht ein paar Bus- oder Taxifahrer und vielleicht auch die Krankenpfleger.«

Sie wanderten eine große Straße entlang und kamen bald zu einem Ort mit dem Namen Beit al-Fakih, wo am Vormittag der wöchentliche Markt stattgefunden hatte. Doch als Said und Osman durch die Gassen liefen, hatten die meisten Läden bereits geschlossen und die Händler waren schon auf dem Heimweg. Trotzdem fanden sie hie und da noch eine zerquetschte Tomate, ein Stück Melone, von dem schon jemand abgebissen hatte, oder einen abgebrochenen Zuckerrohrstengel. Osman bückte sich manchmal nach achtlos weggeworfenen Zweigen, an denen ovale, glänzende Blät-

ter hingen, doch Said erfuhr erst später, daß es sich dabei um Katblätter handelte. Von Beit al-Fakih aus wandten sie sich den Bergen zu. Es war spät geworden. Als die Sonne hinter der Wüste Tihama unterging, suchten sich Osman und Said einen Schlafplatz. Sie verrichteten ihr Abendgebet und teilten sich dann alle Dinge, die sie auf dem Markt gefunden hatten. Auch die Katblätter teilten sie unter sich auf, denn Kat vertreibt den Hunger, hatte Osman erklärt, und Said war sehr hungrig.

So machte er es dem Älteren nach, steckte ein Blatt nach dem anderen in den Mund und kaute darauf herum. Das Kleingekaute schob er in eine Backentasche und saugte es aus, aber er wußte nicht, was daran gut schmecken sollte.

Doch nach kurzer Zeit schwirrten ihm seine Gedanken durcheinander wie ein schwärmendes Bienenvolk, und als er sie zu ordnen versuchte, liefen sie ihm davon und versteckten sich im Labyrinth seines Kopfes. Dann wurde ihm übel, und er mußte sich übergeben.

»Das ist nichts für mich!« stöhnte er. Und als Osman beteuerte, daß das bloß beim erstenmal so sei, winkte er ab. »Du kannst meinen Teil haben.«

Am nächsten Tag stiegen sie auf schmalen Pfaden bergan. Said sah unzählige Terrassenfelder an den Hängen, auf denen Hirse und weiter oben auch Kaffee und Katbäume wuchsen. In den Tälern gediehen Bananen. Je nach dem Stand der Sonne veränderte sich die Farbe der Berge. Sie schimmerten manchmal blaßblau, dann lila, türkis oder rosa. Ein Höhenzug stand hinter dem anderen, und alle waren unbewaldet. Said verstand, warum Osman Heimweh gehabt hatte. Rotblühende Aloebüschel säumten den Wegrand, zwischen ihnen Kakteen und Klatschmohn. Auf den flachen Steinen sonnten sich kleine Echsen, deren leuchtend blaue Kehlen wie Edelsteine glitzerten. Schillernde Vögel huschten von Strauch zu Strauch, und die Luft war erfüllt von dem Geruch nach Lavendel. Die Häuser der Bauern standen wie uneinnehmbare Burgen auf den Felsen, und die Dörfer sahen aus wie Zitadellen.

Osman und er lebten von dem, was sie fanden. Manchmal wur-

den sie von Hirten zum Essen eingeladen, manchmal auch von Bauern. Einmal waren sie so hungrig, daß sie glaubten, es nicht mehr aushalten zu können. Da sagte Osman: »Jetzt lassen wir Mohammed für uns sorgen.« Und als Said ihn verständnislos ansah, schlug er vor, daß er einen Blinden spielen würde, und Said sollte sein Führer sein. Dann würden sie die Gläubigen um Almosen bitten.

»Wir tun ihnen damit einen Gefallen«, erklärte der listige Osman dem Jungen. »Denn wie du ja weißt, ist das Geben von Almosen eines der fünf Gebote, die der Prophet jedem Gläubigen auferlegt hat.«

Natürlich wußte das Said. Das hatte Samaki ihm schon erzählt. Er konnte sich auch an die anderen vier noch erinnern: Es waren das Glaubensbekenntnis, die täglichen Gebete, das Fasten im Ramadan, dem Fastenmonat, und die Wallfahrt nach Mekka.

Er zögerte, auf Osmans Vorschlag einzugehen, weil er keines der Gebote mißbrauchen wollte, doch schließlich überredete ihn der Freund. Said riß einen Streifen vom Saum seiner Galabiya und verband damit Osmans Augen. Dann setzten sie sich auf die Stufen einer Moschee, machten todtraurige Gesichter und hielten die Hand auf.

Es kam so, wie Osman es vorausgesagt hatte. Die Leute waren froh, das Gebot des Propheten erfüllen zu können und gaben reichlich. An diesem Abend kaufte Said Streichhölzer und ein Stück Hammelfleisch. Sie machten ein Feuer und brieten das Fleisch. Schon lange hatte ihnen nichts mehr so gut geschmeckt. Als sie schließlich satt und zufrieden waren, hatte Said einen Einfall.

»Wie wär's, wenn ich mich in Sanaa nach Abu el-Faradsch erkundigte und danach, was aus ihm und seiner Tochter geworden ist, während du dir in Dschibla schon eine Arbeit suchst?«

Osman war gleich damit einverstanden, und sie verabredeten, daß er jede Woche nach dem Freitagsgebet im Hof der Moschee eine Stunde lang auf ihn warten sollte.

»Möge die große Königin aller Peris helfen, daß alles gut wird!« seufzte Osman, ritzte sich in den Finger und tunkte ein Stöckchen

in den blutenden Riß. Dann schrieb er diese Bitte mit dem Blut auf ein Eukalyptusblatt, das er ins Feuer warf, wo es verglühte. Ein dünner, weißlicher Rauchfaden schlängelte sich in die Höhe und löste sich auf.

»So schickt man Botschaften an Peris oder Djinns«, erklärte Osman Said und wickelte sich den Turban vom Kopf, weil er schlafen wollte. »So, oder indem du die Schnipsel des Blattes in einen Bach wirfst. Und wenn du ein Mädchen dazu bringen willst, daß es dich liebt, dann schreib deinen Wunsch auf ein Stück Papier, wasch die Schrift mit Tee oder Wasser ab und gib es ihr zu trinken. Schon bald darauf wird sie für dich entflammen.«

Sie schliefen fast immer unter freiem Himmel, und Said war froh um die Decke der Peri, denn in dieser Höhe waren die Nächte schon ziemlich kühl.

Bevor sie Sanaa erreichten, führte Osman den Freund durch ein blühendes Tal. Inmitten schöner Häuser und Gärten stand auf einem hohen Felsen ein prächtiger Palast. Die zahlreichen Fenster, seine Zinnen und Mauern deuteten darauf hin, daß er einem mächtigen Herrscher gehören mußte.

»Dort lebt der Scheich«, sagte Osman. »Der Scheich, für dessen Lieblingsfrau das Geschmeide bestimmt war.«

Said bestaunte das wunderbare Gebäude.

Sie gingen weiter, und schon bald lag die Stadt Sanaa vor ihnen im Abendlicht. Die Sonne beleuchtete die Kuppeln ihrer Moscheen und die schlanken Minarette, die vielstöckigen Häuser mit ihren Gärten und ihren Palmen. Said kannte Marrakesch, Fes und Kairo, aber keine von diesen Städten konnte es mit Sanaa aufnehmen.

In diesem Augenblick fing ein Muezzin an zu rufen. Andere folgten seinem Beispiel, und bald war die Luft voll vom Lobe Allahs. Der Hall ihrer Stimmen stieg in den Himmel wie Rauch, und die Berge warfen das Echo zurück.

Said und Osman knieten nieder und beteten ihr »Allahu Akbar«, und sie baten Allah, jeder für sich, um Glück für die Zukunft.

An der nächsten Straßenkreuzung mußten sie sich trennen.

»Dschibla, nach rechts«, sagte Osman und dann noch: »Allah

möge dich beschützen. Ich werde jeden Freitag in der Moschee auf dich warten. Jeden Freitag, so lange ich lebe.«

Said versprach ihm zu kommen, gleichgültig, ob er Gutes oder Schlechtes zu berichten haben würde. Er sah Osman noch lange nach und ging dann nach Sanaa hinein, um Abu el-Faradsch zu suchen. Er folgte dem Strom der Leute und kam so zum Souk. Manchmal begegneten ihm verschleierte Frauen, bei denen der Schleier auch die Augen bedeckte. Nur wenn er ihnen im dichten Gedränge sehr nahe kam, konnte er hinter dem schwarzen hauchdünnen Stoff ihre Augen blitzen sehen. Said merkte nicht, daß ihn einige neugierige Blicke verfolgten, denn der fremde Schnitt seines Kleides ohne Gürtel und Krummschwert war ein ungewöhnlicher Anblick für die Leute aus Sanaa.

Der Junge bewunderte die prächtigen Fassaden der Häuser, die mit weißen Mustern bemalt waren. Sie erinnerten ihn an die Kassa-Decken Samakis und viele auch an die Teppichmuster der Berberfrauen.

Said ging weiter. Ab und zu kam er an kleinen Gemüsegärten vorbei oder auch an Brunnenhäuschen, bei denen sich jeder, der durstig war, mit einem an einer Kette befestigten Becher Trinkwasser aus einem Behälter schöpfen konnte.

Durch die Gassen zogen Weihrauchschwaden. Hie und da hockten Männer vor ihren Läden und rauchten Wasserpfeifen. Einige kauten auch Kat. Andere wieder taten gar nichts, als sich zu unterhalten oder nur die Menschen zu betrachten, die an ihnen vorbeigingen. Die meisten Läden im Souk waren bereits geschlossen. Said fragte einen Jungen nach Abu el-Faradsch. Der Junge beschrieb ihm den Weg. Er führte ihn durch das Viertel der Silberschmiede, beinahe darüber hinaus und dann in eine enge, schmutzige Einfahrt, wo hinten in einem Hof Abu el-Faradsch mit seiner Tochter in einem Zimmer lebte, das kaum mehr als ein Eselstall war.

Der Silberschmied hockte, an eine Mauer gelehnt, vor der Türe auf dem Boden und brütete dumpf vor sich hin. Er hatte sich den Turban nur lässig geschlungen, und sein Kleid war an vielen Stellen geflickt.

Said zögerte lange, ihn anzusprechen. Dann gab er sich einen Ruck. »Assalamu aleikum«, sagte er.

Der Alte sah ihn mit müden Augen an. »Aleikum assalam!« grüßte er zurück. »Was willst du?«

»Seid Ihr Abu el-Faradsch, der berühmte Silberschmied?«

Da lachte der Mann. »Abu el-Faradsch, der Silberschmied, ist schon lange gestorben. Vor dir sitzt Abu el-Faradsch, der Ehrlose, der Versager, der Dieb!« Und er streckte dem Jungen einen Arm entgegen, an dem die Hand fehlte.

»Ich – ich wollte Euch fragen«, stotterte Said erschrocken. »ob Ihr einen Lehrling gebrauchen könnt.«

»Was soll ich mit einem Lehrling?« sagte der Alte traurig. »Ich kann ihm nichts zeigen, weil ich mit einer Hand nicht mehr arbeiten kann. Ich habe auch keine Kunden mehr und lebe nur von dem, was mir die Nachbarn zukommen lassen.«

So lernte Said Abu el-Faradsch kennen, und weil er selbst hungrig war, fiel ihm ein, daß der Alte auch Hunger haben könnte. Er lief zurück in den Souk und kaufte von dem Rest des mit Osman erbettelten und mit ihm geteilten Geldes Brot ein und eine Melone. Das alles brachte er dem Silberschmied, der es seiner Tochter gab, die im Zimmer saß und Wolle spann. Fatimah kochte Tee dazu, würzte ihn gut mit Zimt und mit Kardamon, und so aßen sie an diesem Abend zu dritt. Said richtete sich sein Nachtlager in einer Ecke des Hofes ein und blieb einfach da. Er suchte sich Arbeit im Souk, machte kleine Botengänge für die Schneider oder die Schuhverkäufer, bewachte die Autos auf dem Midan-ad Tahrir, dem Platz der Befreiung oder führte Fremde über den Markt und durch die Altstadt, die ihm bald so vertraut war wie diejenige von Fes oder von Marrakesch. Was er verdiente, teilte er mit Abu el-Faradsch und seiner Tochter. Allmählich gewann er das Vertrauen des alten Mannes. Nur Fatimah redete nicht mit ihm. Nie sah er sie ohne den Schleier, und so glaubte er bald, daß sie stumm sei oder nicht richtig im Kopf.

An einem der nächsten Abende lenkte Said das Gespräch geschickt auf das Mädchen. »Eure Tochter ist so still. Sie sollte heiraten.«

»Wer heiratet schon ein Mädchen ohne Mitgift?« seufzte Abu el-Faradsch. »Vor einigen Jahren hatte ich einen Gehilfen, von dem ich glaubte, er könne mich im Silberschmieden bald übertreffen. Er bat mich um Fatimahs Hand, die ich ihm zusagte, nachdem wir gemeinsam einen großen Auftrag beendet hätten. Doch er mißbrauchte mein Vertrauen, raubte den Schmuck, für den mir der Auftraggeber das Silber und die Edelsteine gegeben hatte, und flüchtete mit ihm außer Landes.«

»Und dann hat man Euch des Diebstahls beschuldigt«, sagte Said. »Und Euch die Hand abgeschlagen.«

Der Alte nickte. »In cha'allah! Und mir meinen Besitz weggenommen.«

Immer wieder ließ sich Said von ihm erzählen, wie das damals gewesen war, als Osman mit dem Geschmeide verschwand. Sein Freund hatte ihm berichtet, daß er das Kästchen für einige Augenblicke in der Werkstatt zurückließ, weil er hoffte, in der danebenliegenden Kammer seine Braut anzutreffen. Während dieser Zeit mußte ein Dieb in die Werkstatt geschlichen sein und den Schmuck gestohlen haben. Der Junge beschloß zu versuchen, den Fall aufzuklären, und begann zunächst, sich auf dem Souk umzuhören. So ein Markt, auf dem die Schneider und Schuster, Kupferschmiede und Scherenschleifer in offenen Werkstätten hockten, auf dem Tee- und Wasserverkäufer von Laden zu Laden laufen und sich immer wieder ein paar Männer finden, die miteinander eine Wasserpfeife rauchen, nicht zu vergessen die Stunden des Kat, ein solcher Souk ist wie ein offenes Buch für den, der die Sprache versteht, in der es geschrieben wurde. Nachrichten gehen von Mund zu Mund, Botschaften werden weitergetragen und Gerüchte blähen sich auf wie der Bauch einer Kuh, wenn sie zuviel Klee gefressen hat.

Said lernte, vorsichtig zu sein, nicht alles zu glauben, was man ihm erzählte und sich an die Wahrheit heranzutasten, denn die Wahrheit hat oft zwei Gesichter.

Said hörte sich um, doch er wußte nicht, in welcher Richtung er nach dem Geschmeide suchen sollte. Sie erzählten ihm viel von Sada, der Stadt im Norden, deren Häuser nur aus Lehm bestanden und wo noch bis vor einigen Jahren jeden Abend das Stadttor geschlossen wurde, damit kein Fremder hinein und kein heimlicher Dieb im Schutze der Nacht herauskommen könnte. Für Osman wäre es schwieriger gewesen, aus Sada zu flüchten als aus Sanaa.

Said hörte auch von den wilden Bergstämmen und von ihren Scheichs, die sich untereinander bis aufs Messer bekämpften. Sie legten sich oft an den Straßen auf die Lauer und raubten die Autofahrer aus oder ließen sie aussteigen und fuhren mit ihren Autos davon.

Said erfuhr auch von den heimlichen Märkten, auf denen mit Kat, mit geschmuggeltem Alkohol und anderen Dingen dunkle Geschäfte gemacht wurden. Doch von einem gestohlenen Schmuck erfuhr er nichts. Einmal traf er einen Mann, der sich bei ihm nach Abu el-Faradsch erkundigte, denn inzwischen wußten viele, daß er bei dem Silberschmied wohnte.

»Wie geht's dem Alten?«

»Nicht besonders. In cha'allah!«

»Und was macht Fatimah, seine Tochter?«

»Sie spinnt Wolle.«

»Kommt Mirjam nicht mehr zu ihr?«

»Mirjam?« rief Said überrascht.

»Gewiß. Sie ist meines Bruders Tochter und Fatimahs Freundin.«

Da fragte ihn Said, wo er Mirjam finden könnte, und der Mann sagte ihm, daß sie inzwischen mit einem Händler verheiratet sei. Er lebte mit ihr in einem Dorf unweit von Sanaa.

Said erkundigte sich noch nach der genauen Adresse und fuhr gleich am anderen Tag mit einem Kaufmann, von dem er wußte, daß er in der Nähe wohnte, bis zu dem Fuße des Berges, auf dem sich die Ortschaft befand. In der Mittagshitze stieg er den steilen Pfad hoch, kletterte über ausgewaschene Steinplatten und in Felsen gehauene Treppen im Zickzack empor, bis er das festungsähnliche Dorf erreichte, dessen Zugang, wie das so üblich war, von zwei schwerbewaffneten Männern bewacht wurde.

»Assalamu aleikum!« begrüßte sie Said noch ganz außer Atem.

»Aleikum assalam! Wohin willst du?«

»Zu Abdul Sharif, dem Gemüsehändler.«

Da beschrieb ihm einer der Männer den Weg und das Haus, in dem Mirjam mit ihrer Familie lebte.

Said fand es sofort, und als er klopfte, öffnete ihm eine tiefverschleierte Frau, die offenbar gerade zum Brunnen gehen wollte, um Wasser zu holen, denn sie trug einen Krug auf dem Kopf.

»Ich suche Mirjam, die Frau Abdul Sharifs«, sagte Said.

Da nahm sich die Frau den Krug vom Kopf. »Was willst du von ihr?«

»Ich bin Said ibn el-Shaggra«, begann der Junge. »Ein Freund Abu el-Faradschs.«

Da zuckte die Frau zusammen und stieß dabei den Krug zur Seite. »Abu el-Faradsch?« flüsterte sie tonlos. »Wer ist das?«

»Der Silberschmied, dem man eines angeblichen Diebstahls wegen eine Hand abgeschlagen hat, und außerdem ist er noch Fatimahs Vater.«

»Allah vergib mir!« seufzte es leise hinter dem Schleier, und für einen kurzen Augenblick sah es so aus, als fiele die Frau in Ohnmacht. Doch gleich darauf schrie sie den Jungen an: »Ich kenne auch keine Fatimah! Mach, daß du wegkommst!«

Sie keifte so laut, daß es Said nicht mehr wagte, sie nach dem Schmuck zu fragen.

Niedergeschlagen kehrte der Junge nach Sanaa zurück.

»Was ist?« fragte ihn der Silberschmied an diesem Abend, weil Said, entgegen seiner sonstigen Gewohnheit, nur wenig sprach.

»Ich bin nur müde. Es ist nichts.«

In den nächsten Tagen verspürte er wenig Lust, auf den Souk zu gehen. Doch als er sich schließlich wieder dazu entschloß und ziellos durch die Gassen streifte, da huschte auf einmal eine schwarzgekleidete Frauengestalt hinter ihm her, zupfte an seinem Kleid und flüsterte ihm zu: »Endlich habe ich dich gefunden. Ich bin Mirjam, die Frau Abdul Sharifs. Geh weiter und erwecke den Anschein, als hätten wir nichts miteinander zu tun. Ich muß dir etwas sagen!«

Said, der zuerst stehenbleiben wollte, schlenderte weiter, sah einmal nach rechts, dann wieder nach links, so als betrachte er die Auslagen der Geschäfte, und lauschte auf das, was Fatimahs Freundin ihm zu beichten hatte:

»Allah möge mich strafen! Ich bin seiner Gnade nicht würdig. Noch heute weiß ich nicht, was in mir vorging. Vielleicht war es nur die Eifersucht auf Fatimahs Bräutigam Osman, denn seitdem er mit ihr verlobt war, hatte sie viel weniger Zeit für mich als früher, weil sie lieber mit ihm lachte als mit mir. Damals, als Osman von seinem Meister den Auftrag erhielt, das Geschmeide dem Scheich zu bringen, es aber für einen kurzen Augenblick in der Werkstatt ablegte, um nach seiner Braut zu sehen, kam ich zufällig herein, nahm das Kästchen an mich und versteckte es hinter einem losen Ziegelstein in der äußeren Mauer des Hauses. Natürlich wollte ich Osman nur einen Schreck einjagen, doch ich ahnte nicht, daß er in seiner Verzweiflung gleich außer Landes flüchten würde. Anstatt nun sofort meine Schuld zu bekennen, bekam ich es mit der Angst zu tun und schwieg. Der Scheich, dem der Schmuck gehörte, bezichtigte Abu el-Faradsch des Diebstahls, und der Kadi ließ ihm trotz aller Unschuldsbeteuerungen die Hand abschlagen. So stürzte ich gleich drei Menschen ins Unglück. Allah sei meiner Seele gnädig und strafe mich nicht allzu hart! Diese Schuld quälte mich sehr, und ich wagte es nicht, Abu el-Faradsch und seiner Tochter noch einmal unter die Augen zu treten, doch als du zu mir kamst und ihre Namen nanntest, brach alles wieder über mir zusammen, und ich glaubte, meine Schuld nicht länger ertragen zu können. Deshalb beschloß ich, dir alles zu sagen. Vielleicht kannst du nach dem Schmuck suchen und ihn dem Silberschmied wiederbringen. Vielleicht stellt das wenigstens seine Ehre wieder her. Die Hand kann ihm niemand ersetzen.«

Nach diesen Worten eilte Mirjam davon, und Said sah nur noch, daß ihre Gewänder hinter ihr herflogen wie das Gefieder einer Krähe im Wind. Doch er hatte genug gehört. Gleich erkundigte er sich nach der ehemaligen Werkstatt Abu el-Faradschs, und nach der Beschreibung, die man ihm gab, fand er den früheren Laden so-

fort. Er untersuchte alle Steine an der Außenmauer und blickte sich dabei immer wieder um, ob ihn auch niemand dabei beobachtete.

Seine Finger tasteten über die Fugen, und als sie an eine kamen, aus denen der Mörtel bröselte, zog er den losen Stein aus der Wand, und dahinter lag wirklich das Kästchen mit dem Geschmeide.

Said beschloß, mit seinem Fund gleich den Scheich aufzusuchen. So nahm er das Kästchen und machte sich auf den Weg zu dem Felsenpalast, den Osman ihm schon gezeigt hatte.

An diesem Tag nun feierte der Scheich ein großes Fest. Es war der Geburtstag der Frau, die er über alles liebte, eben jener, der er vor einigen Jahren auch das Geschmeide schenken wollte. Sie war eine ehemalige Tänzerin und so schön wie die Sonne am Morgen, die den Tau auf den Gräsern in glitzernde Diamanten verwandelt. Der Scheich hatte viele Gäste geladen. Die Köche bereiteten ein köstliches Festmahl, die Diener hatten die Polster geklopft und überall standen Räucherpfannen, in denen der Weihrauch langsam verglühte, während sein herrlicher Duft in Schwaden durch die prächtig geschmückten Säle zog. An den Wänden hingen die schönsten Teppiche, und auf den niederen Tischen standen Kerzenleuchter, die am Abend angezündet werden sollten, weil das Licht aus den Neonröhren die Schönheit der Frau mindert. Der Scheich hatte auch viele Gaukler und Musikanten bestellt, die mit ihren Darbietungen und ihrer Musik den Gästen die Zeit vertrieben.

Als Said vor dem Palast stand und überlegte, was er nun tun sollte, fragte ihn ein Wächter mit einem Blick auf sein fremdes Gewand, ob er ein Gaukler sei. Da antwortete der Junge schnell: »Ja, ja, ein Märchenerzähler.« Daraufhin öffnete der Mann das Tor und ließ ihn hinein.

Das Fest war in vollem Gang, als Said hereingerufen wurde. Die Gäste hatten gegessen. Sie lehnten sich in den Polstern zurück und schlürften Tee oder Kischr und knabberten süßes Gebäck. Der Scheich und seine Gemahlin hockten mit untergeschlagenen Beinen in einer prächtig geschmückten Nische. Während des Essens waren Tänzerinnen aufgetreten, nach ihnen Akrobaten, ein Feuer-

schlucker und ein Schlangenbeschwörer. Nun war Said an der Reihe, ein Märchen zu erzählen.

»Assalamu aleikum, ehrwürdiger Herr!« sagte er und verbeugte sich tief. »Allah sei mit Euch!«

»Fang an!« sagte der Scheich.

»Ich will euch die Geschichte von einem jungen Mann erzählen, dem Sohn eines reichen Kaufmanns. Als er in die Jahre kam, in denen er sich entscheiden mußte, was er werden wollte, bat er seinen Vater darum, das Handwerk eines Silberschmiedes erlernen zu dürfen. Natürlich hatte der Vater gehofft, daß der Sohn Kaufmann werden würde wie er einer war, doch er achtete seinen Wunsch und gab ihn in die Lehre bei dem besten Silberschmied weit und breit . . .« Said begann, Osmans Geschichte nicht nur zu erzählen, sondern auch vorzuleben, und dabei schuf er aus dem Nichts eine Wirklichkeit. Er spielte zuerst den reichen Kaufmannssohn mit der Neigung zum Handwerk eines Silberschmiedes, wechselte dann über in die Haut des alten Abu el-Faradsch, um gleich darauf die Rolle Fatimahs zu übernehmen, die mit ihrer Freundin Mirjam scherzte und lachte. Obwohl er alles so schilderte, wie es sich begeben haben mußte, schmückte er hie und da die Handlung ein wenig aus, beschleunigte ihren Verlauf, um ihn kurze Zeit später wieder abzubremsen. Er rührte die Herzen seiner Zuhörer so, daß sie das Schicksal des Schülers und seines Meisters erschütterte und sie sich ab und zu verstohlen die Tränen aus den Augen wischten.

Ohne Namen zu nennen erzählte er nicht nur von der Liebe Osmans zu Fatimah, der Tochter des Meisters, sondern auch von Mirjam, die ihm bloß einen Streich spielen wollte, und von Osmans Flucht, als er das Geschmeide verloren glaubte. Er berichtete auch von Osmans Schicksal in El-Kahira, daß er dort versuchte, soviel Geld zu verdienen, um seinem Meister den Verlust zu ersetzen, und doch alles verlor.

Und als Said schließlich am Ende angelangt war, wußte er, daß er sein Bestes gegeben hatte. Zu Beginn der Erzählung hatte er sich noch an Selim erinnert und seine guten Ratschläge, wie ein Hakayati vortragen sollte, zu befolgen versucht. Doch dann kam es ihm auf einmal so vor, als verselbständige sich die Handlung und als folge ein Wort dem anderen ohne sein Zutun. Als Letztes kam das »Gepriesen sei Allah, der den Menschen eine Sprache gegeben hat, mit der sie Märchen erzählen können!«

Danach zog er das Kästchen heraus und überreichte es dem Scheich mit einer tiefen Verbeugung. »Nun hat sich durch einen glücklichen Zufall das Geschmeide wiedergefunden, das einem ehrlichen Mann eine Hand gekostet hat.«

Da erkannte der Scheich, daß Said die Geschichte Abu el-Faradschs und Osmans, seines Schülers, erzählt hatte. Die Gäste drängten sich um ihn, weil sie alle den herrlichen Schmuck bewundern wollten.

Seine schöne Gemahlin aber nahm sich eine silberne Kette vom Hals und hängte sie Said um. »Das ist der Lohn für die Geschichte, die du so gut vorgetragen hast, daß es kein alter erfahrener Erzähler besser könnte als du. Nimm sie von mir als Geschenk und als Dank für das überbrachte Geschmeide!«

Es war eine Kette aus geschmiedeten Kugeln mit einem kleinen Amulettbehälter. Eine Kette, wie sie in Arabien von vielen Frauen getragen wird, doch für Said war sie, zusammen mit dem Lob, der schönste Lohn, den er sich nur wünschen konnte.

»Geh heim!« sagte der Scheich. »Und sage Abu el-Faradsch, daß seine Ehre reiner und fleckenloser sei als das weißeste Tuch. Richte ihm aus, daß ich sofort dafür sorgen werde, daß er in sein altes Haus wieder einziehen kann! Allah sei mit dir!«

Da kehrte Said in die Stadt zurück und erzählte Abu el-Faradsch und Fatimah alles. Der alte Silberschmied sank auf die Knie und dankte Allah für seine Gnade, und seine Tochter stieß einen Schrei aus vor Freude. Sie lachte und weinte und fiel Said um den Hals, was für ein Mädchen ihres Standes sehr unschicklich war. Danach fing sie an zu reden und den Jungen auszufragen, so als müßte sie alles auf einmal nachholen, was sie in der Zeit nach Osmans Fortgang versäumt hatte.

»Es ist gut, daß sich die Gemahlin des Scheichs so gefreut hat«, sagte der alte Silberschmied. »Einer Frau wie ihr macht man gern

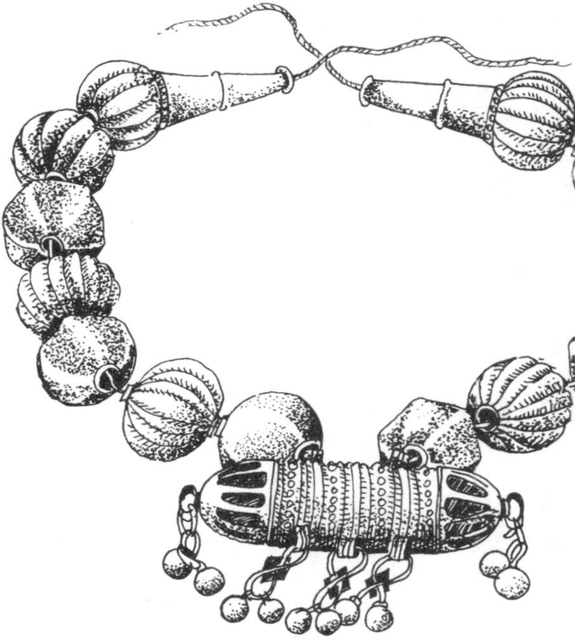

eine Freude, denn sie ist nicht nur schön, sondern auch klug und beliebt bei den Leuten. Damals, bevor der Scheich sie geheiratet hat und sie noch tanzte, nannte sie sich ›Bilkis‹. Doch als Tänzerin wurde sie unter dem Namen ›Königin von Saba‹ berühmt.«

Und so war Said, ehe er sich versah, in den Besitz eines Halsschmuckes der Königin von Saba gekommen.

»Und was ist mit dem Dolch?« fragte Abouli, als Suleiman zu erzählen aufhörte.

Die Nacht war hereingebrochen. Im Tamariskengebüsch raschelten Mäuse.

»Ach, der Dolch!« seufzte der Hakayati müde. »Von dem erzähl ich euch morgen.«

»Holt Said Osman denn nicht zurück?« Aboulis Ungeduld war grenzenlos wie die Wüste. »Und der fliegende Teppich, wo findet er den?«

»Hast du nicht gehört«, fuhr ihn Achmed ärgerlich an, »Suleiman erzählt morgen weiter. Jetzt wird geschlafen!«

Da verzog sich der Junge murrend mit seiner Decke unter den nächsten Baum. Doch weil er noch ziemlich wach war, teilte er dem runden, im milchigen Glanz verschwimmenden Mond seine weiteren Überlegungen mit: »Jetzt hat er die zweite Kette, und den Dolch bekommt er sicher auch noch. Aber was nutzt ihm das alles, wenn er den Teppich nicht findet? Nachdem der andere im Meer versunken ist, gibt es doch bloß noch einen auf der ganzen Welt.«

In den Ästen des Baumes über ihm piepste ein Vogel im Schlaf.

»Und wie kommt er zurück in die Wüste?« Doch dann fiel dem Jungen ein, daß es außer der Wüste Sahara, in der sie sich befanden, ja noch andere Wüsten auf der Erde gab. Das hatte der alte Abdullah ihm erzählt. Woher sollte Said also wissen, in welcher von ihnen er nach dem Schatz suchen mußte? Doch zunächst mußte er zum Issa-Beer zurückkehren, denn außer dem Teppich fehlte ihm noch die Glasperlenkette der Lieblingstochter des Kankan Moussa, und der war ein Herrscher in Mali gewesen. Über diesem Gedanken schlief Abouli ein.

Als er am nächsten Morgen erwachte, lagen die anderen immer noch in ihre Decken gewickelt im Sand und rührten sich nicht. Abdullah lag in der Nähe der Feuerstelle, während Achmed und Khalid, der ›Geier‹ und Suleiman sich wie Abouli irgendwo einen Platz gesucht hatten, einen, auf dem keine Steine lagen und der möglichst eben war.

Abouli entdeckte neben sich ein Vogelnest, das in der Nacht heruntergefallen sein mußte. Es war ein kunstvolles, korbartiges, rundes Gebilde mit einem röhrenförmigen Eingang. Er beschloß, es Suleiman zu zeigen. Vielleicht hat es eine Bedeutung für Saids Geschichte, überlegte er. Da räkelte sich Ach-

med. Er rollte sich aus seiner Decke und stand auf. Dann ging er einige Schritte abseits, wendete sein Gesicht dem eben erscheinenden Glutpunkt der aufgehenden Sonne entgegen und begann sein Morgengebet. Das war das Signal für die anderen, ebenfalls aufzustehen, und ehe sich die Sonne zwei

Handbreit über den Horizont erhoben hatte, waren schon wieder die Kamele gesattelt. Abouli hatte das Vogelnest unter seiner Gandoura versteckt, denn er wollte warten, bis Suleiman Zeit für ihn haben würde. Solange Achmed zum Aufbruch drängte und alle mit dem Bepacken ihrer Meharis beschäftigt waren, würde er den Hakayati mit seinen Fragen nur stören.

Doch dann, als die Sonne den Boden schon wieder aufheizte und die aufsteigende Wärme den Sand über die Dünen zu treiben begann, als der zunächst klarblaue Morgenhimmel sich schon wieder mit dem weißen Dunst der Mittagshitze bezog und die wabernde Luft die Berge zu bewegen schien, hielt es Abouli nicht länger aus. Er lenkte Arusha neben das Mehari Suleimans und zog das Vogelnest unter seiner Gandoura hervor.

»Das habe ich heute morgen gefunden«, sagte er.

Suleiman nahm es ihm ab und drehte es hin und her, wobei es ihm zwischen den Fingern zerbröselte. »Das Nest eines Webervogels«, stellte er fest.

»Hat es etwas mit Saids Geschichte zu tun?«

»Gewiß.«

»Und was?«

»Aber Abouli, überleg mal!« ermahnte ihn der Hakayati. »Was tut ein Vogel?«

»Er fliegt«, sagte der Junge.

»Und was bedeutet ihm sein Nest?«

»Sein Zuhause.«

»So, und jetzt zähl beides zusammen!«

»Er fliegt nach Hause – oh, das ist es – Said fliegt nach Hause zurück. Nach Hause zum Issa-Beer!« rief Abouli voll Stolz, daß er die Bedeutung des Nestes erfaßt hatte. »Aber woher bekommt er den fliegenden Teppich?«

»Das ist mein Geheimnis«, sagte Suleiman lächelnd und zog sich den schwarzen Schleier über die Nase, denn die Sonne brannte schon wieder so, als ob sie alles in Flammen setzen wollte.

Diesmal kam es dem Jungen wie eine Ewigkeit vor, bis Achmeds herumschweifender Blick ihm zeigte, daß er auf der Suche nach einem Schattenplatz war. Immer wieder griff der Junge nach dem Wasserkanister. Sie brauchten nicht zu sparen, hatte der ›Geier‹ ihm versichert. Die Gerbas waren gefüllt. Abouli genoß es, Wasser zu trinken. Er badete seine Zunge in der lauwarmen Flüssigkeit und ließ sie dann langsam die Kehle hinunterlaufen.

An diesem Morgen lief Achmed lange. Ab und zu, wenn ein Cram-Cram in seinen Fußsohlen steckenblieb, hob er im Laufen das Bein und entfernte den Stachel. Aber sonst ging er mit langen, gleichmäßigen Schritten mühelos auf dem sandigen Boden dahin.

Erst als sie einen einzelstehenden Baum erreichten, gab er das Zeichen für eine Rast. Er hatte keine Eile mehr. Am nächsten Tag gegen Abend würden sie in der Oase eintreffen, in der ihre Leute die Zelte stehen hatten. Bis dahin würde das Wasser reichen und die Hirse und das Feuerholz auch. Morgen war die Reise zu Ende. Darüber freute sich Achmed. Auch dem ›Geier‹ fiel wieder die Ziege ein, die er dann schlachten wollte, und der alte Abdullah sehnte sich nach der dämmrigen Ruhe des Zeltes. Nur Abouli fürchtete, daß Suleiman mit Saids Geschichte nicht fertig werden würde.

Der Schatten des Baumes reichte nur knapp für die sechs Reiter, und sie mußten, während sie Saids Schicksal weiterverfolgten, mehrmals aufstehen, um dem wandernden Licht auszuweichen.

Said beschloß, unverzüglich nach Dschibla zu gehen, begann Suleiman, *um Osman die gute Nachricht zu überbringen und ihn heimzuholen nach Sanaa. Er weihte Abu el-Faradsch in sein Vorhaben ein, doch Fatimah sagte er nichts. Er wollte sie überraschen. Der alte Mann freute sich sehr, als er hörte, daß Osman noch lebte.*

So machte sich Said gleich am nächsten Tag auf den Weg nach Süden. Er fragte an allen Tankstellen, ob ihn jemand mitnähme, und hatte auch bald das Glück, ein Auto zu finden, dessen Fahrer eine Ladung Zement nach Taiz bringen mußte. Taiz lag weit hinter Dschibla im Süden.

Wieder staunte Said über die Terrassenlandschaft und die Wehrdörfer auf den Höhen der Berge. Sie fuhren durch Felder voller Katsträucher und vorbei an großen Schafherden. Ab und zu pflügten die Bauern mit weißen Ochsen oder auch mit einem Kamel. Ihr Pflug bestand nur aus einem einfachen Balken.

Sie überquerten einen Paß. Vor ihnen öffnete sich der Ausblick nach Süden weit über die Ketten der Berge hinweg, von denen die letzte so leicht und durchsichtig war, als ob sie schwebte. Den Straßenrand säumten wilde Geranien, Hibiskus und Wolfsmilch. Zwischen ihnen wuchsen Agaven, deren blühende Stengel dreimal so hoch wie ein Mann waren.

Dort wo die Straße nach Dschibla abzweigte, setzte der Fahrer Said wieder ab, und der Junge legte das letzte Stück zu Fuß zurück.

Dschibla war eine alte, an einem Berghang gelegene Stadt, die man über eine steinerne Brücke betrat. Von dort führten viele Stufen nach oben.

Es war Donnerstag abend. Said kaufte sich für ein paar Münzen etwas zum Essen, wickelte sich in die Decke, nachdem er sein Abendgebet verrichtet hatte, und verbrachte die Nacht unter der Brücke. Am nächsten Morgen, als der Muezzin rief, stieg er die Stufen hoch zu der weißen Moschee. Vor dem Portal zog er die Schuhe aus und kniete zwischen den Männern in dem großen Innenhof nieder, hörte der Predigt des Imam zu und sprach mit dem Chor der Gläubigen die heiligen Gebete, wie es sich für einen guten Moslem gehört.

Nachdem sich die Menge wieder verlaufen hatte, hockte er sich auf die Stufen vor dem Gebetsraum und begann zu warten. Ein paar alte Männer waren zurückgeblieben. Sie saßen still auf dem teppichbelegten Boden und studierten Suren aus dem Koran oder lasen in der Sunna. Ruhe ging von ihnen aus und Weisheit. Indem sie ihre Gedanken sammelten, erschienen sie Said erhaben über alle weltlichen Dinge.

Nur die Tauben gurrten auf den Dächern des Kreuzganges. Sonst war es still.

»He, Said!« Auf einmal trat Osman hinter einer der Säulen hervor.

»Osman! Assalamu aleikum!« Said umarmte den Freund.

Nach der ersten Freude verließen sie die Moschee, hockten sich auf die Mauer vor dem Portal und erzählten und erzählten.

Said berichtete Osman von allem, was vorgefallen war, daß er durch einen glücklichen Zufall das Geschmeide wiedergefunden hätte und daß Abu el-Faradschs Ehre wiederhergestellt war. Als Osman aber von der abgeschlagenen Hand hörte, wurde er blaß.

»Bei Allah!« stöhnte er. »Es war alles meine Schuld! Wie kann ich das wieder gutmachen?«

»Indem du zu ihm zurückkehrst und ihm in der Werkstatt hilfst«, sagte Said. »Drei Hände sind besser als eine.«

Osman sprang auf. »Du hast recht. Laß uns gehen!«

Auf der Rückfahrt nach Sanaa erzählte er Said, wie er zuerst einer alten Frau die Ziegen gehütet hatte und später Arbeit in einer Tankstelle fand. An jedem Freitag hatte er die Moschee besucht und nie daran gezweifelt, daß Said eines Tages kommen würde, um ihm Nachricht zu geben.

Nur kurz standen sie an der Kreuzung, bis ein Autofahrer hielt und sie bis Sanaa mitnahm, und kaum waren sie wieder ausgestiegen, als Osman losrannte, weil er es nicht mehr erwarten konnte, Fatimah und ihren Vater wiederzusehen.

»Halt!« schrie Said hinter ihm her. »Halt! Du weißt doch gar nicht, wo sie jetzt wohnen.« Doch Osman hörte nicht mehr auf ihn. Er durchquerte den Souk bis zum Viertel der Silberschmiede und blieb nicht einmal stehen, bis er Abu el-Faradschs altes Geschäft erreicht hatte. Er rannte so schnell, daß Said ihm kaum folgen konnte, stieß die Leute rechts und links zur Seite, und sein Gewand flatterte ihm so um die Beine, daß er einige Male beinahe hingefallen wäre.

Zu Saids größtem Erstaunen waren Abu el-Faradsch und Fatimah bereits umgezogen. Das hatte der Scheich in die Wege geleitet.

Er hatte ihm Werkzeug besorgen lassen und Silber, sowie Bernstein und rote Korallen, damit er gleich mit der Arbeit beginnen könnte. Fatimah wankte und mußte sich festhalten, so sehr freute sie sich, Osman wiederzusehen. Und Abu el-Faradsch schloß ihn einfach in seine Arme. »Sohn«, sagte er nur. »Daß du wieder da bist, Sohn! Hamdulillah!« Kurze Zeit später begann er, Pläne für die Hochzeit zu schmieden.

Said holte Mirjam, damit sie Fatimah während des Festes beistehen würde. Fatimah verzieh der Freundin den Streich, weil sie wußte, daß sich Mirjam die Folgen nicht überlegt haben konnte und daß sie wohl sehr unter ihrer Schuld gelitten hatte. Außer ihrem Mann brachte Mirjam noch ihre Schwiegermutter mit und deren Schwester, eine Freundin und die Freundin der Freundin. Abu el-Faradsch jedoch lud alle Silberschmiede Sanaas ein.

So wurde es ein großes Fest, von dem sie alle noch lange sprachen. Während die Frauen die Braut auf die Hochzeit vorbereiteten, fuhren die Männer mit ihren Autos auf die Klippen hinter der Stadt, wo sie zum Klang der Trommeln die alten Djambiya-Tänze tanzten

Suleiman sprang auf und riß sich den Dolch aus dem Gürtel und tanzte mit wilden Verrenkungen, das blanke Messer schwenkend, im Kreis um die erkaltete Feuerstelle herum. Takajedu holte sich einen Topf und begann zu trommeln. Immer wilder wirbelte Suleiman im Kreis, schwang in einem weiten Bogen das Messer in die Höhe und fuhr dabei dicht an Aboulis Nase vorbei. Da hüpfte auch Abouli hoch und tanzte mit ihm um die Wette, und Khalid folgte seinem Beispiel, während Achmed den ›Geier‹ auf einer Bratpfanne begleitete.

Die Schechs und Gandouras flatterten im Takt der trommelnden Finger hinter den Tänzern her, deren Augen blitzten wie ein Sonnenstrahl auf dem Wasser. Nur der alte Abdullah war auf seinem Platz sitzengeblieben. Er lachte und freute sich über die Freude der anderen.

Erst als Suleiman mit dem Fuß auf ein Cram-Cram trat, ließ

er sich keuchend fallen, um es zu entfernen. Er steckte den Dolch in die Scheide zurück, und als auch die anderen ihre Plätze wieder eingenommen hatten, erzählte er weiter:

Drei Tage lang feierten, tanzten und kauten sie Kat auf Kosten des Scheichs, der alles bezahlte. Danach verließen die Hochzeitsgäste das Haus Abu el-Faradschs wieder. In der neueingerichteten Werkstatt begann Osman nach den Entwürfen seines Schwiegervaters Djambiyas zu schmieden und Messer, Arm- und Fußreifen für die Frauen, sowie Halsgeschmeide, Ringe und Ohrgehänge. Bald sprach es sich in der Stadt herum, daß der beste Silberschmied sein Geschäft wieder eröffnet hatte, und viele Kunden stellten sich ein, um bei ihm einzukaufen oder etwas bei ihm zu bestellen.

Said übernahm kleine Botengänge und half überall mit. Nach wie vor zeigte er fremden Reisenden alle Sehenswürdigkeiten, und wenn sie nach Silberschmuck fragten, führte er sie auch zu Abu el-Faradsch, der sie immer persönlich bediente und dabei gute Geschäfte machte.

Mit der Zeit lernte Said viele Leute und ihre Häuser kennen. Er und Osman wurden oft eingeladen. Obwohl es der Junge ablehnte, Katblätter zu kauen, begleitete er den Freund überallhin. Dann stiegen sie über lange und steile Treppen empor, vorbei an den Stockwerken, in denen die Waren gestapelt wurden, vorbei an den Räumen der Frauen und Kinder bis hinauf in den Mafradsch, das Gemach des Hausherrn, durch dessen große Fenster man fast immer weit über die Dächer der Stadt sehen konnte. Dort ließen sie sich auf weichen Polstern nieder, lehnten sich an die mit Teppichen behangenen Wände, schlürften den Tee aus kleinen Tassen und rauchten die Wasserpfeife, während alle anderen mit großem Genuß Katblätter kauten. Sie unterhielten sich über alles, was sie gerade beschäftigte, Politik, Marktlage, Frauen und manchmal auch über diesen und jenen Nachbarn.

Und wenn sie nicht mehr wußten, über was sie reden könnten, erzählte ihnen Said oft ein Märchen oder auch zwei. Alle hörten ihm gern zu, und er kam nicht aus der Übung.

So verrann die Zeit, und Abu el-Faradsch und Osman betrachteten Said bald wie einen Sohn und einen Bruder. Doch irgend etwas in Saids Innerem ließ ihm keine Ruhe. Es trieb ihn weiter, weg von dem sicheren Dasein im Haus des Silberschmiedes, fort von Osman und Fatimah. Wenn er sich nicht auf die Suche nach den anderen Dingen machte, die der Djinn und Samira für den Zauberspiegel verlangten, würde er ihn wohl nie erringen.

Eines Tages teilte er seinen Freunden mit, daß er sie nun verlassen müsse.

»Aber warum denn?« fragte ihn Osman verständnislos.

Doch Said hatte Angst, von ihm ausgelacht zu werden. Deshalb verzichtete er darauf, seine Gründe zu erklären.

Als Abu el-Faradsch sah, daß der Junge an seiner Entscheidung festhielt, holte er einen in ein wollenes Tuch gewickelten Gegenstand unter seiner Matratze hervor. Als er ihn auspackte, kam ein kostbarer Silberdolch zum Vorschein. Eine schönere Arbeit hatte Said noch nie zuvor gesehen. Die Feinheit der Ornamente auf seiner Scheide war unvergleichlich.

»Vor vielen Jahren, als ich noch beide Hände hatte«, erzählte der Alte, »geriet ich einmal in Todesgefahr, als mich einige Räuber

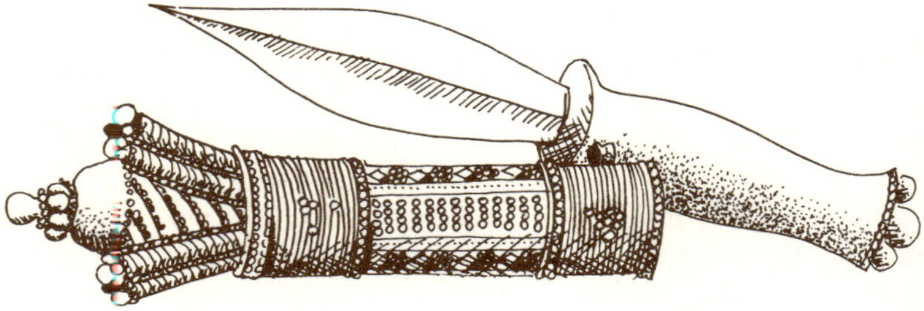

überfielen. Damals gelobte ich, einen Dolch zu schmieden, der nicht seinesgleichen hätte. Ich wollte ihn dem Mahdi schenken, dem dreizehnten Kalifen, sobald er sich den Gläubigen zu erkennen gäbe. All mein Können legte ich in diese Arbeit und richtete viele Gebete zu Allah, dem allmächtigen Gott, damit der Dolch dem Mahdi gefallen möge. Mein fester Glaube verscheuchte die Räuber, die umsonst meine Taschen durchwühlten, da ich nichts bei mir trug. Doch heute – nach so langer Zeit – da sehe ich alles anders. Der Mahdi wird mir verzeihen, doch ich kann ihm den Vorwurf nicht ersparen, daß er uns zu lange auf sein Erscheinen warten läßt. Du hast meinem Leben wieder einen Sinn gegeben, und deshalb will ich dir den Dolch schenken.« Mit diesen Worten legte der Silberschmied die kostbare Waffe vor Said nieder. Und so besaß der Junge, schneller als er sich erträumt hatte, drei der fünf Dinge, die er brauchte, um den Schatz in der Wüste zu erringen.

Am nächsten Morgen schnürte er seine Habseligkeiten in die Decke und verabschiedete sich von Abu el-Faradsch, seiner Tochter und Osman. Er verließ die Stadt und wandte sich den Bergen im Osten zu. Gegen Abend suchte er sich einen Lagerplatz in einem Tal, in dem ihn einige Felsen vor widrigen Winden schützten und wo er ein kleines Feuer anmachen konnte.

Und als er so in die Glut sah und der Rauch über den Flammen aufstieg, fiel ihm Osmans Behauptung ein, daß viele Leute mit Hilfe des Rauches den Geistern eine Nachricht zukommen ließen. Wie es sein Freund damals getan hatte, ritzte Said sich den Finger auf und schrieb mit seinem Blut auf ein Blatt: »Möge ein Geist mir helfen!« Danach warf er es in die Flammen. Und auf einmal begann der Rauch sich zu drehen und wie ein Pilz in die Breite zu gehen. Auf einmal streckten sich Arme aus, wurde ein Kopf erkennbar mit Augen, die glühten wie glimmendes Holz. Said kam es vor, als hielte der Geist einen Stern in den Händen. Doch gleich darauf erkannte er, daß es eine Muschel sein mußte, so eine, wie er sie am Ufer des Roten Meeres gefunden hatte. Die Rauchgestalt hielt sich die Muschel ans Ohr. Sie lauschte mit verklärtem Ausdruck, als höre sie Himmelsmusik. Danach löste sie sich auf und verging, so wie sich Rauch immer auflöst und vergeht, sobald das Feuer erlischt.

Da suchte Said die Muschel heraus und fand sie dort, wo er sie damals hingesteckt hatte, nämlich tief in der Tasche der Galabiya. Er hielt sie ans Ohr, zuerst hörte er nichts, dann das Rauschen des Meeres.

Er hörte, wie sich die Wellen brachen und das Wasser über die Felsen schoß, dazwischen das leise Klingeln des zurückströmenden Sandes. Und auf einmal vernahm er feine Stimmen. Da schob er sich rasch die Perle ins Genick.

»Wie beneide ich dich um den fliegenden Teppich, Muschel-Peri«, flüsterte es. »Geschickt hast du es angestellt, um ihn zu erringen!«

»Es war ganz einfach«, erwiderte kichernd eine andere Stimme. »Ich brauchte bloß ein Schiff stranden zu lassen, und schon sank er in meinen Schoß.«

»Ach, wenn ich dich nur begleiten könnte!« weinte es zwischen den Wellen.

»Du bist noch jung, Korallen-Peri«, flüsterte die zweite Stimme. »Und ein bißchen unerfahren. Sonst wüßtest du, daß dieser Rest eines Teppichs nicht mehr als eine Person tragen kann, und sei eine zweite auch leicht wie eine Feder.«

»Gibt es nicht noch einen auf der Welt?«

»Niemand weiß das genau, doch viele glauben, daß die Peri vom Issa-Beer einen besitzt. Aber neulich erzählte ein Djinn einer Tante von mir, sie habe ihn weitergeschenkt.«

»Weitergeschenkt – wem?«

»Einem Jungen, dem Pflegesohn eines Webers.«

»Kennt dieser Mensch den Zauber des Feengeschenks?«

»Offenbar nicht.«

»Was müßte er tun, wenn er mit ihm fliegen will?«

»Von einem magischen Platz aus . . .«, raunte die Muschel-Peri. Das auf- und abschwellende Zischen der Brandung verschluckte einen Teil ihrer Rede. ». . . muß er das Ziel kennen und wissen, wo es sich befindet . . . in einer Vollmondnacht . . .«

Das Heulen des Windes über dem Wasser verwehte die flüsternden Stimmen, und Said hörte nur noch das Donnern der Wellen.

So erfuhr er, daß er das, was er suchte, schon lange besaß.

In dieser Nacht machte er kein Auge zu, und als die Sonne aufging, stand sein Entschluß fest:

Er mußte einen magischen Platz finden, von dem aus der Teppich ihn heimtragen sollte, heim zum Vater der Flüsse, doch nicht zu Samaki und Kita, sondern zuerst zu Abu el-Rih, auf die Insel am Debo-See. Der heilige Ibis hatte Said seine Hilfe angeboten, und diese brauchte er nun, um die letzte Aufgabe noch zu erfüllen. Die letzte Aufgabe, das war das Auffinden der Glasperlenkette der Lieblingstochter des Kaisers Kankan Moussa.

Unverzüglich packte Said seine Sachen zusammen, und dabei stellte er fest, daß er die Muschel zerbrochen hatte. Irgendwann während der Nacht mußte er an sie gestoßen sein. Doch das bekümmerte ihn wenig. Sie hatte ihm wertvolle Dienste geleistet, doch nun mußte er sich selbst weiterhelfen.

Er folgte einem schmalen ausgetretenen Pfad, der sich in vielen Windungen über den Berghang hinzog, und dachte dabei unentwegt darüber nach, was die Peri wohl unter einem »Magischen Platz« verstanden hatte. Und als er den Bergrücken überschritt, blieb er nicht stehen, um einen kurzen Augenblick lang den Ausblick zu genießen, so wie er es sonst tat. Inzwischen hatte sich nämlich der Himmel mit Wolken bezogen, und bald fing es an zu regnen.

Da rannte Said abwärts. Nicht darauf achtend, wo er hintrat, rutschte er ab und zu aus und stolperte über die Steine. Als er schließlich ein einsam gelegenes Haus erreichte, klopfte er völlig durchnäßt an die Tür und bat darum, eingelassen zu werden. Eine Frau öffnete ihm. Said folgte ihr durch den sich im Erdgeschoß befindenden Schafstall über eine dunkle Treppe nach oben, wo sich in einem Raum über der Küche einige Männer versammelt hatten. Die Frau brachte ihm ein Glas voll heißen, gesüßten Tees, und auf eine Handbewegung des ältesten Mannes hin ließ sich Said auf einem Polster nieder.

»Assalamu aleikum«, begrüßte ihn der Alte.

»Aleikum assalam«, erwiderte Said zitternd vor Kälte.

Danach kehrten die Männer zu einer Unterhaltung zurück, die sie offensichtlich schon lange vor Saids Eintritt begonnen hatten. Es ging um Schafe und Weidegründe, um den Preis für die Wolle und den für das Fleisch.

Said war froh, daß sie ihn in Ruhe ließen, und als der Alte ihn aufforderte, die Nacht bei ihnen zu verbringen, nahm er die Einladung dankbar an.

Am nächsten Tag regnete es noch immer. Außer dem Alten hatten alle Männer das Haus verlassen. Als Said aufwachte, bat ihn sein Gastgeber ihm zu helfen, einen Schafpferch zu bauen. Mit seinen gichtgekrümmten Fingern fiel ihm die Arbeit schwer. Sie schlugen Holzpflöcke in die Erde, verbanden sie miteinander durch Stangen und füllten die Löcher am Boden mit Steinen auf. Zum Schluß brachten sie ein einfaches Tor an, das sich in hölzernen Angeln drehte. Der Alte hieß Jamil. Er redete wenig und fragte Said weder, woher er gekommen, noch, ob er schon bald wieder gehen wolle. Das war dem Jungen ganz recht so, denn solange der Regen anhielt, verspürte er wenig Lust, im Freien zu übernachten.

Am Mittag rief sie die Frau zum Essen ins Haus. Da war er abermals völlig durchnäßt, und bis seine Kleider trockneten, wurde es dunkel. So übernachtete er wieder bei den alten Leuten.

Am nächsten Tag mußten sie das Dach ausbessern. Später holte er Feuerholz aus einer tiefer gelegenen Hütte. Immer noch hüllten die dampfenden Wolken das Land ein. Said sah kaum bis zum gegenüberliegenden Hang. Außer seinem eigenen Keuchen, als er das Holz hochschleppte, hörte er nichts. Der Nebel verschluckte alle anderen Geräusche. Und weil sich der Junge überall nützlich machte, schickten sie ihn nicht fort.

Ganz allmählich lernte er den alten Mann besser kennen. In den nächsten Tagen fiel ihm auf, daß eine Menge Menschen zu ihm kamen, um sich bei ihm Rat zu holen. Keiner von ihnen kehrte unverrichteter Dinge wieder heim. Sie brachten Geschenke mit, Zucker und Tee, Hirse, Bohnen und was Jamil und seine Frau sonst noch zum Leben brauchten und was ihnen die Schafe nicht lieferten.

»Jamil ist weise«, sagte einmal ein anderer Junge zu Said. »Ich glaube, er ist ein Zauberer.«

Da beschloß Said, den Alten nach der Bedeutung von »magischen« Plätzen zu fragen.

Doch er mußte warten, bis sich dafür eine Gelegenheit bot. Sie hatten zusammen ein Schaf geschlachtet. Said hatte es ausgenommen, und Jamil hatte ihm das Fell abgezogen. Dann hatten sie es auseinandergeschnitten und den größten Teil des Fleisches in Salz eingelegt. Eine Keule hing über dem Feuer. Während die Frau sie sorgfältig drehte, zündete sich Jamil die Wasserpfeife an, und Said konnte endlich seine Frage anbringen.

»Magische Plätze«, antwortete der Alte, nachdem er sich von seinem Erstaunen erholt hatte. »Warum interessierst du dich für sie?«

»Nur so«, stotterte Said verlegen. »Ich hab mal gehört, wie sich zwei darüber unterhielten.«

»Es sind Plätze, unter denen sich Kraftströme kreuzen«, erklärte ihm Jamil. »Plätze des Lichts und der Finsternis. Plätze, an denen sich Peris und Zauberer treffen und an denen sich Allah oft ausruht, wenn er müde ist von seinen Erdenbesuchen. Manchmal ist es eine Klippe über dem Meer oder die Umgebung einer Quelle. Es können auch alte Ruinen sein oder der Schatten unter einem bestimmten Baum. Doch ob es ein magischer Platz ist, erkennt man nur, wenn man allein ist.«

»Und wo findet man sie?«

Jamil überlegte. Leise gluckerte das Wasser in seiner Pfeife. Die Frau warf ein frisches Scheit auf die Glut.

»Kennst du das ›leere Viertel‹, die Rub-al-Khali?« fragte er Said.

»Meinst du die Wüste im Osten?«

»Genau die. Kein Baum, kein Strauch, kein Tier, kein Mensch kann dort leben. Viele glauben, es sei das Ende der Welt.«

Der Alte schwieg, und Saids Geduld wurde auf eine lange Probe gestellt.

»Am Rande der Rub-al-Khali stand vor vielen tausend Jahren ein Tempel, der dem Mondgott Almakah geweiht war. Königin Bilkis hatte ihn erbaut. Dieser Tempel befand sich in der Nähe der Ortschaft Marib, drei Tagereisen östlich von hier. Bilkis verehrte

Almakah, den Mondgott, der viele Menschen im Schlaf wandeln läßt, der die Wasser der Meere anzieht, so daß Ebbe und Flut entstehen, und in dessen sanftem Licht viele Blumen aufblühen. Wenn er voll und rund am Himmel steht, ist seine Kraft am größten. Zusammen mit den Kraftströmen unter der Erde kann er erstaunliche Dinge vollbringen.«

»Also in Vollmondnächten«, wiederholte Said nachdenklich, weil es ihn an das erinnerte, was die Muschel-Peri gesagt hatte. Doch dann fiel ihm noch etwas ein. »Und der Tempel – ist er heute noch da?«

»Von ihm stehen nur noch fünf hohe Säulen. Jede von ihnen aus einem einzigen Felsen geschlagen. Doch über dem Altar des Almakah wölbt sich der Sand in einer riesigen Düne.«

Da wußte Said, wohin er gehen mußte, um seine Decke dazu zu bringen, ihn heimzutragen. Und als es zu regnen aufhörte, verließ er den alten Jamil und seine Frau. Er machte sich auf den Weg über die Berge nach Osten. Bald erreichte er eine breite Straße, die sich in unzähligen Kurven durch die Felsen wand. Ab und zu lagen rostige Autos in den Schluchten, dann vermutete der Junge, daß die Fahrer im Kat-Rausch nicht aufgepaßt hatten.

Im Osten fielen die Berge steil ab, und Said überquerte eine trokkene Steppe. Er brauchte nicht zu hungern, denn Jamils Frau hatte ihn mit Brot und Nüssen versorgt. Nur an Wasser mangelte es ihm, immer wieder an Wasser. Manchmal verstärkte der heiße, trockene Wind noch sein Leiden. Dann wirbelte er den Sand hoch, und Said konnte nicht mehr erkennen, wo Sonnenaufgang und -untergang war. In der Steppe wuchsen nur wenige Pflanzen, einige Büschel hartes Gras, ein paar Tamarisken oder Kakteen und hie und da ein verkrüppelter Dornbusch. Doch als er in die Wüste kam, unterbrachen höchstens ein paar grobe Felsen das Einerlei der ebenen, sandigen Landschaft.

Er erinnerte sich nicht mehr daran, wieviele Tage er schon unterwegs war, es konnten kaum mehr als drei sein, als plötzlich ein Hügel vor ihm auftauchte. Auf seiner Kuppe standen hohe Häuser aus Lehm, von denen schon viele eingestürzt waren.

»Das ist Marib«, bestätigte ihm ein Mann, der auf seinem Kamel Saids Weg kreuzte. »Was willst du dort? Die meisten ziehen in die andere Richtung.«

Doch Said murmelte etwas von Verwandtenbesuchen, und der Mann drang nicht weiter in ihn.

Am Fuße des Hügels standen ein paar mit Strohmatten abgedeckte Buden, in denen es Tee zu kaufen gab und Fladenbrot. Said erstand für seine letzten Münzen ein Brot und ein Glas voll gewürzten Tees. Er überlegte. Seiner Beobachtung nach war der Mond erst in einigen Tagen voll. Was sollte er tun bis dahin? Und als ihn der Wirt nach dem Woher und Wohin auszufragen begann, erzählte er ihm einfach eine Geschichte, in der von einem Bruder die Rede war, auf den er warten sollte, der aber erst später in Marib einträfe. So schlug ihm der Wirt vor, bei ihm so lange auszuhelfen, weil sein Sohn gerade zum Militär eingezogen worden war.

So kam es, daß Said die Gäste bediente oder den Teig für das Brot knetete. Manchmal stand er auch an dem heißen Ofen und klatschte die flachen Fladen an seine Innenwand, von der er sie rechtzeitig wieder ablösen mußte, ohne daß sie ins Feuer fielen. Er wischte die Tische ab, schleppte Wasser herbei und arbeitete für sein Essen und Trinken und dafür, daß er dableiben konnte ohne aufzufallen.

Einmal ging er und suchte die fünf Säulen vom Tempel der Bilkis. Er fand sie gleich. Sie waren ein unübersehbares Zeichen. Der Sandberg neben ihnen mußte die Düne sein, unter der der Altar des Almakah vergraben war.

Da schleppte sich ein Auto, vollgeladen mit Fremden, über die sandige Piste bis zu den Tempelruinen. Während die Gäste die Säulen betrachteten, stemmte sich ein kleiner Junge aus Marib zwischen ihnen hoch. Die Fremden filmten ihn und gaben ihm Geld dafür. Als sie weg waren, versuchte Said, es dem Jungen nachzumachen, doch es gelang ihm nicht.

Einige Tage später, am Abend vor der Vollmondnacht, verabschiedete sich Said von dem Wirt.

»Ist dein Bruder schon da?«

»Nein, aber – In cha' allah – er wird schon kommen. Shukran für alles!«

»Du warst tüchtig«, lobte der Mann ihn. »Ich hätte dich gern behalten.« Doch Said ließ sich nicht überreden, länger zu bleiben.

Als er mit der zusammengerollten Decke unter dem Arm die sandige Piste entlanglief, ging gerade die Sonne unter. Und in alter Gewohnheit breitete Said seinen Teppich aus und verrichtete sein Abendgebet. »Allahu Akbar! Eshadu la allah illa'allah!« betete er. »Danke für deine Güte und dafür, daß ich nun heimkehren kann.«

Über der Rub-al-Khali stieg die Nacht hoch und deckte das Land mit Dunkelheit zu. Nur der volle Mond schüttete sein Licht über der Ebene aus. Doch solange der helle Streifen am westlichen Horizont noch glühte, hielten sich viele Sterne zurück. Die fünf Säulen ragten wie riesige Finger in den Himmel. Ihre mächtigen Körper zerschnitten das Mondlicht und warfen fünf lange Schatten über den welligen Boden.

Said stapfte durch den lockeren Sand. Immer tiefer sanken seine Füße ein, und oft kam es ihm so vor, als fessele ihn etwas an den Boden. Er begann zu keuchen und war sehr froh, als er endlich die Kuppe der Düne erreichte. Er hockte sich auf seine Decke, sah den Mond an und sammelte alle seine Gedanken zu einem Bündel. Nach Hause, dachte er, heim zum Issa-Beer, zu Abu el-Rih auf die Insel am Debo-See. Heim, heim!

Bald glaubte er schon das Gluckern der Strömung zu hören, das leise Rascheln des Schilfes und das Kwitt-kwitt der Kiebitze, die im Schlick nach Würmern suchten.

Heim, heim! Er war so lange in der Fremde gewesen. Alle Kraft nahm er zusammen, um an nichts anderes zu denken als daran und dabei weder abzuschweifen noch sich ablenken zu lassen.

Doch es geschah nichts. Ein Windhauch blies etwas Sand auf den Teppich, und irgendwo schrie ein Vogel. Als der Mond höher stieg, wurden die Schatten der großen Säulen kürzer.

Zum Issa-Beer, dachte Said und veränderte die Stellung, legte sich halb zurück und stützte den Arm auf.

Abu el-Rih, hilf mir! bat er. Peri vom Fluß, Bilkis, Almakah! Gebt dem Teppich die Kraft, mich zu tragen!

Said fühlte sich so, als sei er völlig allein auf der Welt. Stille umgab ihn. Nur die Sterne flimmerten ein wenig. Sonst bewegte sich nichts. Sogar der Wind schien eingeschlafen zu sein.

Da fühlte sich Said nicht nur allein, sondern auch so, als befände er sich in der Mitte eines Kreises, über den sich der Himmel wie eine Schüssel wölbte. Der Kreis kam ihm vor wie ein Rad, das sich um ihn wie um eine Achse drehte. Durch diese Achse sprach Almakah, der Mond, mit der Erde. Und die Erde, das war Bilkis, die Königin von Saba. Schließlich wurde Said schrecklich müde. Er legte sich hin, und während die Säulen an seiner Seite wachten und der Mond ihn mit bleichem Licht übergoß, schlief er ein.

Er wachte erst wieder auf, als tief unter ihm ein Muezzin die Gläubigen zu ihrem Morgengebet rief. Da schwebte er schon über Sanaa, und die Ränder der Berge in seinem Rücken erglühten in den Strahlen der aufgehenden Sonne. Wellenbewegungen gingen durch den Teppich. Er schwankte ein bißchen, stieg etwas höher oder sank tiefer und schwamm auf der Luft wie ein Boot auf dem Wasser.

Hinter Said verschwammen die Kuppeln und Minarette von Sanaa, vor ihm tauchten Berge auf und bald schon das Meer, über das er mit der »Sindbad« gefahren war. Bald kam es ihm so vor, als stünde er still in der Luft, während die Landschaft unter ihm wegrollte.

Wieder überquerte er Berge, dann mehrere Flüsse mit sumpfigen Ufern, aus denen die Vögel erschrocken hochflogen, als der Schatten des Teppichs über das Schilf huschte.

Hoch über den Steppen, die anschließend folgten, brannte die Sonne auf Saids Gesicht. Da wickelte er sich den Turban so, daß man ihn über die Nase ziehen konnte. Das war auch gut, denn manchmal versuchte ein Djinn ihn zu fangen, dann wirbelte der Wind den Sand hinauf bis zu ihm, und ohne den Schech wäre das unangenehm gewesen.

Er flog über Dörfer, in denen die Häuser aus Gras gebaut waren, betrachtete die in den Höfen spielenden Kinder und wie ihre Müt-

ter von oft weit entfernten Brunnen Wasser heimtrugen. Er beobachtete Löwen bei der Jagd auf Gazellen und Zebras, sowie große Herden Antilopen, die in wilder Panik vor etwas flüchteten, das er erst später als den Schatten der fliegenden Decke erkannte. Er entdeckte Elefanten, die sich in einer Schwemme suhlten, und davongaloppierende Giraffen. Ab und an erhoben sich Geier von kahlen Bäumen und ließen sich von der warmen, aufsteigenden Luft nach oben tragen. Neugierig verdrehten sie die nackten Hälse, und ihre Augen starrten ihn verständnislos an.

Einmal flog hoch über ihm ein Flugzeug, doch der Pilot schien ihn nicht zu bemerken.

Eine Zeitlang bestand das Land nur aus Sümpfen und Wüsten. Nur selten sammelte sich Wasser in Seen oder zeigte ein grüner Fleck, daß dort eine Oase sein mußte. Die Hütten waren aus Stroh oder Lehm, die von oben die Erde wie eine von Pocken befallene Haut aussehen ließen. Zwei- oder dreimal sah Said eine Stadt in der Ferne liegen. Während des Fluges überholte die Sonne den fliegenden Teppich, und als sie ihre Bahn wieder der Erde zu lenkte, näherte er sich dem Issa-Beer, dem Vater der Flüsse.

Dann, als Said schon die silbernen Schnüre des Deltas sehen konnte, überflog er ein steiles, fast senkrecht abfallendes Felsband, hinter dem eine weite, mit alten Bäumen bestandene Ebene begann, und er erkannte sofort das Land der Dogons mit seinen in die Felsen gebauten Dörfern.

Da wußte er, daß er nach Hause gekommen war.

Schon kurze Zeit später ließ sich der Teppich auf einer kleinen Insel mitten im Fluß nieder, hinter der sich die spiegelnde Fläche des Debo-Sees ausbreitete.

Mühsam erhob sich Said. Er reckte und streckte sich, lief ein paar Schritte und blieb dann stehen, um zu lauschen. Das Murmeln der Strömung, das Quaken der Frösche und Zirpen der Grillen war Musik in seinen Ohren. Er schob sich die Perle nach hinten und rief den Ibis.

»Abu el-Rih! Abu el-Rih!«

Doch niemand antwortete ihm. Die Insel war leer.

Suleiman nahm einen Schluck Wasser aus der am Baumstamm hängenden Gerba.

»Es ist Zeit«, sagte Achmed. »Heute abend müssen wir noch den Rand der Hammada erreichen!«

Khalid und Takajedu standen auf. Nur Abouli konnte wieder einmal seine Enttäuschung nur schlecht verbergen. Er hätte zu gern gewußt, wie es Said weiter erging.

»Steh endlich auf und sattle Arusha!« rief ihm der alte Abdullah zu, weil der Junge immer noch zögerte.

Da holte sich Abouli auch einen Schluck Wasser, bevor er Arusha die Fesseln abnahm und den Sattel auflegte.

Achmed führte die kleine Karawane über eine weite, fast ebene Fläche. Von den Hügeln an ihrem Rand hatte der Wind den Sand weggefegt und nur die Steine liegen lassen, weil sie zu schwer für ihn waren. Die Landschaft bestand aus zwei Farben: Dem hellen Ocker des Sandes und dem Schwarzbraun der Steine.

Erst in der Ferne vermischten sie sich und waren nur noch schwer zu unterscheiden. Dann verbargen sie sich hinter dem milchigen Vorhang aus Dunst und Staub. Irgendwo ging die Erde in den Himmel über, doch wo das war, das blieb ihr Geheimnis.

»Naám! Dort hinten!« rief Khalid.

Vor ihnen flüchteten zwei Strauße den Hügeln zu. Mit weiten, ausladenden Schritten rannten die riesigen Vögel über den Sand, die kahlen Hälse weit vorgestreckt. Einer von ihnen hatte weiße Flecken an den Flügeln. Sie verschwanden hinter einer Bodenerhebung, tauchten dann wieder auf, änderten ihre Richtung, erhöhten das Tempo und waren schon bald den Blicken der Reiter entschwunden.

Es war nicht das erste Mal, daß Abouli Strauße sah. Doch obwohl er an ihren Anblick gewöhnt war, freute er sich über die Abwechslung. Als die Reiter die Stelle erreichten, an der die Vogelspur ihren Weg gekreuzt hatte, entdeckte der Junge eine schwarze Feder im Sand. Unsanft hielt er Arusha an.

»Sch – sch, Arusha!« Folgsam ließ sie sich nieder. Abouli sprang ab und holte die Feder.

»Was hast du?« Suleiman hatte auf ihn gewartet. Die anderen waren weitergeritten. Während die beiden versuchten, sie einzuholen, reichte Abouli dem Hakayati die Feder, deren feine Härchen beim leisesten Luftzug hin- und herschwangen. Sie war kaum länger als seine Hand.

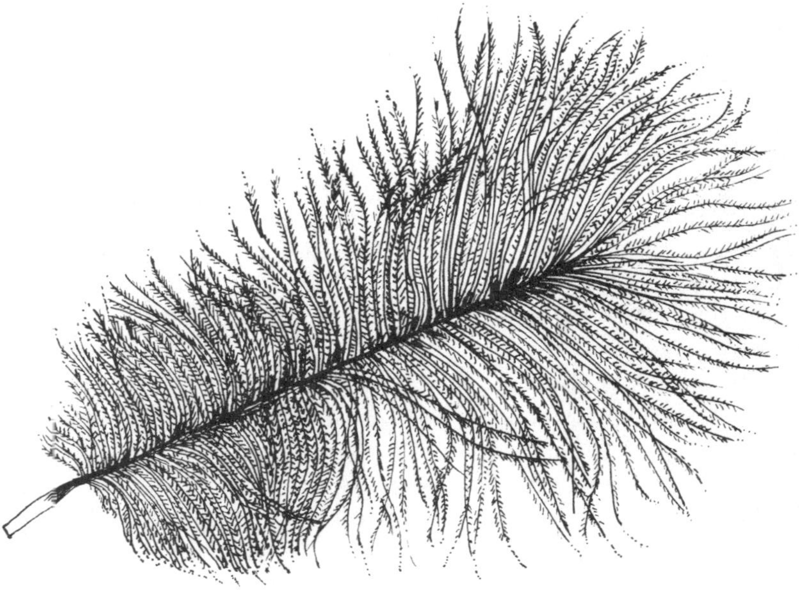

»Weißt du, daß die Feder des Naám bei vielen Wüstenbewohnern als Sinnbild der Gerechtigkeit gilt?«

Erstaunt sah der Junge seinen Fund an. »Der Gerechtigkeit?« fragte er. »Wieso?«

»Weil sie an beiden Seiten des Schaftes gleichlange Haare hat. Bei allen anderen Vogelfedern sind sie auf einer Seite kürzer als auf der anderen.«

»Dann bedeutet das Ungerechtigkeit?!« stellte Abouli fest.

»Bei uns wird dem Finder einer Straußenfeder großer Reichtum geweissagt«, rief Khalid, den sie inzwischen eingeholt hatten.

»Dann paßt sie ja in Saids Geschichte«, sagte Abouli. »Es bedeutet sicher, daß er kurz davor ist, den Schatz zu finden.«

Khalid lachte ihn aus. »Ach du – der Hakayati erzählt bloß ein Märchen. Nimm's nicht so ernst!«

Doch Suleiman lachte nicht mit.

Da mischte sich auch der alte Abdullah in die Unterhaltung ein: »Straußeneier helfen gegen den bösen Blick«, sagte er. »Sie vertreiben die Geister. Deshalb siehst du sie oft auf den Zinnen unserer Moscheen.«

»Und in den alten Kirchen der Kopten dienen sie dazu, dem Betenden zu helfen, seine Gedanken zu sammeln«, erklärte Suleiman.

Doch Abouli hörte ihm nur mit halbem Ohr zu. Er dachte darüber nach, was die Straußenfeder mit Said zu tun haben könnte, aber außer, daß sie für viele als ein Vorzeichen kommenden Reichtums gilt, fiel ihm nichts ein. Er steckte sie sich in den Schech. Dann trieb er Arusha an, denn Achmed hatte es eilig und sie waren zurückgeblieben.

An diesem Nachmittag ritten sie schweigend, und als in der Ferne die schwarzen Steine der Hammada auftauchten, war die Sonne schon untergegangen.

»Allahu Akbar!« betete Achmed an diesem Abend. »Gepriesen seist du, der du uns sicher durch die Wüste geleitet hast!«

Es war ihr letzter Abend. Abouli konnte es kaum erwarten, bis der ›Geier‹ den Kuskus vom Feuer nahm und Khalid den Tee in die Gläser goß. Dieses Mal hatten sie keinen Baum, unter dem sie lagern konnten. Ihr Dach war das sternenflimmernde Himmelsgewölbe und ihre Lampe die schmale Sichel des Mondes.

Es wurde schnell kühl. Abouli schlang sich die Decke um seine Schultern, als Suleiman weiterzuerzählen begann:

Said mußte lange auf Abu el-Rih warten. Die Insel des Ibis war kaum mehr als eine Sandbank. Auf der einen Seite war sie dicht mit Bambus bewachsen, auf der anderen kahl.

In einigen Vertiefungen hatten sich Wasserlachen gehalten, in denen Lotosblumen blühten.

Said versuchte, die Frösche nach Abu el-Rih zu fragen, doch sie hatten Angst vor ihm und sprangen ins Wasser, bevor er mehr als ein Wort gesagt hatte.

»Abu el-Rih! Abu el-Rih!« rief er immer wieder.

»Was schreist du denn so?« schimpfte ein kleiner Regenpfeifer.

»Hast du den Ibis gesehen?« fragte ihn Said, der froh war, jemanden gefunden zu haben, mit dem er sich unterhalten konnte.

Doch der Regenpfeifer war schlechter Laune. Er flatterte einfach davon.

Als die Sonne schließlich in dem über dem Fluß lagernden Dunst verschwand, wickelte sich Said in seine Decke. Obwohl die Mükken ihn heftig umschwirrten, schlief er gleich ein. Für ihn war es ein langer, aufregender Tag gewesen. Im Traum flog er nochmals die ganze Strecke, sah das Meer und die Flüsse, die Dörfer, die Tiere, die Wolken auf gleicher Höhe und spürte, wie die Djinn mit ihren langen Sandfingern nach ihm griffen und ihn herabzuzerren versuchten.

Da wachte er auf. Er holte den kleinen Spiegel aus dem Cri-Cri und legte ihn neben sich. Beruhigt schlief er gleich wieder ein. Auch der nächste Tag schlich langsam vorüber, ohne daß sich der Ibis zeigte. Said sah einigen Fischern zu, die mit ihren Booten den Fluß hinaufstakten. Einmal fuhr auch eine Pinasse flußaufwärts. Sie erinnerte ihn an Mamadou und die Zeit, als er ihn auf seinen Handelsfahrten begleitete, an die Dörfer, die sie besucht hatten, die der Bozo und der Songhai, und auch an den Kummer, den sie oft mit der Strömung hatten.

Said bekam Hunger. Er hatte vor zwei Tagen zuletzt gegessen, und als er in den kleinen Teichen Fische entdeckte, die nach der letzten Überschwemmung den Rückweg nicht mehr gefunden hatten, versuchte er sie mit der Hand zu fangen. Nach einiger Zeit ge-

lang es ihm auch. Doch roh schmeckten sie ihm nicht. Da legte er sich in den Schatten des Bambusgestrüpps und versuchte zu schlafen.

Die Sonne stand tief, als er wieder erwachte. Neben ihm hockte Abu el-Rih und hatte seinen Kopf unter den Flügel gesteckt. Said wagte nicht, ihn zu wecken. Doch er brauchte nicht geweckt zu werden. Er beobachtete alles, was um ihn vorging, durch eine Lücke in seinen Federn. Said lachte, als er das wachsame Auge entdeckte. »Assalamu aleikum!« rief er fröhlich. »Kennst du mich noch?«

»Du bist ein großer Mensch geworden, Said ibn el-Shaggra«, sagte der Vogel. »Wie kannst du annehmen, daß ich den nicht mehr kenne, der mich von meiner Fessel befreit hat!« Er strich sich mit dem Schnabel eine Schwanzfeder glatt. »Eigentlich hatte ich dich schon früher erwartet.«

»Ich bin auf der Suche nach dem Schatz in der Wüste weit in der Welt herumgekommen«, erklärte ihm Said. »Das Dogon-Orakel hat mir verraten, daß es ein schwarzer Zauberspiegel ist, und was man tun muß um ihn zu erringen, weiß ich von Aisha Khadidja, der Hexe.«

Er erzählte dem Ibis in großen Zügen alles, was er bisher erlebt hatte. »Jetzt fehlen mir nur noch die Glasperlenkette der Lieblingstochter des Kankan Moussa und das Wissen, wo ich den Schatz finden kann. Er wird von dem Mädchen Samira bewacht und einem Djinn, dem Vetter der Hexe.«

»Wenn ich dich richtig verstanden habe, brauchst du meine Hilfe dazu«, stellte Abu el-Rih fest.

Said nickte.

»Dann laß mir Zeit zum Überlegen.«

Doch als Said klagte, daß er schrecklichen Hunger hätte, flog der Ibis davon und kehrte schon kurze Zeit später mit einem Brot im Schnabel zurück.

»Einen schönen Gruß von der Peri vom Fluß«, sagte er und warf das Brot auf den Boden. »Sie will nicht, daß du verhungerst.«

In dieser Nacht schlief Said traumlos und tief. Doch am nächsten

Morgen suchte er Abu el-Rih schon wieder vergeblich. Erst durch zwei Gänse, die über die Sandbank flogen, erfuhr er, daß der heilige Vogel nicht untätig war.

»Abu el-Rih ruft alle Vögel vom Issa-Beer auf der Insel am Debo-See zusammen!« schrien die Gänse so laut über das Wasser, daß es auch die Vögel hörten, die im dichtesten Dickicht auf ihren Nestern hockten. »Bei Sonnenuntergang erwartet euch der heilige Ibis auf der Sandbank draußen!«

Da konnte es Said kaum erwarten, bis die Sonne ihren höchsten Stand überschritt und von dort aus über den westlichen Himmel wieder nach unten zu gleiten begann. Kurz bevor sie ins Wasser tauchte, trafen die ersten Vögel ein. Weiße und graue Reiher, Enten und Gänse, Kiebitze und kleine langschnäbelige Uferläufer, Störche und Schwalben, ein Kronenkranich, einige Regenpfeifer und sogar der große weißköpfige Adler.

Bald wimmelte der Boden vor lauter Vögeln, und es dauerte ziemlich lange, bis jeder einen Platz gefunden hatte.

Als letzter kam der Ibis von irgendwoher.

Er ließ sich auf einem alten Termitenbau nieder und erhob seine Stimme: »Danke, daß ihr gekommen seid«, begann er. Da klappten sie alle ihre Schnäbel zu, weil sie neugierig darauf waren, was er ihnen zu sagen hätte. »Als ich vor einigen Jahren gefangen gehalten wurde, befreite mich ein mutiger Junge«, fuhr Abu el-Rih fort. »Damals bot ich ihm meine Hilfe an, wenn er sie einmal brauchen sollte. Nun bat er mich, ihm die Glasperlenkette eines Mädchens zu besorgen, das sie vor mehr als sechshundert Jahren verloren hat. Wie die Peri vom Fluß mir gestern erzählte, fiel diese Kette ins Wasser, als ihre Besitzerin einmal in einer Piroge den Issa-Beer überquerte. Um die Perlen vom Staub zu befreien, hatte sie ihren Schmuck ins Wasser gehalten und als ein Flußpferd vor ihrem Boot aus den Fluten tauchte, erschrak sie so sehr, daß er ihr aus den Fingern glitt und in der Strömung versank. Seitdem ruht die Kette im Schlick. Doch leider muß sie gerissen sein, denn die Peri vom Fluß fand eines Tages eine Perle in ihrem Netz, als sie fischte. Sie schenkte sie einem Kind und verband sie mit einem Zauber, daß der

Träger alle Sprachen verstehen und sprechen könnte. Sechsunddreißig Perlen sollen es einmal gewesen sein, dreimal zwölf oder viermal neun, das sind alles magische Zahlen. Fünfunddreißig müßt ihr im Uferschlamm suchen und wenn Said die sechsunddreißigste dazugibt, wäre die Kette wieder so lang wie sie früher einmal gewesen ist. Fliegt nun davon und stochert im Schlick oder sucht flußabwärts die Sandbänke ab und bringt her, was ihr findet und was wie eine Perle aussieht! Heute in drei Tagen treffen wir uns wieder an der gleichen Stelle. Der allmächtige Thot möge euch dabei behilflich sein!«

Nach dieser Rede flogen die Vögel hoch, um sich gleich auf die Suche zu machen, und ein paar Atemzüge lang verdunkelte eine Wolke aus Federn den Abendhimmel.

Für Said begann die Zeit des Wartens. Seine Ungeduld konnte er nur schwer beherrschen. Abu el-Rih brachte ihm jeden Tag Brot von der Peri, und Durst brauchte er nicht zu leiden, denn Wasser gab es im Issa-Beer mehr als genug.

Die Zeit, die die Sonne braucht, um über den Himmel zu wandern, erschien ihm so lange wie die Ewigkeit. Träge zog der Fluß in den großen See. Manchmal kräuselte der Wind seine Oberfläche, doch meistens lag er glatt in der Hitze. Einmal stampfte ein großer Dampfer an der Insel vorbei. Er war bis zum obersten Deck mit Menschen und Schafen, mit Kisten und Säcken gefüllt. Said versuchte herauszufinden, ob es derselbe Dampfer war, der damals Mamadous Boot gerammt hatte. Doch es war ihm nicht möglich. Sie waren alle gleich verrostet.

Einmal träumte er von dem schwarzen Spiegel. Er träumte, durch ihn reich geworden zu sein, mindestens so wohlhabend wie Sidi Machmoud, der Teppichhändler, vielleicht aber auch so wie der Scheich. Er träumte davon, in einem prächtigen Palast zu wohnen und von vielen Dienern bedient zu werden. In seinem Stall standen die schönsten arabischen Pferde, und in der Wüste hinter seinem Palast ruhten so viele Kamele, wie ein reicher Kaufmann für eine große Karawane brauchte. Natürlich besaß er ein Auto, und er beauftragte einen Maler damit, seine Abenteuer auf die Ka-

rosserie zu malen. Die schöne Samira war seine Frau. Nie hatte er daran gezweifelt, daß sie »Ja« sagen würde. Doch was er mit dem Djinn anfangen sollte, wußte er nicht. Said träumte das alles nicht nur bei Nacht, er malte sich auch am Tag sein künftiges Leben aus. In seiner Einbildung wurde es zu einem Bild aus Gold und Edelsteinen. Natürlich würde er Samaki und Kita zu sich holen. Samaki bekäme den Webstuhl und Kita die Mühle, obwohl sie es dann eigentlich nicht mehr nötig hätten, für sich selber zu sorgen. Moussa würde er eine goldene Trompete schenken, und außerdem würde er ihn zu seinem Geschäftsführer machen. Selim erhielte einen warmen Schal und eine Decke, damit er nicht frieren müßte, und den Schmuck für Samira müßte Osman entwerfen, der jetzt keine Djambiya mehr brauchte, weil er sich selbst eine schmieden konnte. Alle Teppiche aber in seinem Palast sollten von den Kindern aus Hadji Hassans Webschule hergestellt sein. Während Said so überlegte und ein Loch nach dem anderen in die Luft zu starren versuchte, fiel ihm nicht auf, daß mit ihm selbst auch seine Wünsche gewachsen waren.

Daß sein sehnlichster Wunsch einmal ein Kofferradio gewesen war, schien er vergessen zu haben.

Und dann war plötzlich der dritte Abend gekommen, und die Vögel versammelten sich wieder auf der Sandbank. Auf die Frage Abu el-Rihs, ob sie die Perlen gefunden hätten, trat der Kronenkranich hervor.

»Laß mich für alle reden«, sagte er. »Wir haben Ähnliches erlebt, deshalb ist es einfacher, wenn nur einer berichtet. Wir steckten unsere Schnäbel in den Schlick, wühlten und gruben, stocherten und bohrten uferauf und uferab. Diejenigen, die tauchen können, tauchten hinunter bis zum Grund des Flusses, und die, die keinen Schnabel zum Stochern haben, suchten die Sandbänke ab. So kamen die Perlen zusammen, die wir vor dich hinlegen werden. Ob sie alle von der versunkenen Kette sind, wissen wir nicht.«

Da breitete Said seine Decke aus, und die Vögel brachten ihm das, was sie gefunden hatten. Es waren kleine und große Perlen, manche waren aus Bernstein, andere aus gefärbten Knochen oder bunten durchlöcherten Kieselsteinen. Doch die meisten waren aus Glas mit eingebrannten Blumenmustern. Said zählte vierunddreißig. Mit seiner eigenen wären es fünfunddreißig. Er zählte wieder und wieder, bis ihm klar wurde, daß eine Perle fehlte. Aber wußte das Mädchen, das die Kette von ihm verlangte, wieviele Perlen es sein mußten? Bekam sie nicht auch noch die Kette der Aisha Khadidja und die der Königin von Saba? Und wenn sie die fehlende Perle bemerkte, so hoffte er doch, daß sie ihn deshalb nicht abweisen würde. Er beschloß, gleich am nächsten Tag alle auf eine Schnur aufzufädeln und diese gut zu verknoten. Doch zuerst bedankte er sich herzlich bei Abu el-Rih und den anderen Vögeln.

Wieder erhob sich die Federwolke über der Sandbank. Nur der heilige Ibis blieb bei Said zurück.

»Und jetzt?« fragte er.

»Jetzt muß ich den Ort suchen, an dem sich der Schatz befindet«, erklärte ihm Said. »Was denn sonst?«

»Wo willst du ihn suchen?«

»Irgendwo in der Wüste.«

»Die Wüste ist groß.«

Das war richtig. Said dachte nach. Bei Allah und dem Barte des Propheten, wo sollte er mit der Suche beginnen? Bisher hatte er nur an die Dinge gedacht, die er brauchte, um den Djinn zu besänftigen und die schöne Samira zu gewinnen. Doch wenn er nicht wußte, wo sie sich versteckten, war alle seine Mühe vergeblich gewesen.

»Vielleicht bringt dich der Teppich hin?« schlug Abu el-Rih vor. Doch Said wußte, daß er das Ziel kennen mußte, bevor sich der Teppich vom Boden erhob.

»Zuerst nach Timbuktu«, überlegte er laut, weil er sich noch gut daran erinnern konnte, daß hinter dieser Stadt die Wüste begann.

»Vergiß nicht, die Wüste ist groß«, wiederholte der Ibis. »Du kannst gehen, wohin du willst, aber in deinem Fall solltest du die Richtung kennen, die du einschlagen mußt.«

»Das ist wie in einem Irrgarten«, sagte Said. »Auch dort muß man sich zwischen mehreren Wegen entscheiden, wenn man ans Ziel kommen will.«

Während sie sich unterhielten, war der Mond aufgegangen. Die Frösche hatten ihr Abendkonzert beendet. Nur das leise Schmatzen der Strömung, die an den lehmigen Ufern leckte, unterbrach die nächtliche Stille. Der Wind verteilte den Duft der Lotosblüten über der Insel.

Vielleicht war es der Mond, vielleicht auch der Duft der Blüten oder das Geschwätz der Wellen, die Abu el-Rih an den alten Strauß erinnerten, von dem sich die Vögel erzählten, er sei schon auf der Welt gewesen, bevor weißhäutige Menschen nach Afrika kamen. Der alte Strauß war ein kluger Vogel. Vielleicht wüßte er, wo der Schatz in der Wüste zu finden sei.

Das alles erzählte der Ibis Said, und dann beschrieb er ihm noch genau, wo er den Strauß treffen könnte.

»Weit, weit im Osten der Stadt Timbuktu, hinter dem Tuaregland liegt eine Wüste, die die Menschen die ›Ténére‹ nennen. Mitten in ihr steht ein uralter Baum, dessen Wurzeln sich das lebenserhaltende Wasser aus großer Tiefe heraufholen müssen. Er ist eine wichtige Landmarke für die Salzkarawanen, denn neben ihm gibt es ein Wasserloch. Wenn es stimmt, was mir der Adler erzählte, dann ruht sich der Strauß oft im Schatten dieses Baumes aus. Wenn du ihn dort nicht antriffst, brauchst du nicht weiter nach ihm zu suchen.«

Über diese Nachricht freute sich Said, und er bedankte sich herzlich. Am nächsten Morgen zog er drei Fäden aus seinem Schech und drehte sie gleich zu einer Schnur zusammen. Auf diese Schnur fädelte er die Perlen, zuerst die kleinen, dann die großen, dann wieder die kleinen und genau in die Mitte die allerdickste, das war seine eigene. Dann knotete er die beiden Enden fest zusammen und hängte sich die fertige Kette um den Hals, denn er brauchte die Zauberperle noch, um sich mit dem Strauß zu unterhalten.

Er verabschiedete sich von Abu el-Rih. »Danke«, sagte er. »Für deine Hilfe und klugen Ratschläge! Leb wohl, und wenn du den Zaubergott Thot triffst, dann sag ihm, er soll Bastet, die Katze, von mir grüßen. Bastet oder Ni-Ni!«

Der heilige Ibis versprach ihm, es auszurichten.

Danach stellte sich Said an das Ufer und winkte einen der Fi-

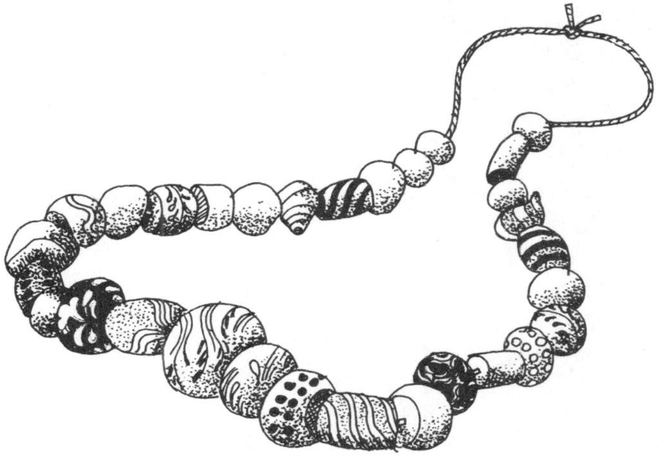

scher herbei, die in der Nähe ihre Netze auswarfen. Er erzählte ihm etwas von einem Leck in seinem Boot und daß es gesunken sei. Daraufhin brachte ihn der Fischer ans andere Ufer.

So machte sich Said auf den Weg nach Osten in der Hoffnung, beim nächsten Vollmond einen magischen Platz zu finden, denn jetzt kannte er ja sein Ziel. Es war der Baum in der Ténére-Wüste.

Doch wenn er glaubte, so eine Stelle gefunden zu haben, dann war gerade kein Vollmond, und wenn Vollmond war, dann war weit und breit kein Platz zu entdecken, der ihm magisch erschien. Er hatte es aber zu eilig, um sich lange an einem Ort aufzuhalten.

Deshalb trug er die Decke unter dem Arm, während er dem Fluß ein Stück nach Süden folgte. Ab und zu wurde er von einem Auto mitgenommen, doch meistens ging er zu Fuß. Später fand er eine Familie, die mit ihren Tieren in ihre nördlichen Weidegebiete zog.

Er machte sich nützlich, so gut er konnte, sammelte Brennholz oder half den Frauen beim Aufschlagen der Zelte, dafür liehen sie ihm ein Kamel und erlaubten, daß er sie begleitete.

Said wanderte mit ihnen durch weite Steppengebiete. Er lernte ihr hartes Leben kennen und die Schwierigkeiten, die sie bekamen, wenn der Regen ausblieb oder wenn die Regierung von ihnen verlangte, daß sie seßhaft werden sollten. Unweit ihrer nördlichen Weideplätze lag die Ténére-Wüste. Zum Abschied schenkten sie Said einen kleinen Topf und eine Gerba, denn ohne Gerba könnte er kein Wasser tragen, und ohne Wasser würde er schnell verdursten.

Wieder einmal hatte Said Glück, denn er fand eine Karawane, die sich gerade auf den Weg machte, um Salz aus den östlich der Ténére gelegenen Salinen zu holen. Ihr Weg führte sie an dem alten Baum vorbei. Sie lagerte dort, und als sie weiterzog, blieb Said allein zurück, denn hier wollte er auf den alten Strauß warten. Aber die Tage gingen dahin, ohne daß sich der große Vogel zeigte, und Saids Geduld wurde auf eine harte Probe gestellt. Oft war ihm die Hitze nur schwer erträglich, und während die Sonne über den Himmel zog, verdämmerte er den Tag im Schatten des Baumes. Manchmal erschien ihm die Sonne wie ein riesiges Auge, dem nichts entging, was auf der Erde geschah. Dann wollte er ihrer Verfolgung entgehen und suchte Schutz, indem er sich an den knorrigen Baumstamm lehnte und seine Hände in die rissige Rinde krallte.

Der Anführer der Karawane hatte ihm ein Säckchen Hirse und ein paar Streichhölzer geschenkt. So konnte er sich aus getrocknetem Kamelmist ein kleines Feuer machen und Kuskus kochen.

»Allahu Akbar!« betete er morgens und abends. »Vergiß deine Gläubigen nicht!« Doch Allah schien seine Gebete nicht zu hören. Und wie er so seine Tage und Nächte unter dem Baum verbrachte und dabei versuchte, die Dinge zu ordnen, die in seinem bisherigen Leben eine Rolle gespielt hatten, fiel ihm auf einmal der rätselhafte Spruch ein, den ihm die Peri vom Fluß mit auf den Weg gegeben hatte. Er kramte ihn aus dem Lederbeutel und las ihn sich laut vor:

»Großer Baum, nimm meine Sehnsucht auf in die Fülle deiner Äste!« Und da war ihm, als ob dieser Spruch nur für diesen Baum bestimmt sei und für keinen anderen. Und auf einmal verstand er das Rascheln der Blätter wie eine Sprache. Der Baum erzählte von vielen Karawanen, für die er nicht nur ein wichtiger Wegweiser, sondern auch zu einem Sinnbild der Hoffnung und des Lebens ge-

worden war. Er berichtete von herumziehenden Räuberbanden und von Wüstenpatrouillen, von Sandstürmen und einem Dasein ohne Regen. Schon manches Mal hatte er Menschen in seinem Schatten sterben gesehen. Während er so erzählte und Said ihm zuhörte, näherte sich ihnen ein dunkler Punkt, der aus der Mitte der Wüste zu kommen schien. Doch wer weiß schon, wo sich die Mitte der Wüste befindet?

Said entdeckte den großen Vogel erst, als er schon ziemlich nahe war.

Als er ihm gegenüber stand, ragte sein kahler Kopf weit über Saids Kopf hinaus. Sein mit wallenden schwarzen und weißen Federn bedeckter Körper stand auf starken, schuppigen Beinen.

»Ich habe lange auf dich gewartet«, sagte Said. »Abu el-Rih, der Ibis, schickt mich zu dir.«

Der Strauß schien sich nicht zu wundern, daß ein Mensch seine Sprache verstand. »Was willst du von mir?«

»Ich bin auf der Suche nach dem Schatz in der Wüste . . .«

». . . willst von mir wissen, wo er sich befindet«, unterbrach ihn der Strauß und hob ein bis dahin halbgeschlossenes Lid. Der starre Blick des Vogelauges machte Said unsicher.

»Es gehört mehr dazu, als nur den Ort zu finden«, fuhr der große Vogel nach einer Weile fort, die Said wie eine Ewigkeit vorkam.

»Ich weiß, ich weiß. Doch ich habe alle Aufgaben erfüllt. Ich habe die Halsketten der Aisha Khadidja, der Königin von Saba und der Tochter des Kankan Moussa besorgt und außerdem noch den Dolch des Mahdi und den einzigen fliegenden Teppich, den es noch gibt. Ich weiß, daß der Schatz ein schwarzer Spiegel ist und daß er Reichtum schenkt. Jetzt fehlt mir nur noch der Ort, an dem ihn die schöne Samira und der Djinn bewachen.«

»Samira el-Hamama«, sagte der Strauß versonnen. »Sie ist wirklich schöner als der Mond und alle Sterne zusammen.«

»El-Hamama?« fragte Said. »Die Taube? Wie kam sie zu diesem Namen?«

»Weil sie sanft ist wie sie.«

Während der Unterhaltung hatte sich der große Vogel niederge-

lassen. »Ich bin müde«, sagte er. »Laß mich schlafen! Danach reden wir weiter.« Nach diesen Worten schloß er einfach die Augen.

Da mußte Said seine Ungeduld noch einmal bezähmen. Solange der Strauß schlief, hockte er an den Baumstamm gelehnt da und übte sich in Geduld.

Die heißen Mittagsstunden schleppten sich langsam dahin. Das Licht glänzte matt auf den Dünen, die die Form von Kamelhöckern hatten. Ein leichter Wind hielt den Sand in Bewegung.

Erst gegen Abend wachte der Strauß wieder auf, öffnete die Augen und entdeckte vor sich den wartenden Said.

»Bist du noch da?« fragte er gähnend.

»Wohin hätte ich denn gehen sollen?«

Darauf sagte der Strauß nur: »Steig auf! Weil du ein Freund Abu el-Rihs bist, will ich dich dahin bringen, wohin du dich wünschst!«

Da schwang Said sich auf den Rücken des Vogels und hielt sich an seinen Flügeln fest. Und als der Strauß aufstand und mit ihm davonlief, wurde ihm schwindlig von der Geschwindigkeit.

Suleiman schwieg.

»Ich hab' geglaubt, daß du heute fertig erzählst«, sagte Abouli traurig. »Das kann doch nicht das Ende von Saids Geschichte sein?«

Suleiman schüttelte den Kopf. »Das Ende erzähle ich morgen.«

»Morgen sind wir aber schon zu Hause. Der ›Geier‹ wird eine Ziege schlachten, und alle werden unsere Rückkehr feiern!«

»Dann ist das doch eine gute Gelegenheit, um eine Geschichte zu Ende zu erzählen.«

Doch darüber war Abouli anderer Meinung.

»Etwas würde mich interessieren«, sagte Takajedu, der nur selten seine Stimme erhob. »Du hast diese Geschichte mit einem Teppich verglichen, in dem sich die Farben und oft auch die Muster, bestimmten Gesetzen folgend, wiederholen können?«

»So ist es.«

»Aber wie ist das mit den fünf Geschenken, die die Peri vom Fluß dem Kind mitgab? Eines davon war Aboulis Perle, ein anderes der kleine Spiegel von Khalid und Achmeds Satteldecke. Abdullahs Spruch kam außer am Anfang nur zweimal vor, und der immerwährende Schatten, den ich dem kleinen Said geschenkt hätte, wurde bis jetzt kaum erwähnt!«

»Hast du noch nie beobachtet«, sagte Suleiman lächelnd, »daß ein Teppich mit einem Streifen in einer bestimmten Farbe beginnt und endet, ohne daß diese Farbe in seiner Mitte auftaucht?« Er machte eine Pause, doch bevor ihm der ›Geier‹ antworten konnte, fuhr er fort: »Genauso ist es mit dem Schatten. Warte nur bis zum Schluß der Geschichte! Mit Abdullahs Spruch ist es anders. Auch er ist ein farbiger Streifen am Anfang und kurz vor dem Ende. Aber fiel dir nicht auf, daß Said immer wieder besonderen Bäumen begegnete? Erst legte ihn die Peri unter einen Baum, unter dem ihn Samaki fand und der ihm deshalb den Namen Said ibn-el Shaggra, Sohn eines Baumes, gegeben hat. Im Dogon-Land lernte er die alten Bäume kennen, von denen die Leute glauben, daß sie ihre Ahnen verkörpern, und schließlich wartete er bei einem einsamen Baum in der Ténére-Wüste auf den alten Strauß. Aber auch das war noch nicht der letzte. Einmal noch rettet ihm einer das Leben, und das ist dann der Schluß der Geschichte von Said.«

»Und der schwarze Spiegel, die schöne Samira, der Djinn – was ist mit denen?« rief Abouli.

»Übe dich in Geduld!« mahnte der Hakayati. »Mach es wie Said unter dem alten Kameldornbaum und lerne zu warten! Unser Teppich steht kurz vor der Vollendung, und das Ende erklärt die verwendeten Muster und Farben. Warte bis morgen, dann wirst du alles erfahren!«

Aber so sehr sich Abouli auch bemühte, ihm fiel kein anderer Schluß ein, als daß Said den Schatz in der Wüste bekäme und die schöne Samira seine Frau würde. Er grübelte noch lange darüber nach, bevor er einschlief. Sein letzter Wunsch war, daß er vielleicht das Ende träume. Doch als er am anderen Morgen erwachte, wußte er nicht, ob er geträumt hatte, und wenn es der Fall gewesen war, dann hatte er es vergessen.

An diesem Tag durchquerte die kleine Karawane eine Wüste aus Steinen. Und weil es fast nur schwarze Steine waren, ritten die Reiter wie durch eine Hölle. Die Hitze kam nicht nur von oben, sie kam auch von unten, denn die Steine warfen sie wieder zurück. Während der heißen Mittagsstunden kam Abouli sich wie einer der Brotfladen vor, die in heißer Asche gebacken werden. Nicht der leiseste Luftzug bewegte die Schleier und die Gandouras der Reiter, und jeder von ihnen griff noch öfter nach dem Wasserkanister als an den vergangenen Tagen.

Achmed fand einen schmalen, sich um größere Steine windenden Pfad, auf dem die Meharis es leichter hatten.

Sie ritten schweigend und schnell, weil sie diese Strecke rasch hinter sich bringen wollten. Die Berge zu ihrer Linken verschleierten sich wieder im Dunst, und an den tieferen Stellen des Geländes erschienen aufs neue flimmernde Teiche. Von einem hohen Steinhügel aus beobachtete eine Affenhorde die Reiter. Ihr Anführer hielt auf dem obersten Felsen Wache. Als die kleine Karawane am Fuße des Hügels entlangzog, gab er seinem Volk das Signal zur Flucht. Keckernd stoben die Affen davon, hüpften in großen Sprüngen von Stein zu Stein und waren schon bald verschwunden.

Abouli döste ein. Obwohl hier kein Wind den Sand hochjagte, hatte er sich doch den Schech über die Nase gezogen. Unter ihm war es kühler. Er schützte die Haut vor den unerbittlichen Strahlen der Sonne.

Die Hammada war groß. Sie ritten Stunde um Stunde. Oft kamen sie an großen geborstenen Blöcken vorbei. »Runzeln der Erde«, sagte der alte Abdullah leise. Manchmal stieg Achmed ab und lief vor seinen Kamelen her. Dann schwang er sich wieder hoch in den Sattel. Als schließlich der schmale Pfad in sandigen Boden mündete, atmete Abouli auf. Beim Anblick des ersten Tamariskenstrauches schob er den Schech nach unten.

»Gepriesen sei Allah!« seufzte er erleichtert.

Immer dichter standen die Tamarisken in dem leicht ansteigenden Gelände, zwischen ihnen hohe Wolfsmilchgewächse mit runden fleischigen Blättern. Die Kamele rochen Wasser und beschleunigten ihre Schritte.

Bald tauchten vor ihnen die ersten aus Matten gebauten Zelte auf. Ihre Farbe unterschied sich kaum von der Farbe ihrer Umgebung. Ein Ruf, schon stürzte eine Horde johlender Kinder den Reitern entgegen.

»Abu Achmed ist da!« riefen sie laut. »Und Abouli auch!« Doch als sie Suleiman entdeckten, der sein Gesicht immer noch hinter dem Schech verbarg, blieben sie stehen und ließen ihn stumm vorbei. Erst hinter dem ›Geier‹ begannen sie wieder zu schreien: »Abu Achmed ist da mit Abouli, Abdullah, Khalid, Takajedu und . . . einem Fremden!«

Da ließen Männer und Frauen ihre Arbeit liegen und liefen herbei. »Achmed ist wieder da!« Von Zelt zu Zelt pflanzte ihr Ruf sich fort.

Inzwischen war Achmed abgestiegen. Die anderen folgten seinem Beispiel. Wie immer versorgten sie zuerst die Kamele. Abouli strich Arusha noch einmal zärtlich über die langbewimperten Augen. »Du bist ein gutes Mehari«, sagte er leise. »Weit und breit das beste.« Arusha lief mit weiten, schwingenden Schritten den anderen nach. Sie brauchte jetzt keine Fessel mehr. Sie war zu Hause.

Inzwischen lud Achmed Suleiman ein. »Sei unser Gast!« sagte er höflich. Da kroch der Hakayati mit ihm durch den Spalt am Boden des Zeltes. Ein Teil des Raumes war mit Teppichen ausgelegt. Von der Firststange hing eine Wiege herunter, die eigentlich nur aus einer langen, mit Fransen versehenen Matte bestand. In ihr lag Aboulis jüngste Schwester. Die Großmutter saß dabei, und wenn das Kind zu quengeln begann, stieß sie die Matte an, bis sie leicht schaukelte.

Für den Gast bereitete Achmed den Tee selbst zu. Er verwendete dazu frische Pfefferminzblätter und würzte ihn leicht mit Zimt. Aboulis Mutter war nicht zu Hause. Sie war unterwegs mit den Ziegen und der Spindel. Fast überallhin nahm sie die Spindel mit und ein Säckchen Wolle dazu. Nur selten begegnete ihr jemand, der sie nicht spinnen sah, denn die Familie war groß, und jeder brauchte eine eigene Decke.

Zum ersten Mal durfte Abouli bei den Männern sitzen, während sein Vater einen Gast bewirtete. Khalid und Abdullah kamen auch noch dazu. Nur Takajedu hatte anderes zu tun. Er mußte die Ziege schlachten, die sie später essen wollten.

Als Aboulis Mutter mit den Tieren heimkehrte, freute sie sich sehr, daß die Familie nun wieder vollständig war, und sie machte sich gleich an die Zubereitung von Brotteig.

»Geh und hol Holz!« sagte sie zu Abouli. »Und denk an die Mulde fürs Feuer!«

Verdrossen über die Bitte der Mutter stand Abouli auf. Doch kaum zeigte er sich außerhalb des Zeltes, da liefen auch schon die Kinder auf ihn zu.

»Wie war's? Erzähl mal! Hat's dir gefallen?«

»Was denn?«

»Der Besuch und der Ritt durch die Wüste?«

Doch Abouli kam es vor, als sei seit dem Besuch bei den Kel Adjer mindestens ein Jahr vergangen. Er dachte nur noch an Saids Geschichte. Nur sie war ihm im Gedächtnis geblieben, und es schien ihm manchmal, als sei er selbst Said, der durch die Welt zog, um den Schatz in der Wüste zu suchen. Über die Fragen der Kinder fühlte er sich erhaben. Er scheuchte sie weg. Nachdem er das Holz vor dem Zelt aufgeschichtet hatte, fing er an, eine Mulde zu graben.

Er kniete sich in den Sand und begann mit beiden Händen zu schaufeln. Das besänftigte seinen Zorn über die Mutter, die ihn aus der Runde der Männer weggeholt hatte. Er grub so heftig, daß der Sand nur so staubte. Aber auf einmal schnitt er sich in den Daumen. Zuerst nahm er an, es sei nur ein gewöhnlicher Feldstein. Doch es war ein anderes seltsames Gebilde, kaum größer als seine geschlossene Faust. Aus einer fast runden, scharfkantigen Fläche wuchsen Blätter heraus wie eine zu Stein gewordene Blüte.

Schon früher hatte Abouli Wüstenrosen gesehen. Doch das war die schönste.

Und wieder fiel ihm Said dazu ein und wieviele Dinge schon Einfluß auf seine Geschichte genommen hatten. Deshalb brachte er die Rose ins Zelt und gab sie dem Hakayati.

»Nicht Samira ist damit gemeint«, erklärte Suleiman. »Nur die Umgebung, in der sie lebt.«

Doch das war für den Jungen schon wieder ein Rätsel.

Diesmal mußte er lange warten, bis Suleiman zu erzählen begann, weil die Daheimgebliebenen erst hören wollten, wie es den Reitern ergangen war. Achmed berichtete von ihrem Ritt durch die Wüste, von dem Sandsturm und daß ihnen einmal das Wasser ausgegangen war. Doch es gab keinen Mann in der Runde, der das nicht auch schon erlebt hatte. Durst gehört zur Wüste wie Steine und Sand.

Danach fragte der ›Geier‹, was während ihrer Abwesenheit zu Hause alles geschehen war. Ein Wort gab das andere, Fragen wurden beantwortet und Erklärungen abgegeben. Bald glich das Gespräch einem Schiffchen im Webstuhl, das ständig hin- und zurückläuft und dabei einen Faden hinter sich herzieht.

Sie ließen sich die frischen Brotfladen schmecken und tranken dazu den heißen Tee, während die Nacht heraufzog und das Land mit Dunkelheit überzog. Wie schwarze Wächter standen die Kegel der Berge am Rande des Tals.

Manchmal, wenn keiner sprach und sie alle mit Essen beschäftigt waren, knisterten nur die Äste im Feuer oder eine Ziege meckerte in ihrem Pferch.

Später holte Takajedu ein dünnes Metallrohr aus seinem Zelt.

»Meine Flöte«, erklärte er Suleiman, der ihn fragend ansah. »Eigentlich ist es nur eine Stange aus einem Touristenzelt, in die ich Löcher gebohrt habe.« Er setzte sie an die Lippen und spielte eine einfache Melodie. Es schien, als hielten die Zweige der Bäume das Lied für einen kurzen Augenblick zurück, bevor es in der Wüste verhallte. Mehrere Male wiederholte der ›Geier‹ dieselbe Tonfolge, während Khalid auf einem umgedrehten Kochtopf den Takt trommelte.

In seinen Gedanken bat Abouli Allah, er möge den ›Geier‹ dazu bewegen, mit seinem Spiel endlich aufzuhören. Doch an Allahs Stelle griff Achmed ein.

»In den letzten Tagen hat Suleiman uns die langen Mittag- und Abendstunden durch ein Märchen verkürzt«, sagte er zu den anderen, als Takajedu seine Flöte absetzte. »Es handelt von Said, einem Jungen, der auszog, einen Schatz in der Wüste zu suchen, durch den er reich werden will. Alles was er erfuhr, war, daß es ein schwarzer Spiegel sein soll. Ich finde, es ist an der Zeit, die Geschichte zu Ende zu hören.«

Nach dieser Ankündigung rückten sie alle näher zusammen, – Abouli hatte sich schon vorher neben Suleiman gesetzt. Und als der Hakayati zu erzählen anfing, hörten ihm alle aufmerksam zu.

»Zuerst solltet ihr von Said noch einiges wissen. Er hatte von Samaki, seinem Pflegevater, weben gelernt und von Selim, dem Märchenerzähler, wie man sich mit Erzählen sein Brot verdienen kann. Daß der Schatz ein Spiegel sein soll, erfuhr er durch das Dogon-Orakel und durch Aisha Khadidja, die Hexe, welche Bedingungen gestellt wurden, um ihn zu erringen. Bis auf eine Kleinigkeit hatte er alle Aufgaben erfüllt. Er hatte den Dolch des Mahdi erhalten und entdeckt, daß seine Decke ein fliegender Zauberteppich ist. Außerdem hatte er die Halsketten der Aisha Khadidja, der Königin von Saba und der Tochter des Kankan Moussa besorgt. Nur an der letzten, der Glasperlenkette, war eine Perle verloren gegangen. Doch er hofft, daß Samira das nicht bemerken wird. Samira heißt das Mädchen, das zusammen mit einem Djinn den Schatz bewacht. Wir waren so weit gekommen, daß Said auf dem Rükken des alten Straußes unterwegs zu ihnen war.« Hier machte Suleiman eine Pause und trank einen Schluck Tee.

»So«, fuhr er dann fort, »jetzt wissen auch die, die bisher nicht dabei gewesen sind, genug, um den weiteren Fortgang zu verstehen.«

Said ritt auf dem Strauß durch die ihm endlos erscheinende Wüste. Es wurde ihm schwindlig von der Geschwindigkeit, und er mußte gut aufpassen, daß er das Gleichgewicht nicht verlor. Vor ihm ragte der kahle Vogelhals in die Höhe, und an seinen Seiten ruderten die Flügel. Es war windstill, doch die heiße, über den Dünen stehende Luft peitschte ihm ins Gesicht. Er hatte die Decke vor sich gelegt. Der Dolch steckte in seinem Gürtel und die Glasperlenkette hing ihm um den Hals.

Der Strauß jagte dahin, als wäre ein Geisterheer hinter ihm her, und als in der Ferne ein riesiger Felsen auftauchte, konnte Said nicht mehr sagen, ob sie nur ein paar Atemzüge lang oder mehrere Stunden unterwegs gewesen waren.

Einen guten Steinwurf von dem Felsen entfernt blieb der Vogel stehen. »Wir sind da«, sagte er. »Das ist dein Ziel.«

Said rieb sich den Sand aus den Augen. Dann erst entdeckte er das Gebäude aus Lehm auf der Kuppe des Felsens. Es war ein Bau mit hohen Türmen, doch nicht ganz so hoch wie die Kasbahs im Atlasgebirge, mit mächtigen Mauern, doch nicht ganz so mächtig wie die des Felsenpalastes, in dem der Scheich lebte, doch älter als alles von Menschen Geschaffene, das er bisher gesehen hatte. Hie und da waren vom Wind und der Zeit einzelne Steine herausgebrochen, aber das Eingangsportal schien unversehrt.

»Leb wohl«, sagte Said zu dem Strauß. »Und danke!«

Da zog sich der große Vogel eine Feder aus der Brust und reichte sie ihm. »Falls du in Not kommst, kann sie dir helfen. Doch ihre Kraft reicht nur für ein einziges Mal.«

Verwundert steckte Said die Feder in seinen Turban. Er war doch am Ziel. Alles weitere würde jetzt einfach sein. Was meinte der Strauß mit seinem Angebot? Doch als er ihn fragen wollte, war der riesige Vogel schon hinter den Dünen verschwunden. Said überlegte. Der Wind frischte auf und fegte den Sand über den Boden. Von irgendwoher aus dem Himmel, den Türmen der Burg oder der Wüste erklang ein Ton, der an- und abschwoll, manchmal zu einem Weinen wurde, dann laut und wütend heulte und schließlich in einem Schluchzen erstarb, um gleich darauf wieder von neuem zu beginnen. Er bedrängte den Jungen von überall her, und bald kam es ihm vor, als ginge er durch ihn hindurch oder als löse er sich in ihm auf, und es lief ihm kalt über den Rücken hinunter.

Doch als er entdeckte, daß es ein Löwe war, der da heulte, ein Löwe aus gebranntem Ton, der neben dem Eingang Wache hielt, faßte er wieder Mut. Der Löwe war innen hohl. Durch sein geöffnetes Maul zwängte sich jaulend der Wind.

Zuerst zögerte Said, sofort nach oben zu steigen. Er fühlte sich unbehaglich und kam sich wie ein Eindringling vor. Er lief um den Hügel herum, aber nirgends entdeckte er Anzeichen eines lebenden Wesens. Dann fiel ihm wieder sein Cri-Cri ein, in dem ja der kleine Spiegel steckte, der ihm schon so oft gute Dienste geleistet hatte. Said faßte sich an den Hals und nahm den Beutel fest in die Hand, dann begann er den Aufstieg. Erleichtert stellte er fest, daß das Tor in der Mauer offenstand, gerade so, als habe ihn jemand erwartet. Mit einem ängstlichen Blick auf den heulenden Löwen, der an ihm vorbei in die Wüste starrte, betrat er das in einen Innenhof übergehende Eingangsgewölbe.

Nur schwer unterdrückte Said einen Ruf des Erstaunens, als er erkannte, daß der innere Teil der Burg aus einem Garten bestand. Es war ein Garten mit hohen Bananenstauden, deren fransige Blätter sich über feuerroten Hibiskus wölbten. Mimosen verströmten ihren schweren, süßlichen Duft, der sich mit dem der Orangenblüten vermischte. Im Schatten von Fächerpalmen und Feigenbäumen wuchsen weiß- und gelbblühende Blumen wild durcheinander. Ein Vogel flötete im Gebüsch. Weit oben, von einem der Türme herunter, antwortete ihm ein zweiter. Said betrachtete staunend die dikken fleischigen Blätter der Gummibäume und die üppig wuchernden Rosen, die sich an einem Spalier die Mauer hochrankten. Dieser Garten mitten in einer Wüste war für ihn wie ein Wunder. Er durchquerte ihn auf einem schmalen, gekachelten Weg, den rechts und links Bewässerungsgräben begrenzten. Einige Male zweigten andere Wege von ihm ab, und obwohl er die Gräben mit einem Schritt zu übersteigen vermochte, führten kleine, gewölbte Brükken hinüber, deren geschmiedete Rankengeländer die Ranken der Rosen wiederzugeben versuchten. In der Mitte des Gartens erkannte er den gekachelten Rand eines Brunnens. Von diesem Brunnenrand führten schmale Rinnen über einige Stufen bis in die Bewässerungsgräben. Diese sinnvoll ausgedachte Anlage verteilte das Wasser.

Said ging weiter im Garten umher. Er untersuchte die Türen, die zu den Türmen führten, aber sie waren alle fest verschlossen. Das Abendlicht stieg an den Mauern hoch, und über dem Inneren der Burg brach die Dämmerung herein. Unter den Sträuchern zirpten die Grillen. Irgendwo quakte ein Frosch, und in der Ferne heulte der tönerne Löwe.

Bei einem alten Eukalyptusbaum fand Said ein Lager aus Polstern. Daneben standen ein mit Wasser gefüllter Krug, ein Brot und eine kleine Schale voll Nüsse. Und weil das alles so aussah, als sei es für ihn hergerichtet und er sehr hungrig und müde war, aß er das Brot und trank von dem Wasser, bevor er sich auf die Polster legte. Durch die Zweige des Baumes blitzten die ersten Sterne. Wie eine Kuppel ist der Himmel hier, dachte Said. Eine Kuppel, deren helle Ränder sich auf die alten Mauern zu stützen schienen, und das machte den Garten zu einer Welt in der Welt.

Er fühlte sich satt und zufrieden. Der Nachtwind raschelte in den Bananenstauden, und in dem Baum über ihm sang ein Vogel.

Da kam sich Said reich vor. Beinahe so reich wie der Scheich in seinem Palast auf dem Felsen. Bisher hatte er nur auf hartem Boden geschlafen und nur selten soviel zu Abend gegessen, daß er satt geworden war. Samaki und Kita fielen ihm ein und wie hart sie für ihr Leben arbeiten mußten. Auch Mamadou und Moussas Vater hatten von niemandem etwas geschenkt bekommen. Said erinnerte sich an die Armut der Menschen, die am Rande der Städte in ihren schmutzigen Lehmhütten hausten, an die dicken Bäuche der hungernden Kinder und die bis zum Skelett abgemagerten Greise.

Ihm würde es einmal anders ergehen. Er wollte immer auf einem Polster liegen und sich bedienen lassen. Gold hätte er in Hülle und Fülle, und wenn es ihm ausging, würde der Spiegel ihm neues beschaffen. So würde es werden, da war er sicher. Mit diesem Gedanken schlief Said ein.

Er träumte den Traum von dem Schatz in der Wüste, von Edelsteinen und kostbaren Geschmeiden, von einem Sack, in dem nie die Hirse ausging und einer Schüssel, die sich selbst mit Nüssen füllte. Er sah ein Mädchengesicht, das sich über ihn beugte, während der Wind in ihren Haaren spielte, und er fühlte Hände, die ihn zärtlich berührten. Da wachte er auf, weil über ihm ein Vogel zwitscherte und weil ihm die Sonne auf die Nase schien. Neben ihm stand ein Glas voll dampfendem, köstlich gewürztem Tee und eine Schale mit Datteln. Zuerst mußte er sich besinnen, wo er sich eigentlich befand. In der Wüste . . . wo ein Strauß ihn hingebracht hatte . . . in einer Burg, die von einem Löwen aus Ton bewacht wurde, der heulte, wenn der Wind es so wollte . . . mitten in einem Garten . . .

Da sprang er auf. Er war hier, an dem Ort, an dem der Schatz versteckt sein sollte. Hier, wo Samira lebte, zusammen mit dem alten Djinn, einem Vetter der Aisha Khadidja! Doch als er sich an die Hexe erinnerte, wurde ihm unbehaglich zumute.

Da fiel ihm ein neues Geräusch auf. Es war nur ein feines Rieseln und Plätschern, doch er war sich ganz sicher, daß er es am vorhergehenden Abend noch nicht gehört hatte. Und dann entdeckte er auch den Grund: In den kleinen Gräben floß Wasser. Said ging der Strömung entgegen, und als er sich der Mitte des Gartens näherte, sah er, daß am Rande des Brunnens ein Greis und ein Mädchen Wasser schöpften. Sie holten es mit Ziegenhautsäcken aus der Tiefe und ließen es in die Gräben laufen, von denen aus es in das lockere Erdreich eindrang. Dort tränkte es durstige Pflanzen. Als das Mädchen Said sah, ließ es den Beutel los.

»Assalamu aleikum! Du hast lange geschlafen!« begrüßte sie ihn mit leiser Stimme.

»Aleikum assalam!« antwortete er verlegen und blieb stehen. »Bist du Samira el-Hamama?«

Sie war schön, mit einer Haut so weich wie ein Rosenblatt, auf den Wangen ein Hauch von dem Rot des Hibiskus. Ihr dunkles, bis an die feinen Knöchel reichendes Gewand unterstrich diese Farbe noch.

»Das bin ich, und du bist Said ibn el-Shaggrah?«

Sie war eine Peri, und eine Peri weiß alles. Über ihren Haaren trug sie einen schwarzen Schleier aus einem so feinen Gespinst, als habe sie ihn aus Spinnenfäden gewebt. »Du bist auf der Suche nach dem Schatz in der Wüste?«

Ihre Augen hatten die Form von Mandeln und die Farbe sehr dunklen Honigs. Die Bögen der Brauen entsprachen der Sichel des Mondes in seinem ersten Viertel.

»Samira el-Hamama«, sagte Said glücklich. »Hab ich dich endlich gefunden. Mein ganzes Leben suche ich schon nach dir.«

»So lange kann das nicht sein.« Das Mädchen lächelte und entblößte dabei eine Reihe perlweißer Zähne. »Du bist doch noch nicht so alt?«

Während sie sich unterhielten, hatte der Greis am Brunnen weitergearbeitet. Immer wieder ließ er den Ziegensack in den Brunnen hinunter, zog ihn gefüllt wieder hoch und schüttete ihn über den Rinnen aus. Sein Kleid und sein Turban waren aus weißem Tuch, so wie sie die Männer aus den höheren Ständen gern trugen. Als er endlich den Beutel beiseite legte, um Said zu begrüßen, sah der Junge in ein Gesicht voller Runzeln, die ihm wie eine geheime Schrift vorkamen, die nur derjenige zu lesen vermochte, der die Buchstaben kannte.

»Das ist Abu Raschid, mein Onkel«, stellte Samira den Alten vor, und zu ihm sagte sie: »Das ist Said ibn el-Shaggrah, der den schwarzen Spiegel haben möchte.«

»So, so, den schwarzen Spiegel«, kicherte der Greis. »Den will er haben. Hat er ihn schon gesehen?«

Verständnislos blickte Said ihn an. Wie er das sagte, klang es, als läge der Spiegel offen herum.

»Laß ihm Zeit!« bat Samira. »Erst müssen wir ihn besser kennenlernen. Komm, ich zeig dir die Burg und den Garten!« Und sie führte ihren Gast durch das ganze Gebäude.

Sie stiegen über brüchige Treppen hinauf auf die Türme, von denen aus man einen weiten Ausblick über die Wüste bis an die Grenzen des Himmels hatte. Dort wirbelte der Wind den Sand über die Dünen und die Sonne brannte auf die Steine, bis sie vor Hitze stöhnten.

Samira lief mit Said auf den Mauern entlang und zeigte ihm Ställe und Wohngemächer sowie die Küche, in der sie für sich und den Onkel das Essen kochte. Sie ermunterte Said, dazubleiben und ihr ein wenig Gesellschaft zu leisten, denn wenn sie an etwas Mangel litt, dann war es nur das, daß sie sich oft nach Freunden sehnte.

Und auf einmal hatte es Said nicht mehr eilig. Er zweifelte nicht mehr daran, daß Samira ihm den Zauberspiegel gegen die Halsketten eintauschen würde. Hatte Aisha Khadidja ihm nicht verraten, daß es gerade diese Geschmeide waren, die sie sich wünschte? Doch das hatte Zeit. So verdämmerte er die heißen Stunden des Tages im kühlen dämmrigen Schatten der Bäume.

An den Abenden kochte Samira Kuskus. Dann saßen Abu Raschid und sie bei ihm im Garten, und Said fühlte sich so glücklich, wie er sich noch nie gefühlt hatte. Während der Onkel die Wasserpfeife rauchte und Said langsam den heißen, mit frischen Pfefferminzblättern zubereiteten Tee schlürfte, sang oder spielte das Mädchen ihnen etwas vor, und manchmal erzählte es auch Geschichten.

»Den Namen el-Hamama, die Taube, hat schon meine Mutter getragen«, begann sie. »Ebenfalls die Mutter meiner Mutter und so weiter bis zu Semiramis, unserer Ahnfrau, der großen Gärtnerin, die die Gemahlin eines Herrschers im alten Babylonien war. Semiramis wurde als Kind ausgesetzt und von Tauben ernährt. Wer sie gefunden hat, ist heute nicht mehr bekannt, nur, daß sie später einen Königlichen Rat geheiratet hat. Doch als sie eines Tages der König erblickte, verliebte er sich in sie und nahm sie ihrem Gatten weg, um sie zu seiner Königin zu machen. Er ließ für sie einen Garten anlegen, denn sie hegte eine große Liebe für Blumen und Bäume. Wenn jemand sie suchte, dann brauchte er bloß in den Garten zu gehen. Dort war sie fast immer anzutreffen. Diese Gartenanlage soll so überwältigend schön gewesen sein, daß sie von den alten Griechen zu den sieben Weltwundern gerechnet wurde. Die Liebe zu allen Pflanzen gab Semiramis ihren Nachkommen mit. Sie vererbte sich weiter und weiter, auch als mit dem Reich der Garten zerfiel und ihre Kinder und Kindeskinder in alle Welt verstreut wurden. Ihr Gatte starb früh. Einige Jahre führte sie noch die Regentschaft für ihren Sohn. Aber als er soweit war, daß sie ihm Krone und Thron übergeben konnte, verwandelte sie sich in eine Taube und flog davon in die Unsterblichkeit.«

»War sie eine Peri?« fragte Said verwundert.

»Sie war es ebenso, wie mein Vater und Abu Raschid Djinns sind, doch beide betrachten sich selbst als gutartige Geister«, erklärte ihm das Mädchen. »Ihrer Familie gehörte schon immer der schwarze Spiegel, und weil ich die letzte und einzige Erbin bin, gehört er auch mir.«

Das erinnerte Said wieder daran, warum er hier war, und weil er wußte, was sich gehört, bat er Abu Raschid bei der nächsten sich bietenden Gelegenheit um die Hand seiner Nichte.

»Du weißt, daß es üblich ist, für die Braut einen Preis zu bezahlen, der zu drei Fünfteln ihr selbst und zu zwei Fünfteln den Eltern oder denen, die sie erzogen, übergeben werden muß?«

»Ich weiß es.«

»Dann zeig uns, was du uns zu bieten hast.«

An diesem Abend breitete Said auf den Stufen des Brunnens seine Schätze vor Samira und ihrem Onkel aus. Er schnitt mit dem Dolch die Nähte an seiner Decke auf und holte die Ketten der Aisha Khadidja und der Königin von Saba aus ihren Verstecken. Dann nahm er sich die Glasperlenkette der Tochter des Kankan Moussa vom Hals und legte sie neben den silbernen Dolch des Mahdi auf den fliegenden Teppich.

Verzückt betrachtete Samira den Schmuck. Noch nie hatte sie so schöne Ketten gesehen, jede völlig verschieden von der anderen. In Abu Raschids Augen aber stand die Gier nach dem Teppich.

Said freute sich über die Freude Samiras. Es entschädigte ihn für die Mühe, die er mit dem Erringen des Schmucks gehabt hatte. Auch die Gier des Djinn konnte er gut verstehen. Hatte er nicht selbst erst vor kurzem die Lust des Fliegens erlebt? Fühlte sich der, der fliegt, nicht ein wenig wie der Herr der Erde?

In dieser Nacht erzählte er seine Abenteuer. Wie ihn Aisha Khadidja in ein Chamäleon verwandelte und wie er als blinder Passagier in das Land am Nil kam. Was er mit Bastet, der Katzengöttin, erlebte und wie er den Sturm auf dem Meer überstand. Er berichtete von Osman, dem Silberschmied, und dem tragischen Schicksal Abu el-Faradschs, von der Wundermuschel, dem Tempel der Bilkis und dem Flug mit dem Teppich. Abu Raschid und seine Nichte hörten ihm aufmerksam zu und unterbrachen ihn kein einziges Mal. Leise gluckerte das Wasser in der Pfeife des Djinn, und Samira goß frischen Tee nach, wenn einer von ihnen sein Glas geleert hatte.

Mit den Worten: »Schließlich traf ich den alten Naám unter dem Baum in der Wüste, und er brachte mich hierher. Gepriesen sei Allah!« beendete Said seinen Bericht.

»Und das alles hast du auf dich genommen, weil du den Spiegel haben möchtest?« wollte Abu Raschid wissen.

»Mamadou sagte, daß man reich werden würde mit ihm.«

»Und reich möchtest du gerne sein?«

»Wer nicht?« fragte Said zurück.

Da warf der Djinn seiner Nichte einen sonderbaren Blick zu.

»Nun gut«, sagte Samira. »Dann werden wir dir den Spiegel zeigen. Morgen, wenn die Sonne am höchsten steht, zeigt er sich dir von seiner schönsten Seite.«

Nach diesen Worten begaben sich alle zur Ruhe. Doch Said tat kein Auge zu. So kurz vor dem Erreichen des Ziels konnte er nicht schlafen, und während er auf seinem Polster lag und die Sterne zu zählen versuchte, fiel ihm die sechsunddreißigste Glasperle ein und daß sie bisher noch niemand vermißt hatte.

Am nächsten Tag erwartete Said die Mittagsstunde auf einem der Türme. Gleich nach dem Erwachen stieg er hinauf. Goldrot sah er die Sonne aufgehen und beobachtete dann, wie die langen Schatten im Westen der Burg allmählich zu schrumpfen begannen. Es kam ihm so vor, als suchten sie Schutz in den Felsen. Kurz bevor sie völlig verschwanden, kehrte er in den Garten zurück, wo der Djinn und Samira schon auf ihn warteten.

»Während ich dir den Spiegel zeige«, sagte Samira zu Said, »will mein Onkel den Teppich ausprobieren. Als Pfand läßt er dir den Dolch des Mahdi.«

Wieder las Said in den Runzeln des Alten die Gier. Doch es kümmerte ihn nicht. Er hatte nur den Spiegel im Sinn. Der Teppich, der Dolch und die Ketten waren der Preis, den er für ihn zu bezahlen gedachte. Doch als ihm Abu Raschid den Dolch hinhielt, steckte ihn Said in den Gürtel.

Während sich der Alte den Teppich holte, folgte der Junge Samira, die ihn in die Mitte des Gartens führte.

Er stellte sich neben sie an den Rand des Brunnens.

»Sieh hinunter!«

»Wohin?« fragte er, weil er glaubte, sie falsch verstanden zu haben.

»In den Brunnen hinunter.«

Da beugte sich Said über den Brunnenrand und starrte in die Tiefe. Geblendet vom Licht sah er zuerst nur in finsteres Nichts, doch gleich darauf in eine glänzende Scheibe.

Gold!

Er wollte schon jubeln, als ihm einfiel, daß das Orakel von einem s c h w a r z e n Spiegel gesprochen hatte. Doch auf einmal erkannte er in der goldenen Scheibe das Spiegelbild der Sonne und daneben sein eigenes Gesicht, umgeben von den Ästen der über den Brunnen sich neigenden Sträucher. Hinter der Sonne, den Zweigen und ihm war nur noch die Schwärze von tiefem Wasser.

»Wer den Spiegel findet, erkennt in ihm das Paradies und in dem Paradies sich selbst«, hatte der Spruch des Orakels gelautet. Der schwarze Spiegel ist das Wasser in einem tiefen Brunnen und das Paradies sind die Pflanzen und Tiere, die von ihm leben, schoß es Said durch den Kopf. Gleich darauf platschte es leise.

Da lief die Sonne in glänzenden Ringen auseinander. Sie verzerrten das Bild und ließen es zerfließen. Es dauerte eine Weile, bis sich alles wieder beruhigte und weit unten in der Tiefe der Kopf des Mädchens neben ihm und der Sonne auftauchte.

»In vielen Wüstengebieten kann Wasser für den, der es zu gebrauchen versteht, zu einer Quelle des Reichtums werden.« Wieder warf sie ein Steinchen hinunter, und gleich darauf noch einmal eines. Da flossen die Ringe aus beiden Kreisen ineinander und vereinigten sich.

»Der schwarze Spiegel ist das Wasser in einem Brunnen«, flüsterte Said. Er brauchte lange, um sich klarzumachen, was das bedeutete. Es höhlte ihn aus, und er fühlte sich schrecklich enttäuscht. »Das Wasser in einem Brunnen ist der Zauberspiegel.« Immer noch hoffte er, daß das nicht wahr sei.

»Man könnte es über die Felsen hinunter in die Wüste leiten«, murmelte das Mädchen weiter. »Und mit ihm Felder bewässern und Hirse anbauen und Bäume wachsen lassen . . .«

Da drehte Said sich um und stürzte davon, lief durch den Garten und warf sich auf sein Lager. Hatte er dafür die ganze Mühe auf sich genommen? Dafür so viele gefährliche Abenteuer bestanden? Nur für Wasser?

Ein Ruf ließ ihn aufsehen. Abu Raschid hockte auf seiner Decke. Er holte tief Luft und blies seine Backen auf. Und als er die Luft wieder herausließ, entstand ein wirbelnder Wind, der die Blätter der Palmen in wilde Schwingungen versetzte. Langsam erhob sich der Teppich und schwebte nach oben. Schon bald hatte er die Höhe der Türme erreicht. Er stieg immer weiter und weiter in den Himmel hinauf und sah bald nur noch so aus wie ein kleines Blatt, das ein Sturm davonträgt. Kurz darauf war er Saids Blicken entschwunden. Doch sein Schmerz und seine Enttäuschung waren so groß, daß es ihm gleichgültig war, wohin der Djinn den Teppich entführte.

Vor sich hinstarrend bemerkte der Junge weder Samira, die unweit von ihm an einem Stamm lehnte, noch den Garten. Er sah weder die flirrenden Flecken der durch die Blätter dringenden Sonnenstrahlen, noch die Schönheit der Blumen. Er fühlte sich wie gelähmt vor Enttäuschung.

»Was hast du erwartet?« fragte das Mädchen traurig. »Sollte der Spiegel dir Steine in Gold verwandeln?«

Doch Said fühlte sich nicht in der Lage, ihr eine Erklärung zu geben. Er wußte nur eines, und das war, daß er nicht hierbleiben wollte. Und ohne ihr diesen Entschluß mitgeteilt zu haben, wußte Samira das auch.

»Es liegt an der Perle«, sagte sie. »An der Glasperlenkette fehlt die letzte und wichtigste Perle. Du hättest nicht herkommen sollen ohne sie.«

Erst gegen Abend raffte der Junge sich wieder auf, ordnete seine Kleider, schlang sich den Schech um den Kopf und verhüllte mit ihm sein Gesicht.

Samira füllte ihm seine Gerba mit Wasser und begleitete ihn hinaus bis vor das Eingangsportal.

Gerade durchdrang die schon tiefstehende Sonne im Westen einige Wolken mit ihrem goldenen Glanz, und die schrägen Strahlen vertieften den die Dünen trennenden Schatten.

»Du hast dir Gold gewünscht«, sagte das Mädchen. Seine Stimme klang kühl und so, als habe sie Said schon vergessen. »Das kannst du haben.«

Sie nahm sich den Schleier vom Kopf und hielt ihn mit beiden Händen so in den Wind, daß er sich blähte. Wie ein Fischer sein Netz auswirft, um Fische zu fangen, so fischte Samira im Himmel nach Gold. Und als sie das feine Gespinst wieder einzog, hatte es sich mit goldenen Kieselsteinen gefüllt, die sie Said vor die Füße schüttete.

Einen Augenblick sah sie ihn traurig an. Dann hob sie einige Steine vom Boden auf und formte sie mit beiden Händen, bis eine Taube entstand. Es war eine Taube im Flug, so wie sie die Falken zu jagen lieben.

»Wenn du dich noch einmal anders besinnst«, sagte Samira leise, »und die sechsunddreißigste Perle gefunden hast, dann achte auf dieses Zeichen. Es führt dich zum schwarzen Spiegel zurück.«

Sprachlos hatte Said ihren Zauber erlebt. Doch bevor er sich wieder fassen konnte, schlug das schwere Portal zu. Samira war fort. Nur der Löwe hockte immer noch da und jaulte. Und vor Saids Füßen lag Gold.

Doch wie sollte er es tragen? Der Djinn hatte ihm seine Decke gestohlen. Außer dem silbernen Dolch besaß er nur noch die Gerba, und die war mit Wasser gefüllt, Wasser, das er für seinen Marsch durch die Wüste brauchte.

Aber das Gold raubte ihm den Verstand.

Mit ihm hatte er endlich das gefunden, wonach er so lange auf der Suche gewesen war. Wasser konnte er sich jetzt kaufen, soviel er wollte, und für Samaki einen Webstuhl und für Kita die Mühle, eine Trompete für Moussa und für sich selbst einen Felsenpalast. Mit Gold könnte er eine Braut kaufen und in Wohlstand leben. Was wollte er mehr?

Da schüttete er das Wasser aus und füllte die Gerba mit seinem neuen Reichtum. Doch mit Gold wog sie mehr als mit Wasser.

Said hängte sie über die Schulter und machte sich auf den Weg. Leider wußte er nicht, wohin der Strauß mit ihm gelaufen war. Er hatte vor lauter Aufregung über den schnellen Ritt nicht auf den Weg geachtet. Doch er nahm an, daß er sich näher am südlichen Rand der Wüste befand als am nördlichen, und weil im Süden der Vater der Flüsse zuhause war, fiel es ihm leicht, sich für diese Richtung zu entscheiden. So wendete er der untergehenden Sonne die rechte Schulter zu und lief nach Süden.

Seine Füße sanken im Sand ein, und schon bald begann ihn das Gold in der Gerba zu drücken. Doch er verdrängte den Schmerz und lief weiter durch die zu seiner Linken aufziehende Nacht, ohne auf den Mond oder die Sterne zu achten. In der Nacht wurde es kühl. Die Nacht machte nicht durstig.

Wie weit er kam, bevor er vor Müdigkeit umfiel, spielte keine Rolle, denn in einer Wüste ist die Entfernung, die ein Mensch an einem Tag zu Fuß zurücklegen kann, kaum bedeutender als eine Handvoll Sand. Said schlief den Schlaf der Erschöpften, doch als er erwachte, stand die Sonne schon wieder hoch über ihm.

Von diesem Tag an kam ihm ein Geschenk der Peri zu Hilfe. Ohne es wäre er wohl bald in der glühenden Hitze verdorrt wie eine Pflanze, die man aus dem Boden reißt und irgendwo liegenläßt. Die fünfte Gabe der Peri vom Issa-Beer war der immerwährende Schatten. Noch nie war er für Said so wichtig gewesen wie jetzt. Es war ihm, als hielte irgend jemand einen Schirm zwischen ihn und die Sonne, und es kam ihm so vor, als bewegte der Schirm sich mit ihm fort, als er aufstand und weitermarschierte.

Aber auch dieser Schirm bewahrte ihn nicht vor dem Durst. Er versuchte ihn zu verdrängen, indem er sich sein zukünftiges Leben ausmalte, doch der Durst war stärker als alle Gedanken.

Von dem schwarzen Spiegel hängt das Leben ab und der Tod, hatte der Yurugu ihm prophezeit. Die Bäume und Blumen in Samiras Garten waren das Leben. Ohne Wasser müßten sie sterben. Ihm würde es jetzt genauso ergehen.

Said hatte sich in der Wüste verlaufen. Er stolperte vorwärts, nahm sich oft nicht einmal die Mühe, die nackten Füße von den Stacheln des Cram-Cram zu befreien, fiel hin und schlief, stand wieder auf und lief weiter. Schon bald fühlte sich seine Zunge an wie eine dicke klebrige Geschwulst, und schon bald hatte er keinen Speichel mehr, um zu schlucken. Vor seinen Augen flimmerte das Licht, das ihn umgab und dem er nicht ausweichen konnte, obwohl ihn der unsichtbare Schirm zu beschützen versuchte. Die Gerba auf seinem Rücken erschien ihm so schwer wie ein riesiger Felsen. Sie scheuerte ihm die Haut von den Knochen und drückte ihn in den Boden.

Vielleicht war es am zweiten, vielleicht auch erst am dritten Tag, als Said beschloß, das Gold in der Wüste zu vergraben, um es sich später wieder zu holen. Vielleicht wußte er auch, daß er es wohl niemals wieder finden würde, doch das war ihm gleich. Er grub mit den Händen ein Loch in den Sand und legte die Gerba hinein. Danach wälzte er einen Stein darüber. So begrub er den Traum von Reichtum und Wohlstand und setzte ihm einen Grabstein wie einem Toten. Und als er weiterzuwanken begann, fiel ihm Samira ein und wie recht sie gehabt hatte. Was half ihm Gold ohne Wasser?

Doch mit Wasser konnte er Gold verdienen. Er sah das Gesicht des Mädchens wieder vor sich. Die honigfarbenen Augen blickten ihn traurig an. Sie erinnerten ihn an die Abende unter dem alten Eukalyptusbaum und wie gut ihm das Kuskus geschmeckt hatte. Er glaubte, ihre Stimme singen zu hören, und auf einmal wurde ihm klar, daß er sie liebte und daß er nichts anderes wollte als zu ihr zurückzugehen. Er sah seinen Irrtum ein und erkannte, daß er den falschen Weg eingeschlagen hatte und daß sich der Irrgarten in ihm befand und nicht draußen.

Doch diese Einsicht milderte nicht seinen Durst und ließ ihn nicht wissen, in welche Richtung er gehen sollte, um einen Brunnen zu finden.

Von diesem Tag an lief er wieder nach Norden, achtete darauf, daß die Sonne zu seiner Rechten aufging und zu seiner Linken wieder hinter dem Horizont versank. Doch seine Kräfte gingen dem Ende entgegen.

Er stolperte ohne zu denken dahin, brach auf einmal zusammen und fühlte sich viel zu schwach, um wieder aufzustehen.

Sand drang ihm in Augen und Mund, und seine Finger krallten sich in den Boden.

»Allmächtiger Allah«, betete er still. »Laß mich in Frieden sterben!« Er faßte sich an den Kopf, um sich mit dem Schech das Gesicht zu bedecken. Doch anstelle des Stoffes hatte er auf einmal die Straußenfeder zwischen den Fingern. Er konnte sich nicht mehr daran erinnern, daß er sie selbst dahin gesteckt hatte. Er hielt sie sich vor die Augen, um sie zu betrachten, doch als er zu schwach wurde, sie festzuhalten, steckte er sie einfach in den Boden. Leise bewegte der Wind ihre feinen Härchen.

Irgendwann mußte Said eingeschlafen sein, denn auf einmal wachte er auf, weil er Wasser auf seinem Gesicht spürte. Ohne die Augen zu öffnen, drehte er den Kopf nach oben. Da regnete es in ihn hinein. Der Regen wusch ihm den Sand aus Augen und Mund. Er kühlte die dicken verschwollenen Lippen und benetzte Zunge und Kehle, so daß er schon bald wieder schlucken konnte. Da schluckte er die Tropfen und schluckte und schluckte. Und als er die Augen wieder aufmachte, sah er über sich einen Baum mit langen federigen Blättern. Von diesen Blättern liefen Tropfen herunter. Der Strauß fiel ihm ein, und daß er ihm eine verzauberte Feder schenkte, weil er ahnte, daß er sie einmal gebrauchen könnte. Sie hatte Wurzeln gezogen und war zu einem Baum geworden, dessen Blätter während der Nacht die Feuchtigkeit in der Luft in Tropfen verwandelt hatten. So rettete ein Baum das Leben von Said, und er begann bald wieder zu denken. Sein Wunsch, zu Samira zurückzukehren, wurde immer größer. Doch dann fiel ihm ein, daß sie die fehlende Perle bemerkt hatte. Mit leeren Händen wollte er nicht vor ihr erscheinen. So beschloß er, zuerst diese Perle zu suchen.

Kurz darauf fand ihn eine Karawane. Die Männer nahmen ihn mit, und schon bald war er wieder in der Lage, sich allein im Sattel zu halten. Er blieb bei ihnen und half, das Salz und die anderen Waren bis nach Timbuktu zu bringen.

Wo er auch hinkam, hielt er Ausschau nach Perlen, die so aussahen wie die an der Glasperlenkette der Tochter des Kankan Moussa. Doch er hatte kein Glück.

Von Abu el-Rih und den Vögeln am Fluß konnte er keine Hilfe erwarten, denn mit den drei Ketten war bei Samira auch jene Perle zurückgeblieben, die ihm die Fähigkeit verliehen hatte, alle Sprachen zu sprechen und sie auch zu verstehen.

Said zog flußauf und flußab. Er durchforschte die Souks, fragte die Perlenhändler und achtete auch auf den Schmuck der Frauen, die seinen Weg kreuzten. Aber nirgendwo fand er das, was er suchte. Die Wüste durchquerte er mehrere Male, manchmal mit Karawanen, dann wieder allein. Doch niemals kam er dabei an der Lehmburg vorbei, nie traf er Samira wieder, nie ihren Onkel, den Djinn, die Peri vom Fluß oder den Strauß.

Das ist das Ende des Märchens von Said und dem Schatz in der Wüste. Der Teppich ist fertig! schloß Suleiman und fügte dann noch hinzu:
Gepriesen sei Allah, der den Menschen eine Sprache gegeben hat, mit der sie Märchen erzählen können!

Das Feuer war völlig heruntergebrannt. Die Dunkelheit verbarg die Mienen der Zuhörer. Auch die Grillen waren schon lange verstummt. »Dein Teppich hat ein Loch«, ließ sich Khalid nach einer Weile vernehmen. »Schon ziemlich am Anfang.«

»Und das wäre?« Suleimans Stimme klang freundlich.

»Hast du Saids Geschichte nicht damit begonnen, daß die Peri vom Fluß ein auf einem Schilfbündel treibendes Kind aus der Strömung zog? Ich hatte erwartet, daß du uns erklärst, was es für eine Bewandtnis mit seiner Herkunft hat, wer seine Eltern waren und warum man es ausgesetzt hatte.«

»Das ist richtig.« Suleiman lachte. »Du bist ein aufmerksamer Zuhörer gewesen, aber ich wäre ein schlechter Märchenerzähler, wenn ich euch verließe, ohne euch auf einen nächsten Auftritt neugierig gemacht zu haben.«

Doch der ›Geier‹ versuchte sich gleich an der Lösung des Rätsels: »Für die Herkunft Saids gäbe es sicher mehrere Erklärungen«, überlegte er laut. »Vielleicht hat in einem Dorf oberhalb der Stelle am Issa-Beer, an der die Peri Wäsche wusch, besonders stark die Cholera gewütet, und eine todkranke Mutter hat mit letzter Kraft ihr Kind dem Vater der Flüsse übergeben, mit der Bitte, es zu beschützen und es guten Menschen zukommen zu lassen?«

»Oder Halunken haben es bei einem Überfall auf die Pinasse eines reichen Kaufmannes einfach über Bord geworfen?« vermutete Achmed.

»Und dabei ist es zufällig auf ein vorbeitreibendes Schilfbündel gefallen«, antwortete Suleiman lächelnd. »Nein, nein, das scheint mir alles viel zu weit hergeholt. Dieses Mal hat sich die Geschichte in eine andere Richtung entwickelt, doch beim nächsten Mal werdet ihr dann alles erfahren.«

»Und wer bekommt den Schatz in der Wüste?« fragte Abouli. »Eigentlich sind es ja zwei: Der schwarze Spiegel und die Gerba mit den goldenen Steinen, die Said vergraben hat!«

»Ganz recht«, antwortete Suleiman. »Willst du dich nicht selbst nach ihnen auf die Suche machen?«

Doch Abouli ging auf den Scherz nicht ein. »Hast du dir wirklich das alles allein ausgedacht aus den Dingen, die uns begegnet sind?«

Er hatte sich ein besseres Ende erhofft. Eines, in dem Said ein König wird, mindestens aber ein reicher Kaufmann.

»Vielleicht, vielleicht auch nicht«, erklärte ihm der Hakayati. »Ist eine Geschichte nicht immer ein Stück Leben? Und ist das Leben nicht immer eine Geschichte? Ich habe nur alles, was mir so geschah, neu zusammengesetzt, und dabei spielten die gefundenen Dinge eine wichtige Rolle.«

Sie schwiegen. Ein Kamel stapfte hinter den Zelten vorbei. Im Tamariskengesträuch raschelten Mäuse.

»So eine Lehmburg, wie du sie beschrieben hast, haben wir gesehen«, sagte Abouli. »Kurz bevor du zu uns gekommen bist. Auf einem ihrer Türme war eine goldene Taube befestigt.«

Da fuhr Suleiman hoch. »Ihr habt eine Lehmburg gesehen und eine Taube? Wo war das?«

»Das wissen Achmed und alle anderen hier, denn sie ist bei uns schon lange bekannt. Doch weil wir glauben, daß sie den Kel Essouf gehört, haben wir sie nie betreten. Niemand von uns betritt uneingeladen die Behausung von Geistern.«

»El Hamama«, murmelte Suleiman. »Das Zeichen.« Er sprang auf und pfiff seinem Kamel, weil er gleich losreiten wollte.

Achmed beschrieb ihm den Weg und Abouli schenkte ihm zum Abschied seine Perle.

»Vielleicht ist das die sechsunddreißigste Perle aus der Halskette der Lieblingstochter des Kankan Moussa«, sagte er. »Vielleicht ist es die letzte, nach der du die ganze Zeit gesucht hast?«

»Shukran«, entgegnete Suleiman. »Vielleicht hast du recht.«

»Aber was wird jetzt aus Kita, Samaki und Moussa?« wollte der Junge noch wissen.

»Sie werden nicht vergessen, und wenn Samira und ich das Wasser aus unserem Brunnen in die Wüste geleitet haben und überall Hirse gedeiht und die Palmen voller Datteln hängen, dann erhält Samaki seinen Webstuhl und Kita die Mühle, für Selim findet sich ein warmer Schal und für Moussa eine Trompete, auch wenn sie nicht aus purem Gold gemacht ist.«

Mit diesen Worten bestieg der Hakayati sein Kamel und ritt davon. Erst als die Nacht ihren dunklen Vorhang hinter ihm schloß, war Abouli mit dem Ende von Saids Geschichte zufrieden und er murmelte leise:

Gepriesen sei Allah, der den Menschen eine Sprache gegeben hat, mit der sie Märchen erzählen können!

Das Kalaha-Spiel

Kalaha ist ein Taktikspiel für zwei Personen, das vor über 3000 Jahren in Ägypten erfunden wurde. In griechischen Tempeln und ägyptischen Pyramiden fand man in Stein gehauene Spielmulden aus der Zeit 1400 v. Chr..
In Afrika gilt Kalaha heute als Nationalspiel. Man spielt es dort häufig in Mulden, die einfach in die Erde gegraben werden, und benützt als Spielsteine Erbsen, Muscheln, Steine, Bohnen oder Holzstücke.
Jeder Spieler hat sechs Spielmulden und eine Gewinnmulde, in der die gewonnenen Steine abgelegt werden. Bei den folgenden Abbildungen werden nur die zwölf Spielmulden gezeigt. Es gibt insgesamt 48 Spielsteine.

Die Spielregeln

1. Zu Beginn liegen in jeder Spielmulde vier Steine. Die Mulden A1 bis A6 gehören Spieler A, die Mulden B1 bis B6 gehören Spieler B.

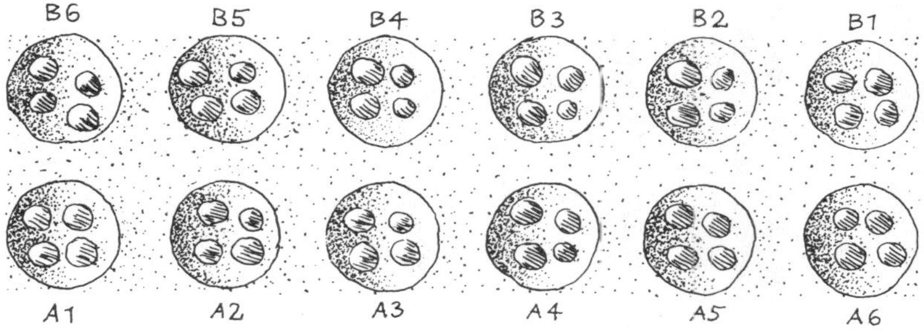

2.Spieler A beginnt, nimmt alle vier Steine aus einer seiner Mulden heraus und verteilt sie gegen den Uhrzeigersinn in die darauffolgenden Mulden. Im folgenden Beispiel hat A die Mulde A3 geleert und die vier Steine in die Mulden A4 bis A6 und B1 verteilt.

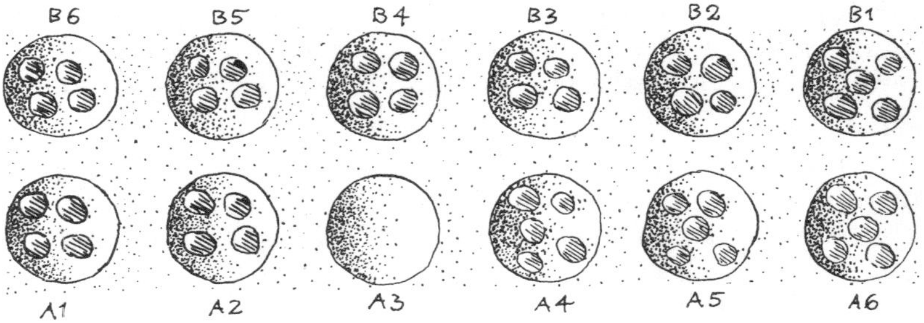

3. Nun kommt Spieler B an die Reihe, nimmt alle vier Steine aus einer seiner Mulden in die Hand und verteilt sie ebenfalls gegen den Uhrzeigersinn in die folgenden Mulden. In unserem Beispiel hat B die Mulde B5 geleert und die Steine in die Mulden B6 und A1 bis A3 verteilt.

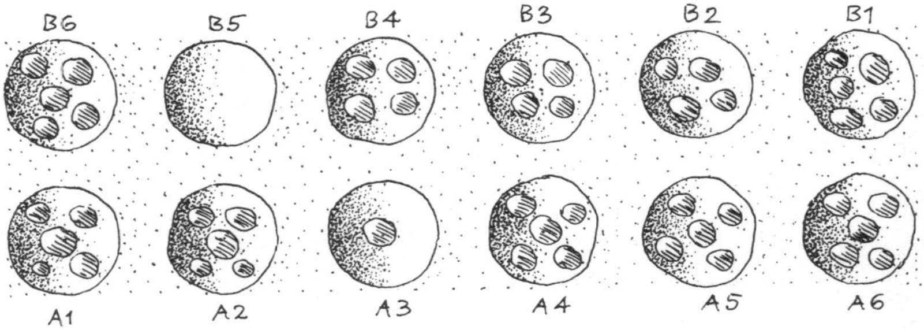

4. So geht das Spiel abwechselnd weiter. Im folgenden Beispiel hat A im Gegenzug A6 geleert und auf die Mulden B1 bis B5 verteilt. Das war ein taktischer Fehler, wie wir später sehen werden.

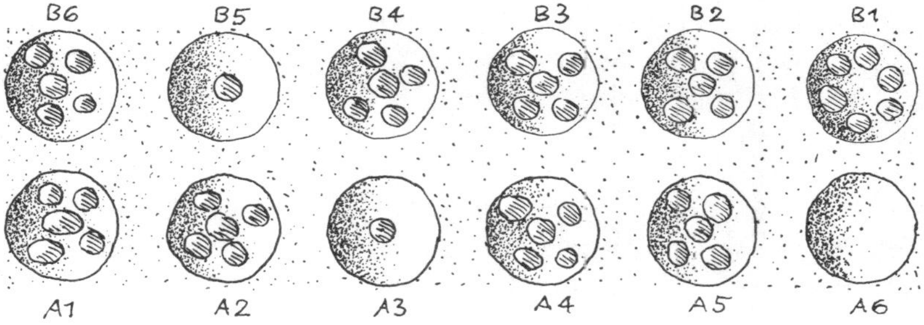

5. Nun kann B zwei Steine erobern. Fällt nämlich der letzte Stein eines Spielzugs in eine Mulde des Gegenspielers, in der sich vorher ein oder zwei Steine befunden haben, so gelten die zwei oder drei Steine, die sich nach dem Spielzug in dieser Mulde befinden, als erobert. Sie werden aus dem Spiel genommen und in die Gewinnmulde rechts vom Spieler abgelegt. In unserem Beispiel würde nun der Spieler B die Mulde B4 entleeren und auf B5, B6 und A1 bis A3 verteilen. Die zwei Steine, die sich dann in A3 befinden, darf B aus dem Spiel nehmen.

6. Hat ein Spieler auf diese Weise den Inhalt einer Mulde erobert, dann darf er auch noch die vorhergehende Mulde entleeren, wenn diese Mulde auch dem Gegenspieler gehört, und wenn sich dort nach dem Spielzug zwei oder drei Steine befinden. Dasselbe gilt auch noch für die davor liegende Mulde, aber mehr als drei Mulden insgesamt dürfen in einem Spielzug nicht erobert werden.

7. Enthält eine Mulde, aus der ein Spieler aufnimmt, zwölf Steine oder mehr, dann kommt es zum »großen Spielzug« um das ganze Spielfeld herum. Dabei wird beim Verteilen die Mulde übersprungen, aus der soeben die zwölf Steine aufgenommen wurden.

8. Sind alle Mulden eines Spielers leer, ist sein Gegenspieler verpflichtet, im Gegenzug einen »kleinen Spielzug« zu ma-

chen und zumindest einen Stein in eine gegnerische Mulde hinüberzuspielen. Wenn dies nicht möglich ist, ist das Spiel beendet. Die restlichen Steine gehören dann dem Spieler, in dessen Mulden sie liegen.

9. Sind nur noch wenige Steine im Spiel, können die Spieler die Partie freiwillig auch vorher abbrechen und die restlichen Steine unter sich aufteilen.

10. Sieger ist, wer die meisten der 48 Steine in seinen Besitz bringen konnte.
In den Cafés von Kairo war es im 19. Jahrhundert üblich, daß nun der Verlierer den Kaffee bezahlte, der während des Spiels getrunken wurde.

Wie die Tuareg ihren Tee zubereiten

In eine vorbereitete kleine Mulde im Sand wird etwas Glut aus dem Feuer gegeben. Auf die Glut stellt man eine kleine Emailkanne mit Wasser. In eine zweite Kanne kommt ein genau abgemessenes Gemisch aus grünem chinesischem Tee und getrockneten Pfefferminzblättern. In den Oasen werden nur frische Pfefferminzblätter verwendet. Der erste Aufguß wird weggeschüttet. Der zweite Aufguß darf nur kurz ziehen und wird dann über einige Zuckerbrocken (abgehämmert von einem Zuckerhut) gegossen. Danach wird der Tee von weit oben in kleine Gläser verteilt und aus einem der Gläser ein Schluck versucht. Fast jedesmal wird der Tee wieder zurückgeschüttet, entweder in die Kanne, in der sich noch die Blätter befinden, oder in die andere mit dem Zucker. Das geht so lange hin und her, bis der Tee den richtigen Geschmack hat. Erst dann lädt der Tee-Zubereiter mit einer Handbewegung alle ein, sich zu bedienen.

Worterklärungen

Abu Vater

Abu el-Hol Vater des Schreckens (Eine ägyptische Bezeichnung für den Sphinx.)

Abu el-Rih Vater des Windes

Adrar Tamgak Gebirgszug im Air-Gebirge.

Agadez Wüstenstadt in der Republik Niger, im Süden des Air-Gebirges.

Aisha Mädchenname. Letzte Frau des Propheten Mohammed.

A'kid Gewiß

Akrab Skorpion

Allahu akbar Gott ist groß. (Anfangsformel vieler Gebete.)

Almakah ist der Mondgott der alten Sabäer.

Amenokal Gewähltes Oberhaupt einer Gruppe von Tamaschek-Stämmen.

Anubis illegaler Sohn des Osiris. Totengott, bewacht als schwarzer Hund die Eingänge der Felsengräber und wird oft in Menschengestalt dargestellt, doch mit dem Kopf eines Schakals.

Assalamu aleikum!
Aleikum assalam! alte islamische Begrüßungsformel. Es heißt soviel wie »Friede sei mit dir!« Aleikum assalam ist dann die Antwort, etwa in dem Sinn »Und ebenfalls mit Dir!«

Bab Tor

Babuschen Oft reich bestickte orientalische Pantoffeln.

Bamako Hauptstadt von Mali.

Bani Nebenfluß des Niger.

Baobab Affenbrotbaum. Der Bestand der Affenbrotbäume ist stark gefährdet: In Ostafrika durch die Elefanten und in Westafrika durch das Besprühen der Felder mit Insektiziden. Diese vernichten nicht nur die Schädlinge, sondern auch die Fledermäuse, die für die Befruchtung der Blüten sorgen.

Baraka Der Segen der Baraka ist etwas, das alle Dinge durchströmt und schöpferisch vermehrend sowie fruchtbarkeitsfördernd wirkt.

Bastet die fröhliche Göttin der Liebe und der Freude, Herrin von Bubastis. Dargestellt wurde sie als Menschengestalt mit Katzenkopf oder als große hoheitsvolle Katze.

Berber ist der Sammelname eines sich aus verschiedenen Stammesgruppen zusammensetzenden Volkes im Norden Afrikas und im Inneren der Sahara. Die meisten Berber sind Moslems. Sie sprechen Arabisch oder eine eigene Sprache.

Bilkis Name für die Königin von Saba, deren Existenz jedoch geschichtlich nicht nachweisbar ist.

Bou-Bou faltenreiches, weitärmeliges Gewand der Moslems in den Sudanländern. Oft aus buntbedrucktem Baumwollstoff.

Bozo Fischervolk am Niger und Bani in den Gebieten von Bamako, Segou und Djenné.

Caid Stammesführer

Cola-Nuß gedeiht in den Randzonen des Regenwaldes in Guinea und der Elfenbeinküste. Sie hat eine blaßlila Farbe und ähnelt im Aussehen unserer Kastanie. Ihr hoher Koffeingehalt mildert Hunger- und Durstgefühl. Das bittere Fleisch wird deshalb von jung und alt gekaut und danach ausgespuckt.

Cram-Cram die Sudanklette. Typisches Gewächs des Sahel. Die Samen tragen überaus lästige scharfe Dornen.

Cri-Cri afrikanische Bezeichnung für ein Amulett zum Schutz gegen unheilvolle Einflüsse.

Dau Arabisches Schiff mit nur einem großen Segel. Die Mangrovenholzhändler fahren mit diesen Schiffen von der afrikanischen Ostküste bis nach Indien.

Dirham marokkanische Währung.

Djambiya jemenitischer Krummdolch. Männlichkeitssymbol. Wird im Jemen von jedem Mann getragen. Die einfachen Männer stecken ihn vorne in den Gürtel, die Adligen tragen ihn an der Seite.

Djebel Berg

Djellabah marokkanisches Gewand aus einfarbigem oder gestreiftem Stoff mit Kapuze.

Djemaa el Fna Platz in Marrakesch, auf dem am Nachmittag die Gaukler auftreten.

Djenné alte Stadt am Niger, berühmt für ihre schönen Lehmbauten. Nur auf einem Damm zu erreichen.

Dogon Pflanzervolk südlich des Nigerbogens.

Dragoman Führer

el-Hakayati der Märchenerzähler

el-Hamama die Taube

el-Hamdulillah Gott sei Dank.

el-Kahira arab. Name für Kairo, die Hauptstadt Ägyptens.

el-Shaggra der Baum

Eshadu la allah illa' allah Ich bezeuge, es gibt keinen Gott außer Gott (Allah). Islamisches Glaubensbekenntnis.

Felukke ägyptisches, kleines Segelboot, wird von den Fischern auf dem Nil benützt.

Fenek Wüstenfuchs. Sehr klein, mit außergewöhnlich großen Ohren.

Fulbe siehe unter Peul

Galabiya Ägyptisches Gewand

Gandoura Gewand der Tuareg. Wird fast immer über weiten Pluderhosen getragen. Oft ist die Gandoura indigoblau gefärbt. Sie färbt dann ab. Deshalb werden die Tuareg auch »die blauen Männer« genannt.

Gerba Wasserschlauch, meistens aus einem Ziegenfell gefertigt und zwanzig bis dreißig Liter fassend.

Hadji Moslem, der die ›Hadj‹, die Pilgerfahrt nach Mekka (die der Koran jedem Gläubigen vorschreibt) hinter sich gebracht hat. Von diesem Zeitpunkt an darf er vor seinen Namen das Wort ›Hadji‹ setzen.

Hakayati Märchenerzähler

Hammada Geröllwüste

Hamama Taube

Hamamm öffentliche Badeanstalt

Haratin marokkanische Bezeichnung für schwarze Oasenbewohner. Abkömmlinge ehemaliger Sklaven aus dem Sudan.

Hathor Göttin der Liebe, Fürstin des Tanzes und der Freude. Amme des Horus. Dargestellt wird Hathor in Menschengestalt mit Kuhohren und lyraförmigen Hörnern um eine Sonnenscheibe, auch als Kuh oder in Menschengestalt mit Kuhkopf.

Henna ein Strauch. Man zerquetscht Rinde und Blätter und erhält ein rotes Pulver, mit dem sich die Frauen die Haare waschen und färben, sowie Muster auf Hände und Füße malen. Gilt als Glücksbringer.

Hibiskus Pflanze mit besonders schöner großer Blüte.

Hogon Bezeichnung für die Priesterhäuptlinge bei den Dogon.

Horus Sohn des Osiris und der Isis. Anfangs war er ein Himmelsgott in Gestalt eines Falken und somit gleichzeitig Herrscher des Himmels, seine Augen Sonne und Mond. So ist er zum Sonnengott geworden, von dem die alten Pharaonen Abstammung, Macht und Würde ableiteten. Dargestellt wird er als stehender stolzer Falke, als geflügelte Sonne oder in Menschengestalt mit Falkenkopf.

ibn Sohn (Said ibn el-Shaggra heißt: Said, Sohn des Baumes).

Ibn Tulun Moschee Bedeutende sehr alte Moschee in Kairo.

Imam Vorbeter in der Moschee.

In cha' allah So Gott will.

Isis Göttin, Frau des Osiris und Mutter des Horus. Schutzherrin aller Kinder.

Islam Die Religion der Moslems, die von Mohammed im 7. Jahrhundert begründet wurde. Der Islam glaubt an die Allmacht eines Gottes, Allah.

Issa-Beer So bezeichnen die Eingeborenen den Niger, dort, wo er sich in einem weiten Binnendelta verzweigt. Es heißt soviel wie »Vater der Flüsse«.

Jalla schnell

Jimkin vielleicht.

Kaaba kommt vom griechischen »Kubus« = Würfel. Es ist das Symbol für Erde. Bezeichnet wird damit das würfelförmige Gehäuse im Hof der Moschee in Mekka mit dem heiligen, schwarzen Stein, einem ovalen Meteoriten von 18 cm Durchmesser. Die Kaaba war schon in vorislamischer Zeit ein Wallfahrtsort der Beduinen.

Kadi Richter

Kalaha ist ein Spiel aus der Familie der Mancala-Spiele, das vor über 3000 Jahren in Ägypten erfunden wurde. Man fand in Stein gehauene Spielmulden in den Tempeln von Theben, Karnak, Luxor und in der Cheopspyramide. Durch Händler gelangte das Spiel nach Asien und verbreitete sich vor allem in ganz Afrika, wo es heute als Nationalspiel gilt. Durch Sklaven kam es auch nach Südamerika und Westindien. Dadurch entstanden zahlreiche Varianten, die heute unter dem Namen Wari, Awar, Walu oder Hus bekannt sind. In Afrika spielt man Kalaha meistens in Mulden, die einfach in die Erde gegraben werden. Als Spielsteine dienen Erbsen, Bohnen, Kieselsteine, Muscheln oder kleine Holzstücke.
Spielanleitung siehe Seite 289

Kalebasse bestimmte Kürbisarten liefern Früchte, deren Schalen beim Trocknen verholzen und recht haltbar sind. Allerweltsgefäß.

Kalimba Musikinstrument. Auf einem Holzkästchen werden nagelähnliche Stäbchen in verschiedenen Längen angebracht. Die K. klingt ähnlich wie ein Zupfinstrument.

Kankan Moussa Kaiser von Mali (1312-1337), einer der drei mächtigsten und glanzvollsten Herrscher des Mali-Reiches. Im Jahr 1324 pilgerte er mit einem riesigen Gefolge nach Mekka, wobei er gewaltige Schätze an Gold mitführte, die er in den Städten Ägyptens so großzügig ausgab, daß dort eine Goldinflation eintrat. Selbst zwölf Jahre nach seinem Besuch in Ägypten hatte das Gold seinen früheren Wert noch nicht wieder erreicht.

Kasbah Speicherburg der Berber, in die sie sich bei feindlichen Angriffen zurückzogen. Meistens aus Lehm.

Kat Laub eines strauchartigen Gewächses, das durch Alkaloidgehalt ein anregendes Genußmittel ist.

Kassa-Decke gewebte Wolldecke mit geometrischen Mustern.

Kauri Porzellanschnecke des Indischen Ozeans, wurde schon frühzeitig in Afrika eingeführt und dort zur Schmuck- und Amulettherstellung verwendet. In einigen Ländern diente sie als Zahlungsmittel.

Kel Ausdruck in Tamaschek, der Sprache der Tuareg, für »Stamm« oder für »die Leute von . . .«

Kel Adjer die Leute aus dem Adjer-Bergland.

Kel Ahaggar die Leute aus dem Hoggar-Gebirge.

Kel Air die Leute aus dem Air-Gebirge.

Kel Essouf die Leute des Windes und der Einsamkeit, gemeint sind die Geister.

Khadidja erste Frau des Propheten Mohammed. Aus der Verbindung mit ihr überlebte als einziges Kind seine Tochter Fatimah.

Khaima Nomadenzelt, meistens aus einem besonders fest gewebten Stoff aus Ziegenwolle, manchmal auch aus Leder.

Kischr ein Aufguß aus den Schalen der Kaffeebohnen.

Kopten christliche Nachkommen der alten Ägypter. Die Kopten haben sich seit dem 5. Jahrhundert von der orthodoxen Ostkirche getrennt. Ihr Oberhaupt ist der Patriarch von Alexandria. Seit dem 11. Jahrhundert Sitz in Kairo.

Koran das heilige Buch des Islam. Es enthält die Offenbarungen, die dem Propheten Mohammed vom Erzengel Gabriel gemacht wurden. Sie wurden nach Mohammeds Tod von seinen Nachfolgern aufgezeichnet. Die Moslems sehen den Koran nicht nur als einfache Lehre des Propheten an, sondern als das einzig wahre Wort Gottes.

Koubba Grabstätte (auch Kuppel), marokk. Bezeichnung.

Kuskus ein Gericht aus Hirse oder Gries mit Fleisch und scharfer Soße.

Lotosblume eine Seerosenart. Sie ist in Ägypten und Indien eine heilige Pflanze. Bei den Ägyptern gilt sie als ein Sinnbild des Nils, bei den Indern ruht der Weltenschöpfer auf einer Lotosblüte. Außerdem gilt die L. als ein Sinnbild für Schönheit, Reinheit, Sonne und ewiges Leben.

Mafradsch das oberste Zimmer in jemenitischen Häusern. Das Zimmer des Hausherren, in dem er auch seine Kat-Sitzungen abhält.

Maghreb-el-Aksa die Übersetzung lautet: Äußerster Westen. Maghreb-el-Aksa ist deshalb eine Bezeichnung für Marokko, das westlichste der islamischen Länder.

Mahdi nach dem Tod des Propheten Mohammed wählten die Gläubigen einen Stellvertreter, der die Bezeichnung »Kalif« oder »Imam« erhielt. Erst nach dem Ende des zwölften Kalifen (Ende des 9. Jahrhunderts) entwickelte sich die Lehre des »verborgenen Imam« oder des 13. Kalifen, der kurz vor dem Ende aller Zeiten wiederkommen und die Menschheit erlösen würde. Diesen bezeichnen die Gläubigen als »Mahdi«.

Maniok strauch- bis baumförmiges Wolfsmilchgewächs, kommt ursprünglich aus Lateinamerika, wird aber heute auch im tropischen Afrika angepflanzt. Maniok hat stärkereiche Wurzeln, aus denen aber zuerst das blausäurehaltige Gift ausgepreßt werden muß, bevor sie genießbar sind. Das Stärkemehl heißt Tapioka.

Marabout Heilige Person, der vielfach die Fähigkeit zugeschrieben wird, Wunder zu bewirken. Ihr Grab trägt die gleiche Bezeichnung.

Medina Stadtzentrum, Altstadt.

Mehari besonders leichtes und schnelles Reitkamel der Wüstennomaden, oft weiß.

Mekka Stadt in Saudiarabien. Geburtsort Mohammeds. Religiöser Mittelpunkt des Islam, wichtigster Wallfahrtsort aller Moslems.

Minarett kommt von »Minare« d. i. Lichterturm. Einer Moschee angegliederter Turm, von dem aus der Muezzin die Gläubigen zum Gebet ruft.

Moschee islamisches Gotteshaus.

Moslem in der Übersetzung heißt Moslem »der sich Hingebende«. Damit wird jeder bezeichnet, der dem islamischen Glauben anhängt.

Moula-Moula kleiner schwarzweißer Vogel. Steinschmätzer.

Muezzin Gebetsausrufer. Der M. ruft fünfmal täglich vom Minarett oder einem erhöhten Platz der Moschee zum Gebet.

Naám Strauß

Orakel Wahrsagung, Schicksalsspruch, auch eine Sprech-Stätte, an der eine Gottheit durch den Priester auf Fragen antwortet und Weissagungen erteilt.

Osiris bekanntester Gott der alten Ägypter, wird zusammen mit Isis und Horus zum Inbegriff der göttlichen Familie. Er durchläuft viele Erscheinungsformen: Sonnengott, Fruchtbarkeitsgott und schließlich Totengott, der das Jenseits beherrscht.

Peri Fee (Bezeichnung kommt aus dem Persischen.)

Peul weitverbreiteter Volksstamm in Westafrika, auch unter dem Namen Fulbe bekannt.

Pharao Titel eines altägyptischen Königs.

Pinasse größer als Piroge und mit einem Dach.

Piroge Plankenboot

Ramadan Fastenmonat. In dieser Zeit darf zwischen Sonnenaufgang und Sonnenuntergang kein erwachsener Moslem, der sich gesund fühlt, etwas essen oder trinken. Da das Mondjahr um elf Tage kürzer ist als das Sonnenjahr, verschiebt sich der Fastenmonat im Lauf der Zeit durch alle Jahreszeiten.

Sarkophag Steinsarg

Sayid Herr, Adliger.

Schech Kopfbedeckung der Wüsten-Nomaden, dessen eines Ende über die untere Gesichtshälfte gezogen werden kann. Der Schech besteht aus einer 4-7 m langen Stoffbahn.

Semiramis assyrische Königin, gilt als Gründerin der Stadt Babylon und Erbauerin der »Hängenden Gärten«, die von den Griechen zu den sieben Weltwundern gezählt wurden. Lebte im 9. Jahrhundert vor Christus.

Shaggra Baum

Shari Ramses Shari heißt »Straße«. In diesem Fall »Ramses-Straße«.

Shukran Danke

Sidi Herr

Songhai ehemaliges Königreich im Sudan.

Souk arabischer Markt (im persischen heißt es ›Bazar‹).

Sphinx Mischgestalt mit dem Körper eines Löwen und dem Kopf eines Königs.

Suleiman auch Soliman. Verballhornung des Namens Salomon oder Salomo. König Salomo (965-926 v. Chr.), König des Israel und Juda umfassenden Reiches. Sohn Davids. Er galt als das Idealbild des weisen und mächtigen Herrschers und sein Volk glaubte, daß er auch Macht über die Dämonen habe, die er mit Hilfe eines zauberkräftigen Ringes beherrschte, bis ihm dieser durch seinen grimmigsten Feind, den Geisterfürsten Aschmedai, geraubt wird. Erst nach langen Irrfahrten gelingt es ihm, den Feind, der seine Gestalt angenommen hat, zu überwinden.

Sunna heißt in der Übersetzung »gewohnte Handlungsweise, Brauch, der Weg, den man schreitet«. Im Islam ist es die Sunna des Propheten, die sich in seinem Sprechen, seinem Tun und in seiner stillschweigenden Zustimmung zu dem, was in seiner Gegenwart gesagt oder getan wurde, kundtut.

Tamaschek Sprache der Tuareg.

Tenéré das »Land da draußen« nennen die Tuareg den trockengefallenen Boden des einstigen Tschad-Meeres. Die Tenéré-Wüste ist etwa so groß wie Frankreich. Bis 1972 wuchs in ihrer Mitte ein Baum, der auf den meisten Karten eingetragen ist und der für alle Karawanen und Wüsten-Reisenden eine wichtige Landmarke war. 1972 fuhr ihn ein Lastwagenfahrer um. Heute steht er als Baumgerippe im Museum von Niamey, Niger.

Thot Ursprünglich war er ein Mondgott, der über sein Gestirn zum Gott des Maßes, der Zeiteinteilung und bald aller Wissenschaft wurde. Er soll die Schrift erfunden haben und war der Gott der Schreiber, der Astrologen und der Magie. Dargestellt wurde er als Heiliger Ibis oder in Menschengestalt mit Ibiskopf.

Timbuktu im 11. oder 12. Jahrhundert von den Tuareg gegründete Stadt in der heutigen Republik Mali, die für die Sahara die Rolle einer Karawanserei spielte. Außerdem war sie bis zum Ende des 16. Jahrhunderts ein bedeutendes Zentrum islamischer Kultur.

Toguna heißt soviel wie »Großer Hangar«. Acht mächtige Säulen tragen ein aus mehreren Schichten Hirsestroh bestehendes Dach. Versammlungsort der alten Männer bei den Dogon.

Tuareg (Einzahl: Targi) Zum Stamm der Berber gehörende Wüsten-Nomaden, die zeitweilig die gesamte zentrale Sahara beherrschten. Ihre Sprache ist »Tamaschek«. Als einziges Berbervolk besitzen die Tuareg eine eigene Poesie.

Wadi Flußbett, in der Wüste nur selten mit Wasser gefüllt.

Weihrauch eingetrockneter Wundbalsam des Weihrauchstrauches, der in Somaliland und Arabien von gelben Harzkörnern gewonnen wird. W. entwickelt zusammen mit anderen Harzen einen charakteristischen balsamisch-narkotischen Duft beim Verbrennen, wird in vielen Religionen überwiegend zu rituellen Zwecken gebraucht.

Wüsten-Rose Manchmal auch Sand-Rose genannt. Eine Wüstenrose besteht aus Gipsschwerspatkristallen, die an der Oberfläche des Grundwasserhorizontes wachsen.

Yurugu der bleiche Schakal, gottähnliches Wesen bei den Dogon, die aus seinen Spuren Weissagungen lesen.

Zaubergeschäfte In Marokko gibt es in fast jedem Souk Zaubergeschäfte, in denen heilkundige Frauen und Marabouts einkaufen.

Zem-Zem Heiliger Brunnen im Moscheebezirk der Kaaba in Mekka.

Zwiebel-Kugeln Im Nigergebiet werden die Zwiebeln nach der Ernte auseinandergeschnitten, getrocknet und anschließend zu Kugeln gepreßt, aus denen später Soßen gemacht werden.

MATERIALIEN

Werkstattbericht

1. Die Idee

Schon lange bevor ich an ein Buch wie »Saids Geschichte« dachte, wünschte ich mir, einmal ein orientalisches Märchen selbst zu erfinden. Der Orient war für mich nicht nur das Land von Sindbad dem Seefahrer und Harun-al-Raschid, von Ali Baba und Aladin, sondern auch das Land der verführerischen Basare, des Geruchs nach Weihrauch und der Muezzinrufe. Auch nachdem ich ihn näher kennengelernt hatte, verlor er nur wenig von seinem Charme. Es machte mir nichts aus, daß heute viele Männer in ihren Djellabahs und mit abenteuerlich geschlungenen Turbanen auf Motorrädern durch die Stadt fahren, und es störte mich nicht, daß viele Muezzine ihre Rufe über Kassettenrecorder abspielen lassen. Die Zeiten ändern sich eben.

Den eigentlichen Anstoß zu diesem Buch gaben mir die Kinder, denen ich vorlas. Sie fragten immer wieder: »Wie macht man das eigentlich – eine Geschichte erfinden?« Dann stotterte ich herum und versuchte, es ihnen zu erklären, was mir in der mir zur Verfügung stehenden Zeit nur ungenügend gelang.

Eines Tages kam mir nun die Idee, den Versuch einer Beantwortung dieser Frage sozusagen als Alibi zu benützen und mir gleichzeitig den langgehegten Wunsch zu erfüllen.

Ich nahm mir vor, ein Märchen zu schreiben, das in unserer Zeit spielt, denn so könnte ich meine Reisetagebücher als Grundlage benützen. Ich reise nämlich für mein Leben gern. Jedes Jahr im Herbst wacht in mir ein Zugvogel auf, und wenn ich es nur irgendwie möglich machen kann, fahre ich einige Wochen irgendwohin, wohin es mich gerade treibt.

Unterwegs sammle ich Dinge, die mir auffallen und die mir besonders typisch für dieses Land erscheinen, in dem ich mich befinde. Das können Geschichten sein, die mir die Leute dort erzählen, kleine von Straßenhändlern angebotene Schmuckstücke, Steine, Muscheln, Fotos von Menschen und Tieren, Landschaften und Häusern, Musik und natürlich Skizzen, die ich anfertige, wenn die Zeit reicht. Selbstverständlich »sammle« ich auch Empfindungen von Hitze und Kälte, von Freude und Erschöpfung, von Gerüchen und Geräuschen und vieles mehr. Wenn ich heimkomme, lese ich alles Erreichbare über das Land, mache mir auch darüber Notizen und lege einen Ordner an.

Nun fielen mir auf einer Reise nach Marokko, genauer gesagt auf dem berühmten Platz »Djemaa-el-Fna« in Marrakesch, die Märchenerzähler auf. Ich hörte und sah ihnen stundenlang zu, obwohl ihre Worte für mich nicht verständlich waren, denn sie sprechen einen Berberdialekt, den nur die Einheimischen verstehen. Ich beobachtete aber, daß sie ihre Geschichten nicht so wie wir erzählen, sondern daß sie sie eher vorleben, beziehungsweise wie in einem Theaterstück vorspielen. Dieser Eindruck verstärkt sich noch dadurch, daß sie sich oft von einem Musikanten begleiten lassen, dazwischen selbst ein Lied singen und manchmal auch zu zweit oder zu dritt auftreten. Auf meine Fragen hin erklärte man mir, daß der Beruf des Märchenerzählers im Orient allmählich aussterbe, da das Bedürfnis der Menschen nach Information und Unterhaltung zunehmend durch Radios und Fernsehapparate befriedigt werde.

So ergab es sich wie von allein – und bei »Saids Geschichte« ergab sich erstaunlich viel von selbst –, daß der Held des Buches ein Märchenerzähler sein müßte, der seinen Zuhörern eine Geschichte erzählt, die er quasi vor ihren Augen erfindet.

Um ihnen deutlich zu machen, wie er das macht, würde er sie die Handlung mitbestimmen lassen. Daneben könnte er sie – Schritt für Schritt – in einige der Gesetze einführen, mit deren Hilfe er die Handlung aufbaut und Spannung erzeugt, bis sie schließlich zu einem (guten oder schlechten) Ende kommt. So fing es an.

2. *Planung*

Mit Suleiman dem Hakayati (d. i. arabisch und heißt Märchenerzähler) stand der Held der Geschichte fest. Seine Zuhörer beschränkte ich auf fünf, von denen einer ein fünfzehnjähriger Junge (Abouli) sein sollte. Er hätte damit in etwa das Alter, in dem Said, der Held des Märchens, seine wichtigsten Abenteuer besteht und außerdem das ungefähre Alter der gewünschten Leser. Dieser Abouli sollte der eifrigste und oft auch ungeduldigste Zuhörer Suleimans sein. Er wird von ihm aufgefordert, Dinge zu suchen, die ihm während ihres gemeinsamen Wüstenrittes auffallen, damit der Erzähler mit ihrer Hilfe die Handlung weiterspinnen kann, wenn sie ins Stocken gerät. So kam es, daß der Fluß der Erzählung an Stelle einer Kapiteleinteilung nur durch den Wechsel zwischen Rahmenhandlung und Erzählung unterbrochen wurde. Das erinnerte mich an ein Weberschiffchen, das immer hin- und herbewegt wird, solange, bis in der Folge dieser Bewegung ein Stück Stoff oder ein Teppich (Kelim) entstanden ist. Die Metapher des Webens gefiel mir sehr, denn ich habe oft beim Entwickeln von Geschichten das Gefühl zu stricken oder zu weben. Wieder kam es mir gerade recht, daß das Weben nicht nur ein im Orient wichtiges und hochentwickeltes Handwerk ist, sondern daß auch das Muster eines orientalischen Teppichs in einem übertragenen Sinn die Struktur einer Erzählung sein kann.

Zu alledem kam noch, daß ich in einem Buch (Parin, Morgenthaler: Psychoanalytische Untersuchungen bei den Dogon in Westafrika) den Ausspruch eines Dogon-Hirten fand, der mir – wenn auch indirekt – diese Theorie bestätigte. Er lautet: »Seit jeher bedeutet das Weben der Wolle das gleiche wie der Austausch von Worten im Gespräch.«

Als nächstes legte ich alle Gegenstände, Fotos, Skizzen und Notizen vor mir auf den Tisch, ordnete sie nach der Zugehörigkeit der Länder, aus denen sie stammten, legte Start und Ziel von Saids abenteuerlicher Fahrt sowie die genaue Reiseroute fest und begann mit einer Gliederung, die nur für meine Arbeit relevant, in dem fertigen Buch jedoch kaum erkennbar sein sollte. Ich machte diese Gliederung, ohne zu wissen, wie Saids Geschichte einmal enden würde, denn ich verließ mich darauf, daß sich der Schluß von selbst ergäbe, ähnlich dem Ergebnis einer konsequent durchgeführten Rechenaufgabe. Später war ich trotzdem sehr überrascht, wie leicht und logisch sich das Ende ergab, doch ich kann auch heute noch immer beteuern, daß ich es nicht kannte, als ich »Saids Geschichte« zu schreiben begann. Auch die Gliederung ergab sich fast von allein.

Da Said – der Held der erzählten Geschichte – seine Kindheit im Binnendelta des Niger verbrachte, da er auf seiner Suche nach dem Schatz über Marokko, Ägypten, den Jemen und von dort aus zurück zum Issa-Beer kam, um ihn schließlich in der Wüste Sahara zu finden, fiel die Arbeit an diesem Buch in fünf größere Teile auseinander:

1. Issa-Beer, Vater der Flüsse (Mali)
2. Maghreb-el-Aksa (Marokko)
3. Das Land am Nil (Ägypten)
4. Arabia felix. Das Land der Königin von Saba (Jemen)
5. Der Schatz in der Wüste (Sahara)

In den ersten beiden Teilen wechselt die Geschichte je achtmal zwischen Rahmenhandlung und Erzählung hin und her, in den drei übrigen je viermal. Nach jeder Unterbrechung mußte Abouli – der jüngste Zuhörer – etwas vorweisen, das Suleiman, dem Erzähler, den Fortgang der Handlung ermöglichte. Diese Dinge beziehungsweise Begebenheiten, lagen mir als Zeichnung, Foto oder, soweit ich sie mitnehmen konnte, in Natur vor.

3. *Ausführung*

Mit Hilfe dieses Gerüstes machte ich mich an die Ausführung der Geschichte, wobei mir meine Reisetagebücher wertvolle Dienste leisteten. Ich hätte zum Beispiel nie gewagt, etwas über einen Kamelritt zu schreiben, wenn ich nicht selbst mit einigen Tuareg am Rande der Ténéré-Wüste unterwegs gewesen wäre. Das Reiten auf einem Kamel mit dem am Sattel befestigten Gepäck und dem Wasserkanister, bei dem man sich oft so weit von den anderen entfernt (die Gruppe zieht sich auseinander), daß man das Gefühl hat, allein in der Wüste zu sein, die in der Hitze flimmernde Luft, der weite Blick über die Dünen, die sternklaren Nächte unter dem riesigen Himmel und die Stille sind am Schreibtisch – jedenfalls für mich – viel besser nachvollziehbar, wenn ich es selbst »erfahren« habe. Daher kann ich mir »Saids Geschichte« ohne die eigenen Erlebnisse schlecht vorstellen. Als ich mir das bewußt gemacht hatte, übertrug ich es gleich auf meinen Text und ließ Suleiman seinen Zuhörern erklären, daß auch er in sein Märchen eigene Erfahrungen und Erlebnisse einbringt, daß er einfach die zeitliche Abfolge ändert je nach den Dingen, die ihm Abouli bringt und die die Richtung bestimmen, in der die Handlung sich weiterbewegt. Das wiederum hatte zur Folge, daß am Ende Saids Suche nach dem Schatz in Wahrheit Suleimans Suche nach dem Glück ist, daß Said und Suleiman die gleichen Fehler begingen, und daraus zog ich die Konsequenz, daß sie identisch sein konnten. So ergab eines das andere.

Aus: Sigrid Heuck, Saids Geschichte oder der Schatz in der Wüste; Versuch eines Werkstattberichtes. 1987, unveröffentlicht, gekürzt.

Die Herren der Wüste danken ab

Ein Mann steht in der Wüste und zählt. Mit lauter Stimme zählt er, und als er »70« erreicht, piepst der Chronometer seiner Armbanduhr. Aufgeregt dreht sich der Mann, ein Tourist aus Paris, nach dem Jeep um, der auf dem Kamm einer mächtigen Sanddüne geparkt hat. »Françoise«, ruft er der Französin zu, die noch immer im Wagen sitzt. »Das mußt du dir anschaun. 70 Schritte pro Minute macht diese Karawane. Keinen mehr, keinen weniger. Einfach genial. 140 Kamele, von denen jedes pro Minute 70 Schritte zurücklegt.«

»Dromedare!« Unwillig rutscht die Frau auf ihrem Sitz nach vorn. Die schweißnassen Kleider kleben auf den Skaipolstern. »Dromedare«, korrigiert sie abermals, »140 einhöckerige Dromedare à 70 Schritte. Das macht wieviel?«

Neben ihr, am Steuer des Wagens, nutzt ein dunkelhäutiger Mann die Pause, sich eine Zigarette anzuzünden. Bei Allah, er wird gewiß nicht aussteigen, um sich in praller Sonne eine Tuareg-Karawane anzusehen. Früher, bevor ihn das Geld der Touristen nach Agadez lockte, Nigers Tor zur Wüste, da hat er sie oft genug gesehen in seinem heimatlichen Wadi. Als Kind sammelte er die von der Sonne hartgebackenen Dromedarkötel, um damit Murmel zu spielen, bis dann die Karawaniers den Kot selbst auflasen und ihn als Brennmaterial in den Oasen verkauften. Seinen Kindern schenkt er heute importiertes Spielzeug aus Plastik. Und wichtiger als Karawanen sind ihm die Touristen geworden.

Aber die Frau heftet ihren Der-Kunde-zahlt-Blick auf den Fahrer. »Arali«, sagt sie, »du gehörst doch zu den Tuareg. Steig mal aus und erkläre Monsieur die Karawane!« Zufrieden über ihren Einfall lehnt sie sich im Sitz zurück und schaut über die Wüste. Makellose Dünenkämme, Dünenrücken, Dünenspitzen ragen pastellbeige in den blauen Himmel. »Wie Crème chantilly«, sagt sie. Dünen wie Schlagsahne.

Arali gesellt sich zu dem Weißen am Dünenrand. Bis hier oben ist ein sanftes Schaben zu hören: Dromedarhufe, die über den von Hitze und Wind verkrusteten Sand schleifen. Arali kennt einige der

Männer, die neben der Karawane marschieren oder auf Decken vor dem Höcker dösen, die Füße auf den Hals des Tieres gestemmt. Sie stammen aus Zagado, einem Wadi im Aïr-Gebirge.

»Das ist eine Salzkarawane der Tuareg«, sagt Arali mit gleichmütiger Stimme. Wie oft hat er die Geschichte schon erzählt? »Sie kommt, beladen mit Salz und Datteln, aus der Salinen-Oase Fachi im Osten von Niger. Nun durchquert sie die Ténéré-Wüste und biegt dann ab nach Süden.«

Doch der Franzose möchte mehr wissen. Er holt die Karte aus dem Wagen und beugt sich über den Südsahara-Staat Niger. »Und was machen sie im Süden?« fragt er.

»Sie ziehen mit ihrer Ladung ins Land der Haussa, an die Grenze zu Nigeria«, erklärt Arali geduldig. »Auf den Haussa-Märkten verkaufen sie ihr Salz, kaufen dafür Hirse und ziehen zurück ins Aïr-Massiv. Drei Monate sind sie unterwegs, von November bis Februar, Jahr für Jahr. Außer in Dürrezeiten. Dann hungern die Dromedare im Aïr, einige sterben, die Karawane fällt aus, und wenn dann noch die Ziegen eingehen, müssen die Tuareg in die Städte ziehen.«

»Wie furchtbar muß es für Nomaden sein, in Städten zu leben«, murmelt der Franzose. »Nein, gar nicht«, sagt Arali. Er denkt an sein Haus in Agadez, aus roter Erde und Stroh errichtet, denkt an Kühlschrank, Fernseher und an seine Stereoanlage. »Wenn sie einen guten Job finden, bleiben sie gern zu Hause, statt sich alljährlich durch die Wüste quälen zu müssen.«

»Aber finden die Tuareg denn Arbeit in der Stadt?«

»Nein«, gibt Arali zu, »bestenfalls Drecksarbeit. Als Bauarbeiter, als Nachtwächter. Die meisten Tuareg, die von den großen Dürren aus dem Aïr in die Städte getrieben wurden, sind heute unglücklich. Mit Ausnahme von denen, die im Tourismus arbeiten.« Arali grinst ergeben.

Der Franzose ist mit Augen und Gedanken schon wieder bei der Karawane. »Der Mann ganz in Schwarz ist der Führer, nicht wahr? Wie stolz er sein Schwert trägt! Aber was bedeuten die merkwürdigen Beutel um seinen Hals?«

»Das sind *gris-gris*, Amulette. Sie schützen vor Krankheiten, bösen Geistern, Skorpionen, der Gleichgültigkeit der Frauen und vielen anderen Übeln.«

Der Franzose läßt seinen Blick über den dunklen Zug gleiten. Die Magie der Wüste und ihrer Söhne umfängt ihn. »Wie geheimnisvoll diese Menschen doch sind«, sagt er laut genug, daß die Französin im Wagen es hören kann. »Wir wissen nicht einmal genau, woher sie stammen. Nur, daß sie mit den Berbern verwandt sind. Warum kamen sie hierher? Und wann?«

»Im siebten Jahrhundert«, erwidert Arali. Er und seine Kollegen sind für solche Fälle geschult. Ist der Kunde ein Franzose, so ist es ziemlich wahrscheinlich, daß er zur Wüstenromantik auch den Tuareg-Mythos wünscht. Eine alte Haßliebe. Niemand in Afrika hat den französischen Kolonialherren so verbissenen Widerstand geleistet wie einst die Tuareg im Aïr. 1917 besetzte ihr Kriegschef Kaocen, ausgerüstet mit deutschen Waffen, sogar 60 Tage lang Agadez. Im Festsaal seines Palastes, des heutigen »Hôtel de l'Aïr«, ließ er die Franzosen reihenweise an Deckenbalken aufhängen.

Freilich, der Aufstand von 1917 war die letzte große Schlacht der Tuareg, ein vergebliches Aufbäumen edler Strolche, die sich im schwarzen Herzen Afrikas immer als Herren und Halunken aufgeführt hatten. Jahrhundertelang beherrschten sie den Transsahara-Handel, überfielen Reisende, plünderten Ortschaften und verschleppten deren Einwohner als Sklaven. Unter französischer Besatzung umgingen die Tuareg den kolonialen Schulzwang und schickten statt der eigenen Kinder lieber die ihrer Sklaven zum Unterricht. In den fünfziger und sechziger Jahren wurden die Kolonien unabhängig – doch einen eigenen Staat für die Tuareg wollten weder Frankreich noch die neuen Machthaber. Über fünf Sahel-Staaten verstreut leben sie heute, eine Million Tuareg, regiert von Kindern ihrer einstigen Sklaven. Die Ritter der Wüste sind nur noch hoffnungslose Außenseiter in einer ihnen unverständlich gewordenen Welt.

Mit Achtung vor dem einstigen Gegner blickt der Franzose vom Gipfel seiner Düne auf die Karawane, die ohne Eile ihres Weges zieht. 600 Kilometer durch die Wüste auf einer jahrhundertealten

Route. Plötzlich lösen sich drei Gestalten aus der Kolonne. Barfuß erstürmen sie den Hang, nähern sich den Touristen. Zwei Männer sind verschleiert, der dritte, ein dunkelhäutiger Junge, trägt Schopf und Gesicht frei, das widerspenstige Haar zu Zöpfen geflochten.

Sie bauen sich vor dem Jeep auf, in den der Tourist sich beunruhigt zurückgezogen hat. Ihre schwarzen Augen blitzen. »Was wollen sie?« fragt der Pariser seinen Fahrer, denn er versteht ebensoviel Tamaschek, die Tuareg-Sprache, wie die Karawaniers Französisch. Die Frau kurbelt ihr Seitenfenster herunter und reicht den Nomaden einen Werbekuli von Air Afrique. »Sie wollen Kautabak, Tee und Medikamente«, dolmetscht Arali. »Vor allem Medikamente. Augentropfen gegen die Sonne und Nivaquine gegen Malaria.« Ein wenig geniert läßt die Frau dem Kuli noch eine Schachtel Aspirin folgen. Dann aber reicht es den Franzosen. Arali soll aufs Gaspedal treten. Die drei Tuareg winken dem Wagen nach, dann sprinten sie der Karawane hinterher.

Tarhalamt our tata zakit – die Karawane hält nicht an. Jeder Tuareg kennt dieses Gesetz. Auch Diku, der alte *amrar*. Seit 31 Jahren führt er Karawanen durch die Wüste. 31 Jahre, in denen sich Diku nie gefragt hat, wieviel Schritte wohl ein Dromedar pro Minute zurücklegt. Denn Zeit zählt nicht. Wie unwichtig, wann die Karawane ihr Ziel erreicht. Hauptsache ist, daß sie es erreicht, und deshalb darf sie ihre Kräfte nicht vergeuden, darf nicht sinnlos anhalten.

Wenn Diku sie führt, kann nichts die Karawane stoppen. Außer Allahs Wille natürlich. Und dem Gebot nächtlicher Ruhe nach 14 bis 16 Stunden Marsch. Sonst nichts. Nicht einmal das Tier, das auf dem Hinweg, nur noch einen Tagesmarsch von Fachi entfernt, vor Erschöpfung zusammenbrach. Zwei von Dikus Männern stießen dem Tier unterhalb des Brustbeins das Messer durch die Schlagader und schnitten hastig ein paar Stücke Fleisch aus dem noch zuckenden Körper.

Vielleicht hätten sie das Dromedar retten können, wer weiß? Aber Diku stoppte nicht. Bei jedem Halt gehen kostbare Kräfte verloren. Die Dromedare kommen nie gleichzeitig zum Stehen. Sie stoßen aufeinander, rempeln und beißen, zupfen *alemos*, das gepreßte Futterstroh, aus den Lastballen der Nachbartiere, lassen sich vor Müdigkeit zu Boden sinken. Für die Karawane kann das schlimme Folgen haben. Die Salzkegel können zu Bruch gehen, und als formlose Klumpen bringen sie auf den Haussa-Märkten im Süden nicht einmal die Hälfte.

Schlimmer noch: Um eine durcheinander geratene Karawane wieder in Gang zu bringen, müssen die Männer jedem Tier einzeln nachlaufen, müssen ziehen, schieben, schlagen. Jede Anstrengung fordert ihren Tribut an Wasser. Und mit jedem Schluck werden die seitlich an den Dromedaren baumelnden Wassersäcke aus Ziegenhaut ein wenig schlaffer, bis sie zu flachen, steifen Brettern eintrocknen. Dann muß die Karawane ihr Ziel erreicht haben. Oder sie wird es niemals erreichen. *Aman iman:* nur ein einziger Laut unterscheidet die beiden Wörter »Wasser« und »Leben«. Weil das eine das andere bedingt. Wasser ist Leben, kein Leben ohne Wasser – *aman iman!*

Und da soll Diku seine Karawane wegen ein paar Touristen anhalten? Hinter sich hört der alte *amrar* dumpfe Laufschritte, dann trottet Saïdi wieder neben ihm, hastig atmend. Mit seinen 13 Jahren ist er der jüngste unter den zwölf Karawaniers. Diku verübelt ihm nicht, daß er jedesmal, wenn sie Touristen begegnen, den Fremden etwas abzuluchsen sucht. Man sieht ja inzwischen so viele Fremde im Ténéré.

Stolz zeigt Saïdi dem alten Diku seine Beute, den Kuli, den er, da er kein Papier besitzt, wohl nie in seiner eigentlichen Funktion benutzen wird. Aber der *amrar* zeigt kein Interesse, starr blickt er geradeaus in die Hitze, die über der Karawanenpiste flimmert. Saïdi weiß, woran der Alte denkt. Immer an dasselbe. *Aman iman!* »Sag, Diku, hast du schon einmal eine Karawane ohne Wasser geführt?«

Diku mag Saïdi. Trotz dessen ständiger Fragerei. Er ahnt, daß Saïdi mit dem Ruhm des Erprobten in sein Wadi zurückkehren will. Abends, wenn am Feuer der Tee dreimal die Runde macht, wird er von Abenteuern berichten, von Strapazen, die ein Targi nie wirklich beim Namen nennt und die doch jeder, der den Ténéré kennt, im stillen errät. Saïdi wird so tun, als habe ihm das alles nichts ausgemacht. Ein Targi darf nicht klagen, darf nicht von Durst sprechen, nicht von Hunger oder Erschöpfung. Nicht einmal danke oder bitte darf er sagen. Denn das verrät Wünsche. Wünsche sind Schwächen, und die Wüste duldet keine Schwächen.

Saïdi lernt von Diku, was es heißt, die Dromedare, das kostbarste Gut eines Targi, sicher durch die Wüste zu führen. Er lernt, daß nicht Sonne und Hitze die Dromedare töten, sondern die beißende Kälte der Nacht, wenn sich die Männer um ihr Feuer kauern, die Tiere aber schutzlos dem fatalen Zufall von ein paar Grad mehr oder weniger ausgesetzt bleiben. Nähert sich die Temperatur dem Gefrierpunkt, brüllen die Dromedare vor Kälte und Schmerz, finden keinen Schlaf mehr und somit auch keine Erholung von den Strapazen des Tages. Dann sind sie mit ihren Reserven schnell am Ende und sinken vor dem Ziel in den Sand.

Die Kälte ist der größte Feind der Karawane. Gegen sie ist auch Diku machtlos. Aber viele andere Kniffe und Regeln kann Saïdi noch lernen: wie etwa die Männer nach dem langen Marsch des Tages die Tiere in einem Halbkreis um das Lager gruppieren, wie man sie zur Ruhe bringt, ihre Bißwunden pflegt und sie am Morgen erneut unter die schwere Last zwingt, während sie sich zu wehren suchen und ihr wütendes Gebrüll zu einem lächerlichen Gurgeln verebbt.

Das Morgengrauen ist Saïdis härteste Stunde. Als erstes muß er den noch ruhenden Dromedaren das Maul öffnen, durch einen geschickten Druck auf Ober- und Unterlippe, um den Maulstrick anzulegen. Das anschließende Beladen beginnt mit den Dattelsäcken. Sie dienen als Kissen für die mit Strohmatten umwickelten Salzladungen, drei Kegel auf jeder Seite, jeder 20 Kilo schwer. Das Wuchten überläßt Saïdi noch den Männern, es kostet viel Kraft und Geschick. Sie müssen die Ladung so lange schieben und rücken, bis die Kegel – durch Stricke über die Sattelstangen hinweg miteinander vertäut – sich im Gleichgewicht halten. Dann löst Saïdi den Fußstrick und zieht das Tier auf die Beine.

Eine langwierige Prozedur vor Sonnenaufgang, wenn die Glieder des Jungen noch starr sind von der eisigen Nacht. Aber Saïdi klagt nicht. Wie Diku wird er irgendwann einmal die Salzkarawane der Tuareg zu den Salinen von Bilma führen. Ja, irgendwann wird Saïdi ein *amrar* sein. Er wird alles lernen, denn Diku wird ihm alles erklären. Wenn er den Alten nur nicht immer so lange bitten müßte! »Sage mir, Diku, hast du schon einmal eine Karawane ohne Wasser geführt?«

Durch den Schlitz seines *tagelmust*, des indigoblauen Baumwollschleiers, richtet Diku einen flüchtigen Blick in die Höhe. Die Sonne hat den Zenit erreicht, die Schatten der Dromedare wandern nun unter ihren Bäuchen mit. Diku ist müde vom Laufen. Er tritt neben das Leittier, zieht den Hals des Dromedars am Maulstrick nach unten und setzt mit einem Sprung das Knie auf den Hals, während sein kräftiger Arm den ausgemergelten Körper zum Sattel hochzieht. Alles geschieht im Gehen. Diku macht es sich auf seinem Sattel aus Decken bequem. Dies ist die heißeste Stunde der Wüste. Auch die ruhigste, wäre nicht Saïdi.

»Meine Karawanen haben immer Wasser gefunden«, gibt Diku dem Drängen nach. »Aber vor Jahren sind einmal die Brüder meiner Mutter mit einem schlechten *amrar* losgegangen. Nachdem sie den letzten Brunnen passiert hatten, verwischte ein Sandsturm die Spuren vorangegangener Karawanen, und der *amrar* wählte eine falsche Richtung. Er führte 140 Tiere, so wie wir. Nach ein paar Tagen hatten sie kein Wasser mehr. Da schnitten sie den Dromedaren die Kehle durch und tranken Blut. 50 wurden geopfert, bevor die Männer wieder Wasser fanden.«

Saïdis Augen runden sich vor Staunen. Solche Geschichten liebt er: die Wüste als Feind der Tuareg, die Karawane ihr größtes Abenteuer. Ein Leben wie in seinen Träumen. Doch Diku, wieder zurückgezogen in sein Alt-Männer-Schweigen, fragt sich, wie lange Saïdi und die übrigen Jungen noch eine Karawane begleiten können. Der Aufwand lohnt immer weniger, seit die Lastwagenfahrer, die Nigers Oasen mit Lebensmitteln versorgen, ebenfalls in den Salzhandel eingestiegen sind. Ihre Konkurrenz treibt in den Salinen die Preise hoch und auf den Märkten runter. Und wenn das Salz weniger einbringt, als die Hirse kostet, dann zieht auch keine Karawane mehr durch den Ténéré. Eigentlich kann das ihm, Diku, egal sein. Sein alter Leib sehnt sich nach Ruhe. Am liebsten bliebe er das ganze Jahr über daheim im Wadi Zagado, verbrächte seine Zeit damit, aus Palmenblättern Dromedarstricke und Matten zum Abdecken der Zeltgerüste zu flechten und die Frauen zu beobachten, wie sie vor dem offenen Zelt in Mörsern die Hirse zerstampfen. Dann würde er nur noch aufbrechen, um sein Zelt alle zwei bis drei Wochen, wenn die Ziegen das Gras und die Blätter der Akazien rund um das Lager abgefressen haben, einen Tagesmarsch weiter wieder aufzubauen.

Aber was soll aus einem Jungen wie Saïdi werden? Gewiß, einige machen jetzt im Tourismus ein gutes Geschäft, arbeiten für Mano Dayak, den weltläufigen Targi, den jeder rund um Agadez kennt und der den Weißen ihre Wüsten-Abenteuer organisiert: Dromedar-Ausflüge an den Rand des Ténéré, schauprächtige Reiter-Feste der Tuareg. Die Männer von Mano Dayak, Allah hat sie gesegnet, zahlen bar für ihre Hirse auf dem Markt von Agadez. Leider gibt es nicht genügend Touristen für alle Tuareg.

Besorgt merkt Diku, wie der Wind zunimmt. Gegen Mittag fegte lediglich ein Staubschleier über die Kämme der Bodenwellen. Nun werfen Böen den aufgewirbelten Sand gegen die vermummten Gesichter, die Sonne verblaßt zur milchigen Scheibe, die Karawane taucht ein in konturenloses Grau.

Diku kann sich nur noch an den nach Westen laufenden Dünenketten orientieren. Trotzdem treibt er die Karawane weiter, Stunde um Stunde. Keinem der schweigenden Männer würde es einfallen, die Entscheidung ihres *amrar* anzuzweifeln. Sie marschieren weiter, bis der Wind sich legt und der Himmel erneut den Weg weist.

Aus: *GEO* Nr. 8/1991, S. 61–66, Autor: Michael Stührenberg, *Tuareg: Die Herren der Wüste danken ab.*

Die Deutschen aus der Sicht eines Afrikaners – »der fremde Blick«

Der Schwarze Lukanga Mukara stammt, wie sein Name sagt, von der Insel Ukara im Victoriasee. Bei den »weißen Vätern« hat er Lesen und Schreiben gelernt. Im Auftrag seines Königs Ruoma bereiste er Deutschland und schilderte in neun Briefen seine Eindrücke von diesem Land.

Die Briefe haben einen besonderen Wert. Der fremde Mann legt an die Zustände in Deutschland seinen Maßstab. Was uns gewohnt scheint, fällt ihm auf. Er kann bedeutend über Dinge sprechen, denen wir selbst gar nicht einmal unbefangen gegenüberstehen können.

Zweiter Brief

Birkhain, den 20. Mai 1912

Leuchtender Kigeri!

Ich bin an einem Platze, der einsam ist. Hügel mit Büschen umgeben mich. Ein See liegt zwischen hohen Bäumen, im Schilf seiner Ufer schwimmen Enten. Im flachen Wasser stehen Kraniche, und hoch in der Luft fliegen zwei Störche, die jetzt gerade aus Kitara herübergekommen sind, wo sie die Zeit zubrachten, in der es hier bitter kalt ist und Schnee und Eis mannshoch auf dem Lande liegen, wie Du es kennst von dem Gipfel des Karissimbi. Das wilde Getriebe der Städte dringt nicht hierher, und ich könnte mir denken, ich sei in Kitara, am Ufer des Ruhiga, an den weiten Buchten des Urigi, wo der Schrei der Kronenkraniche weithin ertönt, wenn sie mit langsamem Flügelschlage über die reifen Kornfelder dahinfliegen. Es ist derselbe Schrei, den ich hier höre. Der Vogel aber sieht anders aus: ihm fehlt die buschige Krone, fehlt die weiße Brust. Bronzerot schimmert dennoch sein Hinterhaupt. Hierher bin ich gegangen, weil ich wirr wurde im Kopfe über das Neue und Widersprechende, was ich in diesem fremden Lande sah, und weil ich Ruhe haben wollte vor dem Lärm.

Strahlender Fürst! Wenn ich unter den Tausenden engbekleideter Wasungu [Europäer] einherging oder nachts aus Träumen erwachte, dann war mir oft, als hätte ich Pombe getrunken. (Wie einst, als mir Ibrahimu noch nichts von seiner Lehre gesagt hatte, die den Rausch eines Menschen für unwürdig hält.)

Über diesem Lande liegt etwas, wie ein großer Trug. Man sagt in Kitara: wo zwischen den Bergen Rauch aufsteigt, da sei eines Wanderers Ziel, denn da gibt es Wärme und warme Speise. Ein Handwerker brennt Schnitzwerk aus, die Eisenschmelzer sitzen in freier Luft an den Blasebälgen, oder ein Schmied schmiedet Speerspitzen, Hacken und Nadeln. Drum ist dort ein reges Leben, und viele Menschen kommen und freuen sich über die Kraft und Kunst, die dem Volke innewohnt. Wenn ein Schmied von der Arbeit aufsteht, dann rühmt man die breiten Schultern fast mehr als die geschickten Hände.

In Deutschland ist sehr viel Rauch. Aber das ist kein Rauch, der eines Wanderers Augen auf sich zieht, der die Schritte beschleunigt oder das Herz höher schlagen läßt. Es ist kein Rauch in frischer Luft; es ist Rauch im Dunst, ja Rauch im Rauch. In langen, steinernen Röhren wird er zum Himmel geleitet. Aber der Himmel will ihn nicht, und so liegt er wie Frühnebel über der Erde. Und wenn er, als eine dicke, atemberaubende Masse, überallhin fließt, wie soll man irgendwohin eilen, sich seines Ursprungs zu freuen! Im Gegenteil: wer sich die Lungen nicht mit Rauch füllen lassen will, flieht auf die Plätze, an denen die vielen Eingeborenen zusammenwohnen, flieht auf das Land hinaus, wo die Luft noch rein und frisch ist. Denn unerträglich ist die Luft, die die Wasungu sich gewöhnen einzuatmen. Sie lieben es, zur Arbeit, zum Vergnügen, zum Unterricht, ja zum Gottesdienst in geschlossenen Räumen beisammen zu sein. Stundenlang. Jeder atmet Luft, die schon ein anderer geatmet hat. Dahinein mischt sich Rauch, Dunst und Essensgeruch. Es müssen viele von ihnen krank sein. Ich weiß das nicht; denn ich sehe nur gesunde Leute in den Straßen und glaube, daß sie die Kranken an einen anderen Platz schaffen.

Ich ging einem großen Rauch nach und kam in einen Trupp von Leuten, die denselben Weg gingen. Es waren Männer und Frauen, die alle nicht froh aussahen. Ich fragte einen jungen Sungu, weshalb er so schnell gehe, ob es da, wo er hingehe, etwas Schönes zu sehen gebe? Er lachte spöttisch und unfreundlich und sagte, er gehe zur Arbeit, und wenn er zu spät komme, schelte »der Alte«. Und der Eilige hatte nicht Zeit, mit mir weiter zu sprechen.

Es gibt überhaupt keinen Sungu, der es nicht eilig hat. Jeder hat immer etwas vor, und jetzt weiß ich auch, weshalb der Sungu, der Kitara bereiste, die Männer so oft fragte: »Was arbeitest du?« Und weshalb er sich erregte, wenn er die Antwort bekam: »Tinkora mlimô mingikala.« – »Ich arbeite nicht; ich bin vorhanden.« Das erboste ihn, weil es in Deutschland keinen Mann gibt, der ohne Arbeit zufrieden sein dürfe, es sei denn, er habe viel Geld. Sie arbeiten alle, weil sie Geld haben wollen. Und wenn sie Geld haben, benutzen sie es nicht dazu, sich Glück zu verschaffen, was ja nichts kosten würde, sondern sie lassen sich von anderen, die Geld gewinnen wollen, einreden, sie müßten, um glücklich zu sein, alle möglichen Dinge kaufen, Dinge, die ganz unnütz sind und da gemacht werden, wo der Rauch aufsteigt.

Ich glaube, ein Mann, der mit wenigem auskommt und nichts kauft, ist in Deutschland nicht angesehen. Ein Mann aber, der sich mit tausend Dingen umgibt, die er aufbewahren, beschützen, verschließen und reinigen, ja, die er täglich ansehen muß, der gilt etwas. Und solch ein Mann kann doch zu nichts Rechtem Zeit haben, er kann auch nichts Nützliches tun. Er wird immer auf seinen Sachen sitzen müssen, anstatt in die Welt hinauszugehen und Lieder kennenzulernen. Dazu gehören in Kitara nur ein Stock, ein geflochtener Beutel mit zwei Hölzern zum Feuerreiben und eine Zupfgeige. Wer das an sich nimmt, kann reisen und, wenn er, nach Monden, heimkommt, von den Tänzen und Liedern fremder Völker erzählen, von der Art, wie andere Völker den Elefanten jagen und wie sie die reifen Jungfrauen schmücken.

Das ist der Irrtum, der über dem Lande liegt: auch in Deutschland mag einst Rauch den Ort glücklichen Schaffens angezeigt haben; jetzt ist das vorbei. Zum Fluch wurde die Arbeitskraft, die das Feuer erzeugt, elende Sklaven sind die Eingeborenen, die mit der Kraft des Feuers arbeiten. Das sah ich, als ich dem Rauch nachging. In furchtbarem Lärm, der größer ist als die Gewitter des Frühlings, stehen Männer und Frauen und bewegen ihre Hände an den Maschinen. Sie stehen da, in schlechter Luft, in geschlossenem Raum und am ganzen Körper bekleidet. Sie machen eine Arbeit, die nie fertig wird, machen jahrelang dieselbe Arbeit. Wieviel besser ist es doch in Kitara! Da hat jede Jahreszeit ihre besondere Arbeit, und niemand braucht das ganze Jahr über am Blasebalg zu stehen oder Rindenstoff zu klopfen. Zur Bestellung des Landes müssen die Hacken fertig sein. Vorher hämmern die Schmiede, und vor den Schmieden wird das Eisen ausgeschmolzen. Der Rauch verzieht sich wieder, und die zartesten Pflanzen wachsen um den Hochofen herum. Und auch die Lungen der Menschen werden wieder rein.

[...] Alle Eingeborenen gehen nur bekleidet umher, und selbst zum Baden ziehen sie ein dünnes Kleid an. Niemand hat das Recht, nackt zu gehen, ja niemand findet es anstößig und gemein, Kleider zu tragen. Selbst der König des Landes unterwirft sich dem Zwang der Kleidung. An dem Körper trägt er dicke, genähte Stoffe, den Kopf bedeckt er, und die Füße umkleidet er mit genähtem Kalbfell. Wie groß und erhaben bist Du doch, Mukama, gegen ihn! Dein Kleid ist Bastfaden, an dem zwei geschnitzte Hörner eines Buschbocks hängen; ein gestreiftes Ziegenfell bedeckt Deine linke Hüfte. Frei atmet Deine Brust, die Sonne bescheint Deine glatte Haut, und Dein nackter Fuß berührt die fruchtbare Erde.

So gehe auch ich hier jetzt unbekleidet im Sande umher, wo mich keine Eingeborenen sehen. Wenn sie mich nackt sähen, würden sie mich verfolgen. Auch ich muß in diesem Lande Kleider tragen, wenn ich das Volk nicht aufreizen will. Es ist eine Qual für Deinen freien Diener, ein Schmerz und eine Gefahr, die er nur auf sich nimmt um der Forschung willen und für die Wissenschaft Kitaras.

Du glaubst gewiß, die Bewohner des Landes außerhalb der großen Städte gingen nackt einher: nein, auch sie bekleiden sich vom Kopf bis zu den Füßen, und vor allem sieht man nie einen Mann, der keinen Hut auf dem Kopfe trüge. Wenn jemand in einer Stadt ohne Hut ginge, würden die Eingeborenen scharenweise hinter ihm herlaufen und ihn verspotten. Der Hut ist das Zeichen der Würde, und wenn er auch nur aus einem schmutzigen, schweißdurchtränkten Bündel Zeug besteht, es gilt als vornehm, ihn zu tragen. So kommt es, daß den meisten Wasungu die Kopfhaare aus Mangel an Licht und Luft wegfaulen und der Kopf kahl wird. Das ist denn auch eine große Sorge aller Männer, und sie geben viel Geld aus bei Leuten, die mit der Pflege des Kopfhaares anderer Eingeborener Geld verdienen wollen. Dort lassen sie sich verschiedene Flüssigkeiten empfehlen und verkaufen. Nur das eine tun sie nicht, was nichts kostet und in Deutschland wie in Kitara von dem ärmsten Manne am leichtesten gebraucht werden kann: keinen Hut auf den Kopf zu tun.

Die Wasungu sagen, man gebrauche einen Hut, um den Kopf zu wärmen und zu schützen und um damit zu grüßen. Ihr Gruß besteht nämlich darin, daß sie den Hut einmal vom Kopf herunternehmen und wieder hinauftun. Hinknien und in die Hände klatschen ist als Gruß ganz unbekannt.

Was sie an Kleidern am Körper tragen sollen, schreiben die Handwerker vor, die die Kleider nähen, und besonders die reichen Eingeborenen folgen ihnen darin unbedingt. Wenn Du etwa meinst, ein kräftiger, schöner und geschmeidiger Körper komme in einem solchen Kleide zum Ausdruck, irrst Du. Die Kleider der Männer werden so gemacht, daß jeder Schwache ebenso aussieht wie ein sehniger Mann, und daß kein Mann den Wunsch hat, seinen Körper zu verbessern, oder sich davor bewahrt, den Leib zu entstellen: die Kleider verdecken jede Schwäche. Selbst die Frauen sehen bei der Wahl der Männer nicht auf die Schönheit und Kraft des Körpers, sondern auf die Form und den Wert der Kleider und des Hutes. Die Frauen wissen gar nicht, wie ein schöner, gebildeter Körper aussieht. Sie heiraten dann einen Anzug und zugleich den Mann, der darin steckt. Die Unsitte der Kleider bringt es auch mit sich, daß die Männer und Frauen der Wasungu heiraten, ohne voneinander zu wissen, wie sie nackt aussehen. Das würde in Kitara als Schande und niedrigste Gemeinheit angesehen werden, wenn es je vorkäme. Es wäre ein Verbrechen an der Zukunft des Volkes. In Deutschland gilt es als anständig.

Du wirst, großer König, wissen wollen, was ich selbst an meinem Körper trage, um unbelästigt durch die Städte der Eingeborenen zu gehen, und wie ich den Schmutz der Kleider ertrage?

Am Morgen nach dem Bade reibe ich die Haut mit Öl ein und ziehe Unter- und Oberkleider an. Die Unterkleider werden durch Bänder über den Schultern festgehalten. Das ist ein Schmerz, weil der Druck dieser Bänder den Oberkörper zusammenbiegt. Viele Wasungu sind dadurch gekrümmt, und ihr Rücken tritt weit hervor. Um den Hals knöpfe ich einen steifen Ring aus Pflanzenfasern, eine furchtbare Erfindung, die um so unverständlicher ist, als die Wasungu die Kunst, weiche Gewebe herzustellen, meisterhaft verstehn.

Über die Füße streifen die Wasungu enge Gewebe aus Schafwolle, wodurch sie die Zehen gewaltsam zusammenpressen, so daß es ihnen unmöglich gemacht wird, sicher zu gehen. Ich hielt den Schmerz nicht aus, als ich es versuchte, die Gewebe an den Füßen zu tragen, und habe den unteren Teil dieser Kleidungsstücke abgeschnitten, was niemand sehen kann, weil die ganzen Füße in Lederhülsen stecken, die dicht geschlossen sind. Diese Schuhe spielen in der Bekleidung eine große Rolle. Es klingt unglaublich: auch die Form der Schuhe wechselt nach der Laune und dem Willen der Handwerker, und der Fuß der Eingeborenen muß die seltsamsten Formen annehmen, um in die Schuhe hineingepreßt zu werden. Ich selbst habe mir von einem Handwerker Schuhe nähen lassen, die so groß sind, daß ich meine Zehen darin frei bewegen kann.

Die Wasungu ziehen ihre Schuhe nicht aus, wenn sie in die Häuser hineingehen, sie baden ihre Füße nicht, bevor sie eintreten, sie halten aber darauf, daß das Äußere der Schuhe schön blank geputzt ist. Es wird mehr Mühe verwandt auf die Bereitung von Mitteln zum Putzen der Schuhe als auf Einrichtungen, die Füße selbst schön zu bilden und gesund zu erhalten.

Wenn ich in meinen Schuhen gegangen bin und in mein Haus komme, dann ist es mir jedesmal, als müßte ich die Schuhe ausziehen, vor der Türe ein Fußbad finden und eine Bank zum Sitzen, und ein Diener müßte kommen und mir die Füße waschen und ölen.

Nichts von dem: an Plätzen, wo besondere Räume zum Warten eingerichtet sind, findet man Bücher zum Lesen und kann viele seltsame Dinge kaufen, die jeder Wanderer entbehren kann und ohne die Kitara noch heute auskommt; doch ist keine Gelegenheit, in der Zeit des Wartens ein Fußbad zu nehmen. Es hat auch kein Eingeborener den Wunsch, das zu tun, und so gehen sie denn vom Morgen bis zum Abend in denselben Kleidern und Schuhen und mit demselben Hut auf dem Kopfe, und weil sie am nächsten Tage dieselben Kleider anziehen wollen, dürfen sie nicht allzusehr schwitzen. Deshalb und um ihre Kleider zu schonen, müssen sie langsam gehen. Laufen ist nur den Kindern erlaubt. Die Erwachsenen laufen nie, weil sie aber immer Eile haben, gehen sie auch nicht: sie fahren. Durch den Mangel an Bewegung verändert sich ihr Körper so sehr, daß sie sich nackt nicht mehr zeigen könnten, selbst wenn es Sitte wäre, ohne Kleider zu gehen, und viele Männer sehen aus wie gemästete Hunde oder wie die Flußpferde von Ukonse. [...]

Es sind große Entbehrungen, die ich ertrage, um meinen Auftrag zu erfüllen, dies Land zu erforschen. Die Sitten des Volkes bedrohen mich und meine Gesundheit. Was mein Körper von außen erfährt, und auch, was ich gezwungen bin, innen hineinzutun, während ich hier lebe, das schädigt mich.

Zwei Dinge nur begleiteten mich von der Heimat hierher: die Sonne, die meinen Rücken mit ihren Strahlen erwärmt, und jener große Vogel, der früher als ich nach Kitara zurückkehren und meinem Könige Grüße bringen wird von

seinem Diener

Lukanga Mukara.

Die Wasungu. Briefe des Lukanga Mukara aus Kitara, hg. von Hans Paaschen, Linden (Verlag UPN) 1976, S. 15–23; Erstveröff. 1912 in der Zeitschrift *Der Vortrupp*.

Zitiert nach: Klett-Lesehefte: *Der Papalagi, Ein Südseehäuptling erlebt unsere Zivilisation* (mit Materialien), zusammengestellt von Winfried Hermann, Stuttgart 1983, S. 52–59 (= 2. Brief).

Brief in die chinesische Vergangenheit

Ein chinesischer Mandarin aus dem 10. Jahrhundert ist mit Hilfe einer Zeitmaschine im heutigen München gelandet. Er wohnt bei einem Herrn Shi-shmi. Seine Eindrücke aus Ba-Yan (Bayern) und von den dort lebenden »Großnasen« erzählt er einem chinesischen Freund in Briefen.

Die Großnasen sind nie dort, wo man sie vermutet. Gut: auch unsereiner, Du und ich, sind ab und zu verreist (wie ich im Augenblick), aber das weiß dann jeder und – wenn man nicht grade auf der Reise stirbt – irgendwann kommt man wieder und ist dann da. Ganz anders hier. Die Großnasen sind ständig unterwegs. Das sehe ich an Herrn Shi-shmi. Der ist einmal hier, einmal dort, fährt mit dem rollenden Eisenhaus kreuz und quer durch die Stadt. Von den vierundzwanzig Stunden des Tages ist er – mit Ausnahme der Nacht, wo er schläft – keine vier Stunden in seiner Wohnung. Er geht seinem Beruf nach, sagte er auf meine diesbezügliche Frage. Sein Beruf ist der eines Lehrers und Bibliothekars in der Großen Gelehrtenschule von Min-chen. Er ist also nie in seiner Wohnung anzutreffen. Keiner unter den Großnasen ist in seiner Wohnung anzutreffen. Sie sind ständig unterwegs, laufen hin und her oder fahren mit ihren A-tao-Wägen oder den rollenden Eisenhäusern, sind ununterbrochen in Bewegung. Das hängt vielleicht mit dem Mißbrauch von Rindsmilch zusammen, oder aber mit ihrer Philosophie (oder besser: ihrem Aberglauben) vom Fort-Schreiten. Wenn man jemanden besuchen will, kann man nicht einfach in dessen Wohnung gehen, wo er, möchten wir nach unseren Gewohnheiten annehmen, anzutreffen wäre (es sei denn, wie gesagt, er wäre verreist oder bei einer Audienz beim Kanzler, aber wie oft kommt das schon vor); wenn man da einfach hinginge, wäre es nur durch Zufall, daß man ihn antrifft. Nein: man muß einen äußerst genauen Zeitpunkt vereinbaren, weswegen sie eben diesen Mechanismus mit den Kupfer-Schnüren und der Rübe eingerichtet haben.

Deshalb haben auch die Großnasen winzig kleine Zeit-Anzeiger, die sie an Bändern am linken Handgelenk tragen. Es gibt aber auch solche Zeit-Anzeiger in größerer Anfertigung, die wie Standbilder an Straßenecken stehen oder wie Bilder in den Wohnungen an den Wänden hängen. Ständig hantieren sie an diesen Zeit-Anzeigern herum, verstellen sie, drehen daran, damit sie ja die ganz genaue Zeit anzeigen.

Sonnenaufgang, Sonnenuntergang, Mittagsstunde und so fort sind ihnen viel zu ungenaue Anhaltspunkte. Die Zeiteinteilung ist äußerst verfeinert. Die Großnasen kennen wie wir das Jahr, den Monat und den Tag, aber dazwischen haben sie noch eine Unterteilung, die »Wo-'che« heißt und ungefähr dem Mondviertel entspricht. Den Tag wiederum teilen sie nicht nur in Stunden ein, sondern darüber hinaus in Sechzigstel-Teile der Stunden (»Mi-nu-teng«) und sogar in Sechzigstel-Teile der Mi-nu-teng; dieser winzige Zeitraum – vielleicht der Flügelschlag eines Sperlings – heißt: »Se-kung-dang.« Das alles zeigen die kleinen und großen Zeit-Anzeiger an. Herr Shi-shmi hat mir einen geschenkt, den ich nun auch um das linke Handgelenk trage, und er hat mich auch gelehrt, die Zeit abzulesen.

Wenn ich also jemanden besuchen will, oder jemand besucht mich, so muß ich zur Rübe greifen, in den Löchern drehen und mit dem Betreffenden vereinbaren: am soundsovielten Tag der »Wo-'che« (jeder Tag hat eine reihum wiederkehrende Bezeichnung), wenn der Zeit-Anzeiger die soundsovielte Stunde und soundsovielte »Mi-nu-teng« anzeigt. (Soweit, daß sie den soundsovielten Sperlingsflügelschlag heranziehen, treiben sie – muß man gerechterweise sagen – ihren Unfug nicht.)

Es ist ein altes Gesetz, daß unterteilte Dinge kleiner sind als das Ganze. Das ungeteilte Ganze ist größer als die Summe der Teile. Zumindest gilt das, habe ich hier gelernt, in hohem Maß von der Zeit. Geteilte Zeit vergeht rasch. Die Großnasen haben ihre Zeit erbarmungslos zerhackt, und die Zeit rächt sich damit, daß sie entflieht, so schnell sie kann. Und darüber wundern sich die Großnasen ständig. Ständig jammern sie, daß ihnen – um einen Ausdruck jenes Herrn an dem Abend bei der Dame Paoleng zu gebrauchen, dessen Namen ich mir nicht gemerkt habe – »die Zeit in den Händen wie Wasser zerrinnt«. Ist denn noch keiner von ihnen drauf gekommen, darüber nachzudenken? Es ist doch nicht schwer, den Zusammenhang zu erkennen. Mir ist schon mehrfach aufgefallen, daß man hier die Floskel: » … der ist einer, der immer Zeit hat« als Schimpfwort gebraucht. Daß den Großnasen dabei nicht sogar selber etwas auffällt? Aber Denken ist nicht die Stärke der Großnasen … dazu »haben sie keine Zeit«.

Herr Shi-shmi, dem ich diese Überlegungen mitgeteilt habe, hat sehr nachdenklich reagiert.

Herbert Rosendorfer, aus: *Briefe in die chinesische Vergangenheit*, © by nymphenburger in der F. A. Herbig Verlagsbuchhandlung GmbH, München 1983, S. 122–124.

Eine Geschichte für Camilla
(eine tröstliche)

Ali, wie der Name schon sagt, war ein Araber, ein junger Schafhirt am oberen Euphrat, und es kam die Zeit, da er sich beweiben wollte. Aber Ali war arm. Ein anständiges Mädchen kostete in jener Gegend damals 15 Pfund, viel Geld für einen Schafhirten. Ali hatte einfach nur 10 Pfund. Als er hörte, im Süden seien die Bräute billiger, zögerte er nicht lang, nahm seinen Esel, füllte die Schläuche mit Wasser und ritt gegen Süden viele Wochen lang. Es war einfach Zeit, daß er sich beweiben sollte, er war jung und gesund. So ritt er voller Hoffnung, 10 Pfund in der Tasche, am Euphrat hinunter, wie gesagt, viele Wochen lang, indem er sich von Datteln nährte. Als Ali endlich in die gelobte Gegend kam, fehlte es nicht an Töchtern, die ihm gefielen, nicht an Vätern, die verkaufen wollten; aber auch im Süden hatten die Bräute unterdessen aufgeschlagen, und für 10 Pfund war nichts zu heiraten, nicht einmal ein häßliches Mädchen. 12 Pfund war der Tageskurs, 11 Pfund eine einmalige Occasion; Ali handelte tagelang, jedoch erfolglos, 10 Pfund war kein Angebot, sondern eine Beleidigung, und als Ali erkannte, daß nichts zu bestellen war, nahm er wieder seinen Esel, füllte die Schläuche mit Wasser und ritt gegen Norden, zu Tode betrübt mit seinen 10 Pfund in der Tasche, denn er hatte nichts davon verbraucht, als glaubte er noch immer an ein Wunder. Und natürlich blieb das Wunder nicht aus, das Ali verdiente, wenn er es erkannte. Es war halbwegs zwischen Süd und Nord, als Ali an einem Brunnen, wo er seinen traurigen Esel und sich selbst labte, ein Mädchen erblickte wie noch keines zuvor, schöner als alle, die er für seine 10 Pfund nicht hatte bekommen können, ein blindes Mädchen. Das war schade. Das Mädchen war aber nicht nur schöner als alle, sondern auch lieber, da es blind war und in keinem Brunnen je gesehen hatte, wie schön es war, und als Ali es ihr sagte, wie schön sie sei, mit allen Worten, die einem arabischen Schafhirten geläufig sind, liebte sie ihn auf der Stelle und bat ihren Vater, daß er sie an Ali verkaufte. Sie war billig, ihrer Blindnis wegen wollte der Vater sie los sein, erschreckend billig: 6 Pfund. Denn keiner am ganzen Euphrat wollte eine blinde Braut. Aber Ali nahm sie, setzte sie auf seinen gelabten Esel und nannte sie Alil, während er selber zu Fuß ging. In den Dörfern, wo immer Ali mit seiner Alil erschien, trauten die Leute ihren eignen Augen nicht, niemand hatte je ein schöneres Mädchen gesehen oder auch nur geträumt; nur war es leider blind. Aber Ali hatte noch 4 Pfund in der Tasche, und als er nach Hause kam, führte er sie zu einem Wunderarzt und sagte: Hier sind 4 Pfund, jetzt mach, daß Alil ihren Ali sieht. Als es dem Wunderarzt gelungen war und als Alil sah, daß ihr Ali, verglichen mit den andern Schafhirten ringsum, gar nicht schön war, liebte sie ihn trotzdem, denn er hatte ihr alle Farben dieser Welt geschenkt durch seine Liebe, und sie war glücklich, und er war glücklich, und Ali und Alil waren das glücklichste Paar am Rande der Wüste …

Camilla ist enttäuscht.

»Nun ja«, sagt sie, ohne aufzuschauen und ohne die Manicure zu unterbrechen, »das ist aber ein Märchen.«

Camilla will nicht weiterhören.

»Warten Sie!« sage ich. »Warten Sie!«

Camilla feilt.

… das Märchen dauerte ein Jahr, da war's aus; der Umgang mit Alil hatte ihn angesteckt, so daß Ali langsam aber sicher erblindete, und es kam eine böse Zeit, denn kaum war Ali erblindet, konnte er nicht mehr glauben, daß sie ihn liebte, und jedesmal wenn Alil aus dem Zelt ging, wurde er eifersüchtig. Es nützte nichts, daß sie ihm schwor. Vielleicht ging sie wirklich zu den andern Schafhirten, das weiß man nicht. Ali konnte es ja nicht sehen, und da er solche Ungewißheit nicht aushielt, begann er sie zu schlagen. Das war schlimm. Sonst rührte er seine Alil nicht mehr an. So ging es lange Zeit, bis Ali sich rächte, indem er ein anderes Mädchen umarmte, das öfter und öfter in sein Zelt schlich. Aber auch das machte ihn nicht gesund, im Gegenteil, es wurde immer schlimmer. Wenn er wußte, daß es seine Alil war, die jetzt in seinem Zelt lag, schlug er sie, und sie weinte, daß man es draußen hörte, und Ali und Alil waren das unglücklichste Paar am Rande der Wüste. Das war bekannt. Als der Wunderdoktor davon hörte, erbarmte es ihn und er kam, um Ali zu heilen, obschon dieser kein einziges Pfund mehr zahlen konnte. Ali konnte wieder sehen, aber er sagte es seiner Alil nicht, daß er wieder sehen konnte, denn er wollte ihr nachschleichen, und das tat er auch. Aber was sah er? Er sah Alil, wie sie weinte, da er sie im Zelt geschlagen hatte, und er sah, wie sie ihr Gesicht wusch, um in sein Zelt zu schleichen als das andere Mädchen, damit der blinde Ali sie umarme –

»Nein«, sagt Camilla, »wirklich?«

Die Manicure ist zu Ende.

»Im Ernst«, fragt sie, indem sie die Scherchen und Feilchen zusammenpackt, »das ist eine wahre Geschichte?«

»Ja«, sagte ich, »ich finde.«

Informationen über Kinderarbeit in der Teppichindustrie

Das Schicksal eines dreizehnjährigen Jungen

Bijay Kumar Tamang, ein dreizehnjähriger Junge aus Sindhupalchowk (Nepal), hat in den letzten zwei Jahren in den Teppichfabriken in Chabahil gearbeitet. Der Junge trägt eine sehr große Bürde, denn er muß arbeiten, um eine Summe von 1400 Rupien (56 DM) zurückzuzahlen. Dieses Geld war in Bijays Namen im voraus von einer Teppichfabrik geliehen worden und sollte durch seine Arbeit zurückgezahlt werden. Aber das Geld erreichte niemals die Eltern von Bijay, die es erhalten sollten, denn der Arbeitsvermittler, der Bijay zum Arbeiten in die Fabrik gebracht hatte, behielt es ein.

Dann brachte er Bijay zu einer anderen Fabrik und verschwand, wobei er wahrscheinlich auch von der zweiten Fabrik eine Kommission bekam. Die erste Fabrik erfuhr von der ganzen Sache und spürte Bijay auf. Der elfjährige Junge wurde damit zu einem Schuldsklaven – versklavt durch die Pflicht, der Fabrik die Geldsumme, die er und seine Familie niemals gesehen hatten, zurückzuzahlen. Bijay arbeitete weiterhin in der zweiten Fabrik, aber diese traf ein Übereinkommen mit der anderen, daß Bijay das Geld von seinem Lohn zurückzahlen wird.

Seitdem sind mehr als zwei Jahre vergangen, aber Bijay muß noch mehr als die Hälfte zurückzahlen, denn er kann kaum etwas sparen. Das Geld, das er verdient, 700 Rupien (28 DM) im Monat, reicht kaum für seine eigenen Bedürfnisse aus – mit dieser Summe muß er sein Essen, Kleider, Unterkunft und Medikamente bestreiten.

Bijay haßt seine Arbeit, die monoton, anstrengend und schmerzhaft ist. An seinen Fingern hat er tiefe Schnittwunden. Tatsächlich hat er sich an drei Fingern der linken Hand bis auf den Knochen geschnitten. Obwohl die Wunde am Verheilen ist, ist sie noch nicht vernarbt, so daß der Faden jedesmal wieder an der Wunde reibt, was sehr schmerzhaft ist. Im Winter sind die Finger vor Kälte taub und tun weh. Bijay möchte all diesen Schmerzen entfliehen. Er möchte nach Hause gehen – zu seinen Eltern.

Ein Warenzeichen könnte helfen: »Rugmark« – Teppiche ohne Kinderarbeit

Wenn immer mehr Menschen nur noch Teppiche ohne Kinderarbeit kaufen würden, wäre dies ein wichtiger Anreiz für die Teppichbranche, auf Kinderarbeit zu verzichten. Voraussetzung hierfür aber ist, daß handgeknüpfte Teppiche, die garantiert nicht von Kindern hergestellt wurden, als solche erkennbar sind: Nötig ist also ein Warenzeichen für Teppiche ohne Kinderarbeit, das von einer (von der Teppichindustrie) unabhängigen Stelle vergeben wird, die zugleich die Einhaltung der mit der Warenzeichen-Vergabe verbundenen Kriterien überwacht.

Ohne ein solches glaubwürdiges Warenzeichen wären Teppichhandel und -käuferInnen darauf angewiesen, den Selbstaussagen von Hersteller- und Exportunternehmen ungeprüft zu vertrauen. Dies wäre aber höchst unbefriedigend.

Das Warenzeichen »Rugmark« wird vergeben an Unternehmen, die keine Kinder unter 14 Jahren beschäftigen und die ihren Beschäftigten mindestens die staatlichen Mindestlöhne zahlen. Erlaubt ist nach den Zertifikationskriterien als einzige Ausnahme lediglich, daß Kinder und Geschwister des Knüpfstuhlbesitzers unter 14 Jahren dann mitarbeiten dürfen, wenn ihr Schulbesuch gesichert ist.

Unternehmen, die das Warenzeichen für die von ihnen hergestellten oder gehandelten Teppiche führen wollen, müssen ihre Knüpfstühle beim Carpet Export Promotion Council registrieren lassen (was zwar mittlerweile gesetzlich vorgeschrieben, aber keinesfalls die Regel ist) und eine Auflistung der Knüpfstühle der »Rugmark-Foundation« übergeben.

Vor allem müssen sich die Teppichunternehmen bereit erklären, ihre Knüpfbetriebe und Warenlager jederzeit und ohne Vorankündigung von Inspektoren der »Rugmark-Foundation« und von berechtigten Mitarbeitern der an der »Rugmark-Foundation« beteiligten Menschenrechtsorganisationen überprüfen zu lassen.

Behauptungen und einige Tatsachen: Eine kleine Argumentationshilfe

1. *»Kinderarbeit ist typisch für die ›Dritte Welt‹. Es hat keinen Sinn, diesen armen Ländern unsere Wertvorstellungen und kulturellen Standards aufzwingen zu wollen.«*

Es geht nicht um unsere Wertvorstellungen, sondern um die Einhaltung von nationalem Recht und internationalen Abkommen: Auch nach den Gesetzen der Länder Südasiens ist ausbeuterische Kinderarbeit verboten und Kindersklaverei ein Verbrechen.

2. *»Kinderarbeit ist eine Folge der großen sozialen und wirtschaftlichen Not der Entwicklungsländer und kann daher erst dann abgeschafft werden, wenn diese Not beseitigt ist. Ohne die Mithilfe der Kinder könnten viele Familien nicht überleben.«*

Der Zusammenhang zwischen der sozialen und wirtschaftlichen Misere der Entwicklungsländer und der Existenz von Kinderarbeit ist unbestreitbar. Aber er ist komplexer, als es die zweite Behauptung unterstellt. Denn Kinderarbeit ist nicht nur Folge der Not, sondern zugleich deren Ursache: Ohne Schul- und Berufsausbildung werden die ehemaligen Kinderarbeiter auch als Erwachsene keine Chance haben. Außerdem sind viele Erwachsene arbeitslos, weil (ihre) Kinder arbeiten. Ein unsinniger Zustand.

Abgesehen davon sollen auch nicht alle Formen der Kinderarbeit (sofort) abgeschafft werden: Nichts spricht gegen die Mithilfe bei traditionellen Arbeiten in Haus und Hof, im Kreis der Familie – vorausgesetzt, die Kinder gehen zur Schule. Bei einem Großteil der Kinderarbeit in der Teppichindustrie handelt es sich allerdings nicht um Mitarbeit in der Familie, sondern um das organisierte Ausnutzen billiger Arbeitskräfte.

Viele der Kinder stammen aus entlegenen Gebieten, wo in der Tat Armut und Arbeitslosigkeit herrschen. Gegen einen geringen Geldbetrag werden die Kinder von ihren Eltern getrennt, um weit entfernt ihr Dasein hinter dem Knüpfstuhl zu fristen. Oftmals müssen sie Schulden der Eltern abarbeiten, auch wenn diese Praxis der

Schuldknechtschaft verboten ist. Ihre einzige Entlohnung besteht vielfach nur aus einer Mahlzeit am Tag oder wenigen Rupien, von denen sie oft noch Kleidung und Unterkunft bezahlen müssen. Meist bleibt also gar nichts übrig, um einen spürbaren Beitrag zum Familieneinkommen zu leisten:

Jeder Arbeitsplatz mehr für ein Kind ist ein Arbeitsplatz weniger für einen Erwachsenen. Und am Ende ihrer Karriere als Teppichknüpfer, die oft schon im frühen Jugendalter eintritt, fallen sie ihrer Familie zur Last, weil sie durch die ungesunde, zu frühe und harte körperliche Arbeit zu anderen Tätigkeiten kaum mehr fähig sind.

Daher kommt es darauf an, daß erstens die Erwachsenen ausreichend entlohnte Arbeit finden und zweitens die Kinder eine Schul- und Berufsausbildung erhalten. Diesen Grundvoraussetzungen zur Beseitigung von Not und zur Abschaffung der Kinderarbeit tragen die Kriterien zur Vergabe des Warenzeichens »Rugmark« Rechnung. Außerdem tolerieren die Vergabekriterien der »Rugmark« die Mitarbeit von Kindern und Geschwistern des Knüpfstuhlbesitzers unter 14 Jahren, wenn ausreichender Schulbesuch gesichert ist.

3. *»Nur die feinen, zarten Finger von Kindern können geschickt, flink und rasch hochwertige Teppiche knüpfen.«*

Diese Aussage wird selbst von Teppichherstellern als Unsinn bezeichnet. Das Knüpfen gerade hochwertiger Teppiche erfordert hohe Konzentration, Geschicklichkeit und Übung, die sich erst über langjährige Erfahrung aneignen lassen. Außerdem reicht die Kraft von Kindern nicht aus, um die Knoten so zu verdichten, wie das bei hohen Qualitäten nötig ist.

Aus: Kampagne gegen Kinderarbeit in der Teppichindustrie, August 1994, Hrsg. Brot für die Welt.

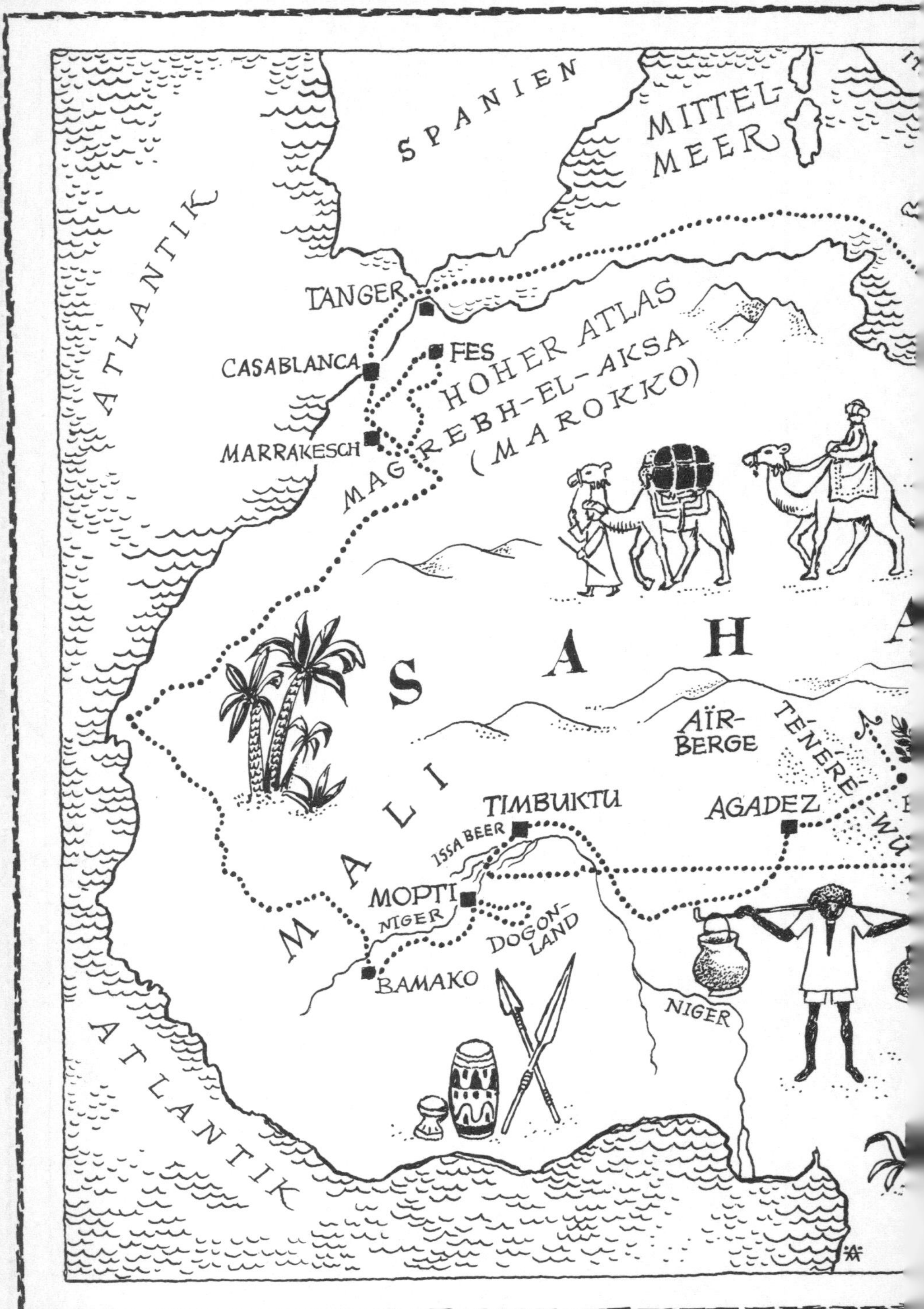
SPANIEN
MITTEL-
MEER
ATLANTIK
TANGER
CASABLANCA
FES
HOHER ATLAS
MAGREBH-EL-AKSA
(MAROKKO)
MARRAKESCH
SAHA
AÏR-
BERGE
TÉNÉRÉ-WÜ
TIMBUKTU
AGADEZ
ISSA BEER
MOPTI
NIGER
DOGON-
LAND
BAMAKO
MALI
MALI
NIGER
ATLANTIK

GRIECHENLAND
TÜRKEI
MITTELMEER
ALEXANDRIA
KAIRO
SUEZ
ÄGYPTEN
R A
SAUDI-ARABIEN
ROTES MEER
NIL
JEMEN
MARIB
SANAA
MOKKA
ON
ÉNÉRÉ
N
W
O
S
ÄTHIOPIEN